中国古代戏曲论稿

张晓兰　赵建新　著

中国社会科学出版社

图书在版编目（CIP）数据

中国古代戏曲论稿／张晓兰，赵建新著．—北京：中国社会科学
出版社，2014.6

ISBN 978 - 7 - 5161 - 4382 - 7

Ⅰ.①中…　Ⅱ.①张…　②赵…　Ⅲ.①古代戏曲—文学研究—中国
Ⅳ.①I207.37

中国版本图书馆 CIP 数据核字（2014）第 126241 号

出　版　人	赵剑英	
责任编辑	吴丽平	
责任校对	周　昊	
责任印制	戴　宽	

出　　版	中国社会科学出版社	
社　　址	北京鼓楼西大街甲 158 号（邮编 100720）	
网　　址	http://www.csspw.cn	
	中文域名:中国社科网　　010 - 64070619	
发 行 部	010 - 84083685	
门 市 部	010 - 84029450	
经　　销	新华书店及其他书店	

印　　刷	北京君升印刷有限公司	
装　　订	廊坊市广阳区广增装订厂	
版　　次	2014 年 6 月第 1 版	
印　　次	2014 年 6 月第 1 次印刷	

开　　本	710 × 1000　1/16	
印　　张	20	
插　　页	2	
字　　数	338 千字	
定　　价	59.00 元	

目 录

诗教理论与清代戏曲

　　清代戏曲与儒学及经学关系殊为密切，表现在诸多方面。诸如，相对于宋、元、明三朝的戏曲，清代戏曲中体现出更为鲜明的宗经传统和礼乐思想，同时清代戏曲理论受到儒家诗教理论的影响也很深远。关于前两个问题，笔者另有文章讨论，本文重点讨论诗教理论与清代戏曲之关系。

　　所谓诗教，《礼记·经解》曰：

　　　　孔子曰："入其国，其教可知也。其为人也，温柔敦厚，《诗》教也；疏通知远，《书》教也；广博易良，《乐》教也；絜静精微，《易》教也；恭俭庄敬，《礼》教也；属辞比事，《春秋》教也。"

因此，温柔敦厚就成了诗教的总体概念。所谓"温柔敦厚"，孔颖达《正义》疏曰："温谓颜色温润，柔谓情性和柔，《诗》依违讽谏，不指切事情，故云'温柔敦厚'是诗教也。"[①] 温柔敦厚指优游不迫、从容和雅、含蓄蕴藉的一种气质和德性。虞集曰："圣贤之于诗，将以变化其气质，涵养其德性，优游厌饫，咏叹淫佚，使有得焉，则所谓'温柔敦厚'之教，习与性成，庶几学诗之道也。"[②] 温柔敦厚又与比兴密切联系，不是直接而是委婉地去表达作者的意愿，温柔敦厚是用情去感化人，而非进行抽象的说理。焦循《毛诗补疏·序》曰："夫诗，温柔敦厚者也，不质直

---

　　① （汉）郑玄注，（唐）孔颖达疏：《礼记正义》卷五十，《十三经注疏》，中华书局1980年版，第1609页。

　　② （元）虞集：《郑氏毛诗序》，《道园学古录》卷三十一，四部丛刊初编影明景泰翻元小字本，页码不明。

言之，而比兴言之，不言理而言情，不务胜人而务感人。"① 温柔敦厚也是儒家中庸思想的反映，是平和，是中庸。朱自清曰："温柔敦厚，是和，是亲，也是节，是敬，也是适，是中。这代表殷周以来的传统思想。儒家重中道，就是继承这种传统思想。"②

传统语境中儒家的诗教主要指一种伦理规范，诗歌应该依这种规范而施行教化。清代学者毛先舒（1620—1688）曰：

> 诗者，温柔敦厚之善物也。故美多显颂，刺多微文，涕泣关弓，情非获已。然亦每相迁避，语不署名。③

认为诗歌具有颂美刺恶的功能。朱彝尊（1629—1709）曰：

> 古之君子，其欢愉悲愤之思，感于中发之为诗。今所存三百五篇，有美有刺，皆诗之不可已者也。夫惟出于不可已，故好色而不淫，怨悱而不乱，言之者无罪，闻之者足以戒。④

又曰：

> 诗之为教，其义风、赋、比、兴、雅、颂，其旨兴、观、群、怨，其辞嘉美、规诲、戒刺，其事经夫妇、成孝敬，厚人伦，美教化，移风俗，其效至于动天地，感鬼神，惟蕴诸心也正。斯百物荡于外而不迁，发为歌咏，无趋数、敖辟、燕溢之音，故诵诗者必先论其人。《记》曰："宽而静，柔而正者，宜歌《颂》；广大而静，疏达而信者，宜歌《大雅》；恭俭而好礼者，宜歌《小雅》；正直而静、廉而谦者，宜歌《风》。"凡可受诗人之目者，类皆温柔敦厚而不愚

① 见（清）刘宝楠《论语正义》卷二十，《诸子集成》一，中华书局1954年版，第374页。

② 朱自清：《诗教》，《诗言志辨》，广西师范大学出版社2004年版，第108—109页。

③ （清）毛先舒：《诗辨坻》卷三《杂论》。

④ （清）朱彝尊：《与高念祖论诗书》，《曝书亭集》卷三十一，四部丛刊初编本，第3b页。

者也。①

可见，儒家的诗教理论几乎等同于《毛诗序》中所阐发的各个层面。除此之外，传统的诗教理论广义上还包括先秦儒家的其他诗歌理论，包括孔子和其弟子论《诗》的理论，如"思无邪"、"兴观群怨"、"绘事后素"、"文质彬彬"等。

因此，概而言之，诗教包括以下几个方面：一是文学的发生说，"诗言志"；二是文学的表现说，包括"温柔敦厚"、"乐而不淫，哀而不伤"、"比兴"、"思无邪"等；三是文学的功能说，"可以兴，可以观，可以群，可以怨"、"先王以是经夫妇，成孝敬，厚人伦，美教化，移风俗"、"上以风化下，下以风刺上，主文而谲谏，言之者无罪，闻之者足以戒，故曰风"；四是文学的内容和形式关系说，"绘事后素"、"文质彬彬"。这几层理论密切相关，风化与风刺要求温柔敦厚、怨而不怒、主文而谲谏。比和兴，是诗六义之一，所谓比兴，孔颖达疏曰："比，见今之失，不敢斥言，取比类以言之；兴，见今之美，嫌于媚谀，取善事以喻劝之。"② 比兴说与"温柔敦厚"密切相关，都是儒家诗歌理论的表现方式，是用中庸平和、婉转有节制的方式表达观点或政见。风化说，则是儒家的政治教化思想。而以上又无一例外地强调文学的社会功能和内容，轻视文学的外在形式和艺术美，这也是儒家诗教的核心和灵魂。清代曲论深受儒家诗教和诗歌理论的影响，以下分别论之。

1. 诗言志

关于"诗言志"，《尚书·尧典》："帝曰：夔！命女（汝）典乐，教胄子……诗言志，歌永言，声依永，律和声，八音克谐，无相夺伦，神人以和。夔曰：于！予击石拊石，百兽率舞。"《毛诗序》云："诗者，志之所之也，在心为志，发言为诗。情动于中，而形于言，言之不足，故嗟叹之，嗟叹之不足，故永歌之，永歌之不足，不知手之舞之，足之蹈之也。"③ 刘勰《文心雕龙》曰："《诗》主言志，诂训同《书》，摛风裁兴，

---

① （清）朱彝尊：《高舍人诗序》，《曝书亭集》卷三十八，四部丛刊初编本，第5b页。

② （汉）毛亨传，郑玄笺，（唐）孔颖达疏：《毛诗正义》卷一，清阮刻十三经注疏本，中华书局1980年版，第271页。

③ 卜子夏：《毛诗序》，（梁）萧统编，（唐）李善注：《文选》卷四十五，中华书局1977年版，第637页。

藻辞谲喻，温柔在诵，故最附深衷矣。"① 诗言志是中国诗歌的总纲领，被后代文学家与经学家不断阐释。诗言志，是表现个人的志向和情感，但这种志向情感又是与教化相联系的。如朱自清所言："'诗言志'是一句古话；诗（誌）这个字就是'言'、'志'两个字合成的。但古代所谓'言志'和现在所谓'抒情'并不一样；那'志'总是关联着政治或教化的。"② "《庄子》和《荀子》里都说道'诗言志'，那个'志'便指教化而言。"③

诗言志，也被清代曲家借用表述戏曲创作的动机和功能。清代曲家多"借他人之酒杯，浇自己之垒块"，戏曲"聊以自娱"的特色很鲜明，从清代戏曲家所塑造的人物形象上可以看到曲家自己的精神气质与人格理想，这种高度的主体性与抒情性是元明戏曲所不具备的。清代曲论中这种观点不绝如缕，如毛奇龄《长生殿院本序》中言：

> 才人不得志于时，所至诎抑，往往借鼓子调笑，为放遣之音，原其初，本不过自抒其性情，并未尝怨尤于人，而人之嫉之者，目为不平，或反因其词而加诎抑焉。然而其词则往往藉之以传。④

又如嵇永仁《续离骚·自引》曰："仆辈遭此陆沉，天昏日惨，性命既轻，真情于是乎发，真文于是乎生。虽填词不可抗《骚》，而续其牢骚之遗意，未始非楚些别调云。"⑤ 吴伟业《北词广正谱·序》曰："盖士之不遇者，郁积其无聊不平之概于胸中，无所发抒，因借古人之歌呼笑骂，以陶写我之抑郁牢骚，而我之性情，爱借古人之性情，而盘旋于纸上，宛转于当场。"⑥ 均表明戏曲用以陶冶性情，抒发愤懑的动机，而不是将戏曲仅作为供人一笑的游戏文章。

---

① （梁）刘勰著，范文澜注：《文心雕龙注》，人民文学出版社 1958 年版，第 22 页。
② 朱自清：《诗经》第四，《经典常谈》，中华书局 2009 年版，第 29 页。
③ 同上书，第 31 页。
④ （清）毛奇龄：《长生殿院本序》，《西河集》卷四十七，影印文渊阁四库全书本第 1320 册，第 407 页。
⑤ 蔡毅：《中国古典戏曲序跋汇编》，齐鲁书社 1989 年版，第 945 页。
⑥ 同上书，第 79 页。

2. 思无邪

《论语·为政》，子曰：“《诗》三百，一言以蔽之，曰‘思无邪’。”何谓“思无邪”？朱熹注曰：

> “思无邪”，《鲁颂·駉篇》之辞。凡《诗》之言，善者可以感发人之善心，恶者可以惩创人之逸志，其用归于使人得其情性之正而已。然其言微婉，且或各因一事而发，求其直指全体，则未有若此之明且尽者。故夫子言《诗》三百篇，而惟此一言足以尽盖其义，其示人之意亦深切矣。①

即感发劝惩寓于其中，微婉雅正形之于外。“思无邪”的理论正好与“温柔敦厚”相印证。与此相接近的概念还有“乐而不淫，哀而不伤”，《论语·八佾》，“子曰：‘《关雎》，乐而不淫，哀而不伤。’”即《关雎》表达的感情平和、适度，符合中庸之道，亦是“温柔敦厚”之意。“温柔敦厚”、“思无邪”、“乐而不淫，哀而不伤”的诗教理论被后代文学家不断阐发，并渗入清代的戏曲理论中，如李东阳《钧天乐·序》曰：

> 至于元人杂剧，半属淫哇，近代传奇，尚臻风雅。关、郑、白之外，间有名篇。施、高、汤、沈之余，诧多妍唱，求其怨而不怒，质而有文，续正始之音，合无邪之旨者，诚难数觏也。②

李东阳正是以儒家的诗教理论来衡量戏曲。元明戏曲的灏烂、奔放、恣肆、言情的特点自然与儒家诗教格格不入，而他认为清代尤侗的《钧天乐》则是符合儒家诗教的作品。其实，不仅是《钧天乐》，清代文人创作的传奇杂剧，大多具有“温柔敦厚”的雅正风格，这也是清代戏曲与元明戏曲的不同之处。因为清代曲家和曲论家的关注点也在于戏曲有益于人伦风化，思想纯正，而不是如同元明戏曲以描写男女风情为主。这种主张在清代曲家中多有，如耿维祐《祷河冰谱·序》曰：

---

① （宋）朱熹：《四书章句集注》，中华书局1983年版，第53—54页。
② 蔡毅：《中国古典戏曲序跋汇编》，齐鲁书社1989年版，第1462页。

今之填词，古之乐府也。有声有调，被之管弦，可以歌颂太平，羽翼名教，关系者甚大。第自元人以降，虽名作如林，大都风云月露，以摹写儿女闺情为能事，风俗人心，贻害不浅，予尝为天下有才者惜之。南昌罗君小隐，雅人也。年甫弱冠，能文章，兼通音律，爱谈气节，常诵其乡蒋清容太史"不肯轻提南董笔，替人儿女写相思"之句。①

杨恩寿《吟风阁杂剧·序》曰：

词曲之名起于宋，盛于元。胜国以后，文人学士，相继而作，其脍炙人口，传之优孟衣冠者，大抵言情居多，或致有伤风化。求其激昂慷慨，使人感动兴起，以羽翼名教，殆不可得。"吟风阁"者，恩伯祖笠湖公著书之室也。公严气正性，学道爱人，从宦豫蜀，郡邑俎豆，为学人，为循吏，著作甚富。公余之暇，复取古人忠孝节义足以动天地泣鬼神者，传之金石，播之笙歌，假伶伦之声容，阐圣贤之风教，因事立义，不主故常，务使闻者动心，观者泣下，铿锵鼓舞，凄入心脾，立懦顽廉，而不自觉。刻成，因以吟风阁名之。以是知公之用心良苦，公之劝世良切也。②

3. 兴、观、群、怨

《论语·阳货》："子曰：小子何莫学夫诗？诗可以兴、可以观、可以群、可以怨。迩之事父，远之事君，多识于鸟兽草木之名。"兴、观、群、怨的意思详见朱熹《四书集注》，兴指"感发志意"、观指"考见得失"、群指"和而不流"、怨指"怨而不怒"，兴、观、群、怨之说也成为儒家的诗学理论之一。鹿善继《企华亭诗集·序》曰：

闻说诗者："诗有别趣，非关理也。诗有别才，非关学也。"……余初不解禅，何能参悟？只据孔圣家法，有兴观群怨，事君事父之说在……诗以道性情，而性情正六经之所根以为用。兴观群怨，性情备

---

①　蔡毅：《中国古典戏曲序跋汇编》，齐鲁书社 1989 年版，第 1139 页。
②　同上书，第 977 页。

矣……天下何子不为事父，何臣不为事君，而必先以兴观群怨，则诗之实用可知……必于理外觅别趣，学外觅别材者，其所谓理与学，非其至也……夫雅者淫之砭也，真者赝之针也。晚近词人，风逸兴冷，婉逗微含，率不离淫……而砭淫针赝又非才迂趣腐者所能操其权。余喜借韫若之才与趣，恢复《三百篇》之宗统。①

王夫之（1619—1692）《姜斋诗话》曰：

"诗可以兴，可以观，可以群，可以怨。"尽矣。辨汉魏唐宋之雅俗得失以此，读《三百篇》者必此也。可以云者，随所以而皆可也。于所兴而可观，其观也深；于所观而可兴，其观也审。以其群者而怨，怨愈不忘；以其怨者而群，群乃益挚。②

又曰："兴观群怨，诗尽于是矣。"③ 兴、观、群、怨之说被曲论家引入戏曲的评介中，借以说明戏曲的功能，与戏曲传统的以娱乐为主的功能相对立。李贽首次提出了戏曲的兴、观、群、怨的作用。他评《红拂》曰："孰谓传奇不可以兴，不可以观，不可以群，不可以怨乎？"④ 明末祁彪佳所作《孟子塞五种曲·序》：

今天下之可兴、可观、可群、可怨者，其孰过于曲者哉！盖诗以道性情，而能道性情者莫如曲。曲之中有言夫忠孝节义、可忻可敬之事者焉，则虽呆童愚妇见之，无不击节而忭舞；有言夫奸邪淫慝、可怒可杀之事者焉，则虽呆童愚妇见之，无不耻笑而唾詈。自古感人之深而动人之切，无过于曲者也。⑤

又曰：

---

① 转引自龚鹏程《中国文人阶层史论》，兰州大学出版社 2004 年版，第 140 页。
② （明）谢榛、（清）王夫之：《四溟诗话》、《姜斋诗话》，人民文学出版社 1961 年版，第 139 页。
③ 同上书，第 145 页。
④ （明）李贽：《红拂》，《焚书》卷四，中华书局 1974 年版，第 541 页。
⑤ 蔡毅：《中国古典戏曲序跋汇编》，齐鲁书社 1989 年版，第 2745 页。

　　子曰:"诗可以兴、可以观、可以群,可以怨。"然则,诗而不可兴、可观、可群、可怨者,非天下之真诗也……则以先生之曲为古之诗与乐可;而且以先生之五曲作《五经》读,亦无不可也。①

兴、观、群、怨也是清代曲论中的核心观念,黄周星《制曲枝语》曰:

　　论曲之妙无他,不过三字尽之,曰"能感人"而已。感人者,喜则欲歌、欲舞,悲则欲泣、欲诉,怒则欲杀、欲割:生趣勃勃,生气凛凛之谓也。噫!兴观群怨,尽在于斯,岂独词曲为然耶?②

李调元(1734—1803)《剧话·序》:

　　孔子曰:"诗可以兴、可以观,可以群、可以怨。"今举贤奸忠佞,理乱兴亡,搬演于笙歌鼓吹之场,男男妇妇,善善恶恶,使人触目而惩戒生焉,岂不亦可兴、可观、可群、可怨乎?③

张坚《梅花簪·自序》曰:

　　天地以情生物,情主于感,故可以风……《三百篇》后,递降为填词。然子舆氏有云:今乐犹古乐,其兴、观、群、怨之道,正维风化俗之机,孰谓传奇苟作者哉?④

认为戏曲能感动人心,观政治之得失,移风易俗,将戏曲与风化联系起来。

　　4.绘事后素、文质彬彬

　　"绘事后素"见《论语·八佾》,"子夏问曰:'巧笑倩兮,美目盼

---

　　①　蔡毅:《中国古典戏曲序跋汇编》,齐鲁书社1989年版,第2745—2746页。

　　②　同上书,第372页。

　　③　(清)李调元:《剧话序》,《剧话》卷首,《中国古典戏曲论著集成》(八),中国戏剧出版社1959年版,第35页。

　　④　蔡毅:《中国古典戏曲序跋汇编》,齐鲁书社1989年版,第1684页。

兮，素以为绚兮。'何谓也？子曰：'绘事后素。'曰：'礼后乎？'子曰：
'起予者商也！始可与言《诗》已矣。'""绘事后素"的意思朱熹释曰：
"先以粉地为质，而后施五采，谓人有美质，然后可加文饰。"① "文质彬
彬"见《论语·雍也》，"子曰：'质胜文则野，文胜质则史。文质彬彬，
然后君子。'"这两条都谈到了诗歌或文学内容与形式的关系。前面一条
强调文学思想的雅正、淳厚，认为应该将思想内容放在形式和艺术性的前
面。清代曲论家注重戏曲作品的思想主旨，要求戏曲描写的内容应合乎伦
理道德，有益于世道人心，甚至将戏曲作品的社会功能置于审美价值之
上。因此，就会得出董榕的《芝龛记》要高于孔尚任的《桃花扇》的这
种评骘：

> 曲昉于元，盛于明，而归墟于本朝。玉茗、稗畦而外，率皆短出
> 杂剧。隶事较详者，惟《桃花扇》一种。然仅擅胜乎俳优，而无当
> 于激励也。《芝龛记》一书，规依正史，博采遗闻，以秦、沈忠孝为
> 纲，而当时之朝政系焉。②

此序为了倡扬《芝龛记》的"忠孝"，将其与《桃花扇》作比较，认为
前者胜过后者，原因在于《桃花扇》"仅擅胜乎俳优，而无关于激励"。
众所周知，《桃花扇》在清初剧坛享誉甚高，以描写南明王朝兴亡的历史
悲剧而感发人心，李香君与侯方域的爱情纠葛只是穿插在这一大背景之中
的插曲。但即便如此，石光熙仍认为是"无当于激励"，也因此，对其评
价不如《芝龛记》高。这虽然是就其思想性而言的，但清人的戏曲价值
观由此可见一斑。但所幸的是儒家的诗歌理论并非一味重视文学的思想
性，同时也强调文学的艺术性，强调文质双美，"文质彬彬，然后君子"。
这种看法更为合理，对文学和戏曲的发展也更为有利。

综上，清代戏曲和清代曲论从各个方面深受儒家诗教理论的影响。
从戏曲文学的发生说而言，清代曲论受"诗言志"理论的影响；从戏
曲文学的表现说而言，清代戏曲表现出较为雅正的思想，体现了诗教
"思无邪"的特点；从戏曲文学的功能说而言，清代曲家和曲论家又认

---

① （宋）朱熹：《论语集注》卷二，《四书章句集注》，中华书局1983年版，第63页。
② 蔡毅：《中国古典戏曲序跋汇编》，齐鲁书社1989年版，第1718页。

为戏曲应该并且能够体现出诗教中的兴、观、群、怨的功能；而从戏曲文学的内容和形式关系说而言，清代戏曲相对明代戏曲更加注重戏曲内容的教化和淳厚，这无疑也是受到传统诗教注重文学思想、轻视文学形式的影响。

乐学思想与中国戏曲

《乐》是先秦六经之一，也是六艺之一。《乐》经虽在先秦之后亡佚，但其主要思想则在其他儒家典籍中保存，如《礼记·乐记》就是对儒家乐学思想的集中表述。先秦乐学思想对中国戏曲的影响颇为深刻。《礼记·乐记》中关于乐的生成、乐的功能、乐的表演形式及诗、乐、舞三位一体的表述不胜枚举，由于戏曲与音乐关系极为密切，"今之乐，犹古之乐也"（《孟子·梁惠王》）。历代曲论家也借此以说明戏曲的产生、戏曲的功能、戏曲的表演及雅乐与俗乐关系等理论。

1. 乐的生成

《礼记·乐记》："凡音者，生人心者也。情动于中，故形于声，声成文，谓之音。""乐者，心之动也。声者，乐之象也。文采节奏，声之饰也。君子动其本，乐其象，然后治其饰。""乐者，音之所由生也。其本在人心之感于物也。"由人心感物，而生乐。音乐的发生说可以直接引入到戏曲的发生说中。因为古之声诗即今之歌曲。清蒋孝《南词旧谱·序》曰："余当铅椠之暇，因思大雅不作，而乐之所生，皆由人心。古之声诗，即今之歌曲也。昔《二南》、《国风》，出于民俗歌谣。而《南风》、《击壤》之咏，实彰《韶》、《濩》之治，是乌可以下里淫艳废哉！"[1] 清姚华《曲海一勺·述旨》："凡音之起，由人心生也；人心之动，物使之然也。一切文章，悉由此则。盖心物交应，构而成象；积则必宣，形之于言。言者，心之声也；声成文，谓之音。言之尤美而音之至谐者，莫文章若矣。"[2] 都是将戏曲的发生说等同于乐的发生说。

---

① 蔡毅：《中国古典戏曲序跋汇编》，齐鲁书社 1989 年版，第 29 页。

② 姚华：《曲海一勺》，陈多、叶长海《中国历代剧论选注》，湖南文艺出版社 1987 年版，第 498 页。

2. 诗、乐、舞三位一体

《礼记·乐记》云："诗言其志也，歌咏其声也，舞动其容也；三者本于心，然后乐器从之。是故情深而文明，气盛而化神，和顺积中而英华发外，惟乐不可以为伪。""歌之为言也，长言之也。说之，故言之；言之不足，故长言之，长言之不足，故嗟叹之；嗟叹之不足，故不知手之舞之，足之蹈之也。"先秦时候的乐不是纯粹的音乐，而是礼乐制度的抽象体现。诗、乐、舞三位一体，是讲音乐表演形式，而诗、乐、舞的三位一体也正好构成了中国古典戏曲的综合形式。

刘师培认为乐舞是祭祀的一部分，是歌、乐、舞三位一体的表演方式，而今日戏曲也是如此，"古代惟飨用舞……盖以歌节舞，复以舞节音。犹之今日戏曲，以乐器与歌者舞者相应也。"① 又说："是则戏曲者，导源于古代乐舞者也……然以歌节舞，以舞节音，则固与后世戏曲相近者也。"② 在《舞法起于祀神考》中说："而古人之乐舞，已开演剧之先。"③ 这里他提出了戏曲的三个要素：乐、歌、舞，同时他指出了戏曲表演的内容是模拟古人的战迹，发思古之幽情，"《仲尼燕居篇》云：'下而管象，示事也。'示事者，有容可象之谓也。此即古代戏曲之始"。④ 在《舞法起于祀神考》中曰："此亦乐舞之形容古事者也，与后世演剧相同。"⑤ 表演即戏曲是为了象征形容或表演一件事情，或即演故事。这个观点与王国维在《戏曲考原》中认为"戏曲者，谓以歌舞演故事也"⑥ 是完全一致的。而刘师培在《原戏》一文中也指出了古代乐舞和后世戏曲歌、乐、舞三位一体的表演方式，同时他认为表演的内容是："此亦乐舞之形容古事者也，与后世演剧相同。"表演即演故事，因此从刘师培对戏曲的描述和界定也不难得出"戏曲者，谓以歌舞演故事也"。

---

① 刘师培：《原戏》，《左庵外集》卷十三，《刘申叔先生遗书》第五十三册，宁武南氏校印本 1936 年版，第 1 页。

② 同上书，第 2 页。

③ 刘师培：《舞法起于祀神考》，《左庵外集》卷十三，《刘申叔先生遗书》第五十三册，宁武南氏校印本 1936 年版，第 4 页。

④ 刘师培：《原戏》，《左庵外集》卷十三，《刘申叔先生遗书》第五十三册，宁武南氏校印本 1936 年版，第 2 页。

⑤ 刘师培：《舞法起于祀神考》，《左庵外集》卷十三，《刘申叔先生遗书》第五十三册，宁武南氏校印本 1936 年版，第 4 页。

⑥ 王国维：《戏曲考原》，《王国维戏曲论文集》，中国戏剧出版社 1984 年版，第 163 页。

3. 乐的功能

《礼记·乐记》：“礼乐之说，管乎人情。”音乐功能大矣，“人不耐无乐，乐不耐无形。形而不为道，不耐无乱。先王耻其乱，故制《雅》、《颂》之声以道之，使其声足乐而不流，使其文足论而不息，使其曲直、繁、瘠、廉、肉、节奏，足以感动人之善心而已矣，不使放心邪气得接焉。是先王立乐之方也”。先秦儒家极端重视乐的作用，将乐与政通人和相联系。《尚书·尧典》：“八音克谐，无相夺伦，神人以和。”《礼记·乐记》：“礼节民心，乐和民声，政以行之，刑以防之。礼乐刑政四达而不悖，则王道备矣。”乐的功能理论被运用到戏曲理论中去。清王瑞生《新定十二律京腔谱·自序》曰：“原夫六经皆载道之书也，而乐之寓意綦大，盖古昔圣贤格神人、协上下，胥赖乎乐。乐也者，可以稔气数之盛衰，推政治之得失者也。”① 此外，古代的曲论家还认为戏曲能“羽翼名教”、有益风化、有益世道人心。杜陵睿水生《祭皋陶·弁语》曰：

> 杂剧院本，词家之支流也。然出之有道，要不为无益于世……故杂剧之效，能使草野闾巷之民，亦知慕君子而恶小人，此庄士之所不废也。②

主张戏曲出之有道，有益于世。黄周星《人天乐·自序》曰：

> 兹仆所作《人天乐》，盖一为吾生哀穷悼屈，一为世人劝善醒迷，事理本自显浅，不烦诠释。若置之案头，演之场上，人人皆当生欢喜之心，动修省之念，其于世道人心，或亦不无小补。③

磨崖漫士《人天乐·题词》曰：

> 则知一切神仙词曲，未有不本于忠孝者……虽然，其大指亡他，

---

① 蔡毅：《中国古典戏曲序跋汇编》，齐鲁书社 1989 年版，第 95 页。
② 同上书，第 930 页。
③ 同上书，第 1487 页。

要之劝人为善，归于忠孝而已。①

杨恩寿《词余丛话》曰：

> 王阳明先生《传习录》："古乐不作久矣……今要民俗返朴还淳，取今之戏本，将妖淫词调删去，只取忠臣孝子故事，使愚俗人人易晓，无意中感发他良知起来，却于风化有益。"②

以上各家均认为戏曲能行劝善之心，有补世道人心，有益风化，可为儒教辅臣。

4. 新乐与古乐的关系

《礼记·乐记》云：

> 魏文侯问于子夏曰："吾端冕而听古乐，则唯恐卧；听郑卫之音，则不知倦。敢问古乐之如彼何也？新乐之如此何也？"子夏对曰："今夫古乐，进旅退旅，和正以广；弦匏笙簧，会守拊鼓；始奏以文，复乱以武；治乱以相，讯疾以雅；君子于是语，于是道古，修身及家，平均天下。此古乐之发也。今夫新乐：进俯退俯，奸声以滥，溺而不止；及优侏儒，猱杂子女，不知父子。乐终，不可以语，不可以道古。此新乐之发也。今君之所问者乐也，所好者音也。夫乐者，与音相近而不同。"

认为观古乐具有修身齐家治国平天下的意义，而观新乐则徒以败坏人心。而古乐又与正声相联系，新乐与奸声相联系：

> 凡奸声感人而逆气应之，逆气成象而淫乐兴焉。正声感人而顺气应之，顺气成象而和乐兴焉……是故君子反情以和其志，比类以成其行，奸声乱色不留聪明，淫乐慝礼不接心术，惰慢邪辟之气不设于身

---

① 蔡毅：《中国古典戏曲序跋汇编》，齐鲁书社 1989 年版，第 1492 页。

② （清）杨恩寿：《词余丛话》，《中国古典戏曲论著集成》（九），中国戏剧出版社 1959 年版，第 250 页。

体，使耳目鼻口心知百体皆由顺正以行其义。然后发以声音，而文以琴瑟，动以干戚，饰以羽旄，从以箫管，奋至德之光，动四气之和，以著万物之理……故乐行而伦清，耳目聪明，血气和平，移风易俗，天下皆宁。

正声能治国安邦，促进个人修养；奸声则能乱民，危害个人身心。《乐记》中认为应以正声驱走邪声。小者使个人耳目聪明，血气平和；大者能够移风易俗，安宁天下。同时将奸声与郑卫之音相联系，《礼记·乐记》曰："郑卫之音，乱世之音也，比于慢矣；桑间濮上之音，亡国之音也；其政散，其民流，诬上行私而不可止也。"《论语·卫灵公》曰："乐则《韶》、《舞》，放郑声，远佞人。郑声淫，佞人殆。"《论语·阳货》曰："恶紫之夺朱也，恶郑声之乱雅乐也。"以上是将古乐、正声、雅乐统属一个范畴，而新乐、郑卫之音、奸声、淫乐等统属一个范畴。将音乐与人事相联系，划分为正、邪截然对立的两个范畴。

因此，古人利用音乐的正、邪理论来表达对戏曲的不同观点。一种观点认为戏曲为新乐，为邪声，为淫声，需要禁止。而另外一种观点则认为如果戏曲表达的思想合乎正声，应该利用戏曲推广教化，不应该将戏曲完全禁止，如《传习录下》曰：

先生曰："古乐不作久矣！今之戏子，尚与古乐意思相近。"未达，请问。先生曰："《韶》之九成，便是舜的一本戏子，《武》之九变，便是武王的一本戏子。圣人一生实事，俱播在乐中。所以有德者闻之，便知他尽善尽美，与尽美未尽善处。若后世作乐，只是做些词调，于民俗风化绝无关涉，何以化民善俗？今要民俗返朴还淳，取今之戏子，将妖淫词调俱去了，只取忠臣孝子故事，使愚俗百姓，人人易晓，无意中感激他良知起来，却于风化有益。然后古乐渐次可复矣。"①

清刘献廷《广阳杂记》卷二曰："余尝与韩图麟论今世之戏文小说，图老以为败坏人心，莫此为甚，最宜严禁者。余曰：'先生莫作此说。戏文小

---

① （明）王阳明：《传习录》，江苏古籍出版社2001年版，第308页。

说，乃明王转移世界之大枢机，圣人复起，不能舍此而为治也。'"① 由此可见，这一派的理学家反对的只是戏曲中的诲淫诲盗、具有淫秽色情的剧作，而不是反对所有的戏曲。这种观点无疑较为合理而开明，即使移步到今天的文化建设语境中，也是适合的。总之，以上学者都是看到了戏曲易于传播，能行风化之作用。

此外还有一些曲家以孔子删诗、不废郑卫之音的理论比附戏曲即使有抒发男女之情的内容，也不应被禁止，而应有其存在的合理性。李调元《雨村曲话·自序》曰：

> 予辑《曲话》甫成，客有谓予曰："词，诗之余；曲，词之余。大抵皆深闺永巷、春伤秋怨之语，岂须眉学士所宜有？况夫雕肾琢肝，纤新淫荡，亦非鼓吹之盛事也，子何为而刺刺不休也？"予应之曰："唯，然。然独不见夫尼山删《诗》，不废《郑》、《卫》；辖轩采风，必及下里乎？夫曲之为道也，达乎情而止乎礼义者也。"②

邹绮《杂剧三集·跋》：

> 自有天地，即有元音。而其言情者，则莫过乎诗。诗《三百篇》，不删《郑》、《卫》。③

5. 乐的艺术效果

《礼记·乐记》："临事而屡断，勇也；见利而让，义也。有勇有义，非歌孰能保此？故歌者上如抗，下如坠，曲如折，止如槁木，倨中矩，句中钩，累累乎端如贯珠。"④ 这一理论也被后代曲家用来说明戏曲演唱的技巧和演唱时的艺术境界。如清徐大椿《乐府传声》引用"曲如折，止如槁木"来说明北曲曲唱要讲断法。其论口法宫调之重要性也引《乐记》曰："苟口法宫调得其真，虽今乐犹古乐也。盖天地之元声，未尝一日息

---

① （清）刘献廷：《广阳杂记》卷二，中华书局1959年版，第107页。
② 蔡毅：《中国古典戏曲序跋汇编》，齐鲁书社1989年版，第166页。
③ 同上书，第467页。
④ （清）徐大椿：《乐府传声序》，《中国古典戏曲论著集成》（七），中国戏剧出版社1959年版，第153页。

于天下，《记》云：'礼乐不可斯须去声。'"

6. 乐的表演方式与过程

《礼记·乐记》："夫乐者，象成者也。总干而山立，武王之事也。发扬蹈厉、大公之志也。武乱皆坐，周、召之治也。且夫《武》，始而北出，再成而灭商，三成而南，四成而南国是疆，五成而分，周公左，召公右，六成复缀，以崇天子。夹振之而驷伐，盛威于中国也。分夹而进，事早济也。久立于缀，以待诸侯之至也。"后代曲学家认为以上所描述的片段即是戏剧的萌芽，如清人刘师培《原戏》即以此说明中国戏剧的起源。他说："观《乐纪》之言大武也……非即戏曲持器操械之始乎。""又《乐记》载孔子告宾牟贾云：'夫舞者，象成者也。总干山立，武王之事也。发扬蹈厉，太公之志也。武乱皆坐，周、召之治也。'又考之《尚书大传》，则古制乐歌，皆假设宾主。而武王克殷，亦杂演夏廷故事。非即戏曲装扮人物之始乎？"[1] 清代臧庸《拜经堂文集》卷一《释颂》亦曰：

> 案：鲁备四代之乐，季札观其舞必曰："美哉"、"大哉"、"德至矣哉"。杜元凯以为美其容是也。据《乐象》篇言大武曰："先鼓以警戒，三步以见方，再始以著往复，乱以饰归。"又《宾牟贾》篇言："总干山立"、"发扬蹈厉"、"武乱皆坐"及"六成等象"。知乐舞之容所以形古帝王文德武功，逐科衍出，犹令伶人演戏，口歌而手舞足蹈也。《诗序》维清注云："象用兵时刺伐之舞，《酌颂》等篇可类推。"然则《大夏》之舞，必象禹敷文德制形。《大濩》之舞，必象汤以宽治民而除邪之容，舞必有象于三颂可必也。[2]

亦是指出了《武》舞为中国古代戏剧之源的事实，而且一一分析了其表演形式和过程。

7. "今之乐，犹古之乐也"

此语出自《孟子·梁惠王下》。今之乐，为世俗之乐，古之乐，为先王之乐。古代的曲论家多利用此理论说明音乐不断演化，呈现的形式有所

---

① 刘师培：《原戏》，《左庵外集》卷十三，《刘申叔先生遗书》第五十三册，宁武南氏校印本1936年版，第2页。

② （清）臧庸：《释颂》，《拜经堂文集》卷一，续修四库全书本第1491册，第508页。

不同，但古今一理，而演变到元明清三代，乐的载体是戏曲，戏曲即为今乐。今乐犹古乐，因此，戏曲也能体现古乐的精神，利用戏曲可以复兴古乐，并恢复日渐衰微的儒家礼乐传统。裴文襗《词余丛话·序》曰：

> 古有乐，今亦有乐。古乐云亡，舍今奚从？而今日之乐，大而清庙、明堂、燕享、祭祀，小而樵歌牧笛，妇孺讴吟，凡有声音，皆可谓乐。以此为乐，则弟子可学矣。①

徐大椿《乐府传声·序》曰：

> 嗟夫！乐之道久已丧失，犹存一线于唱曲之中，而又日即消亡，余用悯焉。爰作传声法若干篇，借北曲以立论，从其近也；而南曲之口法，亦不外是焉。古人作乐，皆以人声为本，《书》曰："诗言志，歌咏言，声依咏，律和声。"人声不可辨，虽律吕何以和之？故人声存而乐之本自不没于天下。传声者，所以传人声也。其事若微而可缓。然古之帝王圣哲，所以象功昭德，陶情养性之本，实不外是。此学问之大端，而盛世之所必讲者也。②

刘楫《词林摘艳·序》曰：

> 《康衢》、《击壤》之歌，乐府之始也。汉魏而下，则有古乐府，犹有余韵存焉，至元，金、辽之世，则变而为今乐。③

余冶将戏曲称为今乐，作《庶几堂今乐》，亦是出于如此考虑。这样的论证，将戏曲纳入儒家礼乐的范畴，使得戏曲具有了恢复古乐的使命，极大提高了戏曲的地位。

此外，理学诸儒不仅从乐理和乐本来谈先秦乐教思想，而且将乐理与

---

① 蔡毅：《中国古典戏曲序跋汇编》，齐鲁书社 1989 年版，第 182 页。
② （清）徐大椿：《乐府传声序》，《中国古典戏曲论著集成》（七），中国戏剧出版社 1959 年版，第 153 页。
③ 蔡毅：《中国古典戏曲序跋汇编》，齐鲁书社 1989 年版，第 2694 页。

乐的器数和声音结合起来，力求重新恢复先秦的礼乐传统。《汉书·乐志》："周衰，俱坏，乐尤微眇，以音律为节。"① 乐学在先秦之后，衰微并分化。一类是以乐理和乐本为主，这是传统儒家的乐学思想。后来的儒家谈礼乐，都仅仅是谈到乐理，而不是乐的器数以及具体的演奏方法和歌唱方法。一类则保存在俗乐当中，包括乐器和乐声。但这一类后来由乐师和优伶所掌握，又为儒生所不屑。一类是形而上的乐，另一类是形而下的乐。先秦时候繁盛的礼乐制度，进退揖让的操作规程不复重现。清儒有感于这种现实，不断地致力于恢复古乐的传统和先秦的高度繁荣的礼乐制度。而要打通乐理和乐器、乐声的通道，必然重视到戏曲音乐的存在。清汪绂（1692—1759）《理学逢源》卷九外篇《作乐》曰：

> 安上治民，莫善于礼；移风易俗，莫善于乐。乐之为用大矣哉。后世礼教虽遥，犹存梗概，而乐教则渺矣无闻。学士高谈乐理而不娴器数声容，不娴器数声容则虚而鲜据，而理亦未必其尽安。伶人役于声音而不通乎义理，不通义理则流而忘本，而声乃日逐于淫荡。抑知夫乐之理原于天地，乐之气衷乎律吕。乐之本生于人心，乐之发动以咏歌，乐之声存乎器数。本末俱明，而后可以言乐。《八阕》葛天乐、《扶徕》伏羲乐、《下谋》神农乐、《黄枹》、《土鼓》，声容不必备美而真意自存……元则填词是尚，而杂剧日纷。②

描述了从先秦古乐到戏曲的嬗变过程，辨析了乐理、乐本、乐器、乐声之间的相互关系。李颙《二曲集》卷八"读书次第"：

> 《诗》虽可兴，然古人之治《诗》，如今人之习曲，被之管弦，发之声音，有高下、抑扬、清浊、疾徐之节，令人听之心爽神怡，飒飒乎有入，不自觉其变也。今人则执册板诵，即老师宿儒，亦漠焉无动，矧初学乎？今虽不能尽如古法，亦须从容玩味，抑扬顿挫，庶涵育熏陶，养成德性。③

① （汉）班固：《艺文志第十》，《汉书》卷三十，中华书局1962年版，第1711—1712页。
② （清）汪绂：《作乐》，《理学逢源》卷九，续修四库全书本第947册，第562页。
③ （清）李颙：《读书次第》，《二曲集》卷八，中华书局1996年版，第58页。

强调乐声的重要性。唐绍祖《乐府传声·序》借李文贞公之语曰："每论声清之元，与移风移俗之本，谓教化莫先于乐，乐以人声为重。"① 也是认为不仅要讲求乐理和乐本，而且要求得乐声，从单纯的形而上者向形而下者转移。而乐的器数和声音基本存在于俗乐当中，在元明清时期主要存在于戏曲音乐当中，因此为了恢复先秦的礼乐传统不得不重视戏曲的作用。

8. 儒家乐教

所谓乐教，《礼记·经解》："广博易良，《乐》教也……广博易良而不奢，则深于《乐》者也。"孔颖达疏曰："广博易良，《乐》教也者，乐以和通为体，无所不用，是广博；简易良善，使人从化，是易良。"② 儒家乐教体现的是儒家的中和之美，重视的是戏曲的移风易俗的风化作用。广博易良即是平和通达，容易使人接近，因而容易受到感化之意。因此，古人认为从音乐中可以观民风，从民风中可以体现乐教。《左传·襄公二十九年》"季札观乐"：

> 为之歌《大雅》，曰："广哉，熙熙乎！曲而有直体，其文王之德乎！"为之歌《颂》，曰："至矣哉！直而不倨，曲而不屈，迩而不逼，远而不携，迁而不淫，复而不厌，哀而不愁，乐而不荒，用而不匮，广而不宣，施而不费，取而不贪，处而不底，行而不流，五声和，八风平，节有度，守有序，盛德之所同也。"③

因此，曲论家借乐教的理论强调戏曲的感化作用。包世臣（1775—1855）《书〈桃花扇〉传奇后》：

> 传奇体虽晚出，然其流出于乐。乐之为教也，广博易良。广博则取类也远，易良则起兴也切。故传奇之至者，必深有得于古文隐显回互激射之法，以属思铸局。若徒于声容求工，离合见巧，则俳优之技

---

① 蔡毅：《中国古典戏曲序跋汇编》，齐鲁书社1989年版，第144页。

② （汉）郑玄注，（唐）孔颖达疏：《礼记正义》卷五十，《十三经注疏》，中华书局1980年版，第1609页。

③ （晋）杜预注，（唐）孔颖达疏：《春秋左传正义》卷三十九，《十三经注疏》，中华书局1980年版，第2007页。

而已。①

余冶曰：

> 天下之祸亟矣。师儒之化导，既不见为功；乡约之奉行又历久生厌。惟兹新戏，最洽人情，易移风俗，于是乎在……庶几哉！一唱百和，大声疾呼，其于治也，殆庶几乎！②

俞樾《余莲村劝善杂剧·序》曰：

> 余受而读之，曰："是可以代逴人之铎矣。"《乐记》曰："人不能无乐，乐不能无形，形而不为道，不能无乱。先王耻其乱，故制雅颂之声以道之，使足以感动人之善心，不使放心邪气得接焉。是先王立乐之方也。"夫制雅颂之声以道之，诚善矣；而魏文侯曰："吾听古乐则唯恐卧，听郑、卫之音，则不知倦。"是人情皆厌古乐而喜郑、卫也。今郑、卫之音节，而寓古乐之意，《记》所谓"其感人深，其移风易俗易"者，必于此乎在矣。余愿世之君子，有世道之责者，广为传播，使之通行于天下。谁谓周郎顾曲之场，非即生公说法之地乎？③

主张以新乐的形式包含古乐的内容，既可以感人，又能教化人，达到移风易俗的作用。刘熙载《艺概·词曲概》曰：

> 《乐记》言声歌各有宜，归于直己而陈德。可知歌无今古，皆取以正声感人，故曲之无益风化，无关劝戒者，君子不为也。④

提倡曲之有益风化。陈佩忍《论戏剧之有益》也是从戏曲起源于古乐而

---

① （清）包世臣：《小倦游阁集》卷十八，续修四库全书本第 1500 册，第 521 页。
② 蔡毅：《中国古典戏曲序跋汇编》，齐鲁书社 1989 年版，第 2258 页。
③ 同上书，第 2265 页。
④ （清）刘熙载：《艺概》卷四，《刘熙载集》，华东师范大学出版社 1993 年版，第 153页。

谈到戏曲的作用与古乐等同，戏曲为有益，不可轻忽。其曰：

> 抑子宁薄俳优而笑之耶？则吾且与子道古。仲尼曰："移风易俗，莫善乎乐。"孟轲氏曰："今之乐，犹古之乐也。"彼戏剧虽略殊，顾亦未可谓非古乐之余也。（观《左传》观优鱼里之事，《乐记》有"优侏儒"之语，则其所从来者远矣。）盖自《雅》、《颂》之声衰，而后《风》诗以兴；《风》诗兴，而郑、卫靡靡之音作，靡靡之音作，而音乐之势力乃且浸淫普及于一般社会之中，而变古以为今；浸假而歌舞焉，浸假而俳优侏儒焉，而戏剧之端，肇于兹矣。是故知礼如魏文侯，而不能对古乐免于思卧；好贤若渴之楚庄王，且必待优孟而始动于其心：则今乐之移人，洵速且捷哉！何况《云门》、《咸池》、《韶》、《濩》、《大武》之音，以享郊庙，则雍容安雅而咸宜；以化里巷，则不敌其一儿童之笑啼：盖宋玉有言，"曲高和寡"，固自然之理也。①

陈独秀在署名三爱的《论戏曲》一文中说：

> 人类之贵贱，系品行善恶之别，而不在于执业之高低。我中国以演戏为贱业，不许与常人平等。泰西各国则反是，以优伶与文人学士同等；盖以为演戏事，与一国之风俗教化极有关系，决非可以等闲而轻视优伶也。即考我国戏曲之起点，亦非贱业。古代圣贤均习音律，如《云门》、《咸池》、《韶》《濩》、《大武》等之各种音乐，上自郊庙，下至里巷，皆奉为圭臬。及周朝遂为《雅》、《颂》，刘汉以后，变为乐府，唐宋变为词曲，元又变为昆曲。迄至近二百年来，始变为戏曲。故戏曲原与古乐相通者也……孔子曰："移风易俗，莫善乎乐。"孟子曰："今之乐，犹古之乐也。"戏曲，即今乐也。②

---

① 陈佩忍：《论戏剧之有益》，阿英《晚清文学丛钞：小说戏曲研究卷》，中华书局 1960 年版，第 64 页。

② 三爱：《论戏曲》，阿英《晚清文学丛钞：小说戏曲研究卷》，中华书局 1960 年版，第 53 页。

也是强调戏曲与风俗教化极有关系，戏曲为今乐，与古乐相通，因此具有移风易俗之功效。

　　以上从各个方面论述了先秦《乐》学思想对后世戏曲的影响，而这种影响是较为突出的，因为戏曲是一种以音乐为本体的文学艺术，戏曲作为一种"今之乐"，它的思想内涵与作为古之乐是相通的，乐学思想几乎在戏曲的各个方面都有所体现。而研究戏曲与古乐的关系在清儒那里成果是最为突出的，如凌廷堪的《燕乐考原》即是通过燕乐来沟通"今乐"（包括戏曲音乐）与古乐（先秦之乐）之间的关系。关于清儒对古乐与今乐的研究，笔者另有专文进行论述，在这里不作展开。

《周易》和《春秋》对中国戏曲之影响

中国文学源远流长，而且后起的文学总是不可避免地受到早期文学的影响。这种源流关系的考察也成为中国文学研究的一个固有的方法和较为可行的方法。历来认为《诗三百》为诗之源头，《诗三百》对中国文学的影响也较为深远。除此之外，《礼》和《乐》对后世文学的影响也是较为显著的，尤其对于中国文学中重伦理教化和雅正之风的特点的影响是不可否认的。除了《诗》、《礼》、《乐》之外，《周易》和《春秋》对后世文学的影响也很显著，学界也多有论述。但关于《周易》和《春秋》对中国戏曲的影响却较少被谈及。究其原因，与中国文学的固有特性有关。中国文学以抒情和言志文学为大端，叙事文学为小端。雅文学为主流，而通俗文学为末流。一般很少注意到叙事文学和俗文学的演变。因此，也很少人注意到戏曲文学受到经典的影响。有鉴于此，本文简单讨论一下《周易》和《春秋》对中国戏曲形成的影响。

一 《周易》对中国戏曲之影响

《周易》向中国戏曲的渗透表现在以下诸方面：

1. 风化思想

《周易》首提风化思想。《周易》之《贲卦·象传》曰："刚柔交错，天文也；文明以止，人文也。观乎天文，以察时变，观乎人文，以化成天下。"① 这种风化思想对后代文学乃至戏曲的影响深远，历代的曲家和曲论家都强调戏曲的风化作用以使得戏曲合乎儒家的统治思想，这种论说比

---

① （魏）王弼著、（晋）韩康伯注，（唐）孔颖达疏：《周易正义》卷三，《十三经注疏》，中华书局1980年版，第37页。

比皆是。如夏庭芝《青楼集志》曰："至我朝乃分'院本'、'杂剧'而为二……'院本'大率不过谑浪调笑、'杂剧'则不然……皆可以厚人伦，美风化。"① 也是开始强调元杂剧厚人伦、美风化的教化作用，借此说明戏曲的社会功能，为戏曲找到合理生存的空间。杨维桢（1296—1370）《沈氏今乐府·序》曰："乐府曰今，则乐府之去汉也远矣，士之操觚于是者，文墨之游耳，其于声文缀于君臣、夫妇、仙释氏之典，故以警人视听，使痴儿女知有古今美恶成败之劝惩，则出于关、庚氏传奇之变。"② 则进一步将戏曲与劝善惩恶、褒贬美刺等儒家教义相等同。到了明代，则理学与戏曲的关系更为密切，明初高明的《琵琶记》以"不关风化体，纵好也枉然"为题旨，因此获得了明太祖朱元璋的嘉赏，将《琵琶记》与《四书》、《五经》相等同。《南词叙录》云："我高皇帝即位，闻其名，使使征之，则诚佯狂不出，高皇不复强。亡何，卒。时有以《琵琶记》进呈者，高皇笑曰：'《五经》、《四书》、布、帛、菽、粟也，家家皆有；高明《琵琶记》，如山珍、海错，贵富家不可无。'"③ 进一步拉近了戏曲与经学的距离。由于《琵琶记》有强烈的宣扬伦理道德的意味，后人也多以之与经史相比并。如李渔《闲情偶寄》"词曲部"曰："人谓：《琵琶》一书，为讥王四而设，因其不孝于亲，故加以入赘豪门，致亲饿死之事。何以知之？因'琵琶'二字，有四'王'字冒于其上，则其寓意可知也。噫！此非君子之言，齐东野人之语也。凡作传世之文者，必先有可以传世之心，而后鬼神效灵，予以生花之笔，撰为倒峡之词，使人人赞美，百世流芳——传非文字之传，一念之正气使传也。《五经》、《四书》、《左》、《国》、《史》、《汉》诸书，与大地山河同其不朽，试问当年作者，有一不肖之人、轻薄之子厕于其间乎？但观《琵琶》得传至今，则高则诚之为人，必有善行可予，是以天寿其名，使不与身俱

---

① （元）夏庭芝：《青楼集志》，《中国古典戏曲论著集成》（二），中国戏剧出版社1959年版，第7页。

② （元）杨维桢：《沈氏今乐府序》，《东维子文集》卷十一，四部丛刊初编影旧钞本，第3a页。

③ （明）徐渭：《南词叙录》，《中国古典戏曲论著集成》（三），中国戏剧出版社1959年版，第240页。

没，岂残忍刻薄之徒哉！"① 由此可见，高明的《琵琶记》已经为明代的教化戏曲开了先河。相对于元明戏曲，清代戏曲在思想和内容上有更鲜明的正统化和雅正色彩。如张坚《梅花簪·自序》曰：

> 天地以情生物，情主于感，故可以风……《三百篇》后，递降为填词。然子舆氏有云：今乐犹古乐，其兴、观、群、怨之道，正维风化俗之机，孰谓传奇苟作者哉？②

认为戏曲能感动人心，观政治之得失，移风易俗，将戏曲与风化联系起来。

2. 变通思想

《周易·系辞下》曰："易穷则变，变则通，通则久。"③ 强调事物只有变通，才能发展。《文心雕龙》继承这种思想，《文心雕龙·通变》曰："文律运周，日新其业。变则其久，通则不乏。"④ 清代治《易》名家焦循将《易经》中"变通"的思想运用于文学演变的论述中，提出了著名的"代有所胜"的观点，充分肯定元曲的地位。他在《易余龠录》中说：

> 夫一代有一代之所胜，舍其所胜，以就其所不胜，皆寄人篱下者耳，余尝欲自楚骚以下，至明八股，撰为一集，汉则专取其赋，魏晋六朝至隋则专录其五言诗，唐则专录其律诗，宋专录其词，元专录其曲，明专录其八股，一代还其一代之所胜。⑤

这种观点被王国维继承，进而得出了"一代有一代之文学"的结论，为戏曲正名。其《宋元戏曲史》自序曰："凡一代有一代之文学：楚之骚，汉之赋，六代之骈语，唐之诗，宋之词，元之曲，皆所谓一代之文学，而

---

　① （清）李渔：《闲情偶寄》，《中国古典戏曲论著集成》（七），中国戏剧出版社 1959 年版，第 12 页。

　② 蔡毅：《中国古典戏曲序跋汇编》，齐鲁书社 1989 年版，第 1684 页。

　③ （魏）王弼、（晋）韩康伯注，（唐）孔颖达疏：《周易正义》卷八，《十三经注疏》，中华书局 1980 年版，第 86 页。

　④ （梁）刘勰撰，范文澜注：《文心雕龙注》，人民文学出版社 1958 年版，第 521 页。

　⑤ （清）焦循：《易余龠录》卷十五，丛书集成续编第 91 册，第 463 页。

后世莫能继焉者也。"

3. 中和、雅正思想

作为"群经之首，大道之源"的《周易》表现出了强烈的追求中和、中庸、中正的"尚中"思想。《易传》里面谈"中"的地方很多，如《文言·乾》："龙德而正中者也"、"刚健中正"等。《彖》、《象》中谈"中"的地方达28处之多，包括"中正"、"正中"、"得中"、"时中"、"刚中"、"中行"、"使中"、"在中"、"中"、"中直"、"大中"、"积中"、"中心"、"中道"、"行中"、"刚而过中"、"中无尤"、"未出中"、"中未大"、"久中"、"中不自乱"、"中以为志"、"中未变"、"中有庆"、"中心为实"、"位中"、"不中"、"中心为正"等。《易经》中也多处谈到"中"，《讼》卦卦辞："有孚，窒惕。中吉，终凶，利见大人，不利涉大川。"《复》六四："中行独复。"《益》六四："中行，告公从，利用为依迁国。"《丰》卦卦辞："亨，王假之，勿忧，宜日中。"《丰》卦九四："丰其蔀，日中见斗，遇其夷主，吉。"

周易的"尚中"思想对我国后世的文化心理和文学艺术的影响极其重大，"尚中思想作为美学观念来看，它要求对立的因素在审美对象中应该和谐统一。受其支配，传统乐理历来崇尚'雅乐'、'正乐'，认为'乐由中出'、'大乐必易'（《礼记·乐记》），'中'即中正，'易'即'平和'，就是《易传》'保合太和，乃利贞'之意。'郑卫之音'被视为'淫声之作'遭到摈绝，即因其有背于'中和原则'"。① 这种追求中正、中和、雅正的思想在我国古典戏曲中表现也很突出，是中国古典戏曲的重要特点之一。因为戏曲作为一种以音乐为载体的文学，其中主要体现的是儒家乐教的思想，而在儒家乐教中则强调儒家的中和之美，重视戏曲的移风易俗的风化作用。所谓《乐》教，《礼记·经解》曰："广博易良，《乐》教也……广博易良而不奢，则深于《乐》者也。"孔颖达疏曰："广博易良，《乐》教也者，乐以和通为体，无所不用，是广博；简易良善，使人从化，是易良。"② 广博易良即是平和通达，容易使人亲近，因而容易受到感化之意。因此，古人认为从音乐中可以观民风，从民风中可

---

① 赵建永：《周易与京剧艺术》，《周易研究》1996 年第 1 期。

② （汉）郑玄注，（唐）孔颖达疏：《礼记正义》卷五十，《十三经注疏》，中华书局 1980年版，第 1609 页。

以体现乐教。《左传·襄公二十九年》"季札观乐"：

> 　　为之歌《大雅》，曰："广哉，熙熙乎！曲而有直体，其文王之德乎！"为之歌《颂》，曰："至矣哉！直而不倨，曲而不屈，迩而不逼，远而不携，迁而不淫，复而不厌，哀而不愁，乐而不荒，用而不匮，广而不宣，施而不费，取而不贪，处而不底，行而不流，五声和，八风平，节有度，守有序，盛德之所同也。"①

因此，中国古代的曲论中也借乐教的理论强调戏曲的感化作用。包世臣（1775—1855）《书〈桃花扇〉传奇后》：

> 　　传奇体虽晚出，然其流出于乐。乐之为教也，广博易良。广博则取类也远，易良则起兴也切。故传奇之至者，必深有得于古文隐显回互激射之法，以属思铸局。若徒于声容求工，离合见巧，则俳优之技而已。②

4. 言、意之辨

《周易·系辞上》曰："书不尽言，言不尽意。"这种观点后来发展为中国文论的核心思想之一，使得我国文学都有重神似不重形似、重主观不重客观、重写意不重写实、重抒情不重叙事的倾向。追求文学作品能表现象外之象、景外之景、味外之旨、韵外之致，塑造一种含蓄蕴藉、意味隽永的艺术境界。因此，我国戏曲相对于古典希腊戏剧和印度梵剧也具有强烈的写意化和抒情化的特点，不仅仅追求叙事的完整性，而且更倾向于表达作者的主观情志，具有鲜明的个人化倾向和写意化倾向。因此，我国的古典戏曲又被称为"诗剧"，诗歌的特性很鲜明。一支唱曲，便是一首抒情言志之诗歌。不重视叙事的完整性与逻辑性，而追求神意的完足与气韵的生动。如关汉卿《单刀会》中著名的两支曲子：

---

① （晋）杜预注，（唐）孔颖达疏：《春秋左传正义》卷三十九，《十三经注疏》，中华书局1980年版，第2007页。

② （清）包世臣：《小倦游阁集》卷十八，续修四库全书本第1500册，第521页。

【双调】【新水令】大江东去浪千叠，引着这数十人驾着这小舟一叶。又不比九重龙凤阙，可正是千丈虎狼穴。大丈夫心别，我觑这单刀会似赛村社。（云）好一派江景也呵！（唱）

【驻马听】水涌山叠，年少周郎何处也？不觉的灰飞烟灭，可怜黄盖转伤嗟。破曹的樯橹一时绝，鏖兵的江水犹然热，好教我情惨切！（带云）这也不是江水，（唱）二十年流不尽的英雄血！

便表现了关羽英雄盖世的气魄以及回顾历史时内心之悲壮慷慨。既是关羽情怀的抒发，也是关汉卿自我情怀的抒发。而对《单刀会》故事的叙述则用最简洁、最传神的笔墨来描绘。因此，典型地体现了重意不重形的特点。

二　《春秋》对中国戏曲之影响

《春秋》对戏曲的影响大旨表现在以下两个方面：

1. 叙事手法与戏剧性

《春秋》三传之《左传》、《公羊传》和《穀梁传》中娴熟而高超的叙事手法对后代的叙事文学包括小说和戏曲产生了重要的影响。如关于晋郤克使齐受辱一事在《春秋》三传中就有非常精彩的描写：

十七年，春，晋侯使郤克征会于齐，齐顷公帷妇人使观之，郤子登，妇人笑于房。献子怒，出而誓曰："所不此报，无能涉河。"① （《春秋左传·宣公十七年》）

前此者，晋郤克与臧孙许同时而聘于齐。萧同侄子者，齐君之母也，踊于棓而窥客，则客或跛或眇，于是使跛者迓跛者，使眇者迓眇者。二大夫出，相与踦闾而语，移日然后相去。齐人皆曰："患之起必自此始！"② （《春秋公羊传·成公二年》）

---

① （晋）杜预注，（唐）孔颖达疏：《春秋左传正义》卷二十四，《十三经注疏》，中华书局1980年版，第1889页。

② （汉）公羊寿传，何休解诂，（唐）徐彦疏：《春秋公羊传注疏》卷十七，《十三经注疏》，中华书局1980年版，第2290页。

　　　　冬，十月。季孙行父秃，晋郤克眇，卫孙良夫跛，曹公子手偻，同时而聘于齐。齐使秃者御秃者，使眇者御眇者，使跛者御跛者，使偻者御偻者。萧同侄子处台上而笑之。闻于客。客不说而去，相与立胥间而语，移日不解。齐人有知之者，曰："齐之患，必自此始矣！"①（《春秋穀梁传·成公元年》）

　　从《左传》到《公羊传》再到《穀梁传》，叙事逐渐具体涉及的人物逐渐增多，戏剧色彩逐渐浓厚，细节描写更加生动，而且由单纯的叙事向人物的对话转化，从叙述体向代言体转变，代表了戏剧因素的产生。因《公羊》、《穀梁》为秦、汉间书写，远晚于《左传》，是由经师口说言传保存下来，因此，具有更多的口语化、通俗化和生动化的色彩，也表现出了叙事技巧的进一步发展。《左传》中只有郤克一人因生理缺陷受到齐人的嘲笑，《公羊传》则发展至二人，《穀梁传》增至四人。四个具有生理缺陷的人被齐人派以具有同样生理缺陷的人接待，上演了一场罕见的宫廷闹剧。其他诸如晋公子重耳逃亡前，太子申生遭骊姬诬陷迫害的过程，也是宛如《哈姆雷特》的宫廷阴谋剧，叙事、对话、表情都很生动、逼真。如《左传》的记载：

　　　　及将立奚齐，既与中大夫成谋。姬谓大子曰："君梦齐姜，必速祭之！"大子祭于曲沃，归胙于公。公田，姬置诸宫，六日。公至，毒而献之。公祭之地，地坟；与犬，犬毙；与小臣，小臣亦毙。姬泣曰："贼由大子。"大子奔新城。公杀其傅杜原款。（《春秋左传·僖公四年》）②

　　《春秋》三传中类似的叙事和戏剧片段不胜枚举。因此，对我国叙事传统的形成有着重要的贡献，对后世的戏剧和戏曲的形成有着重要的启发作用。刘知几《史通·叙事》曰："夫史之称美者，以叙事为先。"③ 又

――――――――――

　　① （晋）范宁集解，（唐）杨士勋疏：《春秋穀梁传注疏》卷十三，《十三经注疏》，中华书局1980年版，第2417页。

　　② （晋）杜预注，（唐）孔颖达疏：《春秋左传正义》卷十二，《十三经注疏》，中华书局1980年版，第1793页。

　　③ （唐）刘知几：《史通》卷第六内篇，四部丛刊初编影明万历刊本，第9b页。

《史通·模拟》曰："盖左氏为书，叙事之最。"① 充分肯定了《春秋左传》对叙事传统的开辟之功。刘师培《论文杂记》亦将小说、戏曲的叙事方法导源于《春秋》，《论文杂记》曰："然古代小说家言，体近于史，为《春秋》家之支流。"②

2. 褒贬劝惩

《春秋》、《左传》以褒贬劝惩为旨，也影响到了后代文学和戏曲。司马迁《史记·太史公自序》曰："夫《春秋》，上明三王之道，下辨人事之纪，别嫌疑，明是非，定犹豫，善善恶恶，贤贤贱不肖，存亡国，继绝世，补敝起废，王道之大者也。"③《左传》"成公十四年"曰："故君子曰：《春秋》之称，微而显，志而晦，婉而成章，尽而不污，惩恶而劝善。"④ 贾逵向汉章帝进言，认为《左氏》："崇君父，卑臣子，强干弱枝，劝善戒恶，至明至切，至直至顺。"⑤《文心雕龙·史传》曰："因鲁史以修《春秋》，举得失以表黜陟，征存亡以标劝戒。褒见一字，贵逾轩冕；贬在片言，诛深斧钺。"⑥

褒贬劝惩是和政治教化思想联系在一起的，主要体现为经学和文学与社会现实密切相关，这种思想也成为中国文学的固有传统。从《诗经》、《离骚》、汉赋、乐府到唐诗、宋词，无不渗透着浓厚的儒家教化思想。不但在正统文学中如此，在戏曲小说等俗文学中社会教化也依然是主宰思想。正如刘松来说："值得注意的是，不但历代正统文学自觉遵循'文以载道'的话语规则，有着明确的政治教化指向，而且中国历史上那些非正统的文学创作，如小说、戏剧等，也大多极力标榜各自的教化功能……在整个封建时代，'文以载道'始终是一种不可移易的话语规则，而过度倚重政治教化则是中国文人共同的文化品格。"⑦ 因此，褒贬劝惩是戏剧艺术的固有传统。古代的优伶大都是能够针砭时弊的。

① （唐）刘知几：《史通》卷八内篇，四部丛刊初编影明万历刊本，第4a页。

② 刘师培：《论文杂记》，《刘申叔先生遗书》第20册，宁武南氏校印本1936年版，第19页。

③ （汉）司马迁：《太史公自序第七十》，《史记》，中华书局1959年版，第3297页。

④ （晋）杜预注，（唐）孔颖达疏：《春秋左传正义》卷二十七，《十三经注疏》，中华书局1980年版，第1913页。

⑤ （南朝宋）范晔：《贾逵传》，《后汉书》卷三十六，中华书局1965年版，第1237页。

⑥ （梁）刘勰著，范文澜注：《文心雕龙注》，人民文学出版社1958年版，第283—284页。

⑦ 刘松来：《两汉经学与中国文学》，百花洲文艺出版社2001年版，第530页。

《南唐书·谈谐传·序》曰："呜呼，谈谐之说，其来尚矣。秦、汉之滑稽，后世因为谈谐，而为之者多出乎乐工、优人。其廓人主之褊心，讥当时之弊政，必先顺其所好，以攻其所蔽，虽非君子之事，而有足书者。"①杨维桢《优戏录·序》曰："而太史公为滑稽者作传，取其'谈言微中'，则感世道者深矣。"②

　　而褒贬劝惩也是戏曲的固有传统。杨维桢《优戏录·序》曰："优戏之伎，虽在诛绝，而优谏之功，岂可少乎？"③ 在《朱明优戏·序》中更明确地提倡戏剧应该具有"讽谏"功能："百戏有鱼龙、角觝、高絙、凤皇、都卢、寻橦、戏车、走丸、吞刀、吐火、抗鼎、象人、怪兽、舍利、泼寒、苏木等伎，而皆不如俳优侏儒之戏，或有关于讽谏，而非徒为一时耳目之玩也。"④

　　而清代由于儒学和经学的复兴，更加强调文学的政治教化作用和教化思想。清代戏曲最突出的特点即是浓厚的政治教化意味。清代的剧作家在戏曲创作中自觉地从教化思想出发，甚至将这种政治教化置于事件的真实性之上。洪昇《长生殿·例言》曰：

　　　　史载杨妃多污乱事。予撰此剧，止按白居易《长恨歌》、陈鸿《长恨歌传》为之。而中间点染处，多采《天宝遗事·杨妃传》。若一涉秽迹，恐妨风教，绝不阑入，览者有以知予之志也。⑤

熊华《齐人记·总论》曰：

　　　　今观记中，无一风情怪诞之事，悉本至情至理，写出慕富贵心肠。卒之齐人乞不足羞，显者之乞为可羞，尽归于正旨，以优孟衣冠插科打诨，庶几世之人触目可以惊心，入耳可以动念，而耻心顿发，是不啻读孟氏书矣，是又不必读孟氏书矣，是不啻使天下之人尽读孟

① （宋）马令：《南唐书》卷二十五，丛书集成初编本，第 165 页。
② （元）杨维桢：《东维子文集》卷十一，四部丛刊初编影旧钞本，第 15a 页。
③ 同上书，第 15b 页。
④ 同上书，第 14b 页。
⑤ 蔡毅：《中国古典戏曲序跋汇编》，齐鲁书社 1989 年版，第 1579 页。

氏书矣，是又不啻孟氏家传户晓而告之矣。①

认为《齐人记》是说明《孟子》一书旨意的，将戏曲与儒家的圣贤之书等同起来，肯定戏曲的教化和劝惩作用。

综上，《周易》和《春秋》对中国戏曲的影响是显著的。尤其是《周易》中的风化思想更是奠定了后世文学和戏曲思想的主旨，形成了中国文学和戏曲重教化的特质。而《春秋》三传对戏曲小说叙事和戏剧性要素的形成更是有着难能可贵的启示作用。因此这是值得曲学界关注的一个问题。

① 蔡毅：《中国古典戏曲序跋汇编》，齐鲁书社 1989 年版，第 1036 页。

《教坊记》中"戏"之探考

《教坊记》为唐代崔令钦所著，是一部记载唐代开元、天宝年间俗乐史料的著作。内容包括教坊的设置与地位、坊内人物与品类、歌舞与散乐的演出，尤为可贵的是，书中还记载了唐代343个曲名，其中包括书中曲名表所列出的46个大曲名、278个小曲杂曲名和书中别见之19个大曲和杂曲名。《教坊记》在中国戏曲理论批评史上也有着举足轻重的地位，它关于俗乐史料的记载为后人研究唐代戏曲的存在发展提供了第一手的材料。在这部不足三千言的著作中，"戏"字就出现了9次之多，且其中还记录了一些与戏曲直接或间接有关的材料，虽是"吉光片羽，却也弥足珍贵了"。[①] 本文拟从以下几个角度来考察《教坊记》与中国戏曲之关系。

一 《教坊记》中"戏"的含义

"戏"，《说文解字》中谓："戲，从戈"，又云："三军之偏也，一曰兵也"。《尔雅·训诂》中谓："戲，谑也。"可见在古代，戏即有角力、戏谑之意。任二北先生《唐戏弄》"戏弄衡源"一节中，将"戏"总结为四种意义，即除戏谑、角力二义外，另有"歌"与"舞"两种意义。

《教坊记》中出现的"戏"字，基本符合以上四种解释，但也有不尽相同之处。本文将之归纳为三个方面。

1. 演出，娱乐

其中又包括歌舞演出、百戏演出两项内容。（以下引文均见于《教坊

---

① （唐）崔令钦：《教坊记》，《中国古典戏曲论著集成》（一），中国戏剧出版社1959年版，第3页。

记》，不再另标出参考书目）

> 楼下戏出队，宜春院人少，即以云韶添之。
>
> 至戏日，上令宜春院人为首尾，挡弹家在行间，令学其举手也。
>
> 凡欲出戏，所司先进曲名。上以墨点者即舞，不点者即否，谓之"进点"。
>
> 戏日，内伎出舞，教坊人惟得舞"伊州"、"五天"，重来叠去，不离此两曲，余尽让内人也。

以上诸条中的"戏"字，无疑是指歌舞演出。其中多有"舞"字出现，是一明证。当然，这些乐舞也并非是有声无辞，而是歌舞并行，诸乐器伴奏，演员均为女伎。如"开元十一年，初制'圣寿乐'，令诸女衣五色衣以歌舞之"。又"平人女以容色选入内者，教习琵琶，三弦，箜篌，筝等者，谓之'挡弹家'"。歌舞演出意义的"戏"字，兼含有任先生所归纳的"歌"与"舞"两种意义。

以下两条记百戏演出：

> 凡戏辄分两朋，以判优劣，则人心兢勇，谓之热戏，于是诏宁王蕃邸之乐以敌之。
>
> 上偏私左厢，故楼下戏，右厢竿木多失落，是其隐语也。

第一条是记载百戏的演出与竞技，"分两朋"，即分为两队，一队为"蕃邸之乐"，另一队属于太常寺，两队公开竞技，即"热戏"。后世之"对台戏"即源出于此。第二条记左厢与右厢竞技竿木，竿木为百戏的一种，《教坊记》中共有三次出现，另两次是"筋斗裴承恩妹大娘善歌，兄以配竿木侯氏"，"范汉女大娘子，亦是竿木家"。可见，竿木是皇帝和众人所热衷的一项伎艺。玄宗偏袒左厢，揣上下文意，左厢应指蕃邸之乐，右厢指太常寺，这样与第一条内容相契合。皇帝的感情倾向影响最终百戏的竞技结果，唐代宫廷对百戏或俗乐的重视可见一斑，其兴盛程度也可想而知。表演百戏的演员有男有女，"竿木侯氏"为男伎，"范大娘子"为女伎。百戏演出与竞技之"戏"含有"角力"之意。

2. "戏"在《教坊记》中的第二义为戏剧

《大面》——出北齐。兰陵王长恭，性胆勇而面若妇人，自嫌不足以威敌，乃刻木为假面，临阵著之。因为此戏，亦入歌曲。

历来戏曲界，多认为大面或兰陵王已是中国较成熟的歌舞戏，《教坊记》的作者崔应钦也持此观点。"因为此戏"的"戏"自应指戏剧而言。同这"戏"意思相同或相近的是本书中出现的"时人弄之"的"之"字，见下引之《踏谣娘》条，"时人弄之"，即当时的人扮演这个角色，或者扮演这出戏。"之"也当指戏剧而言。

3. "戏"指嘲弄、调笑

"戏"除了以上两种意义之外，还兼有嘲弄、调笑之意。这一意义正与"戏谑"之意相符。原文：

是以众女戏相谓曰："女伴，尔自今后缝压婿土袋，当加意夹缝缝之，更勿令开绽也。"

这一条"压婿"，反映的是当时教坊艺伎的逸闻琐事。歌伎裴大娘与长人（"每日长在至尊左右谓长人"）赵解愁私通，便决意缝土袋压死自己的夫婿"竿木侯氏"，不果，成为其他女伎嘲笑戏弄的话柄。此条从侧面揭露了当时教坊的一些内幕。

二　《教坊记》中与戏剧直接有关的内容

《教坊记》被认为是中国戏剧理论批评的开山之作，主要在于它提供了许多与戏剧直接有关的内容。包括《教坊记》中出现的几部戏和一些明显具有人物与故事情节的曲名，兹一一作以简略分析。

《大面》。原文如前所引。崔仅仅题"因为此戏"四个字，作了戏剧性质判断，至于戏剧表演则毫无涉及。段安节《乐府杂录》有记载："戏者衣紫，腰金，执鞭也。"[①] 这已经涉及了演员的衣饰道具。既然是"戏

---

① （唐）段安节：《乐府杂录》，古典文学出版社1957年版，第24页。

者",当然会有故事表演。任二北《唐戏弄》考证"其为表演故事之歌舞戏无疑"。① 在近年来出土的唐代彩色陶俑中有"大面俑",俑体正是衣紫腰金,并且右手做出握鞭的姿态,充分说明"大面"戏在唐代已是非常兴盛。

《踏谣娘》。原文如下:

> 《踏谣娘》——北齐有人姓苏,齁鼻,实不仕,而自号为郎中,嗜饮酗酒,每醉辄殴其妻。妻衔悲,诉于邻里,时人弄之。丈夫著妇人衣,徐行入场。行歌,每一叠,傍人齐声和之云:"踏谣和来,踏谣娘苦和来!"以其且步且歌,故谓之"踏谣";以其称冤,故言苦。及其夫至,则作殴斗之状,以为笑乐。

任二北在《唐戏弄》中目《踏谣娘》为唐代之全能剧。② 所谓"全能"指演故事,而兼备音乐、歌唱、舞蹈、表演和说白五项伎艺。在《教坊记》这段文字中,这五项伎艺均有记载,"徐步入场,行歌"已有歌唱、舞蹈之动作。既有歌唱当有音乐伴奏。"作殴斗之状"应为剧情表演。"称冤"则应为说白,且定为代言体,而不是叙述体。生、旦角色一齐上场,已具备戏剧的所有要素,故称《踏谣娘》为全能剧,应是合乎事实的。在近年来出土的唐代彩色陶俑中有"男女戏谑俑",据专家考证,可能表演的即是《踏谣娘》这出戏。

以上两剧,是崔应钦《教坊记》中已明示为戏剧的剧目。

此外,经任先生在《唐戏弄》和《教坊记笺订》中考订确为演故事之戏剧的剧目有以下若干:

《凤归云》。借曲调名为戏剧名。原为七言四句之声诗,敦煌曲子词《云谣集》中有长短句调四首,又有舞谱。后二首曲辞作代言体问答,演秦罗敷《陌上桑》事。

《苏莫遮》。以曲调名为歌舞戏名。原为七言四句声诗,合"浑脱舞"作"乞寒"之戏。出自龟兹国,与《大面》、《拨头戏》相类。

《麦秀两歧》。有明确的本事可考,在《碧鸡漫志》卷五有记载,讽

---

① 任半塘:《唐戏弄》,上海古籍出版社 1984 年版,第 592 页。
② 同上书,第 497 页。

刺唐代官吏封舜臣。蜀中曾用作戏曲，乃五代独幕歌剧，有歌与演，无舞，辞为代言体。

此外，有些曲名，或有本事，或有情节，或与戏剧角色相关，或与金元院本名目相符合，均有可能为戏曲，如下所列：

《夜半乐》。本事为：玄宗为太子时，自潞州还京师，夜半举兵，诛韦后。元陶宗仪《辍耕录》所收录的金元院本名目中有"夜半乐打明皇"，既演其事，又用其曲，因此，在唐时，就可能为戏曲。

《阮郎迷》。五代有"阮郎归"曲名。可能为故事之两段情节，先迷后归。两曲均为戏曲。

《濮阳女》。据调名三字，分明为故事曲，甚至为戏曲。

《胡相问》。既曰"胡相问"，可能为男女问答之代言体的戏剧。

《措大子》。措大，乃调侃士人之语。唐戏角色中有"酸"，即措大之变名。在宋金院本，元杂剧中也有"酸"这个角色。戏剧情节可能有类参军苍鹘之调笑打趣。

《相驰逼》。可能为恋情之曲。表示故事情节，犹如"胡相问"之表示代言。

《吕太后》。本事明显。可能为戏曲。元人杂剧中多有同类题材的作品。

其他如《忆赵十》、《哭赵十》、《木笪》，亦是如此。《教坊记》中也列举了三个曲名的本事。三曲为《春莺啭》、《乌夜啼》和《安公子》，也应归入此类。

《教坊记》中还有一些曲名，后来出现在宋傀儡舞队名目中，其中有一些可能在唐时即为戏曲，如《麻婆子》、①《穿心蛮》（在南宋周密《武林旧事》舞队条所引"全棚傀儡戏"名目中有《穿心国入贡》）、《西国朝天》和《朝天乐》（在南宋傀儡戏名目为《四国朝》、《六国朝》）。

---

① 任半塘：《唐戏弄》，上海古籍出版社1984年版，第447页。

三　《教坊记》中与戏曲间接有关的内容

《教坊记》中记载了许多当日乐舞百戏的演出情景，这些演出情景对以后戏剧的演出具有毋庸置疑的启示意义。许多后世戏剧演出的环节与关目技巧都可以从《教坊记》中找到影子。主要体现在以下诸方面。

1. 化装术

《教坊记》载："庞三娘善歌舞，其舞颇脚重，然特工装束，又有年，面多皱，帖以轻纱，杂用云母和粉蜜涂之，遂若少容。"又载："严大娘，亦善歌舞，眼重，睑深，有异于众。能料理之，遂若横波，虽家人不觉也。尝因儿死，哀哭拭泪，其婢见面，惊曰：'娘子眼破也。'"唐代的化装术已如此精工，不但能返老还童，瞒过陌生人，且连自己家人也不能发现。这还仅是舞容的化装，戏容化装技术之高超更是可想而知。

2. "点戏"制度

"凡欲出戏，所示先进曲名。上以墨点者即舞，不点者，即否，谓之'进点'。"这大概是我国点戏制度的滥觞。前清宫内演戏之制，未演戏之前，亦进戏目于上，称作点戏。

3. 角色当场换衣，有人遮掩

"至第二叠，相聚场中，即于众中，从领上抽去笼衫，各纳怀中，观者忽见众女咸文绣炳焕，莫不惊异。"角色当场更衣，近代舞蹈虽未见此种变装之举，但近代戏剧中，则常有当场变装者，大多由龙套或他色绕聚遮掩。川剧中的"变脸"，大概也受此启发。这种技巧的运用，能使戏剧表演生动活泼，场上气氛热闹欢腾，深受观众喜爱。殊不知，在 1200 多年前的舞台上，即已表演得如此美轮美奂，不能不让人叹为观止。

4. 帮腔

"踏谣娘……每一叠，旁人齐声和之云'踏谣，和来；踏谣娘苦，和来'"，这种"齐声和之"即为帮腔。后世戏剧中仍存。用于北曲，即"高腔"系统中。川调接唱不限尾音，有时简直另唱。湘剧、赣剧、潮剧、安徽庆阳剧、福建莆仙剧等均另有帮腔。

5. 大酺与名角意识

"庞三娘……尝大酺汴州，以名字求雇。使者造门，既见，呼为'恶婆'，问庞三娘子所在。庞绐之曰：'庞三娘是我外甥，今暂不在，明日来书奉留之。'使者如言而至。庞乃盛饰，顾客不之识也，因曰：'昨日已参见娘子阿姨。'其变状如此，故坊中呼为'卖假脸贼'。"又"上于天津桥南设帐殿，酺三日。教坊一小儿，筋斗绝伦"。大酺，与大设相连。酺乃节令庆祝中大规模之宴会。饮食伎艺并重，尤重演戏伎艺。《教坊记》所载杂曲名中有"大酺乐"，任二北《教坊记笺订》将其归入酒食类。① 唐代张祜有《大酺乐两首》，其一："车驾东来值太平，大酺三日洛阳城，小儿一伎竿头绝，天下传呼万岁声"；其二："紫陌酺归日欲斜，红尘开路薛王家。双鬟笑说楼前鼓，两伎争轮好落花"。此两首可以为证。大酺时，名优前往授技，遂有慕名来聘者。此与后世之地方盛会集班演戏争邀名角以压众望并无二致。庞三娘应为当时之名角，故"以名字求雇"，并得到使者造门邀请。且当时之名角，也应是色艺并重，庞三娘因善于化装，"若少容"，才被邀，否则，只能是"恶婆"了。《教坊记》中记载的女伎，应有不少是属于名角范畴。如任家四姐妹，善歌；裴大娘，善歌；张四娘，善弄踏谣娘；范大娘，善竿木；严大娘同庞三娘，善歌舞、化装。这些名角，因有一技之长，才被崔应钦记载下来，成为研究我国古代优伶的珍贵史料。

　　《教坊记》正因为真实地记载了如许多的跟中国戏曲有关的内容，所以才在中国戏曲研究领域中赢得了一席之地。曲学界应继续给它以相当的关注。

---

① 任半塘：《教坊记笺订》，中华书局1962年版，第259页。

宋"转踏"与"缠达"及二者关系考

转踏与缠达同为北宋时期兴盛一时的曲艺形式，二者对中国戏曲的成熟均具有重要的启发作用。但由于现存资料有限（尤其是缠达），历来学术界对这两种曲艺的真实面目及二者之间的关系，难以做出明晰的甄别。王国维先生在《宋元戏曲考》、《唐宋大曲考》和《戏曲考原》等著作中虽对转踏做了详细而精辟的考证与论述，这些论述几成不刊之论，后人每论转踏，必引先生之语。但先生对缠达的认识却不够充分，甚至认为转踏与缠达"其为一物无疑也"①，以致学术界多因袭先生之说，如：《中国大百科全书·戏曲曲艺卷》将"唱赚"与"转踏"视为一物；杨荫浏《中国古代音乐史稿》②也持此论："缠达，又叫转踏，又叫传踏。"有鉴于此，本文不揣冒昧，力图进一步考察二者各自的体式特点与渊源流变，并对二者进行分析比较，从而得出"转踏、缠达并非一也"的结论。

一　转踏

转踏，也作传踏，是北宋歌舞表演形式之一种。转，指歌唱；踏，指应歌起舞。转踏中"踏"字的得名与流传已久的民间娱乐活动"踏歌"和盛行于唐代的歌舞戏"踏谣娘"有关。

踏歌是一种以脚踏地为节，手袖相连、载歌载舞的群众性娱乐活动。踏歌起源很早，据有关学者考证，新石器时代就有类似的歌舞形式；汉代葛洪的《西京杂记》卷三有关于踏歌的正式记载：汉高祖时"宫内尝以弦管歌舞相欢娱……吹笛击筑，歌上灵之曲，既而相与连臂踏歌为节，歌

---

① 王国维：《宋元戏曲考》，《王国维戏曲论文集》，中国戏剧出版社 1987 年版，第 29 页。
② 杨荫浏：《中国古代音乐史稿》，人民音乐出版社 1980 年版，第 304 页。

《赤凤凰来》"。由于踏歌的群众性的娱乐性质，使其在历朝历代，从宫廷到民间，从汉族到少数民族，都很流行。唐宋时，此风尤盛。陈旸《乐书》卷一八五载：唐宣宗"天赋聪哲，于音律特妙。每将赐宴，必裁新曲，稗禁中女伶迭相教授，至是日，出数十百辈，衣珠翠堤绣，分行列队，连袂而歌"。《宣和书谱》载"南方风俗，中秋夜妇人相持踏歌，婆娑月影中，最为盛集"。① 许多诗人在其诗词中都有关于踏歌活动的记载，或者专门为踏歌谱写歌词。在《全唐诗中的乐舞资料》和《全宋词中的乐舞资料》两书中分别收录与"踏歌"有关的唐诗十五首、宋词三首。最著名的当数李白《赠汪伦》："李白乘舟将欲行，忽闻岸上踏歌声。"此外，刘禹锡的《踏歌行四首》也很有代表性，列举第一、第三首如下：

> 春江月出大堤平，堤上女郎连袂行。唱尽新词看不见，红霞映树鹧鸪鸣。
> 新词宛转递相传，振袖倾鬟风露前。月落乌啼云雨散，游童陌上拾花钿。

第三首后被南宋郑仅引用，成为其《调笑转踏》的放队词，进一步证明了"踏歌"与"转踏"二者关系之密切。以上所举是记述踏歌活动的，此外唐代的崔液、张说等还写有"踏歌词"，如张说的《十五日夜御前口号踏歌词二首》：

> 花萼楼前雨露新，长安城里太平人。龙衔火树千重焰，鸡踏莲花万岁春。
> 帝宫三五戏春台，行雨流风莫炉来。西域灯轮千影合，东岳金阙万重开。

踏歌词一般是为宫廷中的踏歌活动服务的，这种踏歌是宫廷乐舞形式之一，规模较大，阵容华美，而流传于民间的踏歌则自由简单得多。但无论哪一种形式的踏歌，它都有一些基本的要素，即，多人连袂，载歌载舞，踏地为节。这些要素都为转踏所继承。

---

① 　欧阳予倩主编：《全唐诗中的乐舞资料》，人民音乐出版社1958年版，第294页。

关于《踏谣娘》，在《旧唐书·音乐志》和段安节的《乐府杂录》及唐崔应钦的《教坊记》中均有记载，尤以《教坊记》所载为详：

> 《踏谣娘》——北齐有人姓苏，鲍鼻，实不仕，而自号为郎中，嗜饮酗酒，每醉辄殴其妻。妻衔悲，诉于邻里，时人弄之。丈夫著妇人衣，徐行入场。行歌，每一叠，傍人齐声和之云："踏谣和来，踏谣娘苦和来！"以其且步且歌，故谓之"踏谣"；以其称冤，故言苦。及其夫至，则作殴斗之状，以为笑乐。①

在这里，踏谣娘之"踏"，也是且步且歌之意。

任二北在《唐戏弄》中指出："唐人本以'踏'为简单之舞……'踏曲'谓循声立节，以步为容也。"② 又谓"调笑转踏，本始于唐，其制之详失传，顾名思义'调笑'可能包括说白，'转'乃歌，'踏'乃舞"。③ 由此可见，唐宋时期，对于歌而兼舞者称"踏"是很普遍的。当然，踏更侧重于舞。

至于转踏或传踏中的"转"与"传"字主要指歌唱。"传"本与言语表达有关，如传唱、传诵；而"转"在"转踏"中指婉转反复歌唱，也可视为"啭"字的假借，有反复吟唱、一曲三折、委婉动听之意。

六朝以来，佛家有一种讲道化俗的手段，谓"转读"。转读，"或称咏经，唱经，指讲唱时抑扬其声，讽诵经文……可见转读是随佛经传入，改梵为汉适应汉语声韵特点而产生的一种读经方法……转读与唱导，以及偈诵歌赞的梵呗，融讲说、咏唱为一体，有说有唱，遂形成唐代的俗讲"。④ 这里，"转"已经和咏唱、讽诵相等同。而转读，既然是"融讲说、咏唱为一体，有说有唱"，那么，"读"应指"讲说"，而"转"则主要指"咏唱"。唐五代时还有一种说唱伎艺叫"转变"，如郭湜《高力士外传》曰："或讲经、议论、转变、说话"；⑤ 唐吉师老有"看蜀女转

---

① （唐）崔应钦：《教坊记》，《中国古典戏曲论著集成》（第一册），中国戏剧出版社1959年版，第8页。

② 任半塘：《唐戏弄》，上海古籍出版社1984年版，第505页。

③ 同上书，第266页。

④ 袁行霈主编：《中国文学史》第四编，高等教育出版社1999年版，第398页。

⑤ 任半塘：《唐戏弄》，上海古籍出版社1984年版，第1101页。

昭君变"一诗。所谓转变，"就是说唱变文"。那么，"转"字当指"说唱"，而"变"字当指"变文"。

那么，"转"字何以与"歌唱"、"讲唱"相关呢，我认为这里的"转"字的意义与"啭"相通。"啭"字在《现代汉语词典》中释为"鸟婉转地叫"，后来泛指转折发声，即婉转。《文选·汉繁休伯（钦）与魏文帝笺》载："时都尉薛访车子年始十四，能喉啭引声，与笳同音。"南朝何逊《何水部华·七召·声色》："听促柱之方遒，闻声度之始啭。"另有"啭喉"一词，意为婉转的嗓音。唐李肇《唐国史补下》："及啭喉一发，乐人皆大惊。"《教坊记》所收录的大曲名中有"春莺啭"一曲。在上述几例中，"啭"字均与"转"有关。任二北先生在《教坊记笺订》一书中也曾明确指出"转"与"啭"之间的相通关系，"按《酉阳杂俎》记玄宗时莫才人能为奉声，当时号'莫才人'啭。可见'啭'即美妙之歌声，不必因于鸟鸣。古曲《五更转》、《调笑转踏》及六朝僧侣'转读'经偈之'转'应均同此'啭'意"。① 另外，在现代汉语中，"婉啭"与"宛转"二词也可通用。

"转"既与"啭"相通，那么，"转"可认为是人婉转地唱，或婉转，如《左传·昭三十年》"赵简子梦童子赢而转以歌"。

此外，"转变"中的"转"也指重叠反复歌唱。敦煌曲子词集《云谣集》中有《五更转》，其"转"是指重叠五次歌唱。"转"字何以又与反复重叠等意相联？这当与"转变"中的"变"即变文的性质有关。因变文是"具有表演性质的综合艺术。变文韵散相间，一段说白，一段唱辞，然后又是一段说白，一段唱辞，依次反复，演义故事；变曲也是一变接着一变，依次反复，演义故事"。② 因此，"转"也不得不变成一种反复重叠歌唱。进而，"转踏"里面的"转"字，无疑也可以解释为"用美妙的歌喉婉转反复地歌唱"，而这种解释是完全符合转踏的表演形式的。

转踏这种歌舞伎艺最早出现当在唐代，据任二北《唐戏弄》考证，转踏是属于唐代燕乐歌舞六种之一的杂曲著词小调的一种，"专门为酒令

---

① 任半塘：《教坊记笺订》，中华书局 1962 年版，第 183 页。

② 富士平：《变文与变曲的关系考论——"变文"之"变"的渊源探讨》，《文学遗产》2004 年第 2 期。

所有，歌曲、舞容，均较简捷，一人任之，便于催酒而已。如'三台'、'调笑'、'上行杯'、'下次据'之类是"。① 据此，唐时转踏已包括歌、舞、词三种成分，基本接近宋代真正成熟的转踏体式。但由于年代久远，资料湮没无闻，无法判断其曲词是否为叙述体的咏故事之作。

唐时的调笑词，现在仍有保存，如戴叔伦的《调笑令》：

> 边草，边草。边草尽来兵老。山南山北雪晴，千里万里月明。明月，明月。胡笳一声愁绝。

王建的《调笑令·团扇》：

> 团扇，团扇，美人并来遮面。玉颜憔悴三年，谁复商量管弦？弦管，弦管，春草昭阳路断。

唐时《调笑令》的词调形式与宋代"调笑转踏"中的调笑词虽略有不同，但已非常接近，可视为宋代"调笑转踏"中"调笑词"的滥觞。

北宋时期，是转踏全面繁盛的阶段。它与大曲，同为北宋人用来叙事的两种主要歌舞形式（前者规模较大，多用于宫廷；后者用于公私宴会）。流传至今的转踏曲词（据刘永济的《宋代歌舞剧曲录要》收录）有无名氏的《调笑集句》，北宋晁无咎、郑仅、毛滂所作的《调笑》词，秦观所作的《调笑令》，洪适的《番禺调笑》。② 以上六种属于分咏体，前五种分咏古代的著名美人与相关典故，如"莫愁"、"莺莺"、"巫山"、"桃源"等，最后一种咏广州的名胜古迹。此外，洪适《渔家傲引》属于专咏体，以渔家傲一曲反复歌唱渔家的生活。无名氏的两套《九张机》，抒写织妇的怨情。

转踏词虽有数种词调，但以"调笑令"为主，故又称"调笑转踏"。兹录郑仅之《调笑转踏》如下：

---

① 任半塘：《唐戏弄》，上海古籍出版社 1984 年版，第 247 页。
② 刘永济：《宋代歌舞剧曲录要》，古典文学出版社 1957 年版。

　　调笑

　　良辰易失，信四者之难并；佳客易逢，实一时之盛事。用陈妙曲，上佐清欢。女伴相将，调笑入队。

　　秦楼有女字罗敷，二十未满十五余。金镮约腕携笼去，攀枝折叶城南隅。使君春思如飞絮，五马徘徊芳草路，东风吹鬓不可侵，日晚蚕饥欲归去。

　　归去，携笼女。南陌柔桑三月暮，使君春思如飞絮，五马徘徊频驻。蚕饥日晚空留顾，笑指秦楼归去。

　　石城女子名莫愁，家住石城西渡头。拾翠每寻芳草路，采莲时过绿苹洲。五陵豪客青楼上，醉倒金壶待清唱。风高江阔白浪飞，急催艇子操双桨。

　　双桨，小舟荡。唤取莫愁迎叠浪，五陵豪客青楼上，不道风高江广。千金难买倾城样，那听绕梁清唱。

　　放队

　　新词宛转递相传，振袖倾鬟风露前，月落乌啼云雨散，游人陌上拾花钿。①

　　调笑转踏曲词的一般体制为：通篇采用叙述体，用于咏唱故事。前有入队词或勾队词，为骈文八句，说明歌舞侑酒佐欢之主旨，最后一句通常为"调笑入队"；次为口号，七绝一首。主体部分为一诗一词组成的重头联章体。诗共八句，四句为一韵，词用三十八字的调笑令，诗的最后二字与词的开始二字相重叠，有婉转传递的意思。一诗一词组成一阕，但各家所作词的阕数并非一定。如以上郑仅之调笑多至十二阕，秦观、洪适为十阕，无名氏、毛滂两家各八阕，晁无咎所作，仅七阕。转踏词的结束部分为放队，也称遣队词。有的调笑转踏词在放队词前还有一曲或数曲破子，也是调笑词，如毛滂《调笑》。调笑转踏中的入队（勾队）、放队（遣队）之"队"无疑为"队舞"，且属于宋代队舞中之"女弟子队"，其词也为舞蹈而设。

　　综合宋人诸作来看，一首结构完整的《调笑词》，包括这样几个部分：入队词，口号，题目，诗，词，破子和遣队词。但作家往往省略用

---

　　①　刘永济：《宋代歌舞剧曲录要》，古典文学出版社1957年版，第76—80页。

之，如郑仅的《调笑词》略去口号、题目和破子。秦观的《调笑令》仅用一诗一词婉转传递，其他部分都略去。在《调笑词》的所有构成部分中，一诗一词是其主体部分，也是构成"调笑转踏"巨大艺术魅力的所在。

现存的转踏词除六种《调笑词》外，还有无名氏的《九张机》二首和洪适的《渔家傲引》一首。兹举一首《九张机》以观其体例：

> 一张机，织梭光景去如飞，兰房夜永愁无寐。呕呕轧轧，织成春恨，留着待郎归。
> 两张机，月明人静漏声稀，千丝万缕相萦系。织成一段，回纹锦字，将去寄呈伊。
> 三张机，中心有朵耍花儿，娇红嫩绿春明媚。君须早折，一支浓艳，莫待过芳菲。
> 四张机，鸳鸯织成欲双飞，可怜未老头先白，春波碧草，晓寒深处，相对浴红衣。①
>
> （以下还有五章，体制相同，不再列举）

《九张机》被曾慥的《乐府雅词》录入，归入转踏类，但我们可以看出，《九张机》的体例其实与宋代盛行的说唱伎艺——鼓子词相似。因它没有采用一诗一词相互缠绕，而只是采用同一词调循环九章，构成一种联章体。如欧阳修的《采桑子》鼓子词，是采用《采桑子》这一词调循环十一章。

此外，洪适的《渔家傲引》体例为：前有遣队词，接着用《渔家傲》十二首分咏渔夫从一月到十二月之事，之后连用破子四首，最后是遣队词。观其体例，前后都与《调笑词》相类，但中间的《渔家傲》十二阕与《九张机》相类，也是利用了鼓子词的形式。欧阳修的十二月鼓子词《渔家傲》与此几乎完全一致。由此，也可见出"转踏"与鼓子词或宋代其他伎艺关系之密切。

调笑转踏的别调，除了上述的三种之外，还有石曼卿所作《拂霓裳传踏》，"世有［般涉调］拂霓裳曲，因石曼卿取作传踏，踏述开元、天

---

① 刘永济：《宋代歌舞剧曲录要》，古典文学出版社1957年版，第117页。

宝旧事。曼卿云本是月宫之音，翻作人间之曲"。① 可见转踏发展到后来已经能够叙述比较复杂、完整的故事，这个故事与唐明皇和杨贵妃的传说有关，大概类似于白居易的《长恨歌》或陈鸿的《长恨歌传》的题材。那么这种转踏当与戏曲更为接近，惜曲词今已失存，无法考证其详细的形态。

北宋的调笑转踏，作为一种以歌舞咏故事的曲艺形式，已包含了中国戏曲的一些基本要素，如歌唱、舞蹈，也有简单的念白。舞词前的八句骈文入队词当为转踏的开场白。任二北《唐戏弄》称"顾名思义，调笑可能包括说白"。因此，它与中国真正的戏曲——"戏曲者，谓以歌舞演故事也"② 关系非常密切。它与真正戏曲之间差别仅在于，转踏是以叙述体的诗词来咏唱故事，而且是由若干个风格题材相类的故事组成，说白部分非常简单；而戏曲是以代言体来表演一个情节曲折、首尾完整的故事，具有成熟的科白。

二　缠达

缠达，最早记载见于《都城纪胜》："唱赚，在京师曰，有缠令、缠达。有引子，尾声为'缠令'；引子后只以两腔互迎，循环间用者为'缠达'。中兴后，张五牛大夫因听动鼓板中，又有四片太平令，或赚鼓板，遂撰为'赚'。"《梦粱录》（稍后于前者）也有记载，文字略同。由此可知，缠达与缠令是唱赚的早期形式，缠达又为缠令的特殊形式。关于"缠"字，《说文》谓"绕也"，即有反复、缠绕之意。这与缠令和缠达的演唱形式是非常契合的。有学者认为，一套曲何以称为"缠令"，这是因为曲中有叠字、虚声、垫头和泛声之类，如《董西厢》第三卷《棹孤舟缠令》中出现的"也啰"等。③ 缠达曲辞，今已无存，但可以根据保存下来的缠令和唱赚的曲词，来推断缠达的形式和特点。在宋金诸宫调和金元散曲中保留有缠令的形式。如《刘知远诸宫调》中有三套缠令，《西厢

---

① （宋）王灼：《碧鸡漫志》，古典文学出版社 1957 年版，第 75 页。
② 王国维：《宋元戏曲考》，《王国维戏曲论文集》，中国戏剧出版社 1987 年版，第 29 页。
③ 傅雪漪：《"缠达"非"转踏"》，《戏曲研究第十八辑》，文化艺术出版社 1986 年第 4 期，第 204 页。

记诸宫调》中保留有二十三套缠令。举《刘知远诸宫调》中［安公子］缠令为例：

【中吕调】安公子缠令→柳青娘→酸枣儿→柳青娘→尾

可见，缠令的体式为：属于同一宫调的不同曲子组成一套曲，前有引子，后有尾声，一般较短。赚词现存的有元人陈元靓《群书类要事林广记》戊集卷二所收南宋人咏蹴鞠的一套"圆社市语"：

【中吕宫】紫苏丸→缕缕金→好女儿→大夫娘→好孩儿→赚→越恁好→鹊打兔→尾声

赚词体式与缠令基本相同，只是更为复杂，二者之间的演变轨迹显而易见。由此，缠达的形式也不难推出，当为前有引子、后有尾声，中间包含有两支属于同一宫调的曲子，两曲循环往复、回旋缠绕，形成一唱三叹、摇曳生姿的听觉效果。曲词长度应介于缠令和唱赚之间。另外，在董解元《西厢记诸宫调》中出现的两套曲子的组成结构非常特殊，与缠达的"两腔互迎，循环间用"很接近，可能是缠达的残留形式，列之如下：

【仙吕调】六么实催（两曲）→六么遍（两曲）→哈哈令→瑞莲儿→哈哈令→瑞莲儿→尾

"哈哈令"与"瑞莲儿"两曲轮流重复两次，是缠达的形式。又：

【黄钟宫】间花啄木儿第一→整乾坤→第二→双声叠韵→第三→刮地风→第四→柳叶儿→第五→赛儿令→第六→神仗儿→第七→四门子→第八（四曲）→尾

第二、第三等是对"间花啄木儿"曲牌的重复出现而言。整套曲由一支固定不变的曲子和另一支变化的曲子"循环间用"，这应当是缠达的一种特殊形式。

缠达对元杂剧的配曲方式产生了深刻的影响。"虽元剧诸曲配置之法，亦非尽由创造。《梦粱录》谓宋之缠达，引子后只有两腔，迎互循环。今于元剧仙吕宫，正宫中曲，实有此体例者。"① 今举郑廷玉《看钱奴冤家债主》第二折为例：

【正宫】端正好→滚绣球→倘秀才→滚绣球→倘秀才→滚绣球→倘秀才→滚绣球→倘秀才→塞鸿秋→随煞

在这套曲子中，由"滚绣球"和"倘秀才"两支曲子相互缠绕，元杂剧称这种形式叫"子母调"。子母调在元杂剧中运用非常广泛。另外，在元人王伯成的《天宝遗事诸宫调》中也有二套子母调，都为〔正宫〕端正好，也用"倘秀才"和"滚绣球"两支曲子循环缠绕，举一例如下：

【正宫】端正好→滚绣球→倘秀才→滚绣球→倘秀才→骨朵儿→货郎儿→脱布衫→小梁州→么篇

除此之外在南戏和后来的昆曲中也采用子母调。

南戏中如《琵琶记—扫松》：老生唱〔虞美人〕引子，然后和丑先后各唱一支〔步步娇〕，对白以后进入子母调。其顺序为：

风入松→前腔→急三腔→前腔→风入松→急三枪→前腔→风入松

昆曲传奇也相沿使用了这套子母调，如明传奇《千忠戮—搜山》：末唱〔卜算子〕作引，再唱〔好姐姐〕，小生唱〔步步娇〕，然后独唱或齐唱〔风入松〕二支、〔急三枪〕二支、〔风入松〕一支、〔急三枪〕二支、〔风入松〕二支。清传奇《桃花扇—侦戏》先唱引子〔双劝酒〕，再唱〔步步娇〕，再接子母调：〔风入松〕二支、〔急三枪〕二支、〔风入松〕一支、〔急三枪〕二支、〔风入松〕一支。

"子母调"的采用无疑是直接由缠达发展而来。故而，缠达对中国戏曲尤其是元杂剧的发展形成产生了重要的影响。

---

① 王国维：《宋元戏曲史》，上海古籍出版社 2000 年版，第 34 页。

三　转踏与缠达之比较

综上所述,"转踏"是一种以歌舞咏故事的曲艺形式,而"缠达"则是一种说唱故事的曲艺形式。诚然,缠达"两腔互迎,循环间用"的配曲方式,与调笑转踏舞曲部分的一诗一词循环缠绕的形式的确很接近,二者都吸收了中国古代诗歌"联章体"的传统。联章体大都采用一支曲,反复吟唱,如敦煌曲子词中的民间俚曲小调《五更转》、《十二时》,大曲,鼓子词等,转踏与缠达却采用了两支曲,形成一种特殊的"重头联章体"。但是否由此就可得出"此缠达之音,与转踏同,其为一物无疑也"① 的结论呢?我们不妨从以下几个方面对二者进行分析比较。

1. 曲艺类别

转踏属于歌舞类,毛滂调笑词"遣队"中云"歌长渐落杏梁尘",所示为歌;毛滂词"遣队"中云"舞罢香风卷绣茵",无名氏调笑词"放队"中云"唤起佳人舞绣筵",所示均为舞。缠达是唱赚的早期形式,其曲艺类别应与唱赚同。叶德均《宋元明讲唱文学》将唱赚归入"乐曲系的讲唱文学"类;《梦粱录》卷二十云:"赚者,误赚之义,正堪美听处,不觉已至尾声",② 既为"美听",而不是"美观",其为歌唱类无疑。又《事林广记》所载的"遏云要诀"要求唱赚"腔必真,字必正",也属于对说唱类艺人的要求。

2. 艺人与演出规模

转踏为北宋时期封建士大夫官私宴饮,侑客劝酒所用之歌舞,其演出艺人为小队女伎,规模较小,是一种小型的简化了的队舞。王国维先生在《宋元戏曲史》第四章"宋之乐曲"云"传踏之制,以歌者为一队,且歌且舞,以侑宾客"③ 应符合实际情况。至于任二北《唐戏弄》所称"一人任之,便于催酒而已"④ 恐为转踏在唐时的殊例,非北宋时《调笑转踏》的体制。

---

① 王国维:《戏曲考原》,《王国维戏曲论文集》,中国戏剧出版社1987年版,第163页。
② (宋)吴自牧:《梦粱录》,中国商业出版社1982年版,第178页。
③ 王国维:《宋元戏曲史》,上海古籍出版社2000年版,第34页。
④ 任半塘:《唐戏弄》,上海古籍出版社1984年版,第247页。

　　而作为唱赚之一种的缠达，讲唱者当为"一说唱艺人，自击鼓板和拍板"①，旁边可能有其他管弦乐的伴奏者，但主要是说唱者自己的表演。《梦粱录》卷二十载"唱赚"的专业艺人在临安就有三十二人之多，著名的书会先生李霜涯就是作赚词的能手，这些自然指讲唱艺人个人了。

　　3. 演出乐器

　　转踏作为士大夫侑客之小型乐曲歌舞（宫廷用大曲、法曲、曲破、队舞等大型乐曲），其伴奏乐器应以"丝竹"为主，再配以鼓板，形成婉转悠扬、缠绵动听的效果，类似于现在昆曲的情形。现今留存的敦煌壁画"唐伎乐人图"②显示为两女伎对舞，两边乐队所奏乐器有琴、阮咸、琵琶和排箫等，可为佐证。

　　而缠达与唱赚无疑是民间伎艺，歌唱时以鼓、笛、拍板为主。"《满庭芳》：……鼓笛令无双多丽，十拍板音韵宣清……诗曰：鼓板清音按乐星，那堪打拍更精神？三条犀架垂丝络，两只仙枝击月轮。笛韵浑如丹凤叫，板声有若静鞭鸣……"③，配以弦乐"加以弦索赚曲，祗应而已"。④唱者自击鼓板和拍板"假如未唱之初，执拍当胸，不可高过鼻，须假鼓板村掇"。⑤类似于现在唱大鼓的情形。

　　4. 演出场所与受众

　　转踏是官私宴会时的歌舞伎艺，其表演场所一般在室内，即《调笑转踏》词中所出现的"绣筵"、"舞茵"等，其受众一般为封建士大夫，演出内容、风格间于雅乐与俗乐。而缠达是一种说唱伎艺，其演出场所应为露天的，大多为"勾栏瓦舍"或街头。表演缠达的有固定的专业团体，如"遏云社"即为表演唱赚的专门团体。缠达和唱赚是市民和普通百姓所嗜好的文艺形式，属于典型的民间伎艺。

　　5. 音乐形式（宫调和曲调）

　　转踏的舞词结构形式为：一诗一词，组成一阕，诗用来咏诵，词才用

---

　　① 叶德均：《宋元明讲唱文学》，上杂出版社1953年版，第13页。

　　② 杨荫浏：《中国古代音乐史稿》，人民音乐出版社1981年版。

　　③ （宋）陈元靓编：《事林广记》，［日］长泽规矩也编《和刻本类书集成》，上海古籍出版社1990年版，第283页。

　　④ （宋）吴自牧：《梦粱录》，中国商业出版社1982年版，第177页。

　　⑤ （宋）陈元靓编：《事林广记》，［日］长泽规矩也编《和刻本类书集成》，上海古籍出版社1990年版，第282页。

来歌唱，同一词调，反复歌唱。而缠达是两支不同曲子循环缠绕，都参与歌唱。两支曲子大多用词调（用上下阕），但也开始出现了用曲调（用单片）的情况。现存的转踏曲辞，都没有标出所属的宫调，仅有词牌，如"调笑词"、"九张机"、"渔家傲"和"拂霓裳"等。而缠令除标出曲牌之外，还隶属于一定的宫调。如［中吕调］安公子缠令，显示出由转踏到缠达的发展，并且进一步接近戏曲形式。

由以上诸条，我们可得出，转踏与缠达并不是"其为一物无疑也"，而是分属两种不同的曲艺系统，具有各自鲜明的体制与特征。当然，转踏与缠达的确有许多相似之处，曲词都为叙述体，而非代言体，二者的曲词组织形式又都为重头联章体；此外，缠达的产生有可能受到转踏的影响，也正如王国维先生自己所言，缠达"与上文之传踏相比较，其变化之迹显然。盖勾队之词，变而为引子；放队之词，变而为尾声；曲前之诗，后亦变而用他曲；故云引子后只有两腔迎互循环也"。① 但如果仅由此即得出二者"同为一物无疑也"的结论，却未免有点牵强。相较之下，还是当代著名戏曲学者——兰州大学中文系宁希元先生的论断："'转踏'变为'缠达'，前一诗也变为一曲，再变为元杂剧之子母调"更为严谨，更符合"转踏"、"缠达"与元杂剧中"子母调"② 三者之间的演变和传承关系。

---

① 王国维：《宋元戏曲史》，上海古籍出版社 2000 年版，第 34、59 页。
② 宁希元：《读曲日记（二）》，《中国戏剧研究丛刊第二辑》，甘肃教育出版社 2004 年版，第 165 页。

论缠令的缘起、发展与消歇

缠令是兴起于北宋的一种民间表演艺术。其记载最早见于耐得翁的《都城纪胜》："唱赚在京师日，有缠令、缠达。有引子、尾声为缠令；引子后只以两腔互迎，循环间用者为缠达。"稍后于此的《梦粱录》文字与此略同。单独的缠令作品今已不可考，现存的缠令大多保存在宋金元时期的诸宫调里。在残本《刘知远诸宫调》中有三套缠令，《董解元西厢记》中有三十三套缠令。除此之外，还有一套保留在元曲中。

由以上可知缠令的存活期应是北宋到元代，而这一时期又是中国古典文学的一个转型期，即雅文学占统治地位转向俗文学占统治地位；词体文学占主流转向戏曲文学占主流；中国戏曲由初步发展转向高度成熟。因此，全面探讨缠令这种文学样式的产生、发展、消歇的全过程，无论对其自身的研究，还是对这个转型期的研究，都是有必要的。

一　缠令的起源

任何一种文学样式的产生都并非横空出世，而是有其内在的相互传承关系，同时也会受到同时期其他文学样式的影响。缠令的产生当与流行于北宋的歌曲"嘌唱"、"小唱"、词的演唱和歌舞"转踏"有关。

嘌唱，据宋程大昌《演繁露》载："即旧声而加泛拍者，名曰嘌唱。"① 《都城纪胜》："嘌唱，谓上鼓面唱令曲小词，驱驾虚声，纵弄宫调，与《叫果儿》，唱《耍曲儿》为一体。本只街市，今宅院街铺有

---

① 转引自杨荫浏《中国古代音乐史稿》，人民音乐出版社1981年版，第303页。

之。"① 由此可知：（一）嘌唱的歌词是词，即"令曲小词"或"旧声"；
（二）嘌唱依据一定的音律，即"驱驾虚声，纵弄宫调"；（三）嘌唱是
清唱，用鼓板伴奏，"加泛拍"、"上鼓面"；（四）嘌唱来自民间"本只
街市"。而这四条，恰与缠令相符合。缠令在产生初期所唱的曲词也是
词，并依据一定的宫调，用鼓板伴奏，其传播范围也是在民间。

　　小唱，《都城纪胜》："唱叫小唱，谓执板唱慢曲，曲破；大率重起轻
杀，故曰'浅斟低唱'；与四十大曲舞旋为一体。"② 又张炎《词源》：
"惟慢曲、引、近则不同，名曰小唱。"③ 小唱，相对于嘌唱，显得更为优
雅细腻，它虽也是清唱，但只有拍板伴奏，而无鼓声。选唱的歌词又是大
曲中的慢曲、引、近等部分。这一部分多为小令或慢词，便于铺叙感情。
这对缠令也是有影响的。《西厢记诸宫调》中的缠令大多用于抒情气氛比较
浓郁的场合，因此需要同一宫调的多支曲调来"浅斟低唱"，层层抒发。

　　词与缠令的关系也极为密切。张炎《词源》"簸弄风月，陶写性情，
词婉于诗。盖声出莺吭燕舌之间，稍近乎情可也，若邻乎郑、卫，与缠令
何异焉？"④ 沈义父《乐府指迷》也说："词之作难于诗，盖音律欲其协，
不协则成长短句之诗；下字欲其雅，不雅则近乎缠令之体。"⑤ 由此可知，
缠令与词非常相似，缠令可被视为艳情俚俗之词。冯沅君在《说赚词》
中也认为"缠令似乎由词转变来的"⑥。缠令以后向市民文学的方向发展，
而词依然为士大夫所青睐。

　　以上三种文学样式对缠令曲词与演唱形式的形成有着重要影响。对缠
令的音乐结构产生最多启示作用的则是小型乐曲歌舞"转踏"。

　　转踏对缠令的另一种形式"缠达"，即"引子后以两腔互迎，循环间
用者"的影响已被学术界所公认，许多学者甚至误认为它们本为一物。
实际上，缠令这种形式也是由转踏发展而来。钱南扬在《张协戏文中的
三椿重要资料》中曾稍作提示，他认为缠令或诸宫调的"尾声是由转踏

　　① （宋）灌圃耐得翁：《都城纪胜》，（宋）孟元老等著《东京梦华录（外四种）》，古典文
学出版社 1956 年版，第 96 页。

　　② 《都城纪胜》，古典文学出版社 1956 年版，第 96 页。

　　③ 蔡桢：《词源疏证》卷下，中国书店 1958 年版，第 6 页。

　　④ 同上书，第 45 页。

　　⑤ （宋）沈义父撰，蔡嵩云笺释：《乐府指迷笺释》，人民文学出版社 1981 年版，第 43 页。

　　⑥ 冯沅君：《古剧说汇》，作家出版社 1956 年版，第 122 页。

的放队词转变出来的"，① 依此类推，其引子当由转踏的入队词发展而来；而转踏主体部分的一诗一词组成一阕，并由若干阕形成的联章体的形式稍加变化即成缠令、缠达引子与尾声之间的过曲。诚如王国维《宋元戏曲史》中所言"与上文之传踏相较，其变化之迹显然。盖勾队之词，变而为引子；放队之词，变而为尾声。曲前之诗，后亦变为他曲；故云引子后只有两腔迎互循环也"。② 虽云缠达，亦适用于缠令。具体而言，词前之诗变而为他词之后组成一阕，再连用这样的若干阕，即成缠达。若仅用一阕，即可成为较短的缠令。最初的缠令体制都较短，中间过曲不过是一二支。等到后来缠令进一步发展时，只要在过曲部分加入其他的词调即可。

以上是就缠令形成的内部体制而言。

此外，缠令的产生也是人们对乐曲丰富性和变化性要求不断提高的必然产物。在缠令产生之前流行于宋世的乐曲，无论是大曲、鼓子词、转踏还是词的演唱，皆由同一宫调的同一曲调反复吟唱，如此，越来越不能极人耳目之娱。缠令恰在此时应运而生。在一套缠令中，可安排若干种不同的词调或曲调，曲折变化，动荡反复，使乐曲不再单调枯燥。因此，它很快被另一种新兴的文学样式"诸宫调"所吸收。如果说诸宫调是诸种宫调相结合的首创，那么，缠令就是诸种曲调相结合的首创，它们二者同样是元杂剧曲牌联套形式的开路先锋。

二　缠令的发展与消歇

如上所言，缠令一旦形成就被吸收入诸宫调中，以至于它没能留下单独的作品。而缠令的发展与消歇也几乎与诸宫调相始终。因此探讨缠令的发展演变就必须将它纳入诸宫调的发展演变过程中去考虑。缠令与诸宫调的发展均可划分为宋、金、元三个阶段。

现存宋代的诸宫调的只有《张协状元戏文》中引用的五组曲文，也称《张协状元诸宫调》，这也是中国现存最早的诸宫调。五组曲文结构如下：

---

① 转引自汪天成《诸宫调研究》，"国立"政治大学中文研究所 1979 年硕士论文，中华民国六十八年，第 44 页。

② 王国维：《宋元戏曲史》，上海古籍出版社 2000 年版，第 34 页。

（仙吕宫引子）《风时春》　　（白）

（双调引子）《小重山》　　（白）

（越调引子）《浪淘沙》　　（白）

（不知宫调）《犯思园》　　·（白）

（商调引子）《绕池游》　　（白）

　　《张协状元诸宫调》第一次采用了多种宫调的组合，但只是只曲独用，没有形成套数。这是最简单、质朴的诸宫调，产生的年代当在诸宫调开始形成的时期，即"熙丰、元祐间（1068—1093）……泽州孔三传者，首创诸宫调古传，士大夫皆能诵之"。①《张协状元诸宫调》中没有采用缠令这种形式，我们可假定，此时缠令才刚刚形成或正在形成，还没有被广泛运用。据此，我们可大概确定缠令产生的时间与诸宫调产生的时间几乎同时，或略早。

　　金代的诸宫调现存有残本《刘知远诸宫调》和全本《西厢记诸宫调》。

　　《刘知远诸宫调》残本共有 80 个音乐结构单位，除去和《张协状元诸宫调》相同的只曲独用 12 个外，还有一曲一尾 65 个和多曲一尾 3 套。这 3 套均标明缠令。不难看出《刘知远诸宫调》的音乐结构较《张协状元诸宫调》更为复杂，那它的产生年代也当在《张协状元诸宫调》之后。据龙建国《〈刘知远诸宫调〉应是北宋后期的作品》考，其产生年代当是北宋后期，即熙丰、元祐之后，大概在 1094 年至 1127 年之间。②《刘知远诸宫调》较《张协状元诸宫调》的发展之处在于它采用了 3 套缠令和 65 套一曲一尾。缠令形式已进入诸宫调，三套缠令如下：

【正宫】应天长缠令—甘草子—尾

【仙吕调】恋香衾缠令—整花冠—绣裙儿—尾

【中吕调】安公子缠令—柳青娘—酥枣儿—柳青娘—尾

　　除掉缠令的必有部分，即引子和尾声之外，这 3 套缠令的过曲分别是

---

① （宋）王灼：《碧鸡漫志》，古典文学出版社 1957 版，第 61 页。

② 龙建国：《〈刘知远诸宫调〉应是北宋后期的作品》，《文学遗产》2003 年第 3 期。

1 支、2 支、3 支，说明缠令还处在刚刚发展阶段。且此时缠令和缠达是混为一谈，通称为缠令的，如【安公子】缠令的构曲方式和缠达"两腔互迎，循环间用"正相吻合，应为缠达。《刘知远诸宫调》中所唱歌词全部为词调，大多采用双阕形式。

值得注意的是，《刘知远诸宫调》中一曲一尾的组曲方式所占的比例很大，这也是一种新兴的音乐结构。那它又来源于何处呢？宋克夫在《诸宫调体制源流考辨》中认为，一曲一尾也来源于缠令，只不过是缠令的一种特殊形式。他认为，缠令的定义是：前有引子，后有尾声，中间可以有过曲，也可以无过曲。中间无过曲，即成了一曲一尾的形式。也许缠令在最初时，即只有引子和尾声，而无过曲。后来，缠令正式形成，才加入了过曲。① 此说应该较为符合实际情况，本文采用此说，并认为这种一曲一尾形式为缠令的原生态。如此，则《刘知远诸宫调》中实际运用缠令的套数除明确标明为缠令的 3 套外，还应包括缠令原生态的一曲一尾65 套，共 68 套，占残本套数的 85% 之强。缠令一开始进入诸宫调，就以迅雷不及掩耳之势占领大块领地，其生命力之强和受艺人的重视程度可想而知。当然此时出现的缠令的完备状态的套数还很少。

《西厢记诸宫调》产生的年代当在金章宗之时，即 1190 年至 1208 年之间。据陶宗仪《辍耕录》卷二十七"杂剧曲名"载："金章宗时董解元所编西厢记，世代未远。"②

《董解元西厢记》全本共有 191 个音乐结构单元。一曲独用 51 套，一曲一尾 94 套，多曲一尾的套数为 46 套，其中带"缠令"、"缠"字的多达 33 套，未标明缠令的 13 套中有 2 套标明"断送"，有 1 套标明"实催"，有 1 套标明"赚"。未标明文体者共 9 套，其中有 2 套是缠达，即［仙吕调六么］和［黄钟宫间花啄木儿］。但这 13 套实际仍是缠令。

我们对《西厢记诸宫调》和其中缠令的运用可作如下分析：

（1）一曲一尾这种缠令的原生态仍占主要地位，占 49%。

（2）多曲一尾即缠令完备状态的套数大大增多，共 46 套，占 24%。而在《刘知远诸宫调》中仅占 4% 之强。且《西厢记》中套数的长度加强，最长的《间花啄木儿》为 15 曲。歌词大多数仍用词调，但也开始出

---

① 宋克夫：《诸宫调体制源流考辨》，《文学遗产》1989 年第 6 期。

② （元）陶宗仪：《南村辍耕录》，中华书局 1959 年版，第 332 页。

现曲调。

（3）赚的形式开始出现。据《都城纪胜》载："绍兴年间，有张五牛大夫因听动鼓板中有'太平令'或赚鼓板，遂撰为'赚'。"可见，赚是南宋时期在缠令的基础上形成的一种比缠令更为繁荡动听的音乐形式。这种赚的形式产生后，也被引入诸宫调。在《刘知远》中无赚出现，而《西厢记诸宫调》中有赚出现也从侧面证明了《刘知远》产生在南宋绍兴年间之前，而《西厢记诸宫调》产生在南宋绍兴年间之后，与前面的判断相吻合。《西厢记诸宫调》中除 1 套标明为"赚"的套数外，另有 3 套赚出现在标为缠令的套数中，这说明了赚词对缠令的依赖。此外，套数中"断送"、"实催"、"衮"等字样也开始出现，说明缠令在发展过程中兼容了宋代大曲、宋杂剧的音乐体制。

（4）《西厢记》中出现了一些未标明缠令的多曲一尾套数。由《刘知远诸宫调》中可知，多曲一尾套数在最初均为缠令，那么《西厢记诸宫调》中不标明缠令的多曲一尾套数自然也是缠令无疑，它们的体制与缠令并无二致，可视为缠令的衍生物。但不标明缠令的多曲一尾套数在形式上与北杂剧更为接近，因为北杂剧的套数是不标明缠令的。由此我们可以看出诸宫调的音乐结构在进一步发展之后，开始表现出力图挣脱缠令形式的倾向。这也许是缠令在形式上开始消歇的征兆。

元代诸宫调现存的只有王伯成《天宝遗事诸宫调》辑佚曲。汪天成《诸宫调研究》辑出完整的套数共 59 套。只曲独用的形式已无存，全部成为套数。其中一曲一尾 9 套，其余均为多曲一尾，但多曲一尾套数无一标明缠令。套数长度大大加强，9 支曲调以上的套数为 11 套，缠达有 2 套，都为【正宫】"端正好"，用"倘秀才"和"滚绣球"两支曲子循环缠绕。这与元杂剧中的子母调已一般无二。如《天宝遗事》中：

【正宫】端正好—滚绣球—倘秀才—滚绣球—倘秀才—骨朵儿—货郎儿—脱布衫—小梁州—么篇

元刊无名氏《张千替杀妻》杂剧第二折：

【正宫】端正好—滚绣球—倘秀才—滚绣球—倘秀才—滚绣球—倘秀才—滚绣球—倘秀才—叨叨令—尾声

此外，套数所组之调，全部采用曲调，即改双阕、三阕、四阕的形式为单片或"么篇"、"么"。以上几条充分说明《天宝遗事诸宫调》的音乐结构已与北杂剧相差无几。与《董西厢》相比，《天宝遗事》所用曲调与元曲相同，宫调运用也与元曲几乎相同，而《董西厢》中曲调接近宋词，宫调与宋教坊所用的宫调相同。

如果按前分析，将一曲一尾视为缠令的原生态，而将多曲一尾视为缠令的完备状态，那么，《天宝遗事》辑佚曲中的59套应全为缠令。缠令至此可以说已经发展成为一统天下的全盛局面。但与此相反的是，在形式上，《天宝遗事》的套数却无一标明缠令。缠令形式至此可以说已经基本消歇。果如其然，搜检整个元代的曲文，标明为"缠令"的只有《阳春白雪》所收录的元人吕正庵的〔仙吕〕一套：

【仙吕】翠裙腰缠令—金盏儿—元和令—赚尾①

此后，"缠令"这个标题就几不复见。

缠令从形式上虽已消歇，但其合理内核却被保留在诸宫调、元杂剧乃至南戏中。因此，这种消歇是一种积极的扬弃，符合事物发展的辩证规律。缠令对中国戏曲的形成与完善所产生的巨大贡献是不能被遗忘的。在一定意义上，没有缠令就不会有诸宫调，正如没有诸宫调就不会有元杂剧。缠令在其存活的三百年中完成了两项功能：（一）引导诸宫调的音乐结构由只曲向长套过渡；（二）引导诸宫调由词调向曲调过渡。

审视缠令的整个发展过程，它正是一头连接着词的演唱，一头引向元杂剧这种成熟完善的戏曲形式。因此，说它见证或经历了中国文学由词体文学向戏曲文学过渡的全过程，并不为过。

---

① 隋树森：《全元散曲》，中华书局1991年版，第1129页。

宋代百戏与元人杂剧关系考述

一　宋代百戏略考

　　"百戏"一词，在汉代已经出现。《汉元帝纂要》载："百戏起于秦汉曼衍之戏，后乃有高絚，吞刀、履火、寻橦等也。"① 《后汉书》卷五载："十二月甲子，清河王蒜，使司空持节吊祭，车骑将军邓骘护丧事。乙酉，罢鱼龙曼延百戏。"② 在汉唐时，百戏也称"散乐"或"杂戏"。《周书》卷七《宣帝纪》："散乐杂戏鱼龙烂漫之伎，常在目前。好令京城少年为妇人服饰，入殿歌舞，与后宫观之，以为喜乐。"③《旧唐书》卷二十九《音乐志》云："散乐者，历代有之，非部伍之声，俳优歌舞杂奏。汉天子临轩设乐。舍利兽从西方来，戏于殿前，激水成比目鱼，跳跃嗽水，作雾翳日，化成黄龙，修八丈，出水游戏，辉耀日光。绳系两柱，相去数丈，二倡女对舞绳上，切肩而不顷。如是杂变，总名百戏。"④

　　"百戏"一词，宋代之前，是对乐舞、杂技、杂戏等所有伎艺的总称。这由"戏"字的含义即可得知。"戏"，《说文解字》中谓："戲，从戈"，又云："三军之偏也，一曰兵也"。《尔雅·训诂》中谓："戲，谑也。"可见在古代，戏即有角力、戏谑之意。任二北先生《唐戏弄》"戏弄衡源"中，又将"戏"总结为四种意义，即除了戏谑、角力二义外，另有"歌"与"舞"两种意义。戏的最原始含义"角力、争斗"即代表百戏中的杂技与武术类；"戏谑"代表百戏中的杂戏类；而"歌"与

---

① （宋）高承：《事物纪原》，四库全书本。
② （宋）范晔撰：《后汉书》，中华书局 1965 年版，第 205 页。
③ （唐）令狐德棻等撰：《周书》，中华书局 1971 年版，第 125 页。
④ （后晋）刘昫等撰：《旧唐书》，中华书局 1975 年版，第 1072 页。

"舞"则代表百戏中的乐舞类。这是广义的百戏，包括一切伎艺，其定义的外延与今天所说的伎艺对等。

宋初的百戏，也继承了前代的含义，诸种伎艺，混杂无类，统称为百戏。如宋孟元老《东京梦华录》卷八："自早呈拽百戏，如上竿、趯弄、跳索、相扑、鼓板、小唱、斗鸡、说诨话、杂扮、商谜、合笙、乔筋骨、乔相扑、浪子杂剧、叫果子、学像生、倬刀、装鬼、砑鼓、牌棒、道术之类，色色有之。"① 这里的百戏似乎包括了现代意义的说唱类、泛戏剧类和百戏类伎艺。之后，随着市民文艺即瓦舍勾栏内各类表演伎艺的迅速繁荣，长期共存于百戏之中的各种艺术品种，按照自己的特点成长起来，乐舞、说唱、戏剧类伎艺渐渐独立门户，从百戏中分化出来，此时的百戏，逐渐专指与杂技、武术有关的节目②。如《梦粱录》卷二十"百戏伎艺"条谓："百戏踢弄家，每于明堂郊祀年分，丽正门宣赦时，用此等人，立金鸡竿，承应上竿抢鸡。兼之百戏，能打筋斗、踢拳、踏跷、上索、打交辊、脱索、索上担水、索上走神装鬼、舞判官、斫刀、蛮牌、过刀门、过圈子等。"③ 这类百戏，又称杂手艺或使艺。在同书同条谓："又有村落百戏之人，拖儿带女，就街坊桥巷，呈百戏使艺，求觅铺席宅舍钱酒之赍。且杂手艺，即使艺也，如踢瓶、弄碗、踢磬、踢缸……撮米酒、撮放生等艺。"④ 这是狭义的百戏，仅包括杂技类和武术类伎艺。本文所讨论的百戏，非包括一切散乐、杂戏类的广义的百戏，而是除了乐舞伎艺、说唱伎艺（如小唱、商谜、合生、说诨话和叫果子等），以及宋代泛戏剧（如杂扮、杂剧、傀儡戏等）之外的表演伎艺，是狭义的百戏，以杂技和武术为主，同时也包括一部分民间的歌舞，如周密《武林旧事》中所记载的"舞队"名目。舞队是当时民间组织的一种巡回演出的载歌载舞的表演形式，类似于当代民间仍在流行的"扭秧歌"，装扮各种人物做夸张滑稽的舞蹈动作借以娱乐，所以也应当属于百戏类。

---

① （宋）孟元老：《东京梦华录》，《东京梦华录（外四种）》，古典文学出版社 1956 年版，第 48 页。

② 傅起凤、傅腾龙：《中国杂技史》，上海人民出版社 1989 年版，第 193 页。

③ （宋）吴自牧：《梦粱录》，中国商业出版社 1982 年版，第 179 页。

④ 同上。

二　宋代百戏对元杂剧的影响

　　宋代百戏对中国戏曲包括元杂剧的唱、念、做、打四功中做功和打功的形成有着重要的影响。两宋时期，经济繁荣，政治宽松，百戏在宫廷与民间的瓦舍勾栏中得到蓬勃的发展。这种情形到了元蒙统治者入主中原后，发生了巨大的变化。由于存在着尖锐的民族矛盾和阶级矛盾，元统治者为了巩固专制统治，对民间百戏采取了极严厉的态度，以防百姓"聚众造反"。如《元史》卷一百五"刑法志"载："诸民间子弟，不务生业，辄于城市坊镇，演唱词话，教习杂戏，聚众淫谑，并禁治之。诸弄禽蛇、傀儡，藏擫撇钹、倒花钱、击鱼鼓、惑人集众，以卖伪药者，禁之，违者重罪之。诸弃本逐末，习用角抵之戏，学攻刺之术者，师弟子并杖七十七。"① 在这种严峻的政治形式下，一些从事百戏、杂耍的艺人无法再独立演出，不得不投身到各种戏班中，将自己的伎艺融入当时兴盛一时的元杂剧中，为元杂剧贡献了一朵繁花。

　　宋元时期杂技与武术联合表演，被统称为"打拳卖艺、跑马卖解"，它们又共同融入杂剧之中，丰富了戏曲的做、打的表演形式。元人杂剧吸收武术杂技有一个历史过程，首先是在各种表现战争和塑造民间草莽英雄人物的戏剧中，演员必须具备杂技武术的跌扑砍劈的技巧。这些技巧进而成为戏曲表演各类行当共同的武功基础。正如《中国戏曲通史》所言："武术杂技用于戏剧表演早在北宋时即已开始。到了金元时期的北杂剧，这种短打武戏的表演又有了进一步的发展。把武术杂剧与塑造人物形象结合起来，并在表演艺术中形成了专门的一科。这专门的一科称为'绿林杂剧'或'脱膊杂剧'。"②《青楼集》记载的著名杂剧艺人中，就有专精表演"绿林杂剧"的，称名者有国玉第、天赐秀及其女天生秀、赐恩深、平阳奴等，书中说天赐秀"善绿林杂剧，足甚小，而步武甚壮"。③ 赐恩深被誉为"邦老赵家"，均说明这些演员有深厚的武术功底。

　　元杂剧由唱、科、云三个动作提示词构成表演的整体，元杂剧又以

---

　　① （明）宋濂等撰：《元史》，中华书局 1976 年版，第 2685 页。

　　② 张庚、郭汉城：《中国戏曲通史》，中国戏剧出版社 1980 年版，第 377 页。

　　③ （元）夏庭芝：《青楼集》，中国古典戏曲论著集成 1959 年版，第 26 页。

唱、念、做、打四功融合为表演做好基础工作。元杂剧的"科"主要包括三个方面：做工、武功、舞蹈，即做、打、舞三功。宋代百戏对元杂剧的"科"有着重要的影响，元杂剧科范类中的"做"、"打"、"舞"三科都与宋代百戏有密切关系。

在元杂剧武戏中，筋斗占有重要的地位。筋斗，亦作斤斗、跟斗、金斗、筋陡。《燕青博鱼》："杨衙内打筋斗科。"《西游记》："行者作筋斗下来拜谢科。"《襄阳会》："我打的筋斗。"《单战吕布》："武会打筋斗。"诸如此类，不胜枚举。因为表演筋斗时，翻腾跌扑，适于表现搏斗的紧张场面和闹腾的战争气氛。有的演员有这方面的专长，如教坊色长"武长于筋斗"（《辍耕录》）。甚至有专翻筋斗的行当。《八仙过海》："自小里是翻筋斗脚色出身。"类似于现在京剧里有"金斗行"（又叫下手），以翻筋斗为主。经常可以看见演员在台上连翻几十个筋斗，博得满堂彩。《梦粱录》"百戏伎艺"中就有"兼之百戏，能打筋斗、踢拳、踏跷"。说明在宋代的百戏中，筋斗已很兴盛。此外还有扳落，也叫抢背。所谓扳落，就是"就地跳身而起，以背着地"[①]，表现生活中急遽跌扑的动作。如北杂剧中以短打戏著称的剧目最有名的是《刘千病打独角牛》一剧，第一折中，刘千与折拆驴的那段表演，就有跌扑的场面。

（正末扮刘千，净扮折拆驴，正末做脚勾净科了）（折拆驴做跌倒科云）

哎哟！这厮好无礼也！我听他说话，他把手上头晃一晃，脚底下则一绊，正跌着我这哈撒儿骨。兀那厮，你敢和我厮打么？

（正末云）打将来！（折拆驴做打科）（正末做跌倒折拆驴，打科）

（世不饱云）打将来了，俺俩个家去了罢！（同快吃饭下）

（折拆驴云）打杀我也！徒弟每都哪里去了？

剧本提示有一次"脚勾净科"，两次"打科"，两次"跌倒科"，打的演员固然要打得花哨，跌的演员也必然要跌得漂亮。这就需要用"抢背"来表现这一跌倒的动作。此外如《气英布》中的探子，"抢背"上，因他

---

① 徐扶明著：《元代杂剧艺术》，上海文艺出版社 1981 年版。

急忙来报告战况，一时收不住脚，猛跌一跤，也适合用"抢背"来表现。

元杂剧中的另一类武戏重在脱膊短打，武打时，必须脱衣。在《刘千病打独角牛》的第三折，刘千与独角牛在泰安州东岳庙擂台上的一场脱膊厮打，为全剧的高潮。香官叫独角牛"脱剥下，绕着露台搦三遭（独角牛做脱剥了科）"。《东平府》第三折，吕彦彪"（做打飞脚支架科云）好汉出来（正末做脱剥，小打扮，上露台）"，打擂要脱膊，估计是宋元时期武打时的风俗。在《水浒传》中第七十四回打擂和相扑时，也要脱膊。所以才会将涉及武打的元杂剧称为"脱膊杂剧"。

元杂剧中也有角抵的存在，如陈以仁《雁门关存孝打虎》，为继承汉初"东海黄公"角抵中人兽相斗的场面。有射箭场面，如无名氏《二郎神醉射锁魔镜》，有"二郎神做射箭科"，射锁魔镜"正中靶心"的表演。

以上是元剧继承宋代百戏中"武术"类百戏的成果。宋代还有一类民间流行的歌舞，如"胡旋舞"、"舞判"、"变阵子"、"竹马"等，也可归入百戏类。这类伎艺不以音乐的繁妙和舞姿的优美取胜，是一种简单灵活的动作表演。它们对元杂剧中的"科范"中的"做"科与"舞"科有着一定的影响。

"胡旋舞"是南北朝时期由康居传入中国中原地区，在唐时大盛，宋代教坊中有"舞旋色"，瓦舍勾栏的表演项目中有"舞旋"。孟元老《东京梦华录》卷五"京瓦伎艺"中有"张真女，舞旋"。胡旋舞在元人杂剧中也有表现。如白朴的《唐明皇秋夜梧桐雨》第一折：

（安禄山起谢云）谢主公不杀之恩。（做跳舞科）

（正末云）这是甚么？

（安禄山云）这是"胡旋舞"。

（旦云）：陛下，这人又矮挫，又会舞旋，留着解闷倒好。

宋代"舞判"继承唐代的"舞钟馗"而来。金盈之《醉翁谈录》卷四"十二月"条载："除夜，旧传唐明皇是夕梦鬼物，名曰钟馗。既觉，命工绘画之。"[1] 后扮之以舞。晚唐人周繇《梦舞钟馗赋》记载了其舞姿：

---

① （宋）金盈之撰，（宋）罗烨编，周晓薇校点：《新编醉翁谈录》，辽宁教育出版社1998年版，第17页。

"曳蓝衫而飒缅，挥竹简以翩跹。顿趾而虎跳幽谷，昂头而龙跃深渊。或哑口而扬音，或蹲身而节拍。"① 宋代《东京梦华录》卷七"驾登宝津楼诸军呈百戏"载"舞判"的场面："爆仗一声，有假面长髯，展裹绿袍靴简，如钟馗像者，旁一人以小锣相招和舞步，谓之'舞判'。"元杂剧《朱砂担》第三折中，东岳太尉出场时唱了几支曲子，中有"我将这带鞓来搇，我把这唐巾按，舞蹁跹两袖风翻"。"摩弄得这玉带上精光灿烂，拂掉了罗襕衣上衣纹可便直担。"东岳太尉这里的一系列动作可能即是借鉴于"舞钟馗"、"舞判"。

"变阵子"在《东京梦华录》卷七中有记载，"军士百余，前列旗帜，各执雉尾、蛮牌、木刀，初成行列拜舞，互变开门、夺桥等阵，然后列成偃月阵"。又云："成行列，击锣者指呼，各拜舞起居毕，喝喊变阵子数次，成一字阵，两两出阵格斗，作夺刀击刺之态百端。"这种"变阵子"，如一字阵、偃月阵等，除排列队形外，还有拜舞的场面。元杂剧中多有双方布阵的场面。如《柳毅传书》杂剧，写钱塘君与泾河小龙作战，就有"水卒一字儿摆开者"。在《马陵道》第一折中，孙膑摆的阵法更为复杂。孙膑先后摆了"一字长蛇阵"、"天地三才阵"、"九宫八卦阵"三个阵法。元杂剧中的"调阵子"即是继承宋代百戏中的"变阵子"而来。《吴起敌秦》有"（姬成云）小校操鼓来，我与你斗几合（做调阵子科）"。

在元杂剧中表现人物骑马，一般以砌末"竹马"代替。如元刊本《追韩信》中有"正末背剑踏竹马儿上"、"萧何踏竹马儿上"。元刊本《霍光鬼谏》中，也有"正末骑竹马儿上"的科范。竹马，在宋代是一种普遍的表演形式。周密《武林旧事》卷二记载的"舞队"中就有"男女竹马"一项，并称："如傀儡、杵歌、竹马之类，多至十余队。"

此外，由于元杂剧多为旦本或末本一人主唱，为了调节戏曲节奏，恢复主唱演员体力，有时在每折间也会穿插一些杂耍表演，如臧晋叔在改定的《玉茗堂四种传奇》之《还魂记》第二十五折的眉批上这样写道："北剧四折，只旦末供唱，故临川于生旦等皆接踵登场，不知北剧每折间以爨弄、队舞、吹打，故旦末当存余力。"这里，在元杂剧每折间穿插的爨弄、队舞、吹打即属于百戏类的杂耍。

由上可知，宋代百戏对元杂剧表演体制的形成有着重要的影响。

---

① （唐）周繇：《梦舞钟馗赋》，《御定历代赋汇外集》卷十八，四库全书本。

清儒戏曲观探微

清代是学术大繁荣的时代，一切文学艺术都深受当时学术之影响，戏曲亦是如此。作为清代学术主体的清代学者，他们的戏曲观也对清代戏曲的发展有着重要的影响。清儒的戏曲观大多集中在对戏曲地位和功能的认识上，包括戏曲与经学和正统文学之间的关系、戏曲与社会的关系及与世道人心的关系。探讨清儒的戏曲观不但有助于深入清代戏曲思想的研究，也有助于了解清代学术与戏曲之关系、戏曲在经学视野中的地位与生存处境、正统儒学与俗文学之间的关系等问题。由于清代学者身份地位崇高，如刘奕所言："从现实影响来说，乾嘉汉学家在清代声望高华，是人人景仰的对象。他们的文论随其议论、著述散布士林，其影响是实实在在，毋庸置疑的。"① 与此相类，清儒的戏曲观点也具有代表性，能代表当时社会对于戏曲的普遍看法。由于清儒所处的学术派别不同，学术观点不同，使他们对戏曲的态度也不尽相同，而即使同一派别或同一个体，在对待戏曲的态度上有时也前后矛盾。此外，由于戏曲艺术的特殊性和复杂性，一方面戏曲剧本是一种文学文本，具有和诗词文赋等传统文体相等同的特质，同时戏曲艺术又存在于舞台，因此，在对待戏曲文本和戏曲演出上，清儒的态度是不尽相同的，有时甚至是完全相反的。同时，戏曲在清代还有雅俗的分野，对待流行于文人学士圈内的高度文人化的戏曲和流行于民间的粗鄙低俗的戏曲，清儒所持的态度也是完全相反的。此外，即使是对于业已雅化和文人化的戏曲，清儒也会根据内容的取向采取不同的评价标准。

由于清代学术在清初、清中叶及清末三个时代呈现出了不同特点，因

---

① 刘奕：《清代中叶学者文学思想研究》，复旦大学博士学位论文，2007 年，第 12 页。

此，清儒的戏曲观也在这三个阶段有所不同。本文将分阶段来讨论他们的戏曲观。

一　清初理学家的戏曲观

清初王学已是强弩之末，程朱理学占据统治地位。清初理学家对待戏曲的态度基本是以反对或轻视为主。只有少数理学家提倡利用戏曲易于传播的特点来感发人心、移风易俗。而在对于戏曲本体的认识上，一些推崇王学的学者主张戏曲以本色当行为主，以表现真性情为主，这是晚明戏曲观的遗留，如黄宗羲和毛奇龄的戏曲观就具有浓厚的王学色彩。

清初理学家对待戏曲的态度概而言之有以下几种：

1. 认为戏曲要完全禁止，戏曲无益。如吕留良临终前明令："子孙虽显贵，不许于家中演戏。"[1] 吕留良《客座私告》七曰："宴会病不能久坐，优剧素所痛恶，觞政争恶，多致生釁，皆其所不堪。"[2] 顾炎武在《日知录》卷十三"家事"中明令禁演戏曲，曰："玄宗造《霓裳羽衣之曲》，而唐室遂乱。今日士大夫才任一官，即以教戏唱曲为事，官方民隐置之不讲，国安得不亡，身安得无败？"[3] 认为戏曲有害家国，于世教无益。陆陇其《三鱼堂外集》卷五《禁演戏示》主张完全禁戏，视演戏为"游戏不经之事"[4]。陈确（1604—1677）则曰：

> 新妇切不可入庙游山，及街上一切走马、走索、赛会等戏，俱不可出看……确有女既嫁，一日归宁，笑谓父曰："吾年近三十，终不知世所谓戏文者何如。"确曰："吾素不能教女，惟此一节，差足免俗。更何用求知之！"女笑而退，敢以为凡为妇女者劝。[5]

---

① 转引自钱穆《中国近三百年学术史自序》，《中国近三百年学术史》，商务印书馆1997年版，第2页。

② （清）吕留良：《吕晚村文集》卷八杂著，续修四库全书本第1411册，第202页。

③ （清）顾炎武著，黄汝成集释：《日知录集释》，岳麓书社1994年版，第496页。

④ （清）陆陇其：《禁演戏示》，《三鱼堂外集》卷五，影印文渊阁四库全书本第1325册，第270页。

⑤ （清）陈确：《不看剧》，《陈确集》别集卷十，中华书局1979年版，第519页。

此外，理学名臣汤斌《严禁私刻淫邪小说戏文告谕》曰：

> 为政莫先于正人心，正人心莫先于正学术。朝廷崇儒重道，文治修明，表彰经术，罢斥邪说。斯道如日中天。独江苏坊贾惟知射利，专结一种无品无学，希图苟得之徒编纂小说传奇，宣淫诲诈，备极秽亵，污人耳目。绣像镂板，极巧穷工，致游侠无行与年少志趣未定之人，血气摇荡，淫邪之念日生，奸伪之习滋甚，风俗凌替，莫能救正，深可痛恨。合行严禁，仰书坊人等知悉……若曰古书深奥，难以通俗，或请老成纯谨之士，选取古今忠孝廉节敦仁尚让实事，善恶感应，凛凛可畏者编为醒世训俗之书，既可化导愚蒙，亦足检点身心，在所不禁。①

持这种态度的大多是程朱学派的理学家。

2. 认为要利用戏曲进行政治教化，移风易俗，从戏曲有益世道人心的角度来肯定戏曲的地位。因此，要求禁止内容淫亵的戏曲，而对于思想雅正的则予以支持，持这类态度的多数是陆王心学的理学家，如刘宗周（1578—1645）《人谱类记》卷下曰：

> 梨园唱剧，至今日而滥觞极矣。然而敬神宴客，世俗必不能废，但其中所演传奇，有邪正之不同，主持世道者，正宜从此设法立教，则虽无益之事，亦未必非转移风俗之一机也。先辈陶石梁曰："今之院本，即古之乐章也。每演戏时，见有孝子悌弟、忠臣义士，激励悲苦，流离患难，虽妇人牧竖，往往涕泗横流，不能自已，旁观左右，莫不皆然，此其动人最恳切、最神速，较之老生拥皋比讲经义，老衲登上座说佛法，功效更倍，至于《渡蚁》、《还带》等剧，更能使人知因果报应，秋毫不爽，杀盗淫妄，不觉自化，而好生乐善之念，油然生矣，此则虽戏而有益者也。近时所撰院本，多是男女私媒之事，深可痛恨，而世人喜为搬演，聚父子兄弟并帷其妇人而观之，见其淫谑亵秽，备极丑态，恬不知愧，此与昔人使妇女裸逐何异？曾不思男女之欲，如水浸灌，即日事防闲，犹时有渎伦犯义之事，而况乎宣淫

---

① （清）汤斌：《汤子遗书》卷九告谕，影印文渊阁四库全书本第1312册，第606—607页。

以导之！试思此时观者，其心皆作何状，不独少年不检之人情意飞荡，即生平礼义自持者，到此亦不觉津津有动，稍不自制，便入禽兽之门，可不深戒哉！"①

刘宗周认为戏曲能够移风易俗，统治阶级应利用戏曲来教化人心。他还引用陶石梁的观点来说明戏曲内容如能合乎伦理纲常，反映忠孝节义和因果报应等思想，则比老师宿儒说道的功效更大。反之，如为反映男女风情的诲淫之作，则有害无益。尊崇王学的理学家能够看到戏曲讽诫劝惩，有益世道人心，易于传播，易于感人之功效，希望积极利用戏曲为封建统治服务，这种态度与王阳明对待戏曲的态度基本一致。《传习录下》曰：

> 先生曰："古乐不作久矣！今之戏子，尚与古乐意思相近。"未达，请问。先生曰："《韶》之九成，便是舜的一本戏子，《武》之九变，便是武王的一本戏子。圣人一生实事，俱播在乐中。所以有德者闻之，便知他尽善尽美，与尽美未尽善处。若后世作乐，只是做些词调，于民俗风化绝无关涉，何以化民善俗？今要民俗返朴还淳，取今之戏子，将妖淫词调俱去了，只取忠臣孝子故事，使愚俗百姓，人人易晓，无意中感激他良知起来，却于风化有益。然后古乐渐次可复矣。"②

由此可见，王学一派的理学家反对的只是戏曲中的诲淫诲盗、具有淫秽色情的剧作，而不是反对所有的戏曲。这种观点无疑较为合理而开明，即使移步到今天的文化建设语境中，也是适合的。此外，一些尊奉程朱理学的清儒也主张利用戏曲来进行政治教化。李光地言："自然是人人见闻，才能移风易俗"③、"将古今书中忠孝廉节之事制为词曲，去其声容之无情理者，令人歌舞之，便足以移易风俗，感动人心"。④ 刘献廷《广阳杂记》卷二曰："余尝与韩图麟论今世之戏文小说，图老以为败坏人心，

①（明）刘宗周：《人谱类记》，影印文渊阁四库全书本第717册，第234页。

②（明）王阳明：《传习录》，江苏古籍出版社2001年版，第308页。

③（清）李光地：《榕村语录》卷二十七，中华书局1995年版，第484页。

④（清）李光地：《榕村语录》，第502页。

莫此为甚，最宜严禁者。余曰：'先生莫作此说。戏文小说，乃明王转移世界之大枢机，圣人复起，不能舍此而为治也。'"① 总之，以上学者都是看到了戏曲易于传播，能行风化之作用。

清中叶以后的宋学家大多对戏曲持有接纳的态度。许多宋学家观剧、评剧，为剧本题诗或题写序跋，如方苞有《介山记·叙》，包世臣有《书〈桃花扇〉传奇后》诗、《〈东海记〉传奇·叙》，翁方纲有《将发廉州府观剧作二首》和《乌兰誓·题辞》，程晋芳有《寒夜观剧三首》等作品。但道学与戏曲在一定程度上还是相互对立的，如曾国藩为其乡贤郭璧斋六十寿辰所作的序曰："其居乡也，外和而中直，不恶而人畏之，优伶杂剧至，不敢入境。谚曰：'桃李无言，下自成蹊'，直其表而影曲者，吾未之闻也。"② 以优伶杂剧不敢入境来形容其人品行之方正，可见曾国藩对戏曲演出亦是持排斥态度。

二　清中叶汉学家的戏曲观

清朝中叶，汉学兴起，宋学衰微。因此，考察清中叶学者的戏曲观也以考察汉学家的戏曲观为主。

1. 经学本位主义立场

要了解清代汉学家的戏曲观，首先要了解清代汉学家的经学本位主义立场。自两汉以降，经学始终是各个朝代所尊奉的统治学说，经学在社会意识形态中居于最高的地位。历代文人都以研经为主要的职业，并以身列经师为荣。清代这种风气更为浓厚，使得清代学者和文人有着鲜明的经学本位主义立场。③ 清代的学者很重视自己的经师身份，不满足以文人等身。其中有许多学者最初都是文坛上的俊杰，但最后受时代风气的影响或对学者身份的向往，转而由文士变为经师，典型者如钱大昕、凌廷堪、张

---

① （清）刘献廷：《广阳杂记》卷二，中华书局1959年版，第107页。

② （清）曾国藩：《郭璧斋年伯六十寿序》，《曾文正公诗文集》文集卷一，《曾国藩诗文集》，上海古籍出版社2005年版，第176页。

③ 刘奕《清代中期学者文学思想研究》中特别强调学者的"经学本位主义"立场。他说："汉学是清代中期绝对的主流学术，汉学家有明确的学术圈子与归属意识，因受学术思想的影响，对文学也基本持经学本位的立场看待之。"（第7页）这种"经学本位主义立场"用来考察学者的戏曲观点也是完全适合的。

惠言、孙星衍等人。钱大昕《潜研堂诗集自序》曰：

> 年二十以后，颇有志经史之学，不欲专为诗人。然是时客吴门，
> 与礼堂、兰泉、来殿诸君子日唱和，所得诗亦渐多，既而遂以有韵之
> 文通籍。①

凌廷堪《学古诗二十首》之十九云：

> 文章无成法，达意即为善。高源万里来，曲折随地变。百家异趋
> 向，各明己所见。胸腹苟无得，辛苦枉锻炼。文极自生质，时代递相
> 擅。齐梁夸俳丽，天章五色绚。韩欧矫其习，遂为不学便。入主出则
> 奴，门户竟攻战。吾心别有在，硁硁守经传。②

表明其学术追求不在于求得文章上的高名，而是希望在经学上有所成就。
张惠言（1761—1802）《文稿自序》云：

> 道成而所得之浅深醇杂见乎其文，无其道而有其文者，则未有
> 也。故乃退而考之于经，求天地阴阳消息于《易》虞氏，求古先圣
> 王礼乐制度于《礼》郑氏，庶窥微言奥义，以究本原。③

强调道为文章的根本，而所谓道则存于六经当中，以探究经学为最高追
求。在《与陈扶雅书》中曰："治经术当不杂名利，近时考订之学，似兴
古而实谬古；果有志斯道，当潜心读注，勿求异说，勿好口谈，久久自有
入处，此时天下为实学者殊少，扶雅倘肯用力，不患不为当代传人，但勿
求为天下名士乃可耳。"④ 也是表明其不愿为名士，但愿为经师的态度。

---

① （清）钱大昕：《潜研堂诗集自序》，《潜研堂集》，上海古籍出版社 2009 年版，第 889
页。
② （清）凌廷堪：《校礼堂诗集》，续修四库全书本第 1480 册。
③ （清）张惠言：《文稿自序》，《茗柯文编》三编，《茗柯文编》，上海古籍出版社 1984 年
版，第 117—118 页。
④ （清）张惠言：《与陈扶雅书》，《茗柯文补编》卷上，《茗柯文编》，上海古籍出版社
1984 年版，第 193—194 页。

孙星衍（1753—1818）也是由骈文高手转变为经学大师。《清稗类钞》"文学类""孙衍如工诗文"条曰：

> 孙衍如，名星衍，能诵全部《文选》，而所撰骈文，绝不撦拾《文选》字句。诗有奇气。三十以后，一意研经。袁子才谓渊如逃入考据，盖不欲以文人自囿也。①

清代著名学者几乎都有对经学高度热切的崇拜心理，"天不生仲尼，万古如长夜"就是这种心理的集中体现。如段玉裁曰："六经犹日月星辰也，无日月星辰则无寒暑昏明，无六经则无人道。为传注以阐明六经，犹羲和测日月星辰，敬授民时也。"② 在清儒的眼中，世间的学问，唯有经学为最高。桂馥曰：

> 岱宗之下，诸峰罗列，而有岳为之主，则群山万壑皆归统摄，犹六艺之统摄百家也。今之才人，好词章者，好击辨者，好淹博者、好编录者，皆无当于治经。胸中无主，误用其才也。③

又在《悔过诗》中曰：

> 狂简不知裁，独学苦无诗。过眼万卷书，纷纷乱如丝。何者为我有，浮云随风飞。穿珠不引线，千手难把持。三军帅无主，乌能定群疑。大哉夫子训，道一以贯之。④

前者将六经和经学比作五岳之尊泰山，而将其他的学问比喻为群峰，以岱宗统摄群峰比喻以六经统摄众艺。后者则说经学为一切学问之主，为三军之帅。除了经学之外，其他的学问都不足为，只有研经最为重要。王鸣盛曰：

---

① （清）徐珂：《清稗类钞》第八册，中华书局 1986 年版，第 3880 页。
② （清）段玉裁：《十三经注疏释文校勘记序》，《经韵楼集》卷一，续修四库全书本第 1434 册，第 570 页。
③ （清）桂馥：《惜才论》，《晚学集》卷一，续修四库全书本第 1458 册，第 648 页。
④ （清）桂馥：《悔过诗》，《未谷诗集》卷二，续修四库全书本第 1458 册，第 732 页。

> 学之难言也，岂不以其途之多所歧乎哉？有空谈妙悟而徒遁于玄
> 寂者矣，有泛滥杂博而不关于典要者矣，有溺意词章春华烂然而离其
> 本实者矣，有揣摩绳尺苟合流俗而中鲗精义者矣，此皆不足务也，是
> 故经学为急。①

因此，清代的学者都是将经学作为最高的追求，并且为传统的学问划分了
等级，如焦循所言：“盖本诸经者，上也；资乎史者，次也；出于九流、
诗赋者，下也。而皆可以相杂而成集。”② 其由高到低次序是：经—史—
子—集。

清儒的经学本位主义立场决定了他们对于其他文学艺术和戏曲的态
度。他们无论对诗文甚至戏曲的兴趣有多浓厚，也不能与经学在他们心目
中的地位相比并。他们对戏曲的态度基本可分为两种，一是将戏曲视为经
学的附庸，认为戏曲有功经学。二是将戏曲视为小道，与经学不能并列。
因此，也不会把戏曲看作是一门正经的学问。这种思想不仅在汉学家中如
此，其他学者也持此观点。如清初朱舜水（1600—1682）曰：

> 今之人以学为戏，邯郸之步履，优孟之衣冠，皆为学矣。或者以
> 学为市，修其天爵，以要人爵；既得人爵，弃其天爵，皆为学矣，无
> 怪乎终身为学，终身未之学也。③

明确反对以“优孟之衣冠”为学问。

2. 戏曲有功经学、羽翼经学

清代的汉学家大多对戏曲持肯定态度。如桂馥、孔广林、焦循、俞樾
等人都爱好戏曲，并创作过戏曲。但清代汉学家绝不肯将戏曲与经学相比
肩，只是视戏曲为“余事”，以“余力为之”。将戏曲视为经学之附庸，
认为戏曲有益于经学。扬州学派大儒焦循曰：“涵咏诗词能泄郁柔之气，

---

① （清）王鸣盛：《赠任幼植序》，《西庄始存稿》卷二十四，续修四库全书本第1434册，
第313页。

② （清）焦循：《钞王筑夫异香集序》，《雕菰集》卷十六序，续修四库全书本第1489册，
第274页。

③ （清）朱舜水：《典学斋记》，《朱舜水集》卷十六，中华书局1981年版，第488页。

以助经学阳刚之气。"① 将吟咏诗词作为经学之助，戏曲更不待言。而其从事戏曲研究则是因为"养病家居，经史苦不能读，因取前帙，参以旧闻，凡论宫调、音律者不录，名之以《剧说》云"。② 也无意中透漏了视戏曲为余事之态度。其以考据之法研究戏曲，其实还是一种经学本位主义立场。晚清东南朴学大宗俞樾作《梓潼传》、《骊山传》传奇的目的则是为了"有功经学"、"羽翼经学"，因此是以戏曲为经学。

3. 戏曲为"小道"

清代的汉学家一般视戏曲为小道。经学本位主义的立场决定他们与戏曲只是保持着适当的距离，不会将戏曲与经史甚至诗、词、文、赋等传统文体相等同。钱大昕说：

> 方（苞）氏……谓功德之崇，不若情辞之动人心目……六经、三史之文世人不能尽好，间有读之者，仅以供场屋饾饤之用，求通其大义者罕矣。至于传奇之演绎，优伶之宾白，情词动人心目，虽里巷小夫妇人，无不为之歌泣者，所谓曲弥高则和弥寡，读者之熟与不熟，非文之有优劣也。以此论文，其与孙矿、林云铭、金人瑞之徒何异！③

这种观点正如刘奕所言："这里不但反对古文写情，而且明确将古文与传奇小说相对立，足见在一些敏感的学者文士那里，雅文学与俗文学的对立是一种自觉意识。他们充分意识到了俗文学能更充分地承担抒情功能，才从反面强调雅文学的实用功能，同时也维护了其高贵的地位。当然，钱大昕的观点即便在学者中也不会人人赞同，但他作为清代最著名的学者，他的敏感并不是每一个学者都能企及的，其观点很有代表性。"④

由于将戏曲视为小道，不能与经学并驾齐驱。戏曲剧本创作出来之后

---

① （清）焦循：《绖雅词跋》，《雕菰集》卷十八，续修四库全书本第 1489 册，第 299 页。

② （清）焦循：《剧说》卷一，《中国古典戏曲论著集成》（八），中国戏剧出版社 1959 年版，第 81 页。

③ （清）钱大昕：《与友人书》，《潜研堂集》文集卷三十三，《潜研堂集》，上海古籍出版社 2009 年版，第 607 页。

④ 刘奕：《清代中叶学者文学思想研究》，复旦大学中文系博士学位论文，2007 年，第 61 页注 1。

也被随意弃置，不会如同经史诗文等得到同样的重视与保存。清儒所创作的戏曲作品在自己的文集中一般都是处于附录的地位。如王夫之的《龙舟会》、俞樾的《老圆》即是如此。俞樾《春在堂全书录要·老圆一卷》曰：

> 余旧有老将老妓两曲，久失其稿。今合而一之，烈士暮年，秋娘老去，固同调也。附刻《曲园杂纂》之末，亦犹《王船山先生全书》之后附《龙舟会》杂剧矣。①

而若是戏曲作品被收入文集中并与其他文类相混，则要被一些正统学者指责，如全祖望评毛奇龄曰："若其文，则根柢六朝，而泛滥于明季华亭一派，遂亦高自夸诩，以为无上，虽说部院本，拉杂兼收，以示博。"② 认为说部和院本不应收入集中。清儒周中孚（1768—1831）《郑堂读书记》卷七十集部一之上"《西河文集》一百九十二卷"条下曰："唯所拟连厢词，全属院本，不存可也。"③《郑堂读书记》卷七十集部一之上宋琬著作条下曰："是编又有《祭皋陶》传奇一卷，则置之不记也。"④ 其评论高儒《百川书志》亦是不满其载有许多戏曲目录，曰："然以道学编入经志，以传奇为外史，琐语为小史，俱编入史志，可乎？"⑤ 评《侯鲭录》八卷亦是如此，曰："今观其书，所载诚属详明，为考古者所不废，而于辨传奇崔莺莺事独占至一卷，且就元微之《会真记》分填《商调蝶恋花》词一十二阕，以纪其事，未免近于淫亵……此皆流宕自放，有乖大雅者也。"⑥

清儒对戏曲的鄙夷态度，还表现在他们对于"戏剧"概念所持的观念上。如《四库全书总目》各处在提到"戏剧"时都充满鄙夷之意，大

---

① （清）俞樾：《春在堂全书录要》，《春在堂全书》第一百五十九册，清光绪二十八年刻本，第 13 页。

② （清）全祖望：《萧山毛检讨别传》，《鲒埼亭集外编》卷十二，四部丛刊初编本，第 29页。

③ （清）周中孚：《郑堂读书记》卷七十，上海书店出版社 2009 年版，第 1152 页。

④ （清）周中孚：《郑堂读书记》卷七十，第 1138 页。

⑤ （清）周中孚：《郑堂读书记》卷三十二史部十八，第 483 页。

⑥ （清）周中孚：《郑堂读书记》卷六十四子部十二之二，第 1049 页。

多用"戏剧"来指代荒唐、鄙陋、粗鄙的事件。如"王士禛《池北偶谈》所摘'齐景公围人'一事，鄙倍荒唐，殆同戏剧。则妄人又有所窜入，非原本矣"。① "梁鳣字叔鱼，即作手持一鱼像，尤如戏剧，其妄决矣。"② "未免稍涉繁冗，而火兽火鸟之类，尤近于戏剧。"③ "明代谈兵之家，自戚继光诸书外，往往捃摭陈言，横生鄙论，如汤光烈之掘井藏锥，彭翔之木人火马，殆如戏剧。"④ "所列飞枪、飞刀诸法，及以桐油鸡卵抛掷敌船，使滑不能立诸计，亦颇近戏剧也。"⑤ 同时他们认为传奇小说也是鄙俚不堪的，"（《西征记》）所叙述皆无关考据，又杂载诗歌，词多鄙俚，颇近传奇小说之流"。⑥

因此，在一些学者眼中，戏曲剧本包括戏曲演出都是小道伎艺。受此影响，普通大众也认为戏曲是虚妄低贱的，不肯将戏曲剧本与诗词等量齐观，常州学派学者陆继辂的母亲在教导陆继辂时曾告诫他："传奇妄语，不足观，架上有汉魏六朝唐人诗，儿苟耽之，不汝禁也。"⑦ 可见戏曲小道观念的根深蒂固。

概而言之，清代中叶的汉学家对待戏曲的观点基本是以儒家的诗教理论和礼乐教化思想来衡量戏曲的思想内容和价值高低。同时在戏曲美学上也倾向于欣赏雅正的艺术风格，是清代中叶儒学复兴和经学复盛的集中体现。

三 清末学者的戏曲观

晚清的学术出现了全新的面貌，嘉庆、道光年间，古文经学以训诂、考证为主的学术方法已盛极难续，今文经学《春秋公羊》学的变革理论正好适应了时代的需求，以龚自珍、康有为为代表的今文学派兴起。与此

① （清）永瑢等：《四库全书总目》卷五十七史部十三，第 797 页。
② （清）永瑢等：《四库全书总目》卷五十九史部十五，第 824 页。
③ （清）永瑢等：《四库全书总目》卷八十一史部三十七，第 1077 页。
④ （清）永瑢等：《四库全书总目》卷九十九子部九，第 1301 页。
⑤ （清）永瑢等：《四库全书总目》卷一百子部十，第 1311 页。
⑥ （清）永瑢等：《四库全书总目》卷六十四史部二十，第 882 页。
⑦ （清）陆继辂：《先太孺人年谱》，《崇百药斋文集》卷二十，清嘉庆二十五年刻本，续修四库全书本第 1497 册，第 48 页。

同时，以桐城派为代表的宋学也在复兴，方东树撰写《汉学商兑》向汉学发出辩难，曾国藩进一步光大了桐城学派，代表了宋学在晚清的复兴。与此同时，由于近代社会、政治风云突变，鸦片战争打开了国门，迫使国人去认识国外的先进思想和先进技术，西学全面地涌入古老的帝国。因此，清末的学术界出现了古文经学和今文经学并存、汉学和宋学并存、中学和西学并存的局面。

在晚清，除了政治与学术密切结合，而戏曲也与政治、学术密切结合。今文学派的康有为和梁启超一脉后来都隶属于资产阶级改良派，而章太炎、刘师培等古文经学派则具有资产阶级革命思想。但在戏曲观上资产阶级改良派和资产阶级革命派的观点却殊途同归，都主张戏曲改良。资产阶级改良派的戏曲改良理论以梁启超的《论小说与群治之关系》为代表，梁启超极力主张利用戏曲改革社会、改良群治，在一定意义也是受到了春秋公羊学托古改制思想的影响。梁启超之师康有为有《孔子改制考》等论著，论述的都是社会改革的大意，其《大同书》也是思想极超前的著作，他们的戏曲主张也与此相契合。资产阶级革命派则不仅要求改良戏曲的思想内容，同时改良戏曲艺术。晚清戏曲改良口号的提出，将中国传统戏曲的地位提高到了前所未有的高度。

清末学者的戏曲态度和清初、清中叶学者的戏曲态度相比具有非常显著的不同。戏曲在清初和清中叶的学者眼中要么属于禁毁的对象，要么只是小道伎艺，即使在最开明的学者那里也只是能够羽翼名教、有功经学而已。但在清末，资产阶级维新派和革命派却要求利用戏曲改良进行社会变革，因此，他们高倡戏曲启发民智和启迪人心的作用，努力提高戏曲社会地位。梁启超在《桃花扇丛话》中曰："《桃花扇》于种族之戚，不敢十分明言，盖生于专制政体下，不得不尔也……读此而不油然生民族主义之思想者，必其无人心者也。"① 这是将晚清兴起的种族主义思想带入到戏曲的评论当中去。同时在《桃花扇丛话》中梁启超以文学进化论来为戏曲正名，以此提高戏曲的地位。梁启超反对文学界崇古卑今的思想，认为"以风格论，诚当尔尔；以体裁论，则固有未尽然者"。他认为：

---

① 梁启超等：《小说丛话》，阿英《晚清文学丛钞：小说戏曲研究卷》，中华书局1960年版，第314页。

凡一切事物，其程度愈低级者则愈简单，愈高等者则愈复杂，此公例也。故我之诗界，滥觞于《三百篇》，限以四言，其体裁为最简单。渐进为五言，渐进为七言，稍复杂矣。渐进为长短句，愈复杂矣。长短句而有一定之腔、一定之谱，若宋人之词者，则愈复杂矣。由宋词而更进为元曲，其复杂乃达于极点。曲本之诗（以广义之名名之），所以优于他体之诗者，凡有四端：唱歌与科白相间，甲所不能尽者以乙补之，乙所不能传者以甲描之，可以淋漓尽致，其长一也。寻常之诗，只能写一人之意境（若《孔雀东南飞》等篇，错落描画数人者，不能多觏，且非后人所能学步，强学之必成㕙狗），曲本内容主伴可多至十数人或数十人，各尽其情，其长二也。每诗自数折乃至数十折，每折自数调乃至数十调，一惟作者所欲，极自由之乐，其长三也。诗限以五、七言，其途隘矣；词代以长短句，稍进，然为调所困，仍不能增减一字也；曲本则稍解音律者可任意缀合诸调，别为新调（词亦可尔尔，然究不如曲之自由）。即旧调之中，亦可以添加所谓花指者，往往视原调一句增加至七、八字乃至十数字而不为病，其长四也。故吾尝以为中国韵文，其后乎今日者，进化之运，未知何如；其前乎今日者，则吾必以曲本为巨擘矣。嘻！附庸蔚为大国，虽使屈、宋、苏、李生今日，亦应有前贤畏后生之感，吾又安能薄今人爱古人哉！①

这里以进化论的思想来肯定戏曲存在的价值，并以不可辩驳的论证指出了戏曲优于其他文体的原因。

其《论小说与群治之关系》论述了小说和戏曲的社会影响、社会作用和巨大的社会感染力及与社会伦理教化的关系，将小说戏曲的作用提高到了主宰一切的高度：

欲新一国之民，不可不先新一国之小说。故欲新道德必新小说；欲新宗教必新小说；欲新政治必新小说；欲新风俗必新小说；欲新学艺必新小说；乃至欲新人心，欲新人格，必新小说。何以故？小说有

---

① 梁启超等：《小说丛话》，第212—213页。

不可思议之力支配人道故。①

最后提出："故今日欲改良群治，必自小说界革命始；欲新民，必自新小说始。"这种极端的夸大固然不合理，但处于当时的社会环境中，对于促进社会改良、提高小说戏曲等通俗文学的社会地位却有着很大的作用。

　　清末古文经学派学者刘师培也受时代思潮的影响，努力提高戏曲的社会地位。刘师培《原戏》中认为戏曲等同《诗经》中的《雅》、《颂》，将戏曲与六经相并举。王国维则提出了"一代有一代之文学"说。清末今文经学派学者和古文经学派学者都努力提高戏曲的地位，但两者的出发点和角度显然不同。今文经学派学者注重戏曲改良社会的作用，而古文经学派学者则通过对戏曲自身的研究，来肯定戏曲的价值，一种是从戏曲的社会功能出发，而另一种是从戏曲的本体特征出发。此外，清末西方观念渗入中国，也使得一些学者能够吸收西方的进步观念来改变对戏曲的看法与观念。如朱自清所说：

　　　　中国文学史里，小说和戏剧一直不曾登大雅之堂，士大夫始终只当它们是消遣的玩意儿，不是一本正经。小说戏剧一直不曾脱去俗气，也就是平民气。等到民国初年，我们的现代化的运动开始，知识阶级渐渐形成，他们的新文学运动和新文化运动接受了欧洲的影响，也接受了"欧洲文学的主干"的小说和戏剧，小说戏剧这才堂堂正正地成为中国文学。②

其实，这种影响早在清末就已经切实存在，如刘师培和王国维都是有感于西方戏剧地位崇高，而中国戏曲地位低下而致力于戏曲的研究，这些都是有益的尝试。清末今文经学派学者和古文经学派学者的共同努力，终于使古典戏曲由附庸而蔚为大观，促进了中国现代新曲学的形成。

---

　　①　梁启超：《论小说与群治之关系》，阿英《晚清文学丛钞：小说戏曲研究卷》，中华书局1960年版，第14页。
　　②　朱自清：《闻一多先生怎样走着中国文学的道路》，《论雅俗共赏》，广西师范大学出版社2004年版，第99页。

四　清儒对待戏曲的矛盾态度及原因

值得注意的是，某些学者对戏曲持有一种矛盾的态度，这种现象在整个清代都很普遍。如刘宗周《人谱类记》卷下说戏曲"虽无益之事，亦未必非转移风俗之一机也"。① 对戏曲犹持肯定态度。但在《刘宗周证人会约戒》中又戒观戏场，戒造传奇、小说，② 对于戏曲完全禁止。清初著名理学家陆世仪作有《迎天榜传奇序》和《观〈迎天榜〉传奇有作》诗，说明他自己也曾观看戏曲演出，但在《陆世仪论小学》中又认为童子之时要一心向学，拒绝外诱，包括看戏。③ 黄宗羲爱好观剧并为《叶子藏院本》作序，但晚年却吩咐焚毁所刻院本、小说之书板。乾嘉学派代表人物钱大昕曾为好友钱惟乔《乞食图》传奇赋诗六首，高度赞誉其戏曲创作的成就。但他又斥戏曲小说"以杀人为好汉，以渔色为风流，丧心病狂，无所忌惮"。④ 清代状元曲家石韫玉曾创作《花间九奏》杂剧，但陈康祺《郎潜纪闻》卷三记"石韫玉以收毁淫词小说得魁多士"⑤，写石韫玉因烧毁淫词小说和有违名教之书而获得善报，得中状元之事。

清儒对待戏曲的矛盾态度集中表现在以下诸方面：

其一，大多数学者的戏曲观囿于传统士大夫的观点，一方面他们爱好观剧，为戏曲作品写序跋，肯定其艺术价值。另一方面，却从内心轻视戏曲，视戏曲为"雕虫小技"，不能登大雅之堂，不能经邦纬国，不能与经史、诗词文赋相比肩，黄宗羲对待戏曲的态度即是如此。

其二，清儒在对内和对外的两种不同语境中，表现出了不同的态度。在清儒的家训中，几乎都是反对子女和家人观看戏剧或阅读戏曲剧本，或者在一些学规、乡约和会章中，都是禁止观看戏剧。⑥ 但在著书论说或公共的论调中，他们又在一定程度上肯定戏曲具有移风易俗、感发人心的作

---

① （明）刘宗周：《人谱类记》，影印文渊阁四库全书本第 717 册，第 234 页。

② 王利器：《元明清三代禁毁小说戏曲史料》（增订本），上海古籍出版社 1981 年版，第 188 页。

③ 王利器：《元明清三代禁毁小说戏曲史料》（增订本），第 294 页。

④ （清）钱大昕：《正俗》，《潜研堂集》卷十七，上海古籍出版社 2009 年版，第 282 页。

⑤ 王利器：《元明清三代禁毁小说戏曲史料》（增订本），第 389 页。

⑥ 参见王利器《元明清三代禁毁小说戏曲史料》（增订本）。

用。清儒尤其是地位较高或学养较高的学者往往对内和对外使用两套话语体系：一种是针对个人和与自己具有私密关系的人使用的话语体系；一种是对于全社会普遍使用的一种话语体系。而这两种话语体系往往会有悖离的地方。

其三，清儒对待戏曲的矛盾态度有其针对性，与戏曲的不同特性有关。具体而言即表彰忠孝节义之正剧与诲淫诲盗之邪戏不同，昆曲与地方戏不同，文人之曲与艺人之曲有别，案头阅读之剧本与优伶场上演出之戏剧不同。一般而言，对于前者，清儒基本能够肯定、欣赏、支持。而对于后者，则坚决要求废黜。

检阅王利器《元明清三代禁毁小说戏曲史料》，不难发现，清廷包括民间要求禁的戏曲大多都是淫戏，即带有淫秽色情意味的戏曲或男女风情剧。李光地《奏定乐章札子》云："倘取今之坊曲，删其荒淫悖谬，但存其忠孝节义之事，其底本则采之史传志说，其姓名与事不全无征者，以演唱化导，未必非转移风俗，鼓吹休明之一助也。"① 归庄（1613—1673）《诛邪鬼》云："苏州有金圣叹者，其人贪戾放僻，不知有礼义廉耻……尝批评《水浒传》，名之曰《第五才子书》，镂板精好，盛行于世。余见之曰：'是倡乱之书也'，未几又批评《西厢记》行世，名曰《第六才子书》，余见之曰：'是诲淫之书也。'又以《左传》、《史记》、《庄子》、《离骚》、杜诗与前二书并列为七才子，以小说、传奇跻之于经、史、子、集，固已失伦；乃其惑人心，坏风俗，乱学术，其罪不可胜诛矣。"② 说明清儒主要反对戏曲中诲淫诲盗之作，如果内容是表彰忠孝节义、有关风化的，则并不反对。戏曲内容的正、邪决定了他们对待戏曲的态度。

此外清儒对昆曲基本是扶持的，大多要求禁止地方戏，甚至不惜打击地方戏来保护昆曲。这种态度从朝廷到民间都是一以贯之的。如乾隆四十五年（1780）十二月十六日江苏巡抚闵鹗元谨奏曰：

> 臣查曲本流传昆腔之外，有石牌腔、秦腔、弋阳腔、楚腔，所演剧本大都本之弹词鼓儿词居多，较之昆腔演本，尤多荒诞不经，其中

---

① 王利器：《元明清三代禁毁小说戏曲史料》（增订本），第307页。
② （清）归庄：《诛邪鬼》，《归庄集》卷十，上海古籍出版社1962年版，第499—500页。

有将明季国初关涉本朝之事妄为填砌者，均应芟除，以杜诞谬而昭敬谨。①

乾隆四十六年（1781）四月初六日江西巡抚赫硕"奉谕查禁戏曲奏折"曰：

> 臣查江西昆腔甚少，民间演唱，有高腔、梆子腔、乱弹等项名目……查江右所有高腔等班，其词曲悉皆方言俗语，俚鄙无文，大半乡愚随口演唱，任意更改，非比昆腔传奇，出自文人之手，剞劂成本，遐迩流传。②

朝廷扶持昆曲、排斥地方戏的政策，影响了文人学士对待戏曲的观点。清海宁曹宗载《扪虱琐谈》卷一曰：

> 演剧本游戏之事，昆山格律，最称坛场。填词者固属文人学士，虽于古人情，类多增益附会，犹不失忠孝节义，善恶果报之旨，以示劝惩；故名优登场，情态毕真，能使观者生愤生感，是以历久不废。今世俗专尚新奇，别番一种所谓滩簧二和诸调，无非淫荡怪乱之剧，则观者林立，而昆腔竟群相厌弃矣。即演剧一事，世道人情亦可概见。③

即是肯定昆曲，而鄙弃新起的滩簧、二和等地方调。又如清代曲家张坚宁愿自己剧作成为覆瓿之物，也不同意改为地方剧种搬演。在徐孝常为张坚《梦中缘》所作的序中曰："或有人购去，将以弋腔演出之。漱石则大恐，急索其原本归，曰：'吾宁糊瓿。'"④

清儒反对地方戏，而不反对昆曲的主要原因是由于他们认为地方戏粗鄙、淫亵。而昆曲大多数典雅整饬，符合文人欣赏趣味，符合封建伦理道

---

① 转引自朱家溍、丁汝芹《清代内廷演剧始末考》，中国书店 2007 年版，第 60 页。
② 《史料旬刊》第二十二期，故宫博物院文献馆铅印本 1930 年版，第 793 页。
③ 王利器：《元明清三代禁毁小说戏曲史料》，第 277 页。
④ 蔡毅：《中国古典戏曲序跋汇编》，齐鲁书社 1989 年版，第 1692 页。

德。同时，清儒认为文人学士所作的剧本曲辞典雅，思想纯正。这种案头的剧本完全属于雅文学的范畴，与诗词文赋毫无区别，成为他们自身文化圈的分内之事。因此，他们经常会为当时文人学士所作的戏曲题写序跋或题词。而在民间舞台上演出的戏曲则经常是被曲师和伶人改造过的剧本，符合普通大众的欣赏习惯，品味低俗，甚至有碍风化，很难入他们的眼。如龚自珍有诗曰："梨园爨本募谁修？亦是风花一代愁。我替尊前深惋惜，文人珠玉女儿喉。"其自注曰："元人百种、临川四种，悉遭伶师窜改。昆曲俚鄙极矣，酒座中有征歌者，予辄挠阻。"① 反对伶人和曲师改窜戏曲文本。

此外，清儒在阅读戏曲文本和观看戏曲场上表演之间，倾向于前者。阅读戏曲剧本如同阅读其他文学作品一般，能够欣赏其辞藻的隽永优美和其思想内容的高逸超群，有助于调养身心。但在舞台上上演的戏曲则具有通俗性和娱乐性，中国文化中"德成而上，艺成而下"（《礼记·乐记》）的儒家思想又使大多数学者认为观剧行为是玩物丧志的事，"我思艺文中，优孟最所忌"。② 因此，场上演出的戏剧和案头存在的戏曲文本对于大多数学者来说是两个范畴的事物。

综上，清儒的戏曲观深受当时学术思潮的影响，同时，清儒的身份地位也导致他们对戏曲的观点成为当时社会对戏曲的主流观点，一定意义上也决定了戏曲的发展方向和社会地位。因此，值得认真探讨。

---

① （清）龚自珍：《己亥杂诗》，《龚自珍全集》第十辑，上海古籍出版社1975年版，第519页。

② （清）赵翼：《题李静庵印谱》。

清代经学家的戏曲题跋、题词

　　由于清代经学繁荣和戏曲风格的趋于雅化，清代经学家涉足戏曲领域众多，除了戏曲研究和创作，清代经学家还参与其他的戏曲活动，包括为戏曲题写序跋和题词。数量丰富的戏曲序跋、题词是了解清代经学家戏曲观点最为有用的资料。

一　清代经学家的戏曲题跋

　　清代由于创作传奇、杂剧的剧作家大多是文人学士，因此，他们与经学家之间的交游比较密切。而在这种交游活动中，戏曲文本有时就成为一种媒介。为提高自己剧本的身价，曲家会将自己所创作的戏曲文本呈上同好或当时有名望的文人学士，请他们题写序跋或题词。

　　清代戏曲序跋数量众多，内容几乎涉及了戏曲学的各个方面，如阐述剧作本事、创作原因、剧情结构、作者评判、回忆与作者交情、用修前陋等。如许鸿磬《儒吏完城·自序》曰此剧为受朱韫山所托而作、孔广林《松年长生引·自序》曰受陈竹厂所嘱而作，"竹厂夫子谓中州音韵弗谐，命广林佐填北曲二套，久忘怀矣。今年春，重勘传奇杂剧，忆及游本，不忍辄弃，勘改而录存之"。① 即是阐述创作的起因。而许鸿磬《三钗梦·自序》曰："《红楼梦》小说，脍炙人口，续之者似画蛇足，其笔墨亦远不逮也。近有伧父合两书为传奇，曲文庸劣无足观者。临桂朱韫山别为《十二钗》十六折，思有以胜之；脱稿示余，未见其能胜也。"② 则是用修前陋。

---

① 蔡毅编著：《中国古典戏曲序跋汇编》，齐鲁书社1989年版，第1040页。
② （清）许鸿磬：《三钗梦北曲小序》，《三钗梦》卷首，第1页。

为戏曲题写序跋的经学家不在少数，如表 1 所列：

表 1　　　　　　　　　　　清代经学家的戏曲序跋

姓名	生卒年	戏曲序跋（文和赋体形式的序跋）
黄宗羲	1610—1695	《胡子藏院本序》
陆世仪	1611—1672	《迎天榜传奇序》
毛奇龄	1623—1716	《长生殿序》《论定西厢记自序》《西厢记毛西河定本考实》《西厢记毛西河定本跋》《文犀柜院本序》《长生殿序》《何孝子传奇引》
朱彝尊	1629—1709	《长生殿序》
张雍敬	康熙时人	《醉高歌自序》《醉高歌总论》《醉高歌总跋》
潘耒	1646—1708	《醉高歌序》
方苞	1668—1749	《介山记叙》
叶堂	1671—1727	《纳书楹曲谱自序》《纳书楹四梦全谱自序》
王步青	1672—1751	《南阳乐题辞》
卢见曾	1690—1768	《旗亭记序》
厉鹗	1692—1753	《吴可堂十二种传奇序》
杭世骏	1696—1773	《迎銮新曲序》
全祖望	1705—1755	《迎銮新曲序》
李调元	1734—1802	《雨村曲话自序》《雨村剧话自序》
桂馥	1736—1805	《放杨枝小引》《放杨枝由历》《题园壁小引》《题园壁由历》《谒帅府小引》《投涵中小引》《小忽雷记》
孔广林	1736—？	《女专诸自序》《松年长生引自序》《璇玑锦自序》
许鸿磐	1745—1837	《三钗梦小叙》《儒吏完城弁言》《孝女存孤弁言》《女云台弁言》《雁帛书弁言》《西辽记自序》《六观楼北曲六种自跋》《才人福序》
凌廷堪	1755—1809	《一斛珠传奇序》
焦循	1763—1820	《花部农谭序》《董西厢屠隆本跋》
黄丕烈	1763—1825	《也是园藏古今杂剧目录自序》《脉望馆钞校本古今杂剧题识》《荆钗记跋》《琵琶记新刻巾箱本跋》
包世臣	1775—1855	《书〈桃花扇〉传奇后》《东海记传奇叙》
梁廷枏	1796—1861	《迎銮乐府跋》《曲话自跋》《昙花梦自序》《江梅梦自序》《断缘梦自序》

姓名	生卒年	戏曲序跋（文和赋体形式的序跋）
管庭芬	1797—1880	《重订曲海总目跋》《南唐杂剧自跋》
陈澧	1810—1882	《唐宋歌辞新谱序》
刘熙载	1813—1881	《艺概自序》
刘毓崧	1818—1867	《南征记传奇序》
俞樾	1821—1906	《小蓬莱阁传奇序》《小蓬莱阁传奇跋》《题黄韵珊孝廉桃溪雪传奇后》《余莲村劝善杂剧序》《骊山传序》《梓潼传序》《玉狮堂传奇总序》《同庭宴序》《错姻缘序》
李慈铭	1829—1894	《桃花圣解庵乐府自序》《蓬莱驿自跋》《蓬莱驿又跋》
王先谦	1842—1917	《桂枝香序》《媕婳封序》
缪荃荪	1844—1919	《董王西厢记跋》
梁启超	1873—1929	《中国诗乐之变迁与戏曲发展之关系跋》
王国维	1877—1927	《宋元戏曲考自序》《优语录自序》《曲录自序》《新传奇品跋》《元刊杂剧三十种序》《杂剧十段锦跋》《元曲选跋》《盛明杂剧跋》《拜月亭跋》《琵琶记（日）西村天囚译本序》

清代经学家的戏曲序跋有以下几个特点：

1. 伦理化

如许鸿磐《儒吏完城·序》曰："夫韫山一书生耳，乃能据危城、抗强寇，凡十余日。援至，而城完。既保其境，而西南邻邑皆资屏障，是亦可歌而可咏矣。"①《女云台·序》曰："夫人一土舍寡妇耳，乃能统部勤王，裹粮杀贼，效命疆场者二十年。迨至无可如何，复能仗节以终，为一代之完人，实千古之奇人也。"② 俞樾《题黄韵珊孝廉〈桃溪雪〉传奇后》表彰吴绛雪的忠烈、《余莲村〈劝善杂剧〉序》表彰《劝善杂剧》有益风化。

2. 考据化

清代经学家的戏曲序跋具有鲜明的考据化特点，将治经的方法纳入戏

---

① （清）许鸿磐：《儒吏完城北曲弁言》，《儒吏完城》卷首《六观楼北曲六种》，清道光二十六年刻本，第 1 页。

② （清）许鸿磐：《女云台北曲弁言》，《女云台》卷首《六观楼北曲六种》，清道光二十六年刻本。

曲的评论中去。观全祖望①和杭世骏②两位清代大儒为《迎銮新曲》所作的序言即可见一斑。全祖望（1705—1755）序曰：

> 予考《尚书大传》，重华省方羲伯和伯而下，各以八方之舞进。曰舞，则歌在其中矣。夫省方进乐，盖以美盛德之形容，其义主乎颂；而八方各陈其土音，则其义又未尝不兼乎风，斯六义之所以交资也。后世之乐未足以语乎古，然读汉志，则巴渝淮楚之音，俱领于奉常。而唐人盛称鲁山于芀于之歌，时势虽殊，其义一也。元人始变而为曲，要亦乐中流别之以时而变者……③

杭世骏（1695—1773）序曰：

> 邃古以来，生而神灵之君，莫如黄帝，恒以太乙与天目在。四维之岁，乘龙而西巡，彭咸前驱，松乔侠毂。入空桐，礼广成子；游玄圃，礼云台先生；谒峨眉，见天皇真人；封东岱，奉中华君之具，茨事大隗；入金谷，咨涓子；过枫山，见紫府……④

以上序或者引经据典，或者溯本清源，这种方法无疑是朴学家考据方法的展现。而其中描述的内容则是"美盛德之形容"、"神灵之君"之类，一片揄扬之词。又如厉鹗《吴可堂十二种传奇·序》：

---

① 全祖望（1705—1755），字绍衣，号谢山，学者尊称为谢山先生。鄞州（今浙江宁波）人。雍正七年（1729）贡生，三年后中举。乾隆元年（1736），荐举博学鸿词，同年中进士，选翰林院庶吉士。次年即返里，后未出仕，专事著述。曾主讲于浙江蕺山书院、广东端溪书院。撰《鲒埼亭集》38 卷，《外编》50 卷，《诗集》10 卷。另有《汉书地理志稽疑》6 卷，辑补《宋元学案》100 卷，《全校水经注》40 卷并补附 4 卷。

② 杭世骏（1695—1773），字大宗，号堇浦，别号智光居士、秦亭老民、春水老人、阿骏，室名道古堂，仁和（今浙江杭州）人。幼聪颖，博闻强记，用心古文诗词，秉性刚强。雍正二年（1724）举人，受聘为福建同考官，乾隆元年（1736）举博学鸿词科，授翰林院编修，校勘武英殿《十三经》、《二十四史》，纂修《三礼义疏》。后官任御史。乾隆八年（1743）因上疏言事被革职。革职后以奉养老母和攻读著述为事。乾隆十六年（1751）得以平反，官复原职。晚年主讲广东粤秀和江苏扬州两书院。

③ 蔡毅：《中国古典戏曲序跋汇编》，齐鲁书社 1989 年版，第 1171 页。

④ 同上书，第 1171—1172 页。

方舆圆，盖都为爨演之场，古往今来不尽梨园之唱，使非移官换羽，鱼里何观？若无妙手妍辞，虎贲曷肖？况复雍熙巷陌，淡冶楼台，风月任其佃渔，花鸟供其驱使。邵康节之名诗集，窃取余音；杨朝英之选曲林，仍标旧目。此延陵主人《玉勾书屋》十二种传奇所由作也。昔者蔡中郎天官受福，争说是非，元相公月地会真，谁知假托？莫不播于弦管，脍炙千年，侑彼尊罍，流连五夜，或者欢愉意少，愁苦词多。或者儿女情长，英雄气短。①

此序用骈文写成，文辞华美，雍容典雅，可谓盛世之音。

　　清代经学家的戏曲序跋还喜欢考证戏曲本事，这种方法已经远离了传统戏曲批评中以品评人物形象、文学风格、主题思想等为主的方法，服务于学术考证。如清儒桂馥（1736—1805）《后四声猿》，每一剧都有"由历"或"小引"来说明所作剧本的本事和题材来源，有《放杨枝·小引》、《题园壁·小引》、《题园壁·由历》、《谒帅府·小引》、《投溷中·小引》等，将治学的考据法纳入其戏剧创作中。桂馥在为孔尚任《小忽雷》所作的《小忽雷记》中详细考证了"小忽雷"的由来，是一篇纯粹的学术考证文章。《小忽雷记》曰：

　　韩晋公入蜀，伐树坚如石，匠制胡琴二，名大、小忽雷。进入内府，文宗朝内人郑中丞善小者，偶以匙头脱，送崇仁坊南赵家修理。值甘露之变，不复问。中丞以忤旨缢，投御河。权相旧吏梁厚本，在昭应别墅垂钓，援而妻焉。因言忽雷在南赵家，使厚本赂以归。花下酒酣，弹数曲，有黄门放鹞子，墙外窃听曰："此郑中丞琵琶声也。"达上听，上宣召，赦厚本罪。太弟即位，仇士良，追怨文宗，凡乐工及内侍得幸者，诛贬相继，乐府一空，小忽雷亦不知所在矣。康熙辛未，孔岸堂民部见之燕市，曰："是小忽雷也。"购归赋诗。民部既殁，其子携以入都，遗于道左，王观察斗南得之，赠孔太守泗源。太守酒间示余：龙首凤臆，蒙腹以皮，柱上双弦，吞入龙口，一珠中分，颔下有"小忽雷"篆书，嵌银字。项有"臣浞手制恭献建中辛

　　①　（清）厉鹗：《吴可堂十二种传奇序》，《樊榭山房集文卷第四》，《樊榭山房集》，四部丛刊初编影振绮堂刊本，第4b页。

酉春"，正书十一字。以汉尺度之，柄长二尺。木似于阗紫玉。开元宦者白秀正使蜀，回献双凤琵琶，以沙逻檀为槽，润若圭璧。此亦沙逻檀也。忽雷，即鳄鱼。其齿骨作乐器，有异响。经曰："河有怪鱼，厥名曰鳄。其身已朽，其齿三。"作忽雷之名，实本诸此。民部座客樊衿善音，言忽雷本马上乐，又名二弦琵琶，调多不传，今但知黄钟变调耳。噫！唐乐且亡，古音何由得闻耶？①

此记考证了孔尚任所作戏曲《小忽雷》的本事，"小忽雷"此物的流传情况，以及"小忽雷"的形貌和材制，最后，又考证了"小忽雷"的得名由来，显示了作者深于考证的本领，也显示了清人戏曲评论的好尚与风气——考据化与学术化。

3. 典雅化

清代经学家的戏曲序跋大多文辞典雅，铺陈藻绘。如王先谦的《桂枝香·序》和《娲姻封·序》全用赋体写成，设色敷采、铺陈跌宕，尽显硕学鸿儒之本色。其《娲姻封·序》曰：

> 在昔，绣幰油络，高凉建百越之麾，毡甲裳旗，沙里树黄龙之栅。完颜运矢石于城下，命妇一军，红玉执桴鼓于江中，楼船百里；灌能督战，陆亦先登，类皆彪炳旗常，发皇简册。然而鸳鸯队里，曾无速化之阴磷，鹅鹳阵中，岂有不扬之兵气？若乃槟枪芒大，留剑答君，金鼓声淫，引刀效死。贞心炳如日月，亮节固于山河。②

《桂枝香·序》曰：

> 夫黄河引吭，扬旗亭之芬，青童念世，入广陵之梦。知音苟存，风尘非污，情感所结，因缘斯会。从来韵事，都在歌场，词人艳称，亶其然矣。况乃三生石上，别有精魂，万人海中，特标奇赏。此君小异，不抚掌而即知仙，君子何嫌，愿望交魂而羞送抱。泥忆云而香远，木择鸟以枝荣。方雅为之解颜，鄙薄闻而短气。遂使玉堂金室，

---

① 蔡毅：《中国古典戏曲序跋汇编》，齐鲁书社 1989 年版，第 1623 页。
② 同上书，第 2398 页。

王夷甫借作清谈，兼之月扇云衣，刘梦得录为嘉话，其为传播，夫岂寻常。①

二　清代经学家的戏曲题词

戏曲题词也属于戏曲序跋之一种，大多是用诗、词、曲的形式来题咏作品。清代文人学士对戏曲作品的题咏普遍而广泛，留下了大量的戏曲题词，这是中国戏曲史上一个非常独特的现象。但戏曲题词并非始于清人，如明代沈君谟的《一合相》传奇即有十二人为之题词，题词数量近百首。徐渭《四声猿》有《沁园春》题词。但清代之前的戏曲题词并不常见，如元代王实甫《西厢记》无题词、明代汤显祖《牡丹亭》亦无题词。到了清代则蔚然成风，所以也可以说戏曲题词是清代独有的一种戏曲评论形式。

清代戏曲题词的兴盛，与清代学术文化活动的风气有关。清人酬唱题咏风气很盛，举凡名家的诗文、时令花期或某个前代文人的生辰，都会举行文人雅集，题诗酬唱。

围绕名家诗文唱和者如对王士禛《秋柳四首》前后的唱和。王士禛（1634—1711），字阮亭，号渔洋山人，山东新城人。《秋柳四首》于顺治十四年（1657）作于济南大明湖中，他后来在《菜根堂诗集序》中追记说："顺治丁酉秋，予客济南，时正秋赋，诸名士云集明湖。一日会饮水面亭，亭下杨柳十余株，披拂水际，绰约近人，叶始微黄，乍染秋色，若有摇落之态。予怅然有感，赋诗四章，一时和者数十人。又三年，予至广陵，则四诗流传已久，大江南北和者益众，于是秋柳社诗为艺苑口实矣。"②《秋柳四首》引起了当时许多诗人的共鸣，和者甚多，身后注家纷出，亦有多人仿作，如乾隆间屈复之《秋草诗》十首、光绪间俞樾诸人之《秋兰诗钞》，影响不为不大。

围绕时令唱和者如王士禛、孔尚任和卢见曾先后主持的红桥修禊。康熙元年（1662）春，王士禛与扬州诸名士集于红桥，众人"击钵赋诗、

---

① 蔡毅：《中国古典戏曲序跋汇编》，齐鲁书社 1989 年版，第 2398 页。

② （清）王士禛：《菜根堂诗集序》，《带经堂集》卷七十四，续修四库全书本第 1415 册，第 22 页。

香清茶熟，娟素横飞"①，康熙三年（1664）春，王士禛复与诸名士修禊于红桥，王士禛一连作了《冶春绝句》二十首，唱和者更众，一时形成"江楼齐唱《冶春》词"②的空前盛况。康熙二十七年（1688）三月三日，孔尚任在广陵期间，又一次发起了"红桥修禊"。此次参加的名士24人，因为参与者籍属八省，所以孔尚任称这次聚会为"八省之会"。其中最有名的是乾隆二十二年（1757）三月三日，卢见曾邀集诸名士于倚虹园"虹桥修禊"厅，作七律四首，其中名句有："十里画图新阆苑，二分明月旧扬州"③等，各地依韵相和者竟有七千人，编辑诗集达三百余卷，并绘《虹桥览胜图》以纪其胜。

围绕名人生辰唱和的，如江春和翁方纲为苏东坡庆祝生辰，集合众多的文人学士题咏唱和。乾隆三十一年（1766）十二月十九日，江春为纪念苏东坡七百岁生日，在康山草堂之寒香馆悬像赋诗，"一时文人学士，如钱司寇陈群、曹学士仁虎、蒋编修士铨、金寿门农、方南塘贞观、陈授衣章、陈玉儿撰、郑板桥燮、黄北垞裕、戴东原震、沈学士大成、江云溪立、吴杉亭烺、金棕亭兆燕，或结缟纻，或致馆餐"。④翁方纲非常崇拜苏轼，名其斋号为"苏斋"。乾隆三十八年（1773），翁方纲得到《宋苏诗施顾注本》，所以改斋号为"宝苏室"，从此，在每年的十二月十九日这天邀集一群文人来为东坡庆贺生日。

清人还会围绕金石书画题咏唱和，如龚自珍得到了汉凤纽白玉印，即征诸同人题和。据《龚自珍年谱》载，道光五年（1825）乙酉，"十二月十九日，得汉凤纽白玉印一枚，文曰：'婕伃妾娟印'，故明李竹懒（日华）六砚斋旧藏，后归文后山（鼎），流转入先生手……喜极赋四律以倡，遍征寰中作者为诗"。⑤而为其撰写年谱的吴昌绶后来看到了龚自珍收藏的另一珍贵拓片，喜出望外，也召集同人唱和，"昌绶纂年谱竟，适获是拓，惊喜逾望，因枓婕伃玉印同装一册，题曰：'羽琫双宝'，集同

---

①　（清）李斗：《扬州画舫录》卷十，中华书局1960年版，第221页。

②　（清）王士禛：《带经堂诗话》卷八，人民文学出版社1963年版，第188页。

③　（清）李斗：《扬州画舫录》卷十，中华书局1960年版，第228页。

④　（清）阮元：《淮海英灵集》戊集卷四，清嘉庆三年小琅嬛仙馆刻本，续修四库全书本第1682册，第282页。

⑤　（清）吴昌绶：《定庵先生年谱》，龚自珍《龚自珍全集》，上海古籍出版社1975年版，第607—608页。

人歌咏张之"。① 以上可见清人题咏之盛。

此外清代的诗词吟社、文社很多，在雅集时也会赋诗酬唱。如马曰琯、马曰璐兄弟与文士结"邗江吟社"，所吟诗集为《韩江雅集》。马氏兄弟不仅在扬州本地结社吟诗，而且携友出游、登山涉水、吟诗唱和，所吟诗集为《焦山纪游集》、《林屋唱酬录》。②

清代文人的这种诗文之会以扬州最为繁盛，瞿兑园《人物风俗制度丛谈》曰："乾隆中，扬州文酒之会最盛。按板桥题画云：'乾隆二十一年二月三日，予作一桌会，八人同席，各携百钱，以为永日欢。座中三老人、五少年：白门程绵庄、七闽黄瘿瓢、与燮为三老人；丹徒李御萝村、王文治梦楼、燕京于文濬石乡、全椒金兆燕棕亭、杭州张宾鹤仲谋为五少年；午后济南朱文震青雷又至，遂为九人会，因画九畹兰花，以纪其盛。诗曰："天上文星与酒星，一时欢聚竹西亭，何劳芍药夸金带，自是千秋九畹青。"座上以绵庄为最长，故奉上程先生携去。'程绵庄即《儒林外史》中之庄征君也。其风流胜概亦如此，《儒林外史》惜未着意写之。"③

受清人酬唱风气之影响，清代曲家创作的戏曲剧本也成为文人学士的酬唱和题词的对象。

如为洪昇《长生殿》题词的有：吴尚荣七绝一首；梅庚七绝二首；陈玉璨七绝二首；杜首言七绝二首；罗坤七绝三首；周在濬七绝三首；孙凤仪七绝五首；王概七绝二首；佚名七绝四首；王绍曾七绝二首；周鼎七绝一首；黄鹤田七绝一首；杨嗣震七律二首；王位坤七律一首；许观光七律一首；吴来伩七律一首。（共十六人）

为孔尚任《桃花扇》题词的有：田雯七绝六首；陈于玉七绝十首；唐肇七绝十二首；朱永龄七绝八首；宋荦七绝六首；吴陈琰七绝二十首；王特选七绝六首；金埴七绝四首。（共八人）

为孔尚任《小忽雷》题词的有：孔尚任自题五绝二首；田雯七古一首；查嗣瑮七绝四首；颜懋侨七古一首；缪况七古一首；张笃庆七绝一

①　（清）吴昌绶：《定庵先生年谱》，龚自珍《龚自珍全集》，上海古籍出版社 1975 年版，第 613 页。

②　陈祖武、朱彤窗：《乾嘉学派研究》，河北人民出版社 2005 年版，第 239—242 页。

③　（清）瞿兑之：《人物风俗制度丛谈》，《民国笔记小说大观》（第三辑），山西古籍出版社 1997 年版，第 261 页。

首、孔尚任套曲一；朱为弼拟古乐府四解；蒋学沂七古一首；赵起七古一首；赵申嘉七古一首；方履籛七古一首；吴特澂七古一首；谭敬昭《多丽》词一首；仪克中《声声慢》词一首；陈寿祺七绝四首；吴嵩梁五绝四首；端木国瑚七绝四首；林从炯七绝二首；刘锡申七绝四首；陆继辂七绝八首；方廷瑚七古一首；李莃珣七绝四首；张祖同《金缕曲》词一首；王闿运《琵琶仙》词一首；邓嘉缜《相见欢》词六首。（共二十五人）

为董榕《芝龛记》题词的有：陈士墦七绝八首；柏超七绝十六首；秦簧七绝四首；曹秀先七绝四首；章甫七绝三首；冯渠七绝五首；蒋衡七绝四首；蒋士铨七绝十二首；吴世贤七绝四首；沈廷芳七绝八首；汤聘七绝二首；丁敬七绝四首；张香七绝十四首；姚沔七绝十二首；沈刚中七绝七首；张九钺七绝五首；黄为兆七律六首；宋启传七律八首；吴省钦《东风第一枝》词一首。（共十九人）

为蒋士铨《桂林霜》题词的有：临汾王亶望七绝六首；山阴平圣台七绝八首；任邱边连宝七绝八首；洛南薛宁廷七绝六首；吴兴纪复亨七绝二首；甘泉秦簧七绝二首；虞山顾元揆七绝四首；新安吴贤七绝四首；真州江昱七绝二首；震泽张栋七绝六首；新安江春七绝六首；会稽吴璘七绝六首；山阴钟锡圭七绝四首；武康高文照七绝二十四首。（共十四人）

为陆继辂《洞庭缘》题词的有：自题七绝八首；李廷敬七绝八首；归懋仪七绝八首；蔡鸾扬七律一首；何淇七绝四首；黄承曾七绝一首；乐钧七古一首；程开泰七绝四首；褚华七古一首；程荣诰七绝八首；屠印曾七绝二首；吴阶七绝二首；洪亮吉七绝二首；刘嗣绾七古一首；倪稻孙《献仙音》词一首；周济《永遇乐》词一首。（共十六人）

为彭剑南《影梅庵》题词的有：史炳七绝二首；海阳孙如金七绝二首；叔虎文七绝二首；桐城姚长煦七绝二首；山阴周铭鼎七绝三首；宋璜七绝二首；潘桐鸣七绝二首；史载熙集唐人诗成七律六首；绩溪许会昌七绝二首；丹阳周玉瓒七绝四首；狄子奇七古一首；泾县朱澧七绝二首；镇洋杨正源五律一首；长白联璧集唐人诗成七古一首；兰陵史丙肩七律一首；潘际云七绝二首；海虞吴象嵘七绝二首；海虞吴宪澄七绝三首；钱塘陈裴之七绝二首；彭剑虹五律一首；金困女史史静五律一首；金沙女史于月卿集唐诗成七律五首；狄圻七律一首；史豳七绝二首；史园七绝二首；

桐城余自伸七绝二首；桐城刘汝楫七绝二首；常熟席振起七绝二首；常熟席振逑七绝四首；昭文吴庆增七绝二首；归安叶绍菜《临江仙》词一首；乌江郭麔《朝天子》词一首；上元欧阳长海《金缕曲》词一首；叔氏中《满江红》词一首；彭剑光《壶中天》词一首；金濑女史狄沅《菩萨蛮》词一首；彭剑采《菩萨蛮》一首；上元汪度《浪淘沙》词一首。（共三十八人）

其他如龙燮《江花梦》有十三人题词、徐燨《写心杂剧》有二十一人题词、徐燨《镜光缘》有十二人题词、黄燮清《帝女花》有十八人题词、黄震《石榴记》有十八人题词、仲振奎《红楼梦传奇》有十六人题词、仲振奎《怜香阁》有十七人题词、许善长《瘗云岩》有二十四人题词，赵对澄《酬红记》杂剧题词的人数达四十余人。①

以上都是被当时学人和文人广泛题咏的剧本。可以看出，戏曲题词较多的作品或是名家之作，或是名剧，或是众人感兴趣的缠绵悱恻、哀感顽艳的题材，如《影梅庵》、《瘗云岩》、《写心杂剧》等。

清代的戏曲题词除了他人的题咏，还有戏曲作家自己的题咏。如陆继辂自题《洞庭缘》：“重翻旧曲触闲愁，向偕庄君伯鸿谱《秣陵秋》三十六折，味庄观察命家伶习之。同把青樽话昔游，恨我识公迟十载，一廉秋影独登楼。”② 这类题咏更能符合剧作的题旨，能更好地了解作家的创作意图和思路以及作者的情感。

清代戏曲题词大盛是清代中叶之后诗词唱和风气臻于至盛所致，并因此带动许多经学家参与到戏曲唱和中来。清代经学家就身份而言是学人，但清代学人和文人有时并无界限，出现众多的“学者型文人”和“文人型学者”以及“综合性文人”。在这种背景下，清代的经学家要借助这种诗文吟唱来增加自己的社会认知力并展现自己的文学才华。而由于他们的学养深厚，社会地位较高，经常成为这类诗词酬唱活动的领袖人物。借助于清代经学家的戏曲题词，可以直接地了解清代经学家戏曲思想。这些一流学者的戏曲题词也是珍贵的戏曲理论资料，使得清代戏曲理论熠熠生辉。表2为粗略对清代经学家戏曲题词情况的统计。

---

① 以上均据蔡毅《中国古典戏曲序跋汇编》统计。
② 蔡毅：《中国古典戏曲序跋汇编》，齐鲁书社1989年版，第2098页。

表 2　　　　　　　　　　　　**清代经学家的戏曲题词**

姓名	生卒年	戏曲题词（诗、词、曲等韵文形式的序跋）
朱彝尊	1629—1709	《题洪上舍传奇》
张雍敬	康熙时人	《醉高歌文辞一致题词》
厉鹗	1692—1753	《满江红——题桃花扇传奇》
王昶	1724—1806	《阅〈吟风阁〉杂曲偶题七绝》《玉节记题词》《写心杂剧题词》《荣经道中阅杨笠湖刺史潮观所贻吟风阁杂曲偶题七绝六首》
赵翼	1725—1810	《题〈鹤归来〉戏本三首》《题吟苎所谱〈蔡文姬归汉〉传奇四首》
钱大昕	1728—1804	《题〈乞食图〉传奇六首》
翁方纲	1733—1818	《乌兰誓题词》
李调元	1734—1802	《合剑记题词》
洪亮吉	1746—1809	《友人以汤义仍孔玉叔院本属题》《万寿乐歌三十六首》《题〈鹦鹉媒〉传奇》《洞庭缘题词》《买陂塘题钱孝廉澍川鹦鹉媒传奇》
郭麐	1767—1831	《乔影题词》《影梅庵题词》
陆继辂	1772—1834	《自题洞庭曲并呈李兵备》《题小忽雷为燕庭农部作》
宋翔凤	1776—1860	《读舒铁云新谱院本三种各系一诗》
周济	1781—1839	《洞庭缘题词》
汪远孙	1789—1835	《题〈帝女花〉传奇后》
梁廷枏	1796—1861	《江梅梦题诗》
汪士铎	1802—1889	《戏题〈扬州梦〉传奇》
李慈铭	1829—1894	《题〈燕子笺〉后绝句》
王先谦	1842—1917	《瘗云岩传奇题》《和金桧门先生观剧绝句三十首》
缪荃荪	1844—1919	《沧桑艳题词》
皮锡瑞	1850—1908	《和金桧门观剧诗》《再和金桧门观剧诗》《三和金桧门观剧诗》

清代经学家戏曲题词主要可分为以下几类：

1. 作品内容评介

如王昶①（1725—1807）为徐熥《写心杂剧》题词曰："随身竿木尽

---

① 王昶，字德甫，一字琴德，号兰泉，晚号述庵，江苏青浦人。乾隆十九年（1754）进士，官至刑部侍郎。曾主讲娄东、敷文书院，又曾受阮元之邀，设讲座于诂经精舍。王昶年轻时从惠栋游，潜心经术，专宗汉学。又以诗鸣，与王鸣盛、钱大昕、吴泰来、曹仁虎、赵文哲、黄文莲称江南七子。诗宗杜、韩、苏、陆。词拟姜夔、张炎，古文宗韩愈、苏轼，时称通儒。著有《春融堂集》、《湖海诗传》、《湖海文传》、《金石萃编》、《国朝词综》、《明词综》等。

登场，短梦前尘杂色装。不写昔人刚自写，果然乐府妙康王。"① 明题此剧为作者自传。洪亮吉②（1746—1809）的《友人以汤义仍孔玉叔院本属题》曰："玉茗香一庭，桃花红一扇。一居娄水头，一住秦淮岸。谁识东京党锢贤，都归南部烟花传。南朝金粉伤心艳，歌扇舞腰情尚欠。花月销残怨更新，家山破后心犹念。一代兴亡剩几时，辰鱼院本子龙诗。宁歌碧月琼枝曲，不唱春灯燕子词。"③ 点出此剧描写南朝兴亡的事迹。洪亮吉《买陂塘题钱孝廉澍川〈鹦鹉媒〉传奇》一词曰："为多情、青衫血泪，生生判向愁老。冰弦谁把伤心谱，又早别怀萦扰。幽会巧，君不见、茫茫碧落相思鸟。芳心寸拗。待密约重圆，愁盟暗续，一一珠泪缴。销魂处，我亦青鸾信杳，年来暗损怀抱。江南江北伤春恨，付于断肠衰草。辜负了，是旧日、金钗钿盒情多少！闲愁待扫，又一两三声，无端逗起，清梦隔帘悄。"④ 此词全部叙写钱惟乔《鹦鹉媒》传奇的剧情。又洪亮吉题《洞庭缘》其一曰："下第才人暗自伤，忽惊奇福出寻常。龙堂入夜波入海，别展蛟宫作婿乡。"⑤ 也是阐述《洞庭缘》的内容。但洪亮吉虽为友人剧本题词，阅读剧本，却不喜欢观剧，曾自注曰："鲁岩节使以予不观剧，为择日另设一筵。"⑥ 从一个方面说明了清代文人学士或经学家有时对戏曲的接触仅是限于案头文本的阅读，这种倾向也推动了清代戏曲的案头化。

　　2. 推崇曲家

　　因戏曲题词首先是交游的需要，因此这类诗词多是赞美揄扬之词。如洪亮吉题《洞庭缘》其二曰："玉茗花残阁亦倾，是谁拈笔与争名。到头

---

　　① 蔡毅：《中国古典戏曲序跋汇编》，齐鲁书社 1989 年版，第 1015 页。

　　② 洪亮吉，字君直，一字稚存，号北江，晚号更生居士，江苏阳湖人。乾隆五十五年（1790）进士，授翰林院编修，充国史馆纂修官。嘉庆四年（1799），经成亲王转上《极言时政启》千言，痛陈时弊，遭落职发戍伊犁。翌年赐环东返，归居里门，以著述、游历遣其余生。曾入安徽学使朱筠幕和陕西巡抚毕沅幕。与一时名流，汪中、章学诚、翁方纲、蒋士铨、程晋芳、赵翼等有文字交。

　　③ （清）洪亮吉：《更生斋集》诗续集九卷，《洪亮吉集》，中华书局 2001 年版，第 1819 页。

　　④ （清）洪亮吉：《更生斋诗余》卷二，《洪亮吉集》，中华书局 2001 年版，第 2125 页。

　　⑤ （清）洪亮吉：《洞庭缘传奇题词》，陆继辂《洞庭缘》卷首，清光绪六年刻本，第 8b 页。

　　⑥ （清）洪亮吉：《贵阳元夕灯词》，《卷施阁诗集》卷十三《黔中持节集》，《洪亮吉集》，中华书局 2001 年版，第 738 页。

一样神仙梦，乐府新传两柳生。"① 此诗赞美陆继辂的文笔和诗情。

3. 抒写自己的感悟

这类题词数量较多。清代经学家观看戏曲演出或阅读戏曲剧本，因剧本中的故事或人物遭际，引发自己的强烈共鸣，因而抒发自己的身世之感，表达人生的哲理和对人生的思索。如王昶："宦海浮沉意气豪，生平萧瑟本风骚。听猿下泪闻鸡舞，又赖新词解郁陶。"② 表达了自己宦海沉浮的感慨。王昶《写心杂剧》题词："悼花述梦更酬魂，归向谈禅意趣存。我亦曾经金屋里，被渠牵率到梨园。"则是抒发人生如戏的感慨。

有时一组题词会涉及各方面的内容，如王昶《荣经道中阅杨笠湖刺史潮观所贻吟凤阁杂曲偶题七绝》六首：

> 黎风雅雨道途艰，院本传来一启颜。铁版铜琶差快意，不须小部按双鬟。
> 博浪沙中未报仇，西行借箸佐炎刘。赤松黄石辞仙侣，独上河潼第一楼。（张子房）
> 云车风马万灵趋，不怨炎天竟渡泸。缘识七擒还七纵，旋师北伐扫当涂。（诸葛忠武侯）
> 辄宴思亲涕泪多，盘堆红蜡罢笙歌。凭君更写澶渊会，万队黄旌唱渡河。（寇莱公）
> 四山云黑雨淋漓，烛跋犹开绝妙词。沦落天涯聊自遣，直胜击筑与弹丝。
> 《芝龛》诸记播淮西，丝竹声中半滑稽。要下英雄千古泪，铅山那得并梁溪。（时铅山蒋心余《芝龛》诸记亦行于世）③

第一首叙述阅读曲本的情由，同时说明戏曲的内容偏向豪放激昂，而不是缠绵婉约。中间四首分别叙述四剧的内容。第六首将蒋士铨的《芝龛》诸记与杨潮观的剧作进行对比，认为前者只是优孟衣冠，滑稽取乐。而后

---

① （清）洪亮吉：《洞庭缘传奇题词》，陆继辂《洞庭缘》卷首，清光绪六年刻本，第8b页。

② （清）王昶：《荣经道中阅杨笠湖刺史潮观所贻吟凤阁杂曲偶题七绝》，《春融堂集》卷十三，续修四库全书本第1437册，第490页。

③ 同上。

者能引发人的感慨，寄寓忠孝节义的思想主旨，能够感发人心。这既是对乾隆时期两大剧作家高下的判断，同时也反映了王昶自己的戏曲审美取向，即倾向于用儒家正统的伦理道德思想来评价戏曲作品。又如钱大昕①的《题乞食图传奇》六首：

> 云山旧衲话风流，竿木逢场作戏游。肉眼料应无识者，却烦红粉一回头。
>
> 雪中鸿爪偶留痕，妙句新题悟石轩。难得倾城悦名士，偏从乞食识王孙。
>
> 叔宝清兼昭略狂，玉山醉后易颓唐。青衫一领判抛却，洗涤从来氍毹肠。
>
> 游丝一缕本无因，香雪轻埋玉树春。不是杨枝沾法雨，崔徽争见卷中人。
>
> 中山千日只匆匆，唤醒三生泡影同。但愿有情总圆满，不教人怨可怜虫。
>
> 骚人骨相自清寒，碧落黄泉见面难。谁道返魂真有术，春回江令彩豪端。②

第一首称戏剧都是逢场作戏，表达作者人生的感悟。第二首是对戏曲作品的评价和作者身份的评价。称赏其文字为"雪里鸿爪"、"妙句"。作者为"名士"、"王孙"、翩翩公子之流。第三首赞誉剧本作者气质潇洒清奇，性格磊落洒脱。第四首和第五首是对剧本内容的概括，表达对剧中人物爱情的肯定。第六首是对剧本艺术性的高度评价，对作者文采和艺术构思的欣赏。

---

① 钱大昕（1728—1804），字晓征，一字及之，号辛楣，又号竹汀，晚号潜研老人。江苏嘉定（今上海嘉定人）。早年，以诗赋闻名江南。乾隆十六年（1751）清高宗弘历南巡，因献赋获赐举人，官内阁中书。十九年（1754）中进士。复擢升翰林院侍讲学士。三十四年（1769），入直上书房，授皇十二子书。参与编修《热河志》，与纪昀并称"南钱北纪"。又与修《音韵述微》、《续文献通考》、《续通志》、《一统志》及《天球图》诸书。后为詹事府少詹事，提督广东学政。四十年，居丧归里，引疾不仕。嘉庆初，仁宗亲政，廷臣致书劝出，皆婉言报谢。归田三十年，潜心著述课徒，历主锺山、娄东、紫阳书院讲席。

② （清）钱大昕：《题乞食图传奇》，《潜研堂集诗续集》第五卷，《潜研堂集》，上海古籍出版社2009年版，第1237页。

黄宗羲戏曲观探考

——兼论其学术观对戏曲观之影响

黄宗羲（1610—1695），浙江余姚人，字太冲。学者尊为梨洲先生，明末清初杰出思想家，与顾炎武、王夫之合称为"清初三先生"。著有《明儒学案》、《明夷待访录》、《思旧录》、《南雷文案》等。

黄宗羲师从刘宗周，刘宗周（1578—1645）为王阳明后学，其学之要，在"诚意"、"慎独"。黄宗羲在学术流派上虽属于王阳明心学，但其学术观经过了一个转变的过程，基本上代表由明学向清学的转型。全祖望《甬上证人书院记》曰：

> 自明中叶以后，讲学之风，已为极弊，高谈性命，直入禅障，束书不观，其稍平者则为学究，皆无根之徒耳。先生始谓学必原本于经术，而后不为蹈虚，必证明于史籍，而后足以应务。元元本本，可据可依。前此讲堂痼疾，为之一变。①

支伟成《清代朴学大师列传》曰：

> 先生少受学于刘宗周，纯然明学也；中年以后，方向一变，谓："明人讲学，袭语录之糟粕，不以六经为根柢，束书而从事于游谈，更滋流弊，故学者必先穷经，然拘执经术，不适于用，欲免迂儒之诮，必兼读史。"又谓："读书不多，无以证理之变化，多而不求于心则为俗学。"故上下古今，穿穴群言，自天官地志、九流百家之

① （清）全祖望：《甬上证人书院记》，《鲒埼亭集外编》卷十六，四部丛刊初编本，第23a—23b页。

教，无不精研。①

在这个转型过程中，黄宗羲充当了清学的开创者。钱穆《中国近三百年学术史》曰："综斯以观，梨洲论学，虽若犹承明人之传统，而梨洲之为学，则实创清代之新局矣。"② 又曰："梨洲讲学，初不脱理学家传统之见。自负为蕺山正传，以排斥异端阐正学为己任。至其晚年而论学宗旨大变，备见于其所为《明儒学案序》。然此特就其争门面，争字句处看则然耳，其实梨洲平日讲学精神，早已创辟新局面，非复明人讲心性理气、讲诚意慎独之旧规。苟略其场面，求其底里，则梨洲固不失为新时代学风一先驱也。"③ 又曰："梨洲自负得理学正统之传，而其为学之务博综与尚实证，则固毕生以之，不俟乎晚年之改悟。故论新时代学风之开先，梨洲之影响，实在此而不在彼也。"④

同时，由于处在明末清初戏曲发展蓬勃向上的时代，又身处浙江这个戏曲发展非常繁荣的地域环境中，黄宗羲与戏曲也有着非常密切的关系。他曾观剧、论剧，并与戏曲家及戏曲艺人有着密切的交往，如全祖望所言："明人放浪旧院，名士多陷没其间，虽以范质公、吴次尾、方密之、蒋如须、冯跻仲、黄太冲亦不免焉。"⑤ 在其《郑玄子先生述》一文中，黄自述其观剧之事曰："夕阳在山，余与昆铜尾舫观剧，君过余，不得。则听管弦所至，往往得之，相视莞尔。"⑥ 此语可证黄宗羲深得晚明文士流连歌吹、风流自赏风气之三昧。其《书钱美恭寻亲事》又记其观剧事曰："余于甲午岁，在陈恭愍家，见演传奇《寻亲记》者，哀婉动人。"⑦

黄宗羲之外舅叶宪祖为晚明著名戏曲家。黄宗羲的戏曲观也深受叶宪祖的影响。在为叶宪祖所作的墓志铭《外舅广西按察使六桐叶公改葬墓

---

① 支伟成：《清代朴学大师列传》，岳麓书社 1986 年影印本，第 13 页。
② 钱穆：《中国近三百年学术史》，商务印书馆 1997 年版，第 36 页。
③ 同上书，第 30 页。
④ 同上书，第 31 页。
⑤ （清）全祖望：《记石斋先生批钱蛰庵诗》，《鲒埼亭集外编卷四十九》，四部丛刊初编本，第 9a 页。
⑥ （清）黄宗羲：《郑玄子先生述》，《黄宗羲全集》第十册，浙江古籍出版社 2005 年版，第 582 页。
⑦ （清）黄宗羲：《书钱美恭寻亲事》，《黄宗羲全集》第十册，浙江古籍出版社 2005 年版，第 132 页。

志铭》中，他高度评价了叶宪祖的戏曲创作成就：

> 公之至处，自在填词。一时玉茗、太乙，人所脍炙，而粉筐黛器，高张绝弦，其佳者亦是搜牢元人成句。公古淡本色，街谈巷语，亦化神奇，得元人之髓。如《鸾篦》，借贾岛以发舒二十余年公车之苦，固有明第一手矣。吴石渠、袁令昭、词家名手。石渠院本，求公诋诃，然后敢出；令昭则檞园弟子也檞园，公填词别号。花晨月夕，征歌按拍，一词脱稿，即令伶人习之，刻日呈伎，使人犹见唐宋士大夫之风流也。①

黄宗羲指出叶宪祖戏曲作品风格为古淡本色，"得元人之髓"。在为胡子藏院本所作序中曰：

> 诗降而为词，词降而为曲，非曲易于词，词易于诗也，其间各有本色，假借不得。近见为诗者，袭词之妩媚，为词者，侵曲之轻佻，徒为作家之所俘虏耳。余外舅叶六桐先生，工于填词，尝言语入要紧处，不可着一毫脂粉，越俗越家常，越警醒。若于此一恧缩打扮，便涉分该婆婆，犹作新妇少年，正不入老眼也。至散白与整白不同，尤宜俗宜真，不可着一文字，与扭捏一典故事，及截多补少作整句。锦糊灯笼，玉镶刀口，非不好看，讨一毫明快，不知落在何处矣。正法眼藏，似在吾越中，徐文长、史叔考、叶六桐皆是也。外此则汤义仍、梁少白、吴石渠。虽浓淡不同，要为元人之衣钵。张伯起、梅禹金，终是肉胜于骨。顾近日之最行者，阮大铖之偷窃、李渔之蹇乏，全以关目转折，遮伧父之眼，不足数矣。子藏院本，在浓与淡之间，若入词品，如风烟花柳，真是当行。其务头亦得元人遗意。可笑杨升庵以务头为部头，谓教坊家有色有部，部有部头，色有色长，以之訾周伯清，他又何论哉？②

---

① （清）黄宗羲：《外舅广西按察使六桐叶公改葬墓志铭》，《黄宗羲全集》第十册，浙江古籍出版社 2005 年版，第 390 页。

② 蔡毅：《中国古典戏曲序跋汇编》，齐鲁书社 1989 年版，第 1439 页。

此序所涉及的戏曲观点，析而言之，有以下几条：1. 戏曲本体论，即诗、词、曲有别，各有本色，不可混淆。2. 填曲宜俗，散白尤宜俗宜真、不用典，不雕琢文字。3. 曲中"正法眼藏"，在"吾越中"。所谓"正法眼藏"为佛教用语，朗照宇宙谓眼，包含万有谓藏，意谓全体佛法（正法），借指事物的诀要或精义。黄宗羲高度评价徐渭、史槃、叶宪祖、汤显祖、梁辰鱼、吴炳，认为能得曲中之诀要与精义，继承元人衣钵，认为张凤翼、梅禹金过分追求词藻艳丽，反落第二义，不满当日剧坛流行的李渔、阮大铖剧作之卑俗。4. 胡子藏院本则为当行之作。5. 反对杨慎将务头视作部头。这篇序对众多明清越中曲家的评价非常精到。对明代剧作家的具体评价，还见于其《思旧录》，如评价史槃云："长于填词，如《兼钗》、《合纱》、《金丸》、《梦磊》诸院本，皆盛行于世。"[1] 又评吴炳云："长于填词，所著有《西园》、《情邮》、《画中人》、《疗妒羹》、《绿牡丹》，虽多剿袭而不落俗。"[2]

　　黄宗羲写有两首题剧诗，所咏剧作均为汤显祖之《牡丹亭》。从这两首题剧诗中亦可以窥得其戏曲的审美倾向。其一为《听唱〈牡丹亭〉》：

　　　　掩窗浅按《牡丹亭》，不比红牙闹贱伶。
　　　　莺隔花间还历历，蕉抽雪底自惺惺。
　　　　远山时隔三更雨，冷骨难销一线灵。
　　　　却为情深每入破，等闲难与俗人听。

此首诗写对《牡丹亭》清雅脱俗艺术风格之欣赏，用远山、冷骨、莺隔花间、蕉抽雪底等意象来描写《牡丹亭》之艺术美，写出《牡丹亭》清冷、幽远、明艳、高雅之风格；最后两句高度赞美《牡丹亭》以"情"为旨的创作思想。其二为《偶见》：

　　　　诸公说性不分明，玉茗翻为儿女情。
　　　　不道象贤参不透，欲将一火盖平生。

---

① （清）黄宗羲：《思旧录》，《黄宗羲全集》第一册，浙江古籍出版社 2005 年版，第 344 页。

② 同上书，第 375 页。

　　对《牡丹亭》的题咏，黄宗羲紧扣其"情"字，可谓道明了《牡丹亭》及其作者汤显祖之意旨。汤显祖曾言"师讲性，某讲情"① 即是对"诸公说性不分明，玉茗翻为儿女情"的注脚。

　　以上简述了黄宗羲的戏曲观点，可概括为：1. 重本色当行。2. 重"情"。3. 重俗重真。而以上三点均为晚明戏曲观之典型。明人戏曲观受阳明心学影响和李贽童心说的影响，重视真情至性。而对本色当行的重视和讨论也贯穿明代戏曲理论之始终。至于宜俗宜真，亦是晚明心学思潮重抒发真性情之一端。黄宗羲生活在明清之际，其学术继阳明心学之衣钵，因此，其戏曲观自然与晚明戏曲观完全吻合。同时，黄宗羲的戏曲观与其文学观有一致之处，黄宗羲为文为诗主张抒发真性情，诗文皆从胸中流出。其《万贞一诗序》曰："今之论诗者，谁不言本于性情？""怒则掣电流虹、哀则凄楚蕴结，激扬以抵和平，方可谓之温柔敦厚也。"② 在《靳熊封诗序》中言：

　　　　从来豪杰之精神，不能无所寓。老、庄之道德、申、韩之刑名，左、迁之史，郑、服之经，韩、欧之文，李、杜之诗，下至师旷之音声，郭守敬之律历，王实甫、关汉卿之院本，皆其一生之精神之所寓也。苟不得其所寓，则若龙挐虎跋，壮士囚缚，拥勇郁遏，垒愤激讦，溢而四出，天地为之动色，而况于其他乎？③

肯定王实甫、关汉卿之戏曲剧本为"豪杰之精神所寓"，能欣赏关、王剧作内在的蓬勃生命力。可见黄的诗文观与传统儒家诗教的"温柔敦厚"之旨是完全相背的，这是晚明个性张扬、精神郁勃之体现。同时作者认为"情"为"理"之根本，《论文管见》曰："文以理为主，然而情不至，则亦理之郛廓耳。"黄宗羲主张诗文发天地之元气，如昆仑磅礴，方为天地之至文，《谢皋羽年谱游录注序》曰："夫文章，天地之元气也。元气之在平时，昆仑旁薄，和声顺气，发自廊庙，而昌狭于幽遐，无所见奇。

　　① 蔡毅：《中国古典戏曲序跋汇编》，齐鲁书社1989年版，第1226页。

　　② （清）黄宗羲：《万贞一诗序》，《黄宗羲全集》第十册，浙江古籍出版社2005年版，第94页。

　　③ （清）黄宗羲：《靳熊封诗序》，《黄宗羲全集》第十册，浙江古籍出版社2005年版，第62页。

逮夫厄运危时，天地闭塞，元气鼓荡而出，拥勇郁遏，坌愤激诘，而后至文生焉。故文章之盛，莫盛于亡宋之日，而皋羽其尤也。"①

　　以上是对黄宗羲戏曲观点的分析，其戏曲观与晚明戏曲观较为一致，对戏曲持较为肯定的态度，也能把握当时戏曲理论批评的核心问题，如本色当行、重性情、重真重俗等，这些都是晚明戏曲批评中占主流地位的论题。但黄宗羲对戏曲的态度还是未能摆脱传统封建士大夫以小道视之的观点，在《明夷待访录》中说："其时文、小说、词曲、应酬代笔已刻者皆追板烧之。"② 这种观点在整个封建时代都具有普遍性，我们不必苛责古人。

---

①　（清）黄宗羲：《谢皋羽年谱游录注序》，《黄宗羲全集》第十册，浙江古籍出版社 2005年版，第 34 页。

②　（清）黄宗羲：《明夷待访录》，中华书局 1981 年版，第 13 页。

儒硕工曲，光照艺林

——论王夫之《龙舟会》杂剧的学术化品格

王夫之（1619—1692），字而农，号姜斋，湖南衡阳人，学者称船山先生。清顺治四年（1647）清兵下湖南，王夫之入桂林依大学士瞿式耜，后以母病归里，于石船山筑土室，杜门著述。所著凡三百余卷，后人刊为《船山遗书》。

王夫之是清初著名大儒，与黄宗羲、顾炎武并称为"清初三先生"，其名列于《清史稿》"儒林传"。同时，他在戏曲方面也颇有造诣。他常常用戏剧来比喻诗文的创作方法和风格，其评《汉铙歌曲·战城南》曰："所咏虽悲壮，而声情缭绕，自不如吴均一派装长髯大面腔也。丈夫虽死，亦闲闲尔，何至怒面张拳？"① 《姜斋诗话》卷二曰："身之所历，目之所见，是铁门限。即极写大景，如'阴晴众壑殊'、'乾坤日夜浮'亦必不踰此限。非按舆地图便可云'平野入青徐'也，抑登楼所得见者耳。隔垣听演杂剧，可闻其歌，不见其舞，更远则但闻鼓声，而可云所演何出乎？"② 又曰："有死法也。死法之立，总缘识量狭小，如演杂剧，在方丈台上，故有花样步位，稍移一步则错乱，若驰骋康庄，取途千里，而用此步法，虽至愚者不为也。"③ 可见他深谙戏曲三昧，对戏曲有着较为深刻又很直观的了解。王夫之在戏曲史上更重要的贡献是创作了光照艺林的杂剧《龙舟会》。《龙舟会》具有高度的艺术成就，在中国戏曲史上具有很高的地位。傅惜华曾称赞此剧曰："以儒硕工曲，慷慨激昂，笔酣意足，

---

① （清）王夫之：《古诗评选》卷一，《船山全书》第十四册，岳麓书社1994年版，第238页。

② （清）谢榛、王夫之：《四溟诗话》，《姜斋诗话》卷二，人民文学出版社1961年版，第147—148页。

③ 同上书，第149页。

实属仅见。盖其人气节学问,照耀当时,仅此一剧,足光艺林,不必以多为贵也。"① 孙楷第亦曰:"夫之气节学问照耀当世,世之人皆知之,至以儒硕工曲,则在有明实为仅见。虽平生仅此一剧,足光艺林,不必以多为贵也。"② 他在戏曲史上的地位颇类《春江花月夜》之作者张若虚在唐诗中的地位,堪称"孤篇横绝,竟为大家"。

这部剧作具有如此高的地位,除了剧作本身的艺术成就,更重要的在于王夫之以大儒的身份从事戏曲创作。因为儒学和戏曲一贯处在中国文化的两端,儒学高踞传统文化金字塔的顶层,而戏曲作为一种通俗文化,则处于传统文化的底端。前者属于雅文化,后者属于俗文化。而雅文化和俗文化在中国古代一向是不相交集的。在清代之前,大多数大儒和学人对戏曲是不屑一顾的。以大儒的身份来创作戏曲,王夫之是第一位,而且由此带动了清代一大批著名的学者参与戏曲活动,如桂馥著有《后四声猿》杂剧,孔广林著有《璇玑锦》、《女专诸》、《松年长生引》杂剧和《斗鸡忏》传奇,凌廷堪著有戏曲音律学著作《燕乐考原》,焦循著有戏曲著作《花部农谭》和《剧说》,俞樾著有《老圆》杂剧和《梓潼传》、《骊山传》传奇等。

王夫之以大儒的身份从事戏曲创作也使得这部剧作具有了浓厚的学术化色彩,表现出典型的学人之曲的特色。由于清代学术的高度繁荣,使得清代文人多数都是"文人型的学者"和"学者型的文人",学力和才气兼胜。这使得清人戏曲③尤其是清代学人的戏曲呈现出鲜明的学术化品格。这种学术化品格决定了他们的戏曲作品在功能方面向传统的诗文靠拢,不再是以纯粹的娱乐为主,而是侧重于抒情言志;在艺术上追求典雅化和个性化,不再是如同元杂剧的程序化和类型化;在格律上摆脱了明代杂剧南曲化的倾向,向元杂剧回归,具有复古化的倾向。而复古是儒家文化的固有传统,无论是韩愈的古文运动,还是前后七子的复古运动,都是以复古为创新,借以表明对当下学术思潮和文风的不满,恢复能体现儒家传统的道统和文统。王夫之《龙舟会》正是学人之曲的典型代表,因此,我们从以下几个方面来看《龙舟会》杂剧的学人之曲的特色。

① 傅惜华:《清代杂剧全目》,人民文学出版社1981年版,第52页。
② 孙楷第:《戏曲小说书录解题》,人民文学出版社1990年版,第331页。
③ 本文所讨论的戏曲主要是指传奇和杂剧,不包括后起的地方戏。

1. 情感的主体化和抒情化

冯沅君曰："明清杂剧与金元杂剧有着显著的差别，就是其中上品往往与抒情诗接近，它们常是作者富有诗意的自白。"[①] 清代文人学者的戏曲有浓厚的个人抒情色彩，或寄寓个人身世之感，或抒发愤懑抑郁之意。王夫之《龙舟会》中这种"诗意的自白"表现得尤为明显。此剧深刻寄寓着作者的悲愤，孙楷第曰："夫之之意不唯咏事，实以寄慨。"[②] 据《清史稿》王夫之本传记载："张献忠陷衡州，夫之匿南岳，贼执其父以为质。夫之自引刀遍刺肢体，舁往易父。贼见其重创，免之，与父俱归。"坚决不与张献忠合作。明亡后，他隐居著述，一旦出门一定要打伞、穿木屐，表示坚决与清朝不共戴天，坚决足不践清朝一寸土地。这样耿介孤直的品格，堪比伯夷叔齐的义不食周粟、采薇于首阳山之介行。因此，他创作《龙舟会》自然非率意而为，而是蕴含着深意。此剧取材于唐代李公佐之《谢小娥传》，其原文曰："足以儆天下逆道乱常之心，足以观天下贞夫孝妇之节。"[③] 他赞美谢小娥以一女子，孤身一人得报父、夫之仇，而明王朝却无人能为其复仇。在唐传奇《谢小娥传》中，谢小娥之夫姓段名居贞，小娥父亲则无名；在《龙舟会》杂剧中，王夫之将谢小娥之父命名为谢皇恩，表明他对明王朝之忠诚，将谢小娥之夫改名为段不降，又有拒不投降清朝的坚定决心，也隐喻了作者高洁耿直之品格。《龙舟会》正是发挥了这种题旨，即借赞誉谢小娥的丈夫之气，来谴责投降新朝的群臣，如第一折开场：

> （荼旦扮小孤神女花冠璎珞，侍女捧印剑，鬼使持旛随上）万派东流赴海门，中流一柱砥乾坤。大唐国里忘忠孝，指点裙钗与报冤……有谢皇恩女儿小娥，虽巾帼之流，有丈夫之气，不似大唐国一伙骗纱帽的小乞儿，拼着他贞元皇帝投奔无路，则他可以替他父亲、丈夫报冤。[④]

---

① 冯沅君：《记女曲家吴藻》，《古剧说汇》，商务印书馆 1947 年版，第 394 页。

② 孙楷第：《戏曲小说书录解题》，人民文学出版社 1990 年版，第 331 页。

③ 李公佐：《谢小娥传》，李昉：《太平广记》卷四百九十一，人民文学出版社 1959 年版，第 4032 页。

④ （清）王夫之：《龙舟会》，郑振铎《清人杂剧二集》，同治四年湘乡曾氏刊本。以下引用《龙舟会》曲辞，均出自此书，不再另外标注。

在开场中，他指斥大唐国无节气的大臣为"骗纱帽的小乞儿"，国难当头，他们不能效忠于皇帝，使得唐朝皇帝走投无路，四处逃奔。而谢小娥虽为"巾帼之流"，却"有丈夫之气"，一弱女子能替她父亲、丈夫报仇。取舍之间，作者内心的悲愤不难想见。同时这种取舍也很容易使人联想到王夫之所处的明清易代之际的一些历史事实，当时的一些著名文人和学者都没能坚守住民族气节，他们的所作所为连一些青楼女子都不如。最为典型的如明末主持文坛几十年之久的钱谦益，其夫人秦淮八艳之一柳如是曾劝钱谦益一起投水以为明朝尽忠，而他却最终出仕了清朝。另一位曾获崇祯皇帝恩遇的著名文人吴伟业迫于压力出仕了清朝，而与他相知的秦淮八艳之一卞玉京却在明亡后寄身于道观。因此，这部作品选取谢小娥这样一位女性作为歌颂的主人公就并非偶然了，具有较强的主体性和情感性。又如第四折：

> 【得胜令】王右丞称觞在凝碧池，源少卿拜舞在白华殿。破船儿没舵随风转，棘钩藤逢人便待牵，羞天花颜面愁人见，叩头虫腰肢软似绵。堪怜，翻飞巷陌乌衣燕，依然富贵扬州跨鹤仙。
>
> 【清江引】莽乾坤，只有个闲钗钏，剑气飞霜霰，蟒玉锦征袍，花柳琼林宴。（叹介）大唐家九叶圣神孙，只养得一伙烟花贱。

这两支曲子曲辞英气逼人，借讽刺安史之乱中屈服于乱臣贼子的王维和源少卿等人"破船儿没舵随风转"、"叩头虫腰肢软似绵"来讽刺明朝降臣的见风使舵、觍颜无耻，抒发作者胸中磊落不平之气和报国无门的愤懑。

2. 戏曲文辞的诗化和雅化

诗是中国文学的灵魂，中国是一个诗的国度。"中国史如一首诗，西洋史如一本剧。中国文学重在诗，西洋文学则重在剧。诗须能吐出心中话，剧则在表演世上事。中国文学重心，西洋文学重事。此处便见中国文学与历史合一，亦即是人生与文化合一之真骨髓所在。"① "作为中国古典文学中'叙事文学'的两大主干，小说戏曲其实在精神实质上存在着本质的差异，这种差异简言之可作这样表述：戏曲的主体精神实质是'诗'

---

① 钱穆：《中国学术通义》，台湾学生书局1984年版，第185页。

的，小说的主体精神实质是'史'的。戏曲在叙述故事、塑造人物上包含了强烈的'诗心'，小说则体现了强烈的'史性'。"①《龙舟会》曲辞的雅洁温润也在一定意义上阐释了中国戏曲的诗化特征。

《龙舟会》全本文辞雄浑高华，整饬雅洁，不染一毫鄙陋污下之气，与唐诗自是一格。如第二折李公佐上场：

> （末泥孤扮李公佐冠带从人随上）【昭君怨】汉水中分楚塞，回首秦关天外。北斗帝城边，几点烟？为问大江东去，六代繁华何处？谢傅旧风流，定神州……（卜儿开门叩见介）（末）是好景也！鹊矶东峙，汉水西来，泓泓清波，迢迢远树，不枉了祢正平挥毫作赋，庾元规见月登楼也！正是：春长获芷色色齐，一团绿玉浸玻璃，芳洲作赋人何在？惟有新莺隔岸啼。

> 【越调·斗鹌鹑】渺渺芳洲，桃波微皱，碧草如油，红芽初透。问春色如斯，为何人捆就？吊古含愁，古人知否？

【昭君怨】词写李公佐登楼远眺所见，景象开阔，意兴豪迈，引发思古之幽情。【越调·斗鹌鹑】曲描写春色如许，但社稷安危，劳心蒿目，反惹人愁况。又如第四折李公佐临江玩雪时所唱的唱词：

> 【双调·新水令】倚危栏，脉脉望江天，倒清光，看透了镜中人面。冰丝萦水曲，飞雪覆渔船，不如他罢钓高眠，看足了散天花，把琼瑶碎剪。

> 【驻马听】碧海云连，空凝望孤飞白雁传书怨，寒梅香浅。只高吟槎枒枯树寄愁篇。江山满目，都是愁人处也。乾坤何处不烽烟？哀哀寡妇诛求遍。只一个陆九学士，也不免岭海之行。纵好谁怜，夕鸟归飞倦。

上一曲写主人公危栏倚望，江天一色，漫天飞雪飘落江上渔舟，渔翁钓后高眠。境界阔大而孤寂，逗引起作者的惆怅和落寞。下一曲怨、愁之情难

---

① 谭帆：《稗戏相异论：古典小说戏曲"叙事性"与"通俗性"辨析》，《中国雅俗文学思想论集》，中华书局 2006 年版，第 27 页。

以自抑。茫茫云海，白雁传书，传达的只是怨望。寒梅吐香，赋出的却是愁篇。满目江山，无处不是一片凄凉。烽烟四起，寡妇哀泣。贤人高士被黜远行，何处是归身之处？作者用一连串冷寂、凄清的意象，表达出主人公报国无门之无奈和惆怅。但作者借景抒情，愁怨之情弥漫在诗情画意之间，不见突兀和叫嚣，耐人品味，为写愁的佳篇。学人之曲的雅洁、诗化的品格也不难窥见。

3. 人物、剧情的个性化

由于中国戏曲程式化的特征，不论在剧情的发展上还是在人物的塑造上，都出现了类型化和程式化的特征，如剧情发展的大团圆结局、十部传奇九相思等叙事模式。人物塑造上，形成脚色行当体制，同一类脚色的性格具有类型化的特点，如贪官、书生、小姐、书童、丫鬟等都有相对固定的性格和语言，形成了脚色的固定化和程式化，一定意义上削弱了戏曲的文学性。这种特点在元杂剧中尤甚，元杂剧中人物具有类型化的特点，就连各种脚色的上场诗也形成了一定的套路，如扮演老年男子的上场诗一般为："急急光阴似水流，等闲白了少年头。月过十五光明少，人到中年万事休。"上了年岁的妇人的上场诗为："花有重开日，人无再少年。休道黄金贵，安乐最值钱。"家庭主妇的上场诗为："教你当家不当家，及至当家乱如麻。早晨起来七件事，柴米油盐酱醋茶。"买卖人的上场诗为："买卖归来汗未消，上床犹自想来朝。为什当家头先白，晓夜思量计万条。"店小二上场则一般用："酒店门前三尺布，人来人往图主顾。好酒做了一百缸，倒有九十九缸似滴醋。"和尚的类型化上场诗为："积水养鱼终不钓，深山放鹿愿长生。扫地恐伤蝼蚁命，为惜飞蛾纸罩灯。"宰辅重臣则用："龙楼凤阁九重城，新筑沙堤宰相行。我贵我荣君莫羡，十年前是一书生。"狱卒胥吏的上场诗为："手执无情棒，怀揣滴泪钱。晓行狼虎路，夜将死尸眠。"无恶不作的歹角衙内的类型化上场诗为："花花太岁为第一，浪子丧门世无对。闻着名儿脑也疼，则我是有权有势某衙内。"而贪官的上场诗则是："我做官人胜别人，告状来的要金银。若是上司当刷卷，在家推病不出门。"

但《龙舟会》杂剧则摆脱了戏曲中人物的类型化特征和剧情发展的程式化特征，能够集中塑造人物的个性特征，因此，表现出了较高的艺术水准。剧中描写众人各有特色，李公佐、谢小娥二人均凛凛有英雄风云之气。即使描写贪官，也能出其本人面目，是种非类型化的恶人形象，如描写江州刺史钱为宝：

> （卜背云）一来这妇人硬帮不好惹，二来李判官是上司参佐，三来不行申报，那贼家中赃物便入官。（转身介）叫保长，他既有赃据，着地方将贼人尸首撺入江中去，一面差人收查贼赃入官，这妇人不消羁管，任他去罢。

剧写钱为宝处理谢小娥杀贼后的事宜，非常切合其本人的身份，摆脱了元明戏曲中贪官类型化的套路。同时，剧中写谢小娥得报大仇后，拒绝朝廷的旌奖，描写其光风霁月、不同流俗的气度，也迥异于一般戏曲的俗闹，因而得到了李公佐的连声称赞：

> 你不要地方官上表旌奖，更高更高！
> 【风流体】闹烘烘、闹烘烘金字匾，絮叨叨、絮叨叨列女传，看将来、看将来值甚钱？水牯牛、水牯牛谁受鼻绳串？

在全剧的结尾，写小娥报仇后寄身空门，李公佐辞官归隐，摆脱了一般戏曲大团圆的结局，给人以萧然远举、意境高远之感：

> （末）我抒忠无路，且自归休。
> 【太平令】俺如今上三峡看黄牛暮见，听古木清夜猿啼，百花潭黄鹂低啭，待诉与长安日远。（旦）恩官去后，妙寂恩冤两成梦幻，亦不久恋人间了。（末唱）问龙天有缘，向西乾种莲，把恩冤荡然，驾一扁铁船，重与你晴川阁拈谜儿把残灯剪。

4. 戏曲形式的复古化与格律化

《龙舟会》所用的宫调基本都依据元杂剧的体制，如楔子用【仙吕·赏花时】和【么】曲，后面四折宫调分别为【仙吕】、【越调】、【南吕】、【双调】，是元杂剧最通行的宫调组合形式，说明王夫之是深谙杂剧体制的。而且所用的曲子，也属于北曲，而没有采用明杂剧中已经惯常的南北曲合用的形式，这一定意义上显示了王夫之追求复古的意图，说明了他对元杂剧体制的回归。清代学人创作的戏曲多有这种倾向，如许鸿磐的

《六观楼北曲六种》都是严格恪守元杂剧的剧本体制,其《西辽记北曲·序》曰:"乃依元人百种之体,为北曲四折,以歌咏其事。"① 《女云台北曲·弁言》曰:"因仿元人百种之体,以歌咏其事。"② 《三钗梦北曲·小序》曰:"仿元人百种体,为北调四折。"③ 孔广林的剧作也大多遵从一本四折的元剧体制。同时,清代创作戏曲的学者,有不少精通音律之学和声韵之学,所作戏曲能合律依腔,如张雍敬、许鸿磐、孔广林的剧作即是如此。这也整体代表了清代杂剧相对明代杂剧具有格律化和复古化的倾向。

综上,我们认为王夫之《龙舟会》杂剧在中国古典戏曲史中具有重要的意义,王夫之以大儒的身份创作戏曲,为中国古典戏曲史添加了光辉的一笔,也给戏曲史带来了新的面貌,开启了清代戏曲整体学术化的品格。

---

① (清)许鸿磐:《西辽记北曲·序》,《西辽记》卷首《六观楼北曲六种》,清道光二十六年刻本,第2页。
② (清)许鸿磐:《女云台北曲·弁言》,《女云台》卷首《六观楼北曲六种》,清道光二十六年刻本,第1页。
③ (清)许鸿磐:《三钗梦北曲·小序》,《三钗梦》卷首《六观楼北曲六种》,清道光二十六年刻本,第1页。

清初名儒毛奇龄戏曲观探微

毛奇龄（1623—1713），字大可，又名甡，号秋晴，一曰初晴，又以郡望为西河，学者因称西河先生。浙江萧山人。康熙十八年（1679），以廪监生召试博学鸿词，授检讨。毛奇龄淹贯群书，著述颇丰，尤长于经学，在《易》、《书》、《诗》、《礼》、《春秋》、《孝经》和四书乃至乐律、音韵方面无不涉猎。

毛奇龄是清代学术史上一位重要的学者，他反宋学，标举阳明"良知"之学，在学术流派上属于王学派别，这是属于明末清初学风转变之际风气之遗留。同时，他博通群经，重考据，提倡新的治经方法，无疑又成为乾嘉汉学的先驱，因此被乾嘉之际的一些著名学者，如扬州学派的代表人物焦循、阮元、凌廷堪等奉为清代汉学的开山。焦循之《焦里堂先生轶文》中所收《代阮抚军撰〈毛西河全集〉序》曰："有明三百年，以时文相尚，其弊庸陋谫僿，至有不能举经史名目者。国朝经学盛兴，检讨首出于东林、蕺山讲学标榜之余，以经学自任，大声疾呼，而一时之废疾顿起。当是时，充宗名于浙东，朏明名于浙西，宁人百诗名于江淮之间，检讨以博辨之材，睥睨一切，论不相下而道实相成。迄今，学者日益昌明，大江南北著书授徒之家数十，视检讨而精核者固多，谓非检讨开始之功不可。"① 充分肯定毛奇龄开有清一代汉学之风气。这篇序既然是焦循代阮元所撰，那么也应代表阮元对毛奇龄的评价。扬州学派另一位著名学者凌廷堪也曾曰："尝谓萧山之书如医家之大黄，实有立起沉疴之效，为斯世不可无者，其他可勿论矣。"② 充分肯定毛奇龄对清代经学之贡献。

---

① （清）焦循：《代阮抚军撰〈毛西河全集序〉》，《焦里堂先生轶文》，《丛书集成续编》第 133 册，第 522 页。

② （清）凌廷堪：《与阮中臣论克己书》，《校礼堂文集》，中华书局 1998 年版，第 235 页。

与此同时，毛奇龄对清代戏曲也有重要的贡献，他参与了戏曲的评论和研究，著有《毛西河论定西厢记》一书，致力于考证《西厢记》的本来面目。而且创作了两种拟连厢词：《不卖嫁》和《不放偷》，而连厢词又与古典戏曲的形成有着重要的关系，是一种说唱者和动作表演者分开的前戏剧形式。同时，由于他独特的学术个性，使得他的戏曲观也在清初大放异彩，而且他的戏曲观又与他的学术观和文学观有着密切的关系。本文重点考察毛奇龄的戏曲观，以及与其文学观和学术观的关系。

一　抒写性情

毛奇龄的戏曲观主要继承晚明心学衣钵，主张戏曲抒发性情，抒写内心之愤郁。毛奇龄虽处于明末清初学风由空转实的重要时期，也处于宋明理学过渡到清代汉学的中间环节，但早期的毛奇龄在学术流派上仍属于王学派别，他不遗余力地推崇阳明、排斥异义，极力维护阳明之心学。由于信奉心学，其学术主张中自然带有了一空依傍、直抒胸臆的色彩。其文学观受其学术观的影响，主张"诗言志"和诗表达自我的性情。在《始宁陈璞庵言志集序》中他说，"诗无成法，祇自言其志，而歌咏出之"。① 又云："诗有性情，非谓其言之真也，又非谓其多怨述少赋写也，当为诗时，必有缘感焉投乎其间，而中无意绪即不能发，则于是兴会生焉。乃兴会所至，抽思接虑，多所经画，夫然后咏叹而出之，当其时讽之而悠然，念诵之而翕翕然，凡此者皆性情也。"② 这里主张文学的"言志"、"兴会"和"感发"都是强调文学能够抒写人之性情，比较重视诗的自我言志的功能，与传统诗教中的"温柔敦厚"和"思无邪"有一定的距离，而与司马迁的"发愤著书"（《史记·太史公自序》）说、韩愈的"物不得其平则鸣"（韩愈《送孟东野序》）说较为接近，体现了毛奇龄独特的个性特征和思想锋芒。这种"自言其志"的创作动机论和诗以抒发自我性情为主的"兴会"说进而体现在其戏曲观中，在《长生殿院本序》中，

---

① （清）毛奇龄：《始宁陈璞庵言志集序》，《西河集》卷四十九，影印文渊阁四库全书本第 1320 册，第 429 页。

② （清）毛奇龄：《张禹臣诗集序》，《西河集》卷四十七，影印文渊阁四库全书本第 1320 册，第 402 页。

他言：

> 才人不得志于时，所至诎抑，往往借鼓子调笑，为放遣之音，原其初，本不过自抒其性情，并未尝怨尤于人，而人之嫉之者，目为不平，或反因其词而加诎抑焉。然而其词则往往藉之以传。①

由此序可知，毛奇龄主张戏曲抒发人之真性情，尤其替不得志之才人，抒其诎抑之情。

这种独特的个性深受晚明名士风度的浸润，也与王学思想的影响有关，表现在日常生活中，毛奇龄也表现出了晚明名士风流的态度，他爱好观剧，曾为查继佐之女乐题词。其《扬州看查孝廉所携女伎》七首高度称赞查氏女伎之高超技艺。其二曰："新翻乐府最风流，簇拍新歌拂舞鸠。当日紫云来锦度，今朝杜牧醉扬州。"以自己陶醉于查氏女伎的表演比作"十年一觉扬州梦"的杜牧，以查继佐女伎比作让杜牧沉醉于其中的紫云，其风流自赏和对女乐的喜好可见一斑。其三曰："金钗十二正相当，刚写蛾眉十二双。著就舞衣临按鼓，一时填满碧油幢。"此诗整体称赞查继佐家乐十二个女伎表演时的盛况。其六曰："青胪细齿绛罗单，作伎千般任汝看，独有柔些频顾影，猜人不欲近阑干。旦色名柔些。"其七曰："是处琼花开满枝，琼台歌舞正相宜，就中别有夭桃嫩，开向东风迟复迟。小旦色名迟些。"② 以上两首则是分别赞扬查氏女乐中色艺最突出的旦色柔些与小旦色迟些的风致。

二　曲子为"一代文章"

毛奇龄反对将戏曲视为小道，认为戏曲为一代之文章，在《拟元两剧序》中言："予思曲子仿于金而盛于元，本一代文章，致足嬗世。"③

---

① （清）毛奇龄：《长生殿院本序》，《西河集》卷四十七，影印文渊阁四库全书本第1320册，第407页。

② （清）毛奇龄：《扬州看查孝廉所携女伎》，《西河集》卷一百三十八，影印文渊阁四库全书本第1320册，第451—452页。

③ （清）毛奇龄：《拟元两剧序》，《西河集》卷五十五，影印文渊阁四库全书本第1320册，第485页。

这里他充分肯定了元曲的价值，将元曲称作"一代文章"，这种观点既是承接前人而来，同时也启发了焦循"代有所胜"说和王国维"一代有一代之文学"说。这种思想最早滥觞于元代，如元罗宗信《中原音韵·序》：

> 世之共称唐诗、宋词、大元乐府，诚哉。学唐诗者，为其中律也；学宋词者，止依其字数而填之耳；学今之乐府，则不然。儒者每薄之，愚谓：迂阔庸腐之资无能也，非薄之也；必若通儒俊才，乃能造其妙……此其所以难于宋词也。①

明人也多有论述，如茅一相《题词评〈曲藻〉后》曰：

> 夫一代之兴，必生妙才；一代之才，必有绝艺；春秋之辞命，战国之纵横，以至汉之文，晋之字，唐之诗，宋之词，元之曲，是皆独擅其美而不得相兼，垂之千古而不可泯灭者。虽然，即是数者，惟词曲之品稍劣，而风月烟花之间，一语一调，能令人酸鼻而刺心，神飞而魄绝，亦惟词曲为然耳。大都二氏之学，贵情语不贵雅歌，贵婉声不贵劲气，夫各有其至焉。②

明息机子《杂剧选·自序》曰："一代之兴，必有鸣乎其间者。汉以文，唐以诗，宋以理学，元以词曲。"③

但毛奇龄作为一代大儒能够充分肯定元剧的价值，将之视为"一代文章"，其意义不可轻忽，因为戏曲一向为正统儒者所轻视，更不能将之与正统文学诗词文等量齐观，而毛奇龄发此言论则无疑对提高戏曲的地位有着较为重要的意义。他的这种论调也对其后的学者产生了一定的影响，如乾隆时期扬州学派的大儒焦循即明确提出了"一代有一代之所胜"，他在《易余龠录》中说：

---

① 蔡毅：《中国古典戏曲序跋汇编》，齐鲁书社 1989 年版，第 13 页。
② 同上书，第 31 页。
③ 同上书，第 425 页。

夫一代有一代之所胜，舍其所胜，以就其所不胜，皆寄人篱下者耳，余尝欲自楚骚以下，至明八股，撰为一集，汉则专取其赋，魏晋六朝至隋则专录其五言诗，唐则专录其律诗，宋专录其词，元专录其曲，明专录其八股，一代还其一代之所胜。①

王国维继承了焦循"代有所胜"的观点，提出了"一代有一代之文学"，其《宋元戏曲史》自序曰："凡一代有一代之文学：楚之骚，汉之赋，六代之骈语，唐之诗，宋之词，元之曲，皆所谓一代之文学，而后世莫能继焉者也。"至此，唐诗、宋词、元曲便成为并驾齐驱的一代之文学。但无论是"一代文章"还是"代有所胜"或"一代之文学"，其声口和目的均有一定的相似之处，我们不可轻忽它们之间的沿承关系。

三　正风俗、有裨名教

作为一代大儒，毛奇龄的戏曲观也并非完全意义上的反传统，而是表现为与儒家的传统观念相契合。如在《何孝子传奇引》中说："元词以十二科取士，原有忠臣烈士孝义廉节诸条，不尽崔徽丽情也。读《孝子传奇》而不知其有裨于世也，则请过勾栏而观之可也。"② 在《自为墓志铭》中言："予少好为词，至是无赖，取元人无名氏所制《卖嫁》、《放偷》二遗剧而反其事作连厢词，谓可正风俗有裨名教。"③ 由此可知，他创作《拟连厢词》的动机是有裨名教，有关风化。而他也以维护儒家的道统而自居。同时，这种戏曲用以维护风化的观念也是清代曲学的重要主张之一，在这个意义上，毛奇龄又对清代戏曲观的重风化和重传统有着一定的影响。

众所周知，明人戏曲多有言情之作，故有"十部传奇九相思"之说。这自然为儒家道统所不喜。为打破此局面，清人反对戏曲描写男女风情，反对宣淫导邪、祸害人心，而主张戏曲能"羽翼名教"、有益风化、有益

---

① （清）焦循：《易余龠录》，丛书集成续编第 91 册，第 463 页。
② （清）毛奇龄：《何孝子传奇引》，《西河集》卷五十八，影印文渊阁四库全书本第 1320 册，第 511 页。
③ （清）毛奇龄：《自为墓志铭》，《西河集》卷一百零一，影印文渊阁四库全书本第 1321 册，第 126 页。

世道人心。如耿维祜《祷河冰谱·序》曰：

> 今之填词，古之乐府也。有声有调，被之管弦，可以歌颂太平，羽翼名教，关系者甚大。第自元人以降，虽名作如林，大都风云月露，以摹写儿女闺情为能事，风俗人心，贻害不浅，予尝为天下有才者惜之。南昌罗君小隐，雅人也。年甫弱冠，能文章，兼通音律，爱谈气节，常诵其乡蒋清容太史"不肯轻提南董笔，替人儿女写相思"之句。①

杨悫《吟风阁杂剧·序》曰：

> 词曲之名起于宋，盛于元。胜国以后，文人学士，相继而作，其脍炙人口，传之优孟衣冠者，大抵言情居多，或致有伤风化。求其激昂慷慨，使人感动兴起，以羽翼名教，殆不可得。"吟风阁"者，悫伯祖笠湖公著书之室也。公严气正性，学道爱人，从宦豫蜀，郡邑俎豆，为学人，为循吏，著作甚富。公余之暇，复取古人忠孝节义足以动天地泣鬼神者，传之金石，播之笙歌，假伶伦之声容，阐圣贤之风教，因事立义，不主故常，务使闻者动心，观者泣下，铿锵鼓舞，凄入心脾，立懦顽廉，而不自觉。刻成，因以吟风阁名之。以是知公之用心良苦，公之劝世良切也。②

杨恩寿《词余丛话》曰：

> 王阳明先生《传习录》："古乐不作久矣……今要民俗返朴还淳，取今之戏本，将妖淫词调删去，只取忠臣孝子故事，使愚俗人人易晓，无意中感发他良知起来，却于风化有益。"③

---

① 蔡毅：《中国古典戏曲序跋汇编》，齐鲁书社 1989 年版，第 1139 页。
② 同上书，第 977 页。
③ （清）杨恩寿：《词余丛话》，《中国古典戏曲论著集成》（九），中国戏剧出版社 1959 年版，第 250 页。

以上各家均认为戏曲能行劝善之心，有补世道人心，有益风化，可为儒教辅臣。因此，重风化、强调戏曲的社会功能是清代戏曲的重要特点之一，而这一主张在毛奇龄的戏曲观中表现得殊为明显。

这种观点在其对诗文的主张中也是一致的。毛奇龄主张人伦为诗之所本，他在《庞检讨家庭纪怀五律序》中曰：

> 古云："诗言志"，又云："在心为志，发之为诗。"雪崖惟原本心志，故言多根柢，比之擢本之木，入地千寻即拔地亦千寻，所谓凡学贵有本，固如是也。乃雪崖于一本之地，尤三致意焉。往读故史，叹吾邑魏文靖公以敦伦著称，仁宗赐之以五伦之书，今是书无存也。尝拟其书，大略辑古人人伦之事，与夫诗与文之纪人伦者，雪崖诗故多，今先出其《家庭纪怀》诸五字律，梓以问世，此非故匿其所长也，以为诗自有本，本在是诗亦在是，而吾即推之为人伦之书。①

由上可知，教化观在毛奇龄的文学思想和戏曲思想中是一以贯之的。教化观也是清人戏曲观的一条主线，从清初李渔到清中叶蒋士铨无不如此。因此，毛奇龄的戏曲观在清代戏曲思想中具有典型意义。

综上，毛奇龄处于明末清初的过渡时期，其戏曲思想既表现出明人戏曲观重视戏曲抒写性情的一面，体现出晚明文士风流自赏的态度，同时，也体现了清代戏曲观重视伦理教化、重视戏曲有裨于世的儒家传统。而他高度肯定元剧为"一代文章"的论点具有推尊戏曲的意义，成为焦循"代有所胜"和王国维"一代有一代之文学"观点的先声。其戏曲观和其文学观、学术观具有某种同构性，三者均表现出既有对明代思想的继承，又有对清代思想启发的一面。

---

① （清）毛奇龄：《庞检讨家庭纪怀五律序》，《西河集》卷三十四，影印文渊阁四库全书本第 1320 册，第 285 页。

毛奇龄连厢词例及《拟连厢词》考

一　毛奇龄连厢词例及其来源

毛奇龄在《西河词话》中提出金元时期一种新的说唱伎艺——连厢词：

> 嗣后金作清乐，仿辽时大乐之制，有所谓连厢词者，则带唱带演。以司唱一人，琵琶一人，笙一人，笛一人，列坐唱词，而复以男名末泥，女名旦儿者，并杂色人等入勾栏扮演，随唱词作举止。如"参了菩萨"，则末泥祗揖；"只将花笑捻"，则旦儿捻花类。北人至今谓之"连厢"，曰"打连厢"、"唱连厢"又曰"连厢搬演"。大抵连四厢舞人而演其曲故云。然犹舞者不唱，唱者不舞，与古人舞法无以异也……往先司马从宁庶人处得"连厢词"例，谓司唱一人代勾栏舞人执唱，其曰代唱即已逗勾栏舞人自唱之意，但唱者祗二人，末泥主男唱，旦儿主女唱，他若杂色入场，第有白无唱，谓之宾白，宾与主对，以说白在宾，而唱者自有主也。①

连厢词是司唱一人在台下说唱，数人乐器伴奏，同时台上有人随着司唱的说唱内容进行表演，是一种较为特殊的表演艺术。如辽金时期确有这种表演伎艺，那么的确会为元杂剧乃至中国戏曲的形成提供一种比诸宫调更加直接的渊源。毛奇龄之子毛远宗在毛奇龄所作《拟连厢词》"识"中亦曰："因念辽作大乐、金作清乐，内有连厢词，颇近古法……此在宋安定

---

① （清）毛奇龄：《西河词话》卷二，影印文渊阁四库全书本第1494册，第565页。

郡王鼓子词、金董解元拨弹词后，渐接元人杂剧院本。"① 清代梁廷枏
《曲话》也提到了"打连厢"②，与毛奇龄《西河词话》所言，并无二致。
毛远宗与梁廷枏所言均当袭自毛奇龄之《西河词话》。今考辽之大乐与金
之清乐，并不见毛奇龄所言金代连厢词的相关记载。此外，在清代民间虽
然有打连厢的表演，③ 但与毛奇龄所提到的这种介于说唱与戏曲之间的表
演形式的连厢词相距甚远，无助于戏曲史的研究。

　　此外，毛奇龄还提到了他所发现的金代的连厢词例。《西河词话》中
毛奇龄自称"往先司马从宁庶人处得连厢词例"④，宁庶人，即明代中期
宁王朱宸濠，先司马指毛奇龄之从祖毛公毅。毛奇龄又曰："臣幼时闻臣
父敕赠征仕郎翰林院检讨臣镜每言，从祖汀州府同知臣公毅往从新建伯王
守仁征宁庶人时所俘乐工得唐时五调歌谱。其中稍稍言五音七律，四清二
变，九声十二管诸法，无非皆声音之事，与旧朝所载乐书，徒存备数者大
不相同，而惜其书在王师下江南时，方马遗孽各东渡焚劫，而其书遂
亡。"⑤ 在《竟山乐录》中言："竟山者，先检讨臣字也。先检讨臣曾受
乐说于先汀州司马臣公毅而未著为书，逮死口授诸说于先兄仁和教谕臣万
龄，而万龄又死。"⑥ 毛奇龄之子毛远宗在毛奇龄《拟连厢词》"识"中
曰："此一例系先汀洲司马得之于宁庶人所传乐谱中者。"⑦

　　综上可知毛奇龄乐学及连厢词例所得由来为：其从祖毛公毅从明王守
仁征讨宁王朱宸濠时所俘乐工那里得到唐时的五调歌谱、"乐说"及乐
谱，毛奇龄所言的金代的连厢词例即存于所传乐谱中。后毛公毅将这些乐

　　① （清）毛远宗：《拟连厢词"识"》，毛奇龄《西河合集》第 90 册，康熙十七年（1678）
刊本，第 4 页。

　　② （清）梁廷枏：《曲话》，《中国古典戏曲论著集成》（八），中国戏剧出版社 1959 年版，
第 285 页。

　　③ "清代被称为连相的表演其艺术形态也各不相同。文献中的清代连相大体可分为四种：
连像、连相花鼓、霸王鞭、间壁戏。从这四种连厢艺术形态来看，可以分为小唱和口技两类。从
它们的历史发展上看则有傀儡和队舞两个来源。"（任广世：《清代连厢艺术形态考》，《文化遗
产》2008 年第 4 期。）

　　④ （清）毛奇龄：《西河词话》卷二，影印文渊阁四库全书本第 1494 册，第 565 页。

　　⑤ （清）毛奇龄：《进乐书事》，《西河集》卷五，影印文渊阁四库全书本第 1320 册，第 31
页。

　　⑥ （清）毛奇龄：《竟山乐录》卷一，影印文渊阁四库全书本第 220 册，第 292 页。

　　⑦ （清）毛远宗：《拟连厢词"识"》，毛奇龄《西河合集》第 90 册，清康熙十七年
（1678）刊本，第 4 页。

谱传给毛奇龄之父毛镜，毛镜未能著书，将之传给毛奇龄之兄毛万龄，毛万龄又传给毛奇龄，而由毛奇龄据这些材料著录成《竟山乐录》一书，并据金代连厢词例作拟连厢词二种。但《四库总目》对于毛奇龄所言持怀疑态度。"是书本奇龄所作，而托于其父镜所传，故题曰《竟山乐录》。竟山者，镜之字也。末一卷为'采衣堂论乐浅说'十四条，称出自其兄仁和教谕万龄，而词气亦宛似奇龄。无可佐证，亦姑妄听之焉。"①

　　四库馆臣怀疑毛奇龄的说法并非空穴来风，这与毛奇龄一贯的行为及治学态度有关。清初学者全祖望曾称毛奇龄在经学考证中：

> 有造为典故以欺人者，如谓《大学》、《中庸》在唐时已与《论》、《孟》并列于小经。有造为师承以示人有本者，如所引《释文》旧本，考之宋椠《释文》亦并无有，盖捏造也。有前人之误已经辨正而尚袭其误而不知者，如邯郸淳写《魏石经》，洪盘州、胡梅涧已辨之，而反造为陈寿《魏志》原有邯郸写经之文。有信口臆说者，如谓后唐曾立石经之类。有不考古而妄言者，如熹平石经《春秋》并无《左传》而以为有《左传》。有前人之言本有出而妄斥为无稽者，如"伯牛有疾"章，《集注》出于宋晋栾肇《论语驳》，而谓朱子自造，则并《或问》、《语类》亦似未见者。此等甚多。有因一言之误而诬其终身者，如胡文定公曾称秦桧，而遂谓其父子俱附和议，则籍溪、致堂、五峰之大节俱遭含沙之射矣。有贸然引证而不知其非者，如引"周公朝读书百篇"，以为《书》百篇之证，周公及见《冏命》、《甫刑》耶？有改古书以就己者。如《汉地理志》回浦县乃今台州以东，而谓在萧山之江口，且本非县名，其谬如此。②

又如毛奇龄自言得《大学古本》一书，其经过也颇为神奇怪诞，不为学界所信。③　因此，毛奇龄所言连厢词例的来源也不十分可靠。

---

　　①　（清）永瑢等：《四库全书总目》，中华书局 1997 年版，第 511 页。

　　②　（清）全祖望：《萧山毛检讨别传》，《鲒埼亭集外编》卷十二，四部丛刊初编本，第 29b—30a 页。

　　③　同上书，第 254 页。

二　《拟连厢词》名称及类别

　　毛奇龄曾根据他自己所言的连厢词例创作过《不卖嫁》、《不放偷》两种拟连厢词。关于这两种连厢词的名称却多有不同，概而言之，有以下三种：《卖嫁》、《放偷》；《买嫁》、《放偷》；以及《不卖嫁》、《不放偷》。毛奇龄《自为墓志铭》曰："值顺治辛卯，浙三举乡试……会布政司使张君以从贼，归命为今官，构者谓予评文时曾及君六等定罪之状，援伪朝典例，君大恨。提学张君阿伺君意指，仍夺予籍。予少好为词，至是无赖，取元人无名氏所制《卖嫁》、《放偷》二遗剧而反其事作连厢词，谓可正风俗有裨名教。提学购得之，诬谓：放偷，纵从贼也；卖嫁者，归命本朝，不待聘而自呈其身也。狂生失志，讪上官，不敬，上之制府。下宁绍分巡王君籍捕之，制府以为冤，释置不理。"①

　　毛奇龄之子毛远宗在《拟连厢词序》中言："按宋人《松漠纪闻》一书，大抵载汴河以北辽金遗事，有元人小说家曾取其二事编作两剧而其文不全且事本《纪闻》，然间杂以子虚亡是汗漫不经之言，君子恶之，家公少年时曾改其剧，谓小说家语败伦伤化，既事在元前，思以前元词正之……而见之者忌之，有隙者诉其文于两浙布政使张君，谓其文诮君不待聘而自呈其身，君信之，敕提学张君上之制府，幸验文无过，得不坐，然其文则何可泯矣。家公耻为词，且事秘，恐闻者惊怪，因久毁之不念见，宗私藏一帙，谓家公大节在是，挽回名教、砥世摩俗岂可与小说家词并就涸没，况忧患所系，生其后者岂敢遗忘，因勒附词末冀与斯世填词家一论述云。"②

　　焦循《剧说》卷三所引《毛西河先生传》云："先生工为词，取元人无名氏所传《卖嫁》、《放偷》二剧而反之，曰《不卖嫁》、《不放偷》，作连厢词，改其事，谓庶几可正风俗，有裨于名教。"③

---

① （清）毛奇龄：《自为墓志铭》，《西河集》卷一百零一，影印文渊阁四库全书本第1321册，第126—127页。

② （清）毛远宗：《拟连厢词"识"》，毛奇龄《西河合集》第90册，清康熙十七年（1678）刊本，第4—5页。

③ （清）焦循：《剧说》，《中国古典戏曲论著集成》（八），中国戏剧出版社1959年版，第138页。

　　李斗《扬州画舫录》卷五曰："（黄文旸《曲海总目》共一千一十三种）焦里堂《曲考》载此目。有所增益。附于后。"① 其中即有 "《放偷》、《买嫁》二种，连厢词，萧山毛大可作"。②

　　梁廷枏《曲话》云："毛西河有拟连厢词，曰《卖嫁》、曰《放偷》，古法犹存。"③

　　王国维《曲录》"传奇部"下："《放偷记》一本，《买嫁记》一本。右二种，国朝毛奇龄撰。奇龄，一名甡，字大可，萧山人，官翰林院检讨。"④

　　姚燮《今乐考证》著录四"国朝杂剧"著录："毛西河《拟连厢词》二种：《放偷》、《买嫁》。"⑤

　　张宗祥编复庄《今乐府选》详目："大梅山房原选，毛西河（拟连厢词），《卖嫁》、《放偷》（此当入弦索，与剧本有异，当由弦索变为杂剧的一种过渡作品）。"⑥

　　杜桂萍《清初杂剧研究》之"清初杂剧作家作品叙录"曰："《不卖嫁》一折。写平民女子利哥不随便嫁人情愿孝敬父母的故事，表彰了她独立不移的个性。""《不放偷》一折。写忽�禁止放偷，并因此与失散的妻子团圆的故事。"⑦

　　综上，焦循《曲考》、王国维《曲录》及姚燮《今乐府考》中载《买嫁》当是《卖嫁》之误，许是《扬州画舫录》刊刻有误，王国维、姚燮照沿其误。而《卖嫁》和《放偷》则是毛奇龄所谓元人无名氏的原剧之名。毛氏反其意而行之，以裨风教，自然为《不卖嫁》、《不放偷》。更可靠的证据在于，毛奇龄《拟连厢词》文中即是称作《不卖嫁》、《不放偷》的："［司唱云］看官每不厌絮烦，趁此连厢未散，请再演一渤海不放偷的故事，正好与利哥不卖嫁做一个对照题目，又且

　　① （清）李斗：《扬州画舫录》，中华书局 1960 年版，第 120 页。

　　② 同上书，第 121 页。

　　③ （清）梁廷枏：《曲话》，《中国古典戏曲论著集成》（八），中国戏剧出版社 1959 年版，第 285 页。

　　④ 王国维：《曲录》，《王国维文集》，中国文史出版社 1997 年版，第 149 页。

　　⑤ 姚燮：《今乐府考》，《中国古典戏曲论著集成》（十），中国戏剧出版社 1959 年版，第 169 页。

　　⑥ 转引自吴敢《〈今乐府选〉叙考》，《徐州教育学院学报》2003 年 3 月第 15 卷第 1 期。

　　⑦ 杜桂萍：《清初杂剧研究》，人民文学出版社 2005 年版，第 410 页。

其词严正，听之可以移风易俗，有裨名教，看官近前，请列位吹弹一曲，听我道者……"因此，此二种拟连厢词当名为：《不卖嫁》、《不放偷》。

此外，关于两种拟连厢词的归类，也需要说明。以上诸家多将《拟连厢词》视为杂剧。王国维归入传奇中，当是未见原本，揣测所为，不足为据。但据毛奇龄自己所述，此两剧本为连厢词，而非杂剧。而且根据今天所保存的两种连厢词看，《不卖嫁》与元杂剧相距甚远，《不放偷》接近于元杂剧，但依然有很大的区别。这两种连厢词严格依据毛奇龄在《西河词话》中所下的定义："舞者不唱，唱者不舞，与古人舞法无以异也。"① 是由司唱者一人推动故事情节的发展。以叙述体为主，代言体只存在于唱词当中。因此，将这两种《拟连厢词》划入杂剧，不仅有违于作者的初衷，且与元杂剧的体例完全相背，只能是一种说唱伎艺，而不能视作真正的戏曲。以下学者的论述则较为合理，张宗祥之复庄《今乐府选》详目曰："此当入弦索，与剧本有异，当由弦索变为杂剧的一种过渡作品。"② 李家瑞曰："打连厢是用一人说唱一段故事，而另以若干人扮演故事中人物的举动，实在就是说书人用人作傀儡以表现他所说的书里的人物。"③ 任广世言："按照毛奇龄《西河词话》中关于连厢的论述并结合《卖嫁》的文本来看，毛奇龄所说的连厢词，虽有吹弹，有歌唱，有故事，有搬演，但是并不能称为戏剧作品，而应该是一种说唱艺术和傀儡艺术的综合体。"④ 关于毛奇龄《拟连厢词》非杂剧，以下还要详细论述到。

三　《拟连厢词》内容及体制

《不卖嫁》与《不放偷》两种拟连厢词体制概念较为特殊，多有含混之处，后人谈及又多语焉不详，或陈陈相因，其实这两种拟连厢词并不难见，在《西河合集》中完整保留。此外也保存在浙江图书馆所藏的姚燮的《今乐府选》稿本中。但各种戏曲目录，只举出后者，而未指出前者。

---

① （清）毛奇龄：《西河词话》卷二，影印文渊阁四库全书本第 1494 册，第 565 页。

② 转引自吴敢《〈今乐府选〉叙考》，《徐州教育学院学报》2003 年 3 月第 15 卷第 1 期。

③ 李家瑞：《由说书变成戏剧的痕迹》，《李家瑞先生通俗文学论文集》，台湾学生书局 1982 年版，第 32 页。

④ 任广世：《清代连厢艺术形态考》，《文化遗产》2008 年第 4 期。

因《不卖嫁》篇幅较小，特举全体以观其真实面貌：

> ［司唱一人，司笙笛琵琶三人，先演吹弹毕司唱者云］已过乱离日难禁，老病身堪怜，小儿女不嫁奉双亲，试问看官你道这四句诗说在哪里？只因《孟子》上说得好："男女居室，人之大伦"，又言"男子生而愿为之有室，女子生而愿为之有家"，所以古礼男子三十而娶，女子二十而嫁，若过此期者，每年到二月间艳阳天气，夭桃秾李开发的时候，把民间男女叫他齐会郊外，不须媒妁，自行婚配，即有私奔，亦不禁止。可知自婚自嫁在古人原有此礼，倘若依礼而行，又有父母之命，便出门求嫁未为不可，但女子从人一生大节，比之士君子之出身自媒自衒终邻自贱，所以旧来有木兰河利哥不肯卖嫁的故事流传人间，今试连厢搬演与在坐一看。那时大金天会年间有个里颇夫妇，是小木兰河人氏，老年无子，单留下一个女儿名唤利哥，生来一十八岁，未经许人。这小木兰河有个风俗，凡是大户人家，都则从幼下定的，到男大女长，先把女婿赘在屋里，然后娶去；若穷家下户没人下定，女儿到十六岁后把自己家世、庚年、技艺、容色捏就一个小曲儿，把女儿梳裹的俏，沿路唱着，有中意的听凭收取，这叫做卖嫁故事。里颇不合也将这事要利哥做，利哥不肯，情愿奉待双亲，到老不嫁。可怜这小小儿女，有此志节，正是几番浊浪相推去，惟有清泉不共流。说话间你看里颇夫妇与利哥三人早上来也。［扮里颇夫妇拄杖利哥扶侍，分立杂演吹弹毕，司唱云］里颇开口便向老婆说："老婆儿，我日来想想，我和你年老无子，只生此女，无人下定，如何是好？我家虽不当做下贱人户，争奈穷的来没下梢了。女儿"［利向前科］"我想这桩事，也是没奈，只得依这故事做着，你偌多年纪，手指搓搓过去，终不然养在家么？"那女儿就双膝跪下，掉下几点泪来，［做掩面科］说道："父亲母亲俱已年老，况且时常有病，则孩儿外又没个亲人伏侍，怎下得说起这勾当来那？"婆子便道："哎哟，不是这等说"［做顿足科］"你早嫁得人，我还有个靠你时节，你若十分固执，我两口儿担饥耐冷，倘不济事，教我做鬼也是放你不下。"可怜利哥伏地而起，上指天下指地中指木兰河说道："上有皇天，下有厚土，中有此河，我利哥一生惟愿代牛耕田，代鸦拔草，代驴马驮豆谷，代猫犬守房户，奉养父亲母亲，决不教二亲寒冷

饥饿，儿有志节，矢不卖嫁，倘有强者，请赴此河。"［做照演科］于是利哥跪下，里颇慌忙将利哥扶起，一手来抚摩他背说道：我的儿，你且耐心，我已领略你意思了，但言虽如此，惟恐事到彼间，终非了局，我且渐渐把家世庚年粗说与你，你且记着：

家名自在州，世住消遥垛，门前清水是，小木兰河也啰［吹合］完颜开国来，天会随元转，儿家生世有九九时年也啰［弹合］婆儿道：儿也，论技艺呵：

筝弹马哈弦，曲学阿林调，机中自甄，看织出花梢也啰［吹合］容色呵，

眉从远岫添，鬓夹飞丝拢，身材度褶，恰四尺裁缝也啰［弹合］利哥道：爹妈也：

何须沓沓歌，不用频频训，孩儿不孝，愿长奉双亲也啰［吹弹合］你看他三人语言已毕，连厢将尽，请换笙笛，助我俚词［杂又吹弹，扮者各盘旋照演科，司唱云］那里颇唱词呵：

【仙吕·忆王孙】则为我衰年夫妇病郎当，因此上苦劝你年少家生赴路傍，常言道早岁婚姻日月长，比似我镇老去没斟量，恰裁见朝阳又夕阳。那利哥呵，

【么】又何必东邻催作嫁衣裳，草也有青时菜也有黄，谁言道乐府曾歌新嫁娘，我则怕沿路去唱连厢，这一曲春风总断肠。［下］①

全本说辞居多，全部为叙述体。唱词前三曲本无牌调，后面只用一曲【仙吕·忆王孙】和【么】曲，并没有出现曲牌联套形式。因此，不是成熟的戏曲形式，属于一种说唱伎艺，自然也不能算作杂剧。

第二种连厢词《不放偷》剧情梗概为：辽太祖八世孙耶律斫石于辽亡后降金，改名作耶律忽砺，又改姓为木叶，做东京留守守渤海寨子。渤海之北向有风俗，平日禁偷极严，但每年正月十六日放偷一日，以为嬉乐。耶律忽砺为官清正，大兴教化，不许放偷。耶律斫石有兄名耶律大石者，当金太宗之时窜到起见漫里私号做西辽皇帝，金太宗进讨，未伏。大石死后，其子继位，力量渐大。金主第三世皇统六年（1146）思派人去

_____

① 见《西河合集》第90册，清康熙十七年（1678）刊本。两种拟连厢词均出自此书，不再另外标注。

通谕招降，因此敕西北路招讨司监统渤海译史擦八立召耶律忽砼，复其姓名和官职，密使其还辽通诚。一面又暗令擦八，可使则使，不可则暗除忽砼。正月十五日，擦八有事不得回衙，夫人五骨伦氏代宣圣旨于耶律忽砼。而五骨伦氏恰为耶律忽砼前妻，二人在辽亡时离散，耶律忽砼感念旧妻，一直未娶。二人在擦八府上相认，五骨伦氏想破镜重圆，奈何罗敷有夫，便出策让耶律忽砼依放偷例在正月十六日偷人，但遭到耶律忽砼坚辞。五骨伦将此事告知擦八，擦八有感于耶律忽砼人格之高洁，为官之方正，遂将五骨伦还回耶律忽砼，二人团圆。

《不放偷》与元杂剧比较接近，但仍有区别。其中故事的演进依然是以叙述体为主，虽其中有末色耶律忽砼和旦儿五骨伦两色表演，但仍由司唱一人说唱全部说辞和唱词，是说唱伎艺的形式。由如下几段说白可见分晓：

> ……看官每听者，这一回是五骨伦旦儿宾白，忽砼末泥主唱，请挽笙笛助我俚词，那时奶奶开口便说，你渤海可好么？那忽道：
>
> 【仙吕·瑞鹤仙】……
>
> ［忽做辞出回顾下，五目送虚下，杂吹弹，五又上做照演，遣祗从出又下，司唱云］你道这奶奶既下又上徘徊眷念重遣从人再行宣唤，却是什么缘故，事本一串，话分两头……正是回头不记分离处，蹉面难忘去后人，只明日相见又恰遇着这放偷日子，此其间又有因由，俟其自言便知分晓。你看转眼间就有一班偷儿掩上来也……
>
> 果然若是，且教他权应故事，暂做偷人，借此诙谐，再成夫妇，这都是俺连厢家旧来本色，正所谓事传蒙叟多虚幻，文到相如且滑稽，看官每听着这又是末泥宾白，五骨伦旦儿主唱，请列为吹弹助我者……

《不放偷》中的唱词虽然是按照末泥和旦儿两色来设置的，但演唱仍然是由司唱代替，末泥和旦儿只是按照唱词搬演故事。其中说辞是叙述体，唱词是代言体，与元杂剧或诸宫调的形式非常接近，如果去掉其宾白，基本与元杂剧无太大区别。但各场之间，主唱者可不同，末泥、旦儿，互为宾主，轮流主唱。《不放偷》全本没有分折的标志，但按照时间和换韵可分为三场。曲牌联套如下：

第一场：【仙吕·八声甘州】——【混江龙】——【双调·清江引】——【仙吕·瑞鹤仙】——【忆帝京】——【油葫芦】——【天下乐】——【么】——【寄生草】——【么】——【么】——【么】

第一场为仙吕调，押宵豪韵，穿插一曲【双调·清江引】。地点在司监统衙门，时间为正月十五日，以耶律忽砒主唱，旦儿宾白。

第二场：【双调·山丹花】——【么】【么】（此三曲是过场戏，由偷儿主唱，押尤侯韵。）——【双调·五供养】——【新水令】——【么】——【搅筝琶】——【么】——【乔牌儿】——【么】——【么】——【月上海棠】——【中吕·乱柳叶】——【双调·小喜人心】——【殿前欢】——【么】——【收尾】

第二场为双调，押皆来韵。中间穿插一曲【中吕·乱柳叶】。地点为招讨监统衙门，时间为正月十六日。由旦儿五骨伦主唱，末泥耶律忽砒宾白。前三曲为过场戏，由偷儿主唱，押尤侯韵。

第三场：【越调·斗鹌鹑】——【紫花儿序】——【小桃红】——【紫花儿序】——【调笑令】——【中吕·三台印】——【越调·麻郎儿】——【拙鲁速】——【么】（以上耶律忽砒主唱）——【中吕·三台印】——【南吕·古竹马】——【越调·看花回】——【么】（以上五骨伦主唱）——【寨儿令】——【么】——【尾】（以上由五骨伦、耶律忽砒、擦八三人合唱）

第三场宫调为越调，押家麻韵，地点为饯行之郊外，时间为正月十七日早晨。中间穿插了【中吕·三台印】二曲和【南吕·古竹马】一曲，但并不影响主要宫调的构成。正如在全本之末，毛奇龄所言："宫调有本宫通他宫例，见宁王所定曲谱，元曲韵与《中原音韵》稍异数字，以周氏《中原韵》反后起也，此则又先于元曲者，故略有数韵不同。"

《不放偷》唱词雅驯典丽，不同于《不卖嫁》的本色语。如旦色五骨伦的唱词：

【么】我则将你做蘼芜采。忽道：惭愧，则下官便是，奶道却原来果是我丈夫也［各做悲科，司唱］你看这台阶下，果是蒿砧排。忽道：惭愧，下官不敢。奶道：你原是我丈夫，有何嫌畏，请近前来者［做欲前又止科，司唱云］忽道：请奶奶尊重。［做退后科司唱云］奶道：苦呵，这迁次须不比，新旧相推却，为何乍逢时，也顿觉笑啼都改。

此一段唱词，用"上山采蘼芜，下山逢故夫"①，以及唐孟棨《本事诗·情感》"令陈氏为诗，曰：'今日何迁次，新官对旧官。笑啼俱不敢，方验作人难'"②的典故，与五骨伦作为辽族贵族妇女的文化修养及再嫁身份较为吻合。末泥耶律忽砼的唱词则雄壮苍茫、清新刚健，富有北朝乐府的风味，如以下两曲：

　　【越调·斗鹌鹑】莽莽的到了三汊路，迢迢不知个上下。趁着这不腾腾晓雾昏花，打着匹各剌剌西风瘦马，恰一似寒蓬雁转磨槎，做的个混海龙添上甲，我且缘绝幕、度大漥，过几多远塞残山，只在这一时半霎。

　　【小桃红】趁着这西飞负日出林鸦，看关山如乍。年少雄心总甘罢，却无端的又奔走天涯，痛他时谁到山陵下。朝云暮霞，春耕秋嫁，麦饭在谁家？

毛奇龄在《不卖嫁》中塑造的女主人公利哥是独立不移、洁身自好，不愿同流合污、屈身卖嫁的少女。《不放偷》中所塑造的主人公耶律矴石是孤介自守、不愿从俗，磨而不磷、涅而不缁的君子。作者借此以表彰风化，"挽回名教，砥世摩俗"、"移风易俗，有裨名教"，是传统儒家的教化观，透露出清代经学和儒学复兴的气息，也由毛奇龄经学家身份所决定。

四　《拟连厢词》题材来源及相关风俗考

《不卖嫁》、《不放偷》据毛奇龄所言是反"元人无名氏所制《卖嫁》、《放偷》二遗剧"，但元人无名氏的《卖嫁》、《放偷》二剧，并不见其他著录，后来的戏曲目录均是根据毛氏这一条材料，如庄一拂《中国古典戏曲存目汇考》"中编杂剧四"之"元明阙名作品"《放偷》云：

① （陈）徐陵：《玉台新咏》，中华书局1985年版，第1页。
② （唐）孟棨：《本事诗》，丁福保辑《历代诗话续编》，中华书局1983年版，第4页。

"此戏未见著录。此剧见《剧说》引《毛奇龄传》，谓先生不为词，取元人无名氏《卖嫁》、《放偷》二剧而反之曰《不卖嫁》、《不放偷》云。仅此简名，题目正名无考。"① 又云《卖嫁》："此剧未见著录。《剧说》引《毛奇龄传》：先生为词，取元人无名氏《卖嫁》、《放偷》二剧而反之云。此剧仅知此简名，题目正名无考，本事亦不详。佚。"② 虽然学界多认为毛奇龄所言的元代无名氏的遗剧可能有误，但毛奇龄在《不卖嫁》、《不放偷》中所记载的辽金时期的风俗却是真实可靠的。毛奇龄之子毛远宗即在序中指出其取材来源于《松漠纪闻》。此外，其他史料笔记中也记载了辽金时期的这种自求婚配的婚姻制度和纵偷为乐的习俗，而纵偷期间也会出现偷婚的行为。《大金国志》卷三十九"婚姻"条曰：

> 金人旧俗多指腹为婚姻，既长虽贵贱殊隔，亦不可渝……婿皆亲迎，既成婚，留于妇家执仆隶役，虽行酒进食皆躬亲之。三年，然后以妇归……
>
> 一云婚嫁，富者以牛马为币，贫者以女年及笄，行歌于途，其歌也，乃自叙家世、妇工、容色，以伸求侣之意。听者有求娶欲纳之，即携而归。后方具礼偕来女家，以告父母。无论贵贱，人有数妻。③

此与毛奇龄《不卖嫁》中里颇所言，"这小木兰河有个风俗，凡是大户人家，都则从幼下定的，到男大女长，先把女婿赘在屋里，然后娶去；若穷家下户没人下定，女儿到十六岁后把自己家世、庚年、技艺、容色捏就一个小曲儿，把女儿梳裹的俏，沿路唱着，有中意的听凭收取，这叫做卖嫁故事"完全吻合。《松漠纪闻》卷一还记载了女真青年男子求偶的情形："戏饮其地，妇女闻其至，多聚观之，间令侍坐，与之酒则饮，亦有起舞歌讴以侑觞者，邂逅相契，调谑往返，即载以归。"④ 可见辽金确有青年男女自求嫁娶的风俗，是《周礼·地官·媒氏》所言"中春之月，

---

① 庄一拂：《中国古典戏曲存目汇考》，上海古籍出版社 1982 年版，第 577 页。
② 同上书，第 655 页。
③ （宋）宇文懋昭：《钦定重订大金国志》卷三十九，影印文渊阁四库全书本第 383 册，第 1048 页。
④ （宋）洪皓：《松漠纪闻》，影印文渊阁四库全书本第 407 册，第 697 页。

令会男女。于是时也，奔者不禁"① 之风的遗留。

关于"放偷"，辽金也称"纵偷"，《辽史拾遗》卷十五曰：

> 武珪《燕北杂记》曰：正月十三日仿契丹做贼三日，如盗及十贯以上，依法行遣。《松漠纪闻》曰：金国治盗甚严，每捕获，论罪外皆十倍责偿。唯正月十六日则纵偷一日，以为戏。宝货车马为人所窃，皆不加刑。是日人皆严备，遇偷至则笑遣之，既无所获，虽奋镵微物，亦携去。妇人至显，入人家，伺主者出接客，则纵其婢妾盗饮器，他日知其主名，或偷者自言，大则具茶食以赎，谓羊酒肴馔之类，次则携壶小饮，或打糕取之。亦有先与室女私约，至期而窃去。女愿留则听之，自契丹以来皆然，燕亦如此。②

宋人文惟简的《虏廷事实》也写道：

> 虏中每至正月十六夜，谓之放偷，俗以为常，官亦不能禁。其日夜人家若不畏谨，则衣裳器用、鞍马车乘之属为人窃去。隔三两日间，主人知其所在，则以酒食钱物赎之，方得原物。至有室女随其家人出游，或家在僻静处，为男子劫持去，候月余日，方告其父母，以财礼聘之，则放偷之弊是何礼法。③

两种材料都记载了辽金纵偷的习俗，毛奇龄在《不放偷》中所描述的情形完全根据辽金这种风俗而来。《不放偷》中写到五骨伦氏出策让耶律矴石依"放偷"例偷人，也说到"妇愿留者听"并不追究，与《辽史拾遗》所载完全吻合。因此，毛奇龄《拟连厢词》二种所写并非子虚乌有，而是反映了辽金时代特殊的风俗习惯，具有民俗学的意义。

---

① （汉）郑玄注，（唐）贾公彦疏：《周礼注疏》卷十四，《十三经注疏本》，中华书局1980年版，第733页。

② （清）厉鹗：《辽史拾遗》，影印文渊阁四库全书本第289册，第1001页。

③ （宋）文惟简：《虏廷事实》，（元）陶宗仪《说郛三种》（一），上海古籍出版社1988年版，第173页。

以考据入《西厢》

——论毛奇龄《毛西河论定西厢记》的值和贡献

毛奇龄在戏曲方面造诣深厚，成就卓著。他所校订的《毛西河论定西厢记》致力于考证《西厢记》的本来面貌，并且因为他为硕学鸿儒，这部著作在《西厢记》的研究和考订方面具有重要的学术意义，他将考据学引入《西厢记》的校对之中，开辟了清代戏曲考据学的先河，居功甚伟。因此，今天值得进一步来探究这部著作的价值和特色。

《毛西河论定西厢记》今存诵芬室重校本。毛奇龄自己阐述其动机是由于"《西厢》久为人更窜，予求其原本正之"。① 虽然，他指的原本实际上是董解元的《西厢记诸宫调》，而非元人杂剧《西厢记》中的一本。如他在《毛西河论定西厢记》跋中所言："从来赋《西厢》辞，自唐人数诗后，宋有词，金、元有曲。金为《董解元西厢》，元即是本也。《董西厢》为是本由历。"② 因此，他考订《西厢记》的目的在于不满前人对《西厢记》的窜改，力求恢复《西厢记》的本来面目。

毛奇龄对《西厢记》的作者、体制、曲文、术语及宫调的组织、韵律的归属诸方面进行了大量的校订、注释与考据。而这种校订与考释建立在对元人杂剧其他作品广泛求证的基础上，如蒋星煜先生所说："毛氏在较多地引用《西厢记诸宫调》及历史文献以校注杂剧《西厢记》的同时，更多地用了其他的元人杂剧，让我们可以作相互间的对照、比较，从那些不同的解释中选择其近似的，舍弃其相抵触的，他这工作应该说是做得很全面而深入的。""明清两代之中，用元人杂剧的语言来校注、研究《西

---

① （清）毛奇龄：《西河词话》，影印文渊阁四库全书本第 1494 册，台湾商务印书馆 1986 年版，第 554 页。

② （清）毛奇龄：《毛西河论定西厢记》，民国诵芬室石印本，第 42 页。

厢记》语言的，不乏其人。而成就最高者当推毛奇龄为第一。"① 据蒋星煜先生统计，毛奇龄在校注《西厢记》时，共引用元杂剧七十多个剧目，总计则数在一百三十则以上。② 《毛西河论定西厢记》对《西厢记》原本的考订主要集中在以下几个方面。

一 《西厢记》作者考证

在《毛西河论定西厢记》卷首所作的《考实》中他对《西厢记》的作者问题进行了深入考察，力辨长期以来将今本《西厢记》当作王实甫所作，或"关作王续"、"王作关续"之诬。认为《西厢记》"原本不列作者姓氏，今妄列若著若续，皆非也"。

他否定今本《西厢记》为王实甫所作本，而倾向于今本所传《西厢》为关汉卿所作，并引明人说法为证，但又因朱权《太和正音谱》在关汉卿名下未著《西厢记》而不敢十分肯定：

> 或称《西厢》为王实甫作，此本涵虚子《太和正音谱》也。涵虚子为明宁王臞仙，其谱又本之元时大梁锺嗣成《录鬼簿》。故王元美《卮言》亦云："《西厢》久传为关汉卿作，迩来乃有以为王实甫者。"明隆万以前，刻《西厢》者皆称《西厢》为关汉卿作。虽不明列所著名，然序语悉归汉卿。如金陵富乐院妓刘丽华，刻口授古本《西厢》在嘉靖辛丑，尚云："董解元、关汉卿为《西厢》传奇。"而海阳黄嘉惠，刻《董西厢》在嘉隆后，尚云《董西厢》为关汉卿本所从出，且引"竹索缆浮桥"等语，为汉卿袭句。则久以今本属关矣。但《正音谱》载元曲名目，其于关汉卿名下，凡载六十本，而不及《西厢》，不可解也。③

他否定今本《西厢记》为"关作王续"之说，曰：

---

① 蒋星煜：《毛奇龄对〈西厢记〉本来面目的探索：〈毛西河论定西厢记〉所作校注的依据》，《河北学刊》1985 年第 3 期。

② 同上。

③ （清）毛奇龄：《毛西河论定西厢记》，民国诵芬室石印本。以下引文出自《毛西河论定西厢记》的均不再另行标注。

　　或称《西厢》是关汉卿作，王实甫续，他不可考，尝见元人咏《西厢》词，其《满庭芳》有云："王家好忙，沽名钓誉，续短添长，别人肉贴在你腮颊上。"又《煞尾》云："董解元古词章，关汉卿新腔韵，参订《西厢》有的本，晚进王生多议论，把《围棋》增。"则是在元时，已有称王续关者，但今按《西厢》二十折，照董解元本填演，其在由历，不容增《围棋》一关目；而在套数，又不容于五本之外，特多此一折也。且《围棋》一折，久传人间，亦殊与实甫所传杂剧手笔不类。则意关汉卿亦曾为《西厢记》，有何人王生者，增《围棋》一折，故有此嘲。实则汉卿《西厢》本，非今所传本。王生非实甫，增一折亦非续四折也。故词隐生云："向之所谓王续关者，则据元词；王增关之说，而傅会之者也。今之所谓关续王者，则即向时王续关之说而颠倒之者也。"此确论也。

其论证材料充足，逻辑严密，并且引证沈璟所论为旁证，亦可见其考证有力。同时他也否定"王作关续"之说，并考证了"王作关续"说之由来：

　　或称《西厢》为王实甫作，后四折为关汉卿续，此见明周宪王所传本。又《点鬼簿》目，标王实甫名，则云：张君瑞闹道场，崔莺莺夜听琴。张君瑞害相思，草桥店梦莺莺。标关汉卿名则云：张君瑞庆团圆。故徐士范重刻《西厢》则云："人皆以为关汉卿，而不知有王实甫。盖自《草桥》以前作于实甫，而其后则汉卿续成之者也。"且《卮言》亦云："或言实甫作至'草桥梦'止，或云至'碧云天'止。"于是，向以为王续关者，今又以为关续王，真不可解。

他辨析王实甫作《西厢》不可止于"碧云天"或"草桥梦"：

　　《西厢》作法，断不得止"碧云天"者……"碧云天"者，第四本之第三折也。或谓剧与本有止于三折者乎？若其不得止"草桥"者，《西厢》关目，皆本董解元《西厢》，"草桥"以后，原有《寄赠》、《争婚》，以止《团圆》，此董词蓝本也。元例传演，皆有由历……今由历在董，董未止，何敢辄止焉？

他还从关、王二人自身的身份地位、个性特征以及《太和正音谱》著录的体例等角度辨析《西厢记》不可能为王作关续：

> 《西厢》果属王作，则必非关续。按关与王皆大都人，而关最有名。尝仕金，金亡，不肯使仕元。虽与王同时，而关为先进。关向曾为《西厢》矣，恶晚进者增一折，而纷纷有词，岂肯复为后进续四折乎？且今之据为王作者，以《正音谱》也，若据《正音谱》，则并无可为续者。按《谱》所列，每一剧必注曰一本。一本者，四折也。今实甫《西厢记》下，明注曰五本，则明明实甫已全有二十折矣。且两人成一本，元尝有之，如马东篱《岳阳楼》剧，第三折花李郎，第四折红字李二……然皆有明注，此未尝注曰后一本为何人也。凡此皆所当存疑，以俟世之淹雅有卓识者。今不深考古而妄肆褒弹，任情删抹。且曰若编若续，若佳若恶，若是若否，嗟乎！吾不知之矣。

概而言之，毛奇龄通过充足的证据和论证，否定了今本所传《西厢记》的作者为王实甫说、关作王续说、王作关续说三种说法。他虽然倾向于认为今本《西厢记》是关汉卿所作，但因《太和正音谱》将《西厢记》归于王实甫名下，而不是关汉卿名下，而且今本《西厢记》又未著作者，因而不敢十分肯定。在没有十分充足的证据发现之前，他主张《西厢记》的作者应该存疑，这种审慎严谨的治学态度值得肯定。

二　《西厢记》体例考证

《毛西河论定西厢记》全本不按传统的每本四折、共分五本的分法，而是将全本分为二十折。这种划分方法的主要原因，在于毛奇龄对这种连本杂剧的认识上。毛奇龄将连本杂剧称其名目为"院本"："其有连数杂剧而通谱一事，或一剧或二剧或三四五剧。名为院本《西厢》者，合五剧而谱一事者也。"[①]　在《毛西河论定西厢记》中，毛奇龄多处强调院本的表演方法与普通元杂剧的区分。毛奇龄认为《西厢记》并非杂剧，而

---

① （清）毛奇龄：《西河词话》，第565页。

是院本。在《毛西河论定西厢记》卷一中曰：

> 元曲有院本，有杂剧。杂剧限四折；院本则合杂剧为之，或四剧，或五剧，无所不可。故四折称一剧，亦称一本……且院本虽合杂剧，然仍分为剧，如《西厢》仍作五本是也。但每本之末，必作【络丝娘煞尾】，二语缴前启后，以为关锁，此作法也，今《西厢》第一本【煞尾】已亡，第二、第三、第四本犹在也。

同时，又认为杂剧与院本的演唱方法不同，杂剧全本为一人主唱，而院本则必有他人参唱。毛奇龄对第四折【锦上花】和【么】曲二曲主唱者的判断即是依据此：

> 北曲每折必一人唱，而院本则每本末折参唱数曲，此定例也。此互参莺红二曲，一调笑，一解悟，如挡弹家词，于铺序中突换旁观数语，最为奇绝。他本俱作莺唱两曲，不贯。金在衡本俱作红唱，则与生曲又不接，诸本或前莺后红，则两曲语气又各不相肖，至若妄者不识词例，目为搀入，一概删去，则了措矣，乌知作者本来元自恰好如此。

卷一第四折之尾，认为有【络丝娘煞尾】一曲，已亡佚。其根据亦是对院本体制的判断：

> 院本亦以四折为一本，中用【络丝娘煞尾】联之，此作法也，且《正音谱》已收【西厢煞尾】入谱中，第一本偶亡耳。王伯良将后本三曲俱删去，妄矣。又杂剧亦间有用【络丝娘煞尾】作结者，见《两世姻缘剧》。

卷三第十二折【调笑令】曲后注曰："院本凡四折内，必用一折参他人唱，此定体也。他本改，俱作红唱，反失体也。"卷四第十六折【么】曲后注曰："院本参唱例，解已见前。陋者不解，只拾得北曲不递唱一语，遂以为无两人互唱之例。致改生在场上听，且在场内唱，千态万状。嗟乎！古词之遭不幸，一至于此。"第十六折【折桂令】曲后注曰：

　　参唱例说已见前，俗不识例，又拾得元曲无递唱一语，遂依回。其间或注三曲是生唱，或解三曲是生代莺唱，无理极矣。记中每本有参唱，虽最愚者亦宜自明。但拾元曲只一人唱一语，守为金科，无怪乎天池生作《度柳翠》剧，以南北间调属一人唱而恬不知非也。

卷五第二十折【落梅风】曲后注曰："院本凡收场，必有演说一篇，在孤等口中，今亡之矣。"

　　毛奇龄采用"院本"来对《西厢记》这种连本杂剧进行了命名，但除了《西厢记》之外，并未举出其他的例子。只是为《西厢记》独设一名目，不足以使人信服。况且，院本自有其自身体制，在《西厢记》之前，就有金院本之称，而明清人又把传奇称为院本。其实，正如蒋星煜所说，如果毛奇龄能够从元杂剧受到南戏影响的角度看待《西厢记》这种长篇连本的杂剧，以及众人参唱的体例，则能更加令人信服。① 在没有发现更多相关材料之前，宁愿对毛奇龄所提出的这种"院本"名目和其体例采取慎重和保留的态度。

三　《西厢记》曲文、术语和典故考证

　　《毛西河论定西厢记》的主要意图在于最大限度地反映《西厢记》的本来面貌，其次是对某些典故进行考证，并对其中市语、方语、土语、少数民族语言的确切含义作些探讨。这种考证在《毛西河论定西厢记》一书中比比皆是。

　　如释楔子中【么】曲曰："【么】，后曲也。唐人【么遍】皆叠唱，故后曲名'么'，陆机赋《弦么》、《徽急》。"此是释"么"之意。又曰："《中原音韵》以'值'字分隶平韵，'人值'句，务头所谓第二字拗句也。今借音滞。'门掩'句，用李公垂《莺莺歌》语。"这句释"值"字之用韵，以及"门掩重关"一语之出处。

　　卷一第三折【络丝娘】曲后注曰："'不当个'犹言'不见得也'，

---

　　① 蒋星煜：《毛奇龄对〈西厢记〉本来面目的探索：〈毛西河论定西厢记〉所作校注的依据》，第101页。

言不见得个能将命也，与后折'不当个信口开河'，董词'思量，不当个口儿稳，野鸭儿喳喳叫，惊觉人来，不当个嘴儿巧'俱同。《墨娥小录》解'不当'作'不该'，一何杜撰可笑。"

卷二第五折【混江龙】曲后"参释"曰："'能消'句，用赵德麟词，'雨打'句用秦少游词，'无语'句用孙光宪词，'人远'句用欧阳修词，'风飘'句用杜诗，若'怕黄昏罗衣褪'、'掩重门手卷珠帘'、'目送行云'诸句又俱出董词。"卷二第八折【绵搭絮】曲后注曰："此曲从窗内外写出怨来。椀俗作棍，字形之误，赋或作赴字，声之误，'疏帘'二语，亦本董词。王伯良曰：何元朗以'疏帘'四句为失韵，不知【绵搭絮】调原有此例，如陈石亭《苦海回头记》第二折中【绵搭絮】用先天韵，其云：'你听那移商刻羽，流徵旋宫，心随流水，志在高山，端的是没了知音，绝了弦。'亦第五句才押韵，与此曲正是一格。后'问病'折【绵搭絮】'眉似远山'四句无韵，同此。"卷五第十七折【幺】曲后"参释"曰："挡，挡搜，乔样也，与佉同。《李逵负荆》剧，'畅好是忒挡搜'，俗解作'搀扶'，大谬，刘虚白诗，'犹著麻衣待至公'，唐宋试士处俱有此明。"这种对《西厢记》术语、曲文和典故的考订本是作为一代大儒的毛奇龄的看家本领，也是《毛西河论定西厢记》的重要贡献之一，对于《西厢记》的研究大有裨益，值得肯定。

四　《西厢记》音韵、曲律考证

毛奇龄对《西厢记》的校注，在音韵学方面成就尤为突出，毛奇龄在音韵学和曲律学方面的著作颇丰。《清史稿·儒林传》载其：

> 素晓音律，家有明代宗藩所传唐乐笛色谱，直史馆，据以作《竟山乐录》四卷。及在籍，闻圣祖论乐谕群臣以径一围三隔八相生之法，因推阐考证，撰《圣谕乐本解说》二卷，《皇言定声录》八卷。三十八年，圣祖南巡，奇龄迎驾于嘉兴，以《乐本解说》二卷进，温谕奖劳。①

---

① 赵尔巽等：《清史稿》，中华书局 1976—1977 年版，第 13176 页。

毛奇龄与其他校注家的不同之处是他完全掌握了元杂剧所用的曲韵，即周德清的《中原音韵》，对元杂剧用韵的平仄，阴阳、字数、定格等调例了然于心，但又并不因此武断地将《西厢记》中偶然不合之处作削足适履的改正，而是认为"想曲韵另有通例"，肯定约定俗成的用法，表现出较为通达、中允的见识。这种方法和特点在毛奇龄的学术研究中是一以贯之的，如在《西河词话》中毛奇龄也多处表现出对曲律与音韵的精通与博识。如他认为：

> 至若北曲有韵南曲无韵，皆以意出入而近，亦遂以北曲之例限之，至好为臆撰，如《西楼记》者，公然以《中原音韵》明注曲下，且引曲至尾皆限一韵，而附和之徒反以古曲之出入为谬，而引曲、过曲、前腔、尾声之换韵反谓非体，何今人之好自用而不好按古一至是也？①

反对将北曲韵与南曲韵混为一谈。又谈道：

> 古者以宫、商、角、徵、羽、变宫、变徵之七声乘十二律得八十四调，后人以宫、商、羽、角之四声乘十二律得四十八调，盖去徵声与二变不用焉。四十八调至宋人诗余犹分隶之，其调不拘短长，有属黄钟宫者，有属黄钟商者，皆不相出入，非若今之谱诗余者，仅以小令、中调、长调分班部也，其详载《乐府浑成》一书。近人不解声律，动造新曲曰"自度曲"，试问其所自度者，曲隶何律，律隶何声，声隶何宫何调，而乃攦然妄作有如是耶。方渭仁曰：四十八调亦非古律，但隋唐以来相次沿革，必有所受之者，声律微眇，宜以迹求。正谓此也。②

谈到了宫调的演变，也是颇为精到的。而在《毛西河论定西厢记》中，这种成果更为突出。如卷一第一折释【仙吕·点绛唇】曲曰："'游艺中原'，'原'字宜阴而反阳，亦戾字也。后'相国行祠'，'祠'字亦如

---

① （清）毛奇龄：《西河词话》，第556页。
② 同上书，第569页。

此。"又曰：

> "脚跟无线"，"线"字是韵，元曲唯《猪八戒》剧【点绛唇】，
> 此字无韵，要亦偶然耳。若【混江龙】调，正务头所载，字句可增
> 减者，且通体对偶，调法如此。

第一折【赚煞】曲后注曰：

> "相思怎遣"，诸本作"相思病染"，"染"字属廉纤，闭口韵，
> 固非。若朱氏本改作"病蹇"，王本改作"病缠"，则亦非是。初见
> 而曰"病缠"、"病蹇"，情乎？且【赚煞】第三句末二字须用去上，
> 病缠为去平，终是误也。旧本"怎遣"最当，而或反议其与"怎当
> 他"有碍，不知"怎当他"以起作转，与"怎遣"怎字参差呼应，
> 最有语气。若云，这相思怎遣得耶？然非不欲遣也，怎当他临去时如
> 许传情，则虽铁石人也遣不得也。

卷四第十六折【折桂令】曲后释曰："月圆云遮，'遮'字于调宜仄，故借
叶。王本改作'月满'，虽亦元词成语，然调仍不叶，何必为此。'想人生
最苦离别'十余句，俱元习语，似集词然者。凡作词，重韵脚，既入其押，
则彼此袭切脚语，以意穿串，谓之填词。唐人试题，以题字限韵亦然，今
人不识例，全不解何为习语，何为切脚，便欲删改旧文，此何意也？"

由此可见毛奇龄对元人杂剧的熟谙程度及其运用考据学方法为自己观
点作证明的得心应手。但毛奇龄并非拘泥于事实的考订，他能够认识到戏
曲艺术的虚构性本质。如卷一楔子【仙吕·赏花时】曲后"参释"曰：
"'博陵崔氏'，郡名。据王性之辨证，谓莺是永宁尉崔鹏女，然亦拟议如
是耳，况词家子虚，原非信史，必谓崔是终永宁而归长安，非终长安而归
博陵者，一何太凿。"

五　《毛西河论定西厢记》对
清代曲学之影响和贡献

由上可知，毛奇龄《毛西河论定西厢记》不是如其他注本如李贽的

《李卓吾先生批评北西厢记》、汤显祖的《重校原本全像注释西厢记》那样主要以富有思想性而著称，也非如金圣叹评点本那样从艺术鉴赏的角度来评析《西厢记》，同时也非如朱素臣校订本那样从舞台艺术的需要而对《西厢记》作适当改动，而是纯从学术考据的角度来进行研究。

其实，将考证的方法引入《西厢记》的校注中，并非毛奇龄开其先例，在明代王骥德的《古本西厢记校注》中就运用得很广泛了，如王校注第一折【点绛唇】"游艺中原"曲曰："脚跟无线，言无系定也。蓬，蒿属。《坤雅》云：'其叶散生，如蓬，遇风辄拔而旋，古者观转蓬而知为车。古本'醉眼'本杜诗'弟妹悲歌里，朝廷醉眼中。'又元乔梦符《金钱记》：'空着我烘烘醉眼迷芳草'，盖元人多用此语。谓功名未遂，而客游长醉也，今本俱作'望眼'，非。"① 又校注第一折【村里迓鼓】曲曰："此调旧作【节节高】，误。【节节高】系黄钟宫曲，字句亦稍不同。厨房近西，与法堂北、钟楼前面，参差相对。董词'随喜塔位转，过回廊，见个竹帘挂起，到经藏北，厨房南面、钟楼东面。'北人凡神佛皆称圣贤，如关神，称关圣贤之类。五百年句，用董语。董白：'与那五百年疾憎的冤家，正打个照面。'"② 注释也很精当。

而金圣叹评"游艺中原"句则曰："言游艺，则其志道可知也。开口便说志道游艺，则张生之为人可知也。"释"脚跟无线如蓬转"曰："其至中原也，不独至中原也。不独至中原，而今遄至中原，则其于别院中人真如风马牛也。"③ 相较之下，金批重在评析人物性格。属于文人之评，而王注的学人特色较浓。只是由于毛奇龄大儒的身份和对典籍的熟稔，以及在经学研究方面深厚的造诣和其治学重考证的特点，使毛奇龄在戏曲研究方面也以"考据"为其主要方法，将相关戏曲史实、戏曲典故、戏曲名物制度、术语、音韵和曲律作为考证的对象，将戏曲考证推到了更高的阶段，为清代戏曲学考证方法的兴盛奠定了良好的基础。这方面的成就和造诣除了表现在《毛西河论定西厢记》一书中，另外在其《西河词话》有关戏曲的论述部分也表现得很突出。

---

① （明）王骥德：《新校注古本西厢记》，续修四库全书本第 1766 册，上海古籍出版社1994 年版，第 30 页。

② 同上书，第 30—31 页。

③ （清）金圣叹：《贯华堂第六才子书西厢记》，《金圣叹全集》（三），江苏古籍出版社1985 年版，第 44 页。

如在《西河词话》中，毛奇龄考证了"自古相女配夫"一语的来历及意义，虽解释不确，如《四库全书提要》所辨"相女"非如毛奇龄所解释为"宰相之女"而是"相度之相"①。但毛氏的这种引用前人语典进行研究的方法则是可取的。尤其值得注意的是毛奇龄在《西河词话》中研究了由词至曲至演剧的本末甚为清楚，对戏曲史的探究很有意义，就连鄙视戏曲不载的四库馆臣也赞扬其赅博："至所述词曲变为演剧，缕陈始末，亦极赅悉。"由于这一段文字在中国戏曲史上的重要意义，本文不殆繁冗，具引如下：

> 古歌舞不相合，歌者不舞，舞者不歌，即舞曲中词亦不必与舞者搬演照应。自唐人作《柘枝词》、《莲花》、《旋歌》，则舞者所执与歌者所措词稍稍相应，然无事实也。宋时有安定郡王赵令畤者始作《商调鼓子词》，谱《西厢》传奇则纯以事实，谱词曲间然犹无演白也。至金章宗朝董解元，不知何人，实作《西厢捣弹词》，则有白有曲，专以一人捣弹并念唱之。嗣后金作清乐，仿辽时大乐之制，有所谓连厢词者，则带唱带演。以司唱一人，琵琶一人，笙一人，笛一人，列坐唱词，而复以男名末泥，女名旦儿者，并杂色人等入勾栏扮演，随唱词作举止。如"参了菩萨"，则末泥祇揖；"只将花笑捻"，则旦儿捻花类。北人至今谓之"连厢"，曰"打连厢"、"唱连厢"又曰"连厢搬演"。大抵连四厢舞人而演其曲故云。然犹舞者不唱，唱者不舞，与古人舞法无以异也。至元人造曲，则歌者舞者合作一人，使勾栏舞者自司歌唱，而第设笙笛琵琶以和其曲，每入场以四折为度，谓之杂剧。其有连数杂剧而通谱一事，或一剧或二剧或三四五剧名为院本西厢者，合五剧而谱一事者也，然其时司唱犹属一人，仿连厢之法不能遽变。往先司马从宁庶人处得"连厢词"例，谓司唱一人代勾栏舞人执唱，其曰代唱即已逗勾栏舞人自唱之意，但唱者祇二人，末泥主男唱，旦儿主女唱，他若杂色入场，第有白无唱，谓之宾白，宾与主对，以说白在宾，而唱者自有主也。至元末明初改北曲为南曲，则杂色人皆唱，不分宾主矣。少时观《西厢记》，见每一剧末必有【络丝娘煞尾】一曲，于扮演人下场后复唱，且复念正名四

---

① （清）永瑢等：《四库全书总目》，中华书局1997年版，第552页。

句，此是谁唱谁念，至末剧扮演人唱【清江引】曲齐下场，后复有【随煞】一曲，正名四句，总目四句，俱不能解，唱者念者之人。及得"连厢"词例，则司唱者在坐间，不在场上，故虽变杂剧，犹存坐间代唱之意。此种移踪换迹以渐转变，虽词曲小数，然亦考古家所当识者，故先教谕曰："世人不读书，虽念词曲亦不可，况其它也。"①

毛奇龄梳理了由词至鼓子词，再至《西厢》、挡弹词、连厢词，再至元剧、南曲的整个中国戏曲的发展演变过程，具有明确的考证戏曲史的意义。

因此，毛奇龄及其《毛西河论定西厢记》对清代戏曲研究有着重要的影响。他将经学考证的方法深入全面地引入了戏曲研究中，开创了清代戏曲研究普遍重考据的特点。众所周知，清代戏曲的研究重视考证戏曲发展源流，体制、本事、术语、音律、版本及目录、校勘等各方面，而迥然不同于明代戏曲研究普遍重视戏曲本色、戏曲审美、戏曲文本和戏曲文学等特点。毛奇龄的戏曲研究无疑对清代戏曲研究这一特点的形成起到了推波助澜的作用。因此，毛奇龄可视为清代戏曲考据研究风气的开创者。

---

① （清）毛奇龄：《西河词话》，第564页。

桂馥《后四声猿》的诗化和抒情化特征

桂馥（1736—1805），字冬卉，号未谷，又号老苔，山东曲阜人。清乾隆五十五年（1790）进士，选云南永平知县。邃于金石六书之学，与翁方纲交，其学益精。与段玉裁、朱骏声、王筠并称为"说文四大家"，著有《说文义证》等。工诗文、书画、篆刻，有《晚学集》。

桂馥是乾嘉时期著名的学者，曾得到阮元的高度赞誉，阮元为桂馥《晚学集》作序曰："尝谓为才人易，为学人难，为心性之学人易，为考据之学人难，为浩博之考据易，为精核之考据难。元自出交当世学人，类皆始撷华秀，既穷枝叶，终寻根柢者也。曲阜桂进士未谷学人也。"① 而关于桂馥的治学方法和兴趣，蒋祥墀在《桂君未谷传》中有言："未谷卧阁以治，政简刑清，境宇帖然。因以其余为经生业。尝谓，士不通经，不足致用，而训诂不明不足以通经，故自诸生以至通籍四十年间，日取许氏《说文》与诸经之义相疏证，为《说文义证》五十卷，又绘许祭酒以下至二徐、张有、吾邱衍之属为《说文统系图》，因题其书室曰'十二篆师精舍'，盖未谷之精力萃于是矣。"②

桂馥既是清代著名经师，又是清代著名曲家。他创作的杂剧《后四声猿》是清代戏曲中的佼佼者。《后四声猿》仿照徐渭《四声猿》体制而成，包括四个一折短剧：《放杨枝》、《题园壁》、《谒帅府》、《投溷中》。《放杨枝》写白居易暮年老病，欲遣歌姬樊素和老马而有不忍之情。《题园壁》写陆游前妻唐婉不容于姑被遣，一日于沈园中与陆游相逢，唐婉

---

① （清）阮元：《晚学集序》，（清）桂馥《晚学集》卷首，续修四库全书本第1458册，第642页。

② （清）蒋祥墀：《晚学集序》，（清）桂馥《晚学集》卷首，续修四库全书本第1458册，第644页。

派人送酒肴与陆游，陆游颇难为怀，题诗于壁，洒泪离去。《谒帅府》写苏东坡官职卑微，谒见帅府而不得，遂去东湖游玩解闷。《投溷中》写唐代李贺之表弟黄居难嫉妒李贺诗才，于李贺离世后骗去李贺诗稿，投入溷中。所写四事都是世间极为不平之事。桂馥借他人之酒杯浇自己之垒块。王定柱序其剧云："徐青藤以不世才，侘傺不偶，作《四声猿》杂剧，寓哀声也……同年桂未谷先生以不世才擢甲科，名震天下，与青藤殊矣。然而远官天末，簿书蝟项背；又文法束缚，无由徜徉自快，意山城如斗，蒲褐杂庭牖间。先生才如长吉，望如东坡，齿发衰白如香山，意落落不自得，乃取三君轶事，引宫按节，吐臆抒感，与青藤争霸风雅。"①

　　《后四声猿》体现了鲜明的诗化和抒情化特征。这种特征在一定程度上也代表了有清一代曲家戏曲作品的风格特色。清代文人多数都是"文人型的学者"和"学者型的文人"，学力和才气兼胜，使得清人戏曲尤其是经学家的作品既含蓄典雅，又温柔敦厚。如王夫之《龙舟会》杂剧、许鸿磐《西辽记》杂剧、梁廷枏《小四梦》杂剧、李慈铭《星秋梦》杂剧和陆继辂《洞庭缘》传奇都是曲辞雅洁、意境隽永、笔触清新、诗意盎然的作品，迥然异于伶工艺人之词，洵为文人学士手笔。正如罗忼烈所言："余尝遍览元剧之见存者，十九不克终卷，亦惟质木无文故尔。盖艺文之道，理无二致，戏曲于古诚不登大雅之堂，要非博学宏辞之士亦不能工，明剧多出辞人之手，故大体而言，文字又远过于元。有清一代，作者皆文学名家，愈益研练渊雅，若吴梅村、王船山、尤西堂、洪昉思、孔东塘、厉樊榭、蒋心余诸子，无虑十数，出其歌诗之余绪而撰剧，大体而言，又远胜于明。"② 正是指出了清代杂剧传奇浓郁的诗化和抒情化特色。

一　文辞雅洁——高度的诗化

　　诗是中国文学的灵魂，中国是一个诗的国度。戏曲最初是以音乐为本体的，是为了场上表演，但经过明清的文人化，逐渐向案头文学过渡，其

---

　　① 王定柱：《后四声猿序》，郑振铎《清人杂剧初集》，《后四声猿》卷首，长乐郑氏影印本1931年版，第1a—1b页。
　　② 罗忼烈：《清人杂剧论略序》，曾影靖《清人杂剧论略》卷首，台湾学生书局1995年版，第1页。

叙事的功能逐渐衰减，而抒情写心的功能则在加强。戏曲的形态越来越向传统的诗靠拢，并且越来越具有诗意的特征。"作为中国古典文学中'叙事文学'的两大主干，小说戏曲其实在精神实质上存在着本质的差异，这种差异简言之可作这样表述：戏曲的主体精神实质是'诗'的，小说的主体精神实质是'史'的。戏曲在叙述故事、塑造人物上包含了强烈的'诗心'，小说则体现了强烈的'史性'。"①《后四声猿》曲辞的雅洁温润也在一定意义上最好地阐释了中国戏曲的诗化特征。

《后四声猿》为四折短剧，短小隽永、凝聚跌宕、感情充沛、辞藻雅洁，因而取得了很高的成就。郑振铎跋桂馥《后四声猿》曰："《后四声猿》四剧，无一剧不富诗趣。风格之遒逸，辞藻之绝丽，盖高出自号才士名流之作远甚。似此隽永之短剧，不仅近代所少有，即求之元明诸大家，亦不易二三遇也。"②着重指出了桂馥戏曲艺术上的遒逸、隽永。举《题园壁》一二曲为例：

【光光乍】天气正晴嘉，和风拂面斜，芳郊绣陌春无价，烟笼竹树高僧舍。

【挂真儿】（生）整顿金羁齐并驾，向沈家园里看花。连理茵褥，合欢杯盏，都安放海棠花下。

【亭前柳】（生）且把小桥过，更上小陂陀。垂垂池畔柳，融融路隅莎，女萝不放松梢脱。（合）一架茶蘼还带雨，恁婆娑婆娑。

【驻云飞】这是唐氏浑家，（问介）夫人可是再嫁？（杂）是。（生）一些不差。（望介）远望鬒鸦朝霞。我听得唐氏归后，改适赵郎，这是新配了。好姻缘展转变作恒河沙，嗟！丝断藕生芽。（挥泪介）教人泪洒，这酒品虽佳，肝肠断，喉难下。

春日新晴，暖风拂面，陌上芳草萋萋。竹林幽洁，僧舍雅净，一片春光骀荡。主人公纵马游赏。转过小桥，踏上山陂，垂柳依依，莎草融融，女萝松梢缠绕，茶蘼架上带雨。如此良辰美景，赏心乐事，却蓦然与旧时人相

①　谭帆：《稗戏相异论：古典小说戏曲"叙事性"与"通俗性"辨析》，《中国雅俗文学思想论集》，中华书局 2006 年版，第 27 页。

②　郑振铎：《后四声猿跋》，《清人杂剧初集》，长乐郑氏影印本 1931 年版。

逢。几回魂牵梦绕，却兀自罗敷有夫，使君有妇，一回首已是咫尺天涯。情何以堪？唯有泪洒此地，黯然魂销。此一种场景，作者信手写来，如诗如画的春光与哀婉凄绝的情事相互交织，突出了一种情感的张力，所谓"以乐景写哀，以哀景写乐，一倍增其哀乐"。① 情深意真，笔触含蓄蕴藉，营造的是一种诗意而忧伤的境界。这种诗化的特征在其他三剧中表现得也很突出。

二　抒情化特征

冯沅君曰："明清杂剧与金元杂剧有着显著的差别，就是其中上品往往与抒情诗接近，它们常是作者富有诗意的自白。"② 清代文人学者的戏曲有浓厚的个人抒情色彩，或寄寓个人身世之感，或抒发愤懑抑郁之意，桂馥《后四声猿》中这种"诗意的自白"表现得尤为明显。

《放杨枝》是由于友人劝其纳姬，作者以白居易老病之时遣去樊素之事来表白自我的胸臆。《放杨枝·小引》云："余年及七十，孤宦天末。日夕顾影，满引独醉。友人有劝余纳姬者，余拊掌大笑曰：'白傅遣素之年，吾乃为却扇之日耶？吾非不及情者，抑其情，情所以长有余也。'"③ 表明自己非不知情，乃是惜情，所以忍情。作者另有《有劝余纳姬者口占答之》一诗亦载其事："倾囊只买瓮头春，薄宦天涯剩此身，樊素朝云无限好，越教愁杀白头人。"④ 全剧多有情意缠绵之语，如开场此曲：

> 【新水令】（生）十年游迹半追随，唱杨枝欢场乐事。老年都是梦，回首总成痴。陡地分离，最难舍合欢被。

《题园壁·小引》云："古今伦常之际，遇有难处事，此家庭之大不幸也。陆放翁妻不得于其母，能不出之？然阿婆喜怒何常，儿女辈或有吞

---

① （明）谢榛、（清）王夫之：《四溟诗话》，《姜斋诗话》，人民文学出版社1961年版，第140页。

② 冯沅君：《记女曲家吴藻》，《古剧说汇》，商务印书馆1947年版，第394页。

③ （清）桂馥：《放杨枝小引》，郑振铎《清人杂剧初集》，第7a页，以下引自《后四声猿》曲辞，均来自此本，不再另外标注。

④ （清）桂馥：《未谷诗集》卷四，续修四库全书本第1458册，第750页。

声不能自白者耶？后乃相遇沈园，愍默题壁而已。余感其事，为成散套，所以吊出妇而伤伦常之变也。"此亦表明桂馥是深于情者，但同时在他的意识中仍然保留着传统的纲常伦理思想，如认为唐婉不得于姑，就必须出之。但作者所伤感的主要在于这种家庭伦常与个人感情不相容而导致的家庭悲剧，说明他已经对这种纲常思想产生了怀疑。因此，这里的悲剧既是个人的悲剧，亦是时代的悲剧。作者无力解释，不能给出更好的出路，只好安排主人公题诗洒泪而别。

《谒帅府》则寄托着作者自己的身世之感。作者年近七十，仍然为宦天涯，又屈沉下僚，志不获展，具有同样境遇的苏东坡自然进入了他的文学视野，因而借此以抒发自己的抑郁不平和满腔辛酸：

【六么令】官卑枉戴乌纱帽，低眉就下，仰面攀高，强颜欢笑，伤心折腰。这般苦，哪得复盆朗照！忉忉，寄人篱下敢称豪？

寥寥数语，写尽了下层官僚的卑微。但苏东坡是旷达的，善于自遣，因而往东湖一游，以消闷怀。大自然是宽广的、包容的，山光水色自与人相亲，东坡在大自然中找到了自我，顿时雨霁云开，闷怀全消：

【前腔】这闷怀豁然开了，失却湖光何处找？笔底下调儿超，眼底下孩儿闹。
（又饮数斗负手散步、高望良久、掀须笑介）
【前腔】那世故全然不晓，明白糊涂一笔扫。只恋着好湖山，管什么升和调。

功名利禄，若过眼烟云，唯有江上之清风与山间之明月为永恒之资。苏东坡由抑郁转旷达，也是作者思想的转变过程，表明了自己不以得失为喜悲的超脱和擅自排遣的旷达。

如果说前三剧是哀婉的、悲凉的、故作旷达的，那最后一本《投溷中》则是激烈的、难以自抑的，感情由平和转而激昂，面目由温柔敦厚一变为金刚怒目。对于这千古不平事，作者再也抑制不住其愤怒：

【好事近】（老生）满腹隐干戈，虎狼心，烈过秦家一火。长吉长吉，你奇才英发，哪料想到身冤祸？千秋绝调将谁托？黄生黄生，恨不得十阎罗尽是萧何，那时节，堕地狱碓舂刀剁，抽肠拔舌，鬼谴神诃。

【锦缠道】（末）你的头偏颇，原是个诡刀头坏货。这脑盖，该敲破。鬼卒，取他的脑髓！（杂应，敲头取脑介）这脑子比粪还臭，应投溷中！（末）你眼睛昏，不晓刮膜金镜，但见翳云蒙裹。鬼卒，剜他的眼珠子！（杂应；剜眼介）这眼睛却好送与钟馗下酒！（末）歹肝肠哪用这般多？谁似你心偏居左？鬼卒，刳他的心肝。（杂应，刳心肝介）这心肝挂在树梢，乌鸢得饱。（末）呢俺阴曹里滔滔奈何，可似溷中么？你何尝悔忏，投法网，扑灯蛾。

【千秋岁】下油锅，遍视锥焊凿，再拉了短踝长腰双臂膊。待骨毁形销，才认得转轮王三生因果，阎浮世何曾看破。（鬼卒牵丑下）（末）这便是忌才人的报应，教那世上人拭亮了眼睛看这榜样。看榜样，休偏颇，恶贯盈，谁能躲？莫道俺阴曹播弄他，不算残苛。

这是对天下所有忌才者的强烈谴责和惩罚，一吐作者愤懑不平之气。作者在"小引"中亦云："有才人每为无才者忌。其忌之也，或诬之、或谮之、或排挤之、或欲陷而杀之。未有毒于李长吉之中表者，竟赚其诗，于溷中投之，锦囊心血，一滴无存。此辈忌才人，若免神谴，成何世界？投之鬼窟，烈于溷中。"①

桂馥《后四声猿》杂剧的诗化和抒情化特征使得清代杂剧的风貌进一步向传统诗文词赋靠拢，摆脱了元剧文辞较为鄙俗和明剧思想格调不够雅洁的不足，在一定意义上提高了戏曲的美学品格和文学品格，促进了清代传奇杂剧的案头化与雅化，也进而提高了戏曲的社会地位，推尊了曲体。

---

① （清）桂馥：《投溷中小引》，郑振铎《清人杂剧初集》，长乐郑氏影印本 1931 年版。

论焦循戏曲观的"通"与"新"

——以《易余龠录》和《花部农谭》为例

　　焦循（1763—1820），字理堂，一字里堂，晚号里堂老人，世居江都黄珏桥。雍正九年（1731），分县为甘泉人。为学博览专攻，被阮元誉为"通儒"。生平著述达四百余卷，[①] 尤以《易学三书》与《孟子正义》著称于世。焦循与汪中，凌廷堪，阮元、江藩、王念孙、王引之父子等人同为清代扬州学派的代表人物，其治学以经学为主，尤精易学，同时在天文、历法、数学、医学等方面也造诣深厚。除此之外，焦循还爱好戏曲，曾创作有《续邯郸梦》传奇（已佚），以及《剧说》、《花部农谭》与《曲考》（今佚）三部戏曲专著。另在其《易余龠录》一书中，也多处涉及戏曲批评。焦循作为清代经学史上举足轻重的人物，在中国戏曲理论史上也留下了丰硕的成果。焦循的戏曲研究与批评虽发挥了乾嘉学派以朴学为特征的特色，但由于其思想的变通与求新，因此，能够超越前人的观点，时出新见，闪烁着思想的火花。这在《易余龠录》与《花部农谭》中体现得尤为显著。

一

　　《易余龠录》共二十卷，其中论曲部分，曾由任二北先生辑录出来，名为《易余曲录》。任先生还将各条独列名目，由这些名目，我们可以略窥《易余龠录》的戏曲观点。现将其胪列如下：

---

　　① 刘建臻考证，焦循共计有著作四百五十余卷。《焦循著述新证》，社会科学文献出版社2005年版，第24页。

上去入不分阴阳

驳徐大椿四声皆有阴阳说

驳严粲上读如去及清浊说

八十四调全声何以至北曲只用六宫十一调

金元文学应取其曲

张小山曲之校正

金元曲剧体裁通于唐人求科举之温卷

八股入口气原本于曲剧

孤装爨弄应分为二

细酸

折数与楔子

脚色

砌末

诸剧异名与作家

《西厢记》不标脚色

兀棘赤

董、关《西厢》之较

元剧中之张鼎

　　由以上条目，可见焦循对戏曲的考证包括了戏曲音律、声韵、文学、功能、扮演、脚色、作家、作品、结构、语言、戏剧人物等多方面，显示了其对戏曲艺术"综合性"特点的认识，非拘于一隅，而是通观全局，庶几不负其学术中求"通"的特点，也契合阮元名其曰"通儒"的嘉誉。以上条目中，具有较大影响的是"金元文学应取其曲"，即学界给予高度肯定的"代有所胜"的观点。焦循曰：

　　　　夫一代有一代之所胜，舍其所胜，以就其所不胜，皆寄人篱下者耳，余尝欲自楚骚以下，至明八股，撰为一集，汉则专取其赋，魏晋六朝至隋则专录其五言诗，唐则专录其律诗，宋专录其词，元专录其曲，明专录其八股，一代还其一代之所胜。①

————————

① （清）焦循：《易余龠录》卷十五，丛书集成续编第91册，第463页。

此观点直接启发了王国维《宋元戏曲史》中"一代有一代之文学"的观点。其次，即"金元曲剧体裁通于唐人求科举之温卷"、"八股入口气原本于曲剧"。焦循曰：

> 按此则唐人传奇小说，乃用以为科举之媒，此金元曲剧之滥觞也。诗既变为词曲，遂以传奇小说谱而演之，是为乐府杂剧，又一变而为八股，舍小说而用经书，屏幽怪而谈理道，变曲牌而为排比，此文亦可备众体：史才、诗笔、议论。其破题、开讲即引子也，提比、中比、后比即曲之套数也，夹入、领题、出题、段落即宾白也。习之既久，忘其由来，莫不自诩为圣贤立言，不知敷衍描摹，亦仍优孟之衣冠，至摹写阳货、王骧、太宰、司败之口吻，叙述庾斯、抽矢、东郭、乞余，曾何异传奇之局段邪？而庄老释氏之旨，文人藻绘之习，无不可入之第，借圣贤之口以出之耳，八股出于金元之曲剧，曲剧本于唐人之小说传奇，而唐人之小说传奇为士人求科第之温卷，缘迹而求可知其本。①

这种观点，有求变的特点。焦循认为金元曲剧如同唐人传奇，同为士人科举进身之媒，充分肯定了元曲这种小道技艺的作用，为提高戏曲长期居于下游的社会地位起了导夫先路的作用。同时，焦循将八股与戏曲相提并论，同样对提高戏曲的地位有着重要的作用。科举士子虽鄙视戏曲，但对八股时文这种进身之阶还是不敢弃置的。此一观点，在《剧说》卷一中，焦循也有论述，即元剧代言口气类似八股文。《剧说》卷一曰：

> 元曲止正旦、正末唱，余不唱。其为正旦、正末者，必取义夫、贞妇、忠臣、孝子，他宵小市井，不得而于之。余谓：时文入口气，代其人论说，实同于曲剧。而如阳货、王骧等口气之题，宜断作，不宜代其口气。吾见近人作此种题文，竟不窗身为孤装、邦老，甚至助

---

① （清）焦循：《易余龠录》卷十七，丛书集成续编第91册，第479页。

为讪谤、口角，以逼肖为能，是当以元曲之格度为法。①

这种观点在刘师培的《论文偶记》中得到了进一步的阐发，显示了清代经学家的共同思维模式。当然此观点并非焦循首创，明清人多有论述戏曲同八股时文相类似的文章，如叶长海先生所言："把八股制义的作法与戏剧作法相比较，已有许多文人指出过，如吴乔《围炉诗话》就曾把八股文比作元杂剧，袁枚《小仓山房尺牍》答戴敬贤进士一书论时文时，说八股通曲之意甚明。明清也确有一些八股文专家即为戏曲专家。有人自谓平生举业，得力于《牡丹亭》，亦有人自言得力于《西厢记》（见张诗舲《关陇舆中偶忆编》），由此来看汤显祖指导士子作八股文时要求去读戏曲剧本，也就不奇怪了。"② 但焦循无疑是全面论证的集大成者。

此外，较有特色的是焦循对董解元、关汉卿《西厢》之比较。焦循认为董《西厢》胜过关《西厢》，原因有二：一、关《西厢》承袭董《西厢》而来，原创性不及董西厢；二、关《西厢》曲词多不及董《西厢》本色自然。由此可见焦循戏曲观及学术观中求"新"、求"真"的特点。焦循重视独创，反对因袭模拟，如对董、关《西厢》之比较，《花部农谭》中对《铁邱坟》与《八义记》之比较。《剧说》卷四中批判《梦钗缘》、《玉剑缘》、《富贵神仙》"直袭原本，当戒之"等，都体现了他学术思想求"新"的一面。《易余龠录》中论曲部分也曾得到梁启超的赞誉，其曰："书为理堂著《易学三书》时，旁涉他学，随手札记之作，言《易》者反甚希也。吾未精读，偶翻卷四论声系，十七论曲剧各条，已觉多妙谛。"③

二

焦循的《花部农谭》在中国戏曲批评史上具有很高的地位。曲学界视其为第一部研究花部的著作。焦循生活在清代中叶戏曲非常繁盛的时

---

① （清）焦循：《剧说》，《中国古典戏曲论著集成》（八），中国戏剧出版社 1959 年版，第96 页。

② 叶长海：《中国戏剧史论稿》，中国戏剧出版社 2005 年版，第 466 页。

③ 梁启超：《梁启超全集》第十八卷，北京出版社 1999 年版，第 5269 页。

代，又身处戏曲发展非常繁荣的扬州，同时，他爱好观剧，曾作有观剧诗《观村剧》二首。曰：

> 桑柘阴浓闹鼓笳，是非身后属谁家。人人都道团圆好，看到团圆日已斜。
>
> 太平身世许清闲，况是疏庸鬓已斑。为笑罗洪先不达，状元中后始归山。是日演此剧。①

这些都为接触花部创造了最好的条件。加之他虽为一代大儒，但长期居于乡间，足迹不达城市十余年，远离上层统治阶层，因此能够不受传统雅俗之争的限制，充分肯定花部，并从音律、词语及教化三方面论证花部胜于雅部：

> 梨园共尚吴音。"花部"者，其曲文俚质，共称为"乱弹"者也，乃余独好之。盖吴音繁缛，其曲虽极谐于律，而听者使未睹本文，无不茫然不知所谓。其《琵琶》、《杀狗》、《邯郸梦》、《一捧雪》十数本外，多男女猥亵，如《西楼》、《红梨》之类，殊无足观。花部原本于元剧，其事多忠、孝、节、义，足以动人；其词直质，虽妇孺亦能解；其音慷慨，血气为之动荡。②

焦循的观点虽不完全正确，如认为昆腔多为男女猥亵之事，而花部多本忠、孝、节、义，但作为一位大儒，能充分肯定花部，并喜好花部、研究花部，这种行为本身已经显示出其眼光的超脱与卓越，说明其能以通达、变通的眼光认识这种新兴的事物，而非如其他传统士大夫及持正统观点的上层统治者一样，千方百计遏制、禁毁花部的发展。

焦循在《花部农谭》中主要考证了《铁邱坟》、《龙凤阁》、《两狼山》、《清风亭》、王英事、《赛琵琶》、司马师事、《义儿恩》、《双富贵》、《紫荆树》等十事。戏曲观点主要涉及以下：

---

① （清）焦循：《观村剧》，《雕菰集》卷五，续修四库全书本第1489册，第159页。

② （清）焦循：《花布农谭序》，《中国古典戏曲论著集成》（八），中国戏剧出版社1959年版，第225页。

1. 历史真实与艺术真实或"虚"与"实"的问题

焦循认为历史真实需服从艺术真实。如司马师在历史上为风流儒雅之士，应为生角。而在戏曲文学中则被渲染为奸邪之小人，为丑角。《清风亭》本事中张仁龟本为自缢而死，但戏曲中却为突出劝善惩恶之意，写其遭雷击而死。对《两狼山》的评论，作者认为正史多为贤者、尊者讳，不能揭示历史真实，而花部来自民间，反而具有春秋笔法，能够反映正史背后隐藏的事实，如对潘美的认识，作者认为正史记载为贤臣，但通过民间戏曲，道出了历史上潘美陷害忠臣、实为奸臣的一面。这一论点在《剧说》中也重提。

2. 对忠、孝、节、义思想内容的提倡弘扬

焦循认为花部胜于雅部的原因在于花部事多忠、孝、节、义，雅部则事多男女猥亵，因此，贯穿这十剧、十事的灵魂是对忠、孝、节、义的大力倡扬，其十事都关乎风化、劝惩。如《赛琵琶》谴责不义，"真是古寺晨钟，发人深省"。《铁邱坟》写薛刚后裔之忠义。《龙凤阁》写明末移宫之事，写诸臣之忠义。《清风亭》谴责张仁龟不孝、不义之行为。王英事则"英往说姚刚，辞严气直，百折不挠，作人忠义之气"。《双富贵》写蓝季子之笃于孝悌。《紫荆树》写田二的孝悌之行。《两狼山》也写杨业之忠，潘美之奸，忠奸对立。《义儿恩》写义儿之义与孝："此子真孝子也，故曰义儿。"可见焦循戏曲观中最为根深蒂固之处为强调戏曲功能有益风化，有益世道人心，能描写忠孝节义之善行。而对司马师的丑化，则认为是其对曹魏政权不忠，是奸臣形象，因而将《魏氏春秋》中所载的"唯几也，故能成天下之务"、"风流元谵"、"饶有风采，沉毅多大略"的司马师，本应"生、末为之，副巾鹤氅，白面疏髯"，塑造为"花部中大净为之，粉墨青红，纵横于面，雄冠剑佩，跋扈指斥于天子之前，居然高洋、尔朱荣一流"。这种不遵从历史真实，而屈从于艺术真实的原因在于司马师篡夺了曹魏政权，违逆了忠、孝、节、义四伦中最大之一伦"忠"。与此相似，潘美虽在历史上为良臣，但焦循认为"宋朝之弱由美，之强由准"，故而其罪过深重，因此，还原历史，即为不忠，为奸臣。这是老百姓心中的"春秋笔法"，与正史有所出入。

由此可见，主宰焦循戏曲观的核心是戏曲能否阐扬忠、孝、节、义，由此原则出发来安排遵守"历史真实"还是"艺术真实"。这一观点在《剧说》卷五的两条材料中得到了很好的证明。一为《雌木兰》，"按，史

上木兰之烈，未曾适人，传奇虽多谬悠，然古忠、孝、节、烈之迹，则宜以信传之"。《雌木兰》中虚构了木兰"王郎成亲"一事，与历史记载不符。但从艺术真实的角度来说，"王郎成亲"这一关目本无可厚非。但焦循认为为了表彰"忠、孝、节、烈之迹"，应遵从历史真实，"以信传之"，反对艺术虚构，反对"艺术真实"。同卷《长命缕》传奇中焦循观点正好相反，"本宋王明清《摭青杂说》，但春娘已落倡家作妓，而传奇则有《怀贞》等出，此亦劝善维持风俗之一端，固不必其事之实耳"。焦循认为历史真实是"春娘已落倡家为妓"，但传奇为了表彰贞节，则创作了《怀贞》等出，即传奇中贞娘并未失身为妓。焦循赞扬传奇这种违背历史真实而改从艺术虚构的手法，原因在于为了表彰春娘之贞、之节、之烈。同是有关忠、孝、节、义之题材，焦循态度却相反，一反对艺术虚构，一支持艺术虚构。这种态度的原因在于焦循强调戏曲必须以弘扬忠、孝、节、义为出发点。又如《剧说》卷五第一条，载《灌园记》，焦循认为原作《灌园记》中齐太子法章有许多不符合伦常之处。而冯梦龙删改之《灌园》，"忠、孝、志、节种种具备，庶几有关风化"，高于原作许多。其实原作符合历史真实，而冯删改之作则有违历史记载。焦循支持冯作，出发点也与以上所述相同。焦循对待历史真实与艺术真实的这种态度正如朱自清所言："古代史官记事，有两种目的：一是征实，一是劝惩。""三传特别注重《春秋》的劝惩作用，征实与否，倒在其次。"①

　　综上，焦循在戏曲评论中也体现了他"通儒"的特点，这种"通"不但体现在博通，而且体现在通达，因此，他的戏曲观相对于清代其他经学家的戏曲观更为接近艺术真实，更接近文学的本质性，更富有思想的光芒，也更具有理论价值，值得学界进一步关注。当然，由于其大儒的身份和深受儒学的熏陶，其戏曲观的核心则是推崇戏曲思想内容的正统化与伦理化，这也是所有清儒戏曲观的核心，也成为清代戏曲理论的核心。

---

① 朱自清：《春秋三传第六》，《经典常读》，中华书局 2009 年版，第 43 页。

焦循戏曲研究对王国维之影响

王国维（1877—1927），字伯隅、静安，号观堂、永观，浙江海宁人。在文学、美学、史学、哲学、古文字、考古学等各方面成就卓著，为20世纪初著名的国学大师。同时，在戏曲研究上也成就颇著。值得关注的是，焦循的戏曲研究对王国维的戏曲研究具有重要的影响。

一　王对焦之推崇

王国维受焦循戏曲研究影响颇深，王氏对焦氏在戏曲研究方面取得的成绩也很推崇。王国维对于自己戏曲研究"筚路蓝缕，以启山林"开创之功以及集大成之功非常自信，曾曰：

> 凡诸材料，皆余所搜集；其所说明，亦大抵余之所创获也。世之为此学者自余始，其所贡于此学者亦以此书为多，非吾辈才力过于古人，实以古人未尝为此学故也。①

因此，王国维很少推重前人，对焦循却肯定有加。其《录曲余谈》曰：

> 焦里堂先生《曲考》一书，见于《扬州画舫录》，闻其手稿，为日本辻君武雄所得。遗书索观后，知焦氏后人自劭伯携书至扬州，中途舟覆，死三人，而稿亦失。里堂先生于此事用力颇深，一旦湮没，深可扼腕。②

---

① 王国维：《宋元戏曲考序》，《王国维戏曲论文集》，中国戏剧出版社1957年版，第3页。
② 王国维：《录曲余谈》，《王国维戏曲论文集》，中国戏剧出版社1984年版，第230页。

王国维肯定焦循于曲学目录考订"用力颇深",对《曲考》这部杰出的戏曲目录著作的佚失表示遗憾、叹惋之情,溢于言表。《录曲余谈》云:

> 曲之为体既卑,为时尤近,学士大夫论之者颇少。明则王元美《曲藻》,略具鉴裁;胡元瑞《笔丛》,稍加考证。臧晋叔、何元朗虽以知音自命,然其言殊无可采。国朝唯焦里堂《劘录》,可比《少室》;融斋《艺概》,略似《弇州》。若李调元《曲话》、杨恩寿《词余丛话》等,均所谓不知而作者也。①

这里肯定了《易余劘录》在曲学方面的成就。此外,王国维曾阅读并借鉴过焦循《剧说》一书,《戏曲散论》曰:"《董西厢》四卷……明胡元瑞、国朝焦理堂,施北研笔记中均考订此书,讫不知何体。以国维考之,盖即宋时诸宫调也。"② 王氏所言,明指其曾寓目于焦循之《剧说》。因此,王氏曾研读过焦循之《易余劘录》与《剧说》两部著作,确凿无疑。如上所言,王氏还曾竭力访求过焦循另一部已佚之戏曲目录著作《曲考》,惜未得。

由上可知王国维对焦循曲学研究之推崇。王国维主要在戏曲研究范畴及戏曲观点诸方面受到焦循的影响。

二　戏曲研究方法的一致性

焦循的戏曲研究方法是以考据学为主。焦循是"扬州学派中的顶尖人物"③,而扬州学派则是乾嘉之际继吴派与皖派之后从事汉学研究的又一个以地域划分的学派。焦循所采取的经学及其他学术研究方法根本还是"朴学",也即"考据学"。梁启超在《清代学术概论》中概括出乾嘉考据之学的十大特色为:(一)凡立一义,必凭证据。(二)选择证据,以古为尚。(三)孤证不为定说。(四)隐匿证据或曲解证据,皆认为不德。

---

① 王国维:《录曲余谈》,《王国维戏曲论文集》,中国戏剧出版社 1984 年版,第 231 页。
② 王国维:《戏曲散论》,《王国维戏曲论文集》,中国戏剧出版社 1984 年版,第 235 页。
③ 许道勋、徐洪兴:《中国经学史》,上海人民出版社 2006 年版,第 255 页。

（五）最喜罗列事项之同类者，为比较的研究，而求得其公则。（六）凡采用旧说，必明引之，剿说认为大不德。（七）所见不合，则相辩诘，虽弟子驳难本师，亦所不避；受之者从不以为忤。（八）辩诘以本问题为范围，词旨务笃实温厚。虽不肯枉自己意见，同时仍尊重别人意见。（九）喜专治一业，为"窄而深"的研究。（十）文体贵朴实简洁，最忌"言有枝叶"。① 将这十条特色，对照焦循的戏曲研究，尤其是《剧说》一书，是符合符契的。《剧说》正是以资料的搜集整理为主，并辅以一定的训诂、校勘，且所选择的材料从先秦史料到时人著作无所不包，搜集尽可能多的同一问题的相关材料。引用材料都标注出处。以引用材料为主，自己观点的阐述简洁明了，不枝不蔓，在材料排比罗列中自然表达出自己的戏曲见解。如有不同意见或补正之处，则在材料之后，以按语的形式加以说明。如卷二在记载了有关《琵琶记》本事传闻的几种说法之后，作者发表自己的观点："余按：宋人诗云：'斜阳古柳赵家庄，负鼓盲翁正作场。死后是非谁管得，满村听说蔡中郎。'《辍耕录》所列杂剧之目，亦有《蔡伯喈》。意者，高则诚之作《琵琶》，当本于宋、元以来所相承，如《西厢》之本于《莺莺六么》耳。僧孺之女，固为适合；王四之讽，亦未足凭。"②

对于焦循这种采用考据为主进行戏曲研究的方法，学界也给予了充分肯定。叶长海《中国戏剧学史稿》曰："焦循对挖掘材料的用功，在材料排比中自然作出新的见解。以大量历史事实来证明自己对戏剧的认识。由此而建立自己的戏剧理论和戏剧史观，这种优秀的科学的考据精神与方法，影响了近一个世纪的戏曲研究，以后在王国维的戏曲研究中得到发扬与进一步的改善。"③ 同时，他也指出了采用考据法研究戏曲的弊病："而焦循考据常有的那种事无巨细均作烦琐考证，材料淹没观点，写作不顾逻辑条理的弱点，则在王国维那里有所克服。"④ 焦循的戏曲研究虽是貌似"剧话"或"曲话"性质的一系列戏曲史料的搜集、罗列，但也是自己戏剧观点的阐发。其"材料淹没观点"、"事无巨细均作烦琐考证"，是乾嘉

① 梁启超：《清代学术概论》，上海古籍出版社 1998 年版，第 47 页。
② （清）焦循：《剧说》，《中国古典戏曲论著集成》（八），中国戏剧出版社 1959 年版，第 107 页。
③ 叶长海：《中国戏剧学史稿》，中国戏剧出版社 2005 年版，第 466—467 页。
④ 同上书，第 467 页。

考据学的本身特点所限，如上所言，乾嘉考据学的特色即为"罗列相关材料"、"且不使用孤证"、"用材料来说明观点"；至于说其"写作不顾逻辑条理"也未尽然，《剧说》基本能看出作者罗列材料的规律。大体而言：卷一多为戏剧史、优语录。卷二至卷五多为本事考证，剧目、剧作家考证与相关轶事。卷六则多与优伶表演有关，附以一部分戏曲题咏。同时在六卷中也间接（仅引用他人材料）或直接（自己直接论述或他人材料后加按语）地多处表明自己各种戏曲观点。焦循的戏曲研究与批评虽发挥了乾嘉学派以朴学为特征的特色，但由于其思想的变通与求新，因此，能够超越前人的观点，时出新见，闪烁着思想的火花。

　　焦循戏曲研究以"考据"为主的特色，但不同于其他考据家的特点在于焦循的戏曲考据中时时闪烁着思想的火花。能够做到以材料出发，得出结论，观点不被材料所淹没，且围绕相关专题，具有一定的逻辑性和科学性。这是他一贯主张的"证之以实，运之于虚"的经学研究方法在戏曲研究中的体现。而王国维的戏曲研究与焦循相似，也从搜集材料出发，但王将材料纳入论述过程中，具有史的性质，真正实现了焦循所谓的"证之以实，运之于虚"的目标。王受西方学术方法的熏陶，具有现代科学的性质，而焦则未有明确的撰史意识。王由材料出发得出观点，焦则以材料先行，观点为辅。但王的某些戏曲著作也完全保留了传统考据学的模式，典型者如《优语录》和《录曲余谈》即是以材料辑录为主，为剧话或曲话性质，其方法与焦氏之《剧说》已无多大区别。

三　戏曲研究范畴焦对王之影响

　　焦循戏曲研究范围广泛，如其《剧说》序中所言，其戏曲研究范畴包括了除宫调与音律以外的戏曲研究的各个方面，如戏曲史、戏曲目录、戏曲脚色、优语录、戏曲本事考证、剧作家与剧目、优伶、曲辞宾白及扮演体制、戏曲续书、戏曲术语、戏曲序跋、戏曲题词、戏曲受众、戏曲相关逸闻趣事等，实际已具备非常宏阔与通达之眼光与见识。而王国维的研究范畴有的是继承了焦循已有的范围，如《曲录》、《宋元戏曲史》、《戏曲考原》、《优语录》、《古剧脚色考》、《录曲余谈》，有的则是超越了焦循的研究范畴，如对唐宋乐舞伎艺的研究《唐宋大曲考》，对戏曲版本的校勘整理研究《〈录鬼簿〉校释》等，同时王作还涉及一部分宫调曲牌的研究，这也为焦所不及。但同时，焦氏所涉及的一些范围，王也限于时间、精力及学术方向的转移而未能作为重点研究对象，如戏曲本事、戏曲序跋、题词、优伶事迹等。又焦氏研究戏曲时间范畴上也不同于王氏的只限于宋元及之前，而是包括了整个历史阶段。同时焦氏不但研究雅部，而且研究花部。王氏研究重点更倾向于戏曲剧本、戏曲文学，对戏曲表演、优伶及戏曲观众涉及较少，而焦氏则倾注了相同的气力。相对而言，焦氏显然更能认识到戏曲艺术的"综合性"的特点，研究范围更广、更全。个中原因在于王对戏曲直观的认识较少，焦则喜好观看戏曲，具有切实体验，而王更多限于文本与理论研究。但总体而言，王氏较焦氏研究更具有系统性、逻辑性与科学性，更具有集大成性质。

四　戏曲观点王受焦循之启发

1. 王之"一代有一代之文学"观点受焦氏"代有所胜"观点启发

王国维对此并不讳言，他曾曰：

> 元杂剧之为一代之绝作，元人未之知也。明之文人始激赏之，至有以关汉卿比司马子长者。（韩文靖邦奇）三百年来，学者文人，大抵屏元剧不观。其见元剧者，无不加以倾倒。如焦里堂《易余籥录》之说，可谓具眼矣。焦氏谓一代有一代之所胜，欲自楚骚以下，撰为一集，汉则专取其赋，魏晋六朝至隋，则专录其五言诗，唐则专录其律诗，宋专录其词，元专录其曲。[①]

2. 王之戏曲起源观点受焦氏之影响

焦循《剧说》卷一，通过对"优"的大量材料的罗列，不难得出中国戏剧起源于"优"的观点。之后，扬州学派殿军刘师培在《原戏》中认为，中国戏剧起源于巫。王国维分别接受这两种观点，《宋元戏曲考》曰："后世戏剧，当自巫、优二者出。"[②] 王国维关于戏剧起源的观点更全面、更合理，但应该也受到了前人或时人相关成果的影响。

---

① 王国维：《宋元戏曲考》，《王国维戏曲论文集》，中国戏剧出版社1984年版，第84页。
② 王国维：《宋元戏曲考》，第6页。

　　综上，可以认为王国维的戏曲研究深受焦循的影响，但后出转精，王
国维的戏曲研究又在许多方面超越了焦循，也因此取得了比焦循更大的成
就，但二人之间的这种传承关系则是显而易见的。

俞樾学术观、文学观与戏曲观的交融与互渗

俞樾（1821—1906），字荫甫，号曲园，浙江德清人，道光三十年（1850）进士。俞樾是晚清著名朴学大师，为古文经学派的代表人物。其学术以博通著称，涉及经学、史学、诸子学、小学等各个方面。俞樾对戏曲、小说、俗文艺也颇有研究，曾动手撰改《三侠五义》为《七侠五义》，另著有杂剧《老圆》，传奇《梓潼传》、《骊山传》。本文重点考察俞樾学术、文学观点与戏曲观的相互渗透交融，以了解清代学术与戏曲的关系。

一　俞樾学术观

俞樾治经私淑王念孙、王引之，在其《群经平议》自序中言：

> 本朝经学之盛，自汉以来未之有也。余幸生诸老先生之后，与闻绪论，粗识门户，尝试以为治经之道大要有三：正句读、审字义、通古文假借，得此三者以治经，则思过半矣。诗曰："昔我有先正，其言明且清。"圣人之言，岂有不明且清者哉？其诘窣为病，由学者不达此三者故也。三者之中通假借为尤要。诸老先生惟高邮王氏父子发明故训，是正文字至为精审，所著《经义述闻》用汉儒"读为"、"读曰"之例者居半焉。或者病其改易经文，所谓焦明已翔乎寥廓，罗者犹视乎薮泽矣。余之此书窃附王氏《经义述闻》之后，虽学术浅薄，傥亦有一二言之幸中者乎！①

---

① （清）俞樾：《群经平议自序》，《群经平议》卷首，《春在堂全书》第一册，第2a—2b页。

作者另有两处亦曾提到其治学的门径，一为《春在堂词录》之《高阳台》一词：

> 余治经多用康成"读为"、"读曰"之例，以明假借，而诗则抒写性灵，于香山为近。西湖诂经精舍有石刻郑康成像，其左为白公祠，有石刻乐天像，余拟拓二像悬一室，即颜之曰郑白斋，先以词纪之。
>
> 早岁诗歌，中年笺注，句消钟鼎旂常。俎豆名山，平生两瓣心香。遗经独抱司农注，附千秋、高密门墙。更倾心，白傅风流，长庆篇章。礼堂犹幸留遗像，共香山居士，须鬓苍浪。妙墨摹来，真教素壁生光。云楣待仿萧斋例，论高名、郑白相当。待他年，侨札周旋，再证行藏。①

又在《春在堂诗编》卷二十二《纪梦》一诗中言：

> 二月初八夜，余梦见一人，初不相识，然知为高邮王怀祖先生也，出一书示余曰："吾刻此书，每字洋钱五角。"又共读一古书，有一字余不识，先生曰都字也。余生平学术私淑高邮，晚岁梦见先生，似非偶然，诗以纪之。
>
> 梦里分明见石臞，百年向往此通儒。文章自定千金价，籀古亲传一字都。信有渊源相浃洽，觉来想象未模糊。不知异日名山业，得与高邮并寿无？②

俞樾亦将这种"正句读、审字音、通古文假借"的方法贯彻到其戏曲研究中。如《读元人杂剧二十首》之十九曰：

---

① （清）俞樾：《高阳台》，《春在堂词录》卷二，《春在堂全书》第九十七册，清光绪二十八年刻本，第6a—6b页。

② （清）俞樾：《纪梦》，《春在堂诗编》卷二十二，续修四库全书本第1151册，第645页。

旧本流传校勘精，偶拈奇字辨形声。铜鉇音茶官府颁来重，纸氅音见儿童蹴去轻。《包龙图铜鉇》杂剧中屡见鉇，即铡字，而乔梦符《金钱记》剧则音茶，殆因一声之转，随文而异读也。纸氅子见马致远《荐福碑》剧，据《帝京景物略》，字本作鞑，此字从金从皮从毛，字书不载，乃当时俗体也。①

在此诗中，俞樾考证了"鉇"与"氅"二字，鉇字音茶，本为铡，为一声之转，此字考证用了"审音义"的方法，而"氅"字本作"鞑"，二者为通假字，则是用了"通古文假借"的方法。

俞樾的戏曲观具有一定的进步性，如认为戏曲虽小道，但于世教风化有益，肯定戏曲的作用。同时，由于自身对戏曲的爱好，也促使其考证戏曲相关问题，促进了戏曲本事及戏曲史的研究，提高了戏曲的社会地位。

但俞樾思想中正统色彩非常浓厚，是坚决的封建礼教的捍卫者，其在清代学术思想界不如汪中、毛奇龄等人具有振聋发聩的意义，而是循规蹈矩的儒家礼教奉行者。同时，由于其治学方法亦步亦趋乾嘉汉学的考据法，未能创立新的学术研究体系，因此，在清代经学史中也不能同惠栋、戴震、焦循等一流朴学大师并驾齐驱。此外，由于俞樾学术兴趣广博，总揽四部，但总体而言，广博大于精深，不能避免杂糅之讥，因而贻人以口实，如张舜徽《清人文集别录》卷十九评俞樾曰：

生平专意撰述，所著书甚富。而《群经平议》、《诸子平议》二书，尤为一生读书心得之所萃。尝自言治经以高邮王氏为宗，其大要在正句读、审字义、通古人假借。所撰《群经、诸子平议》，实附王氏《述闻》、《杂志》之后（见《春在堂全书录要》）。今读其书，固不逮高邮远甚。盖高邮王氏之学，根柢深厚，初未尝有意著书，穷老尽气，穿穴群经、诸子，实有所悟，晚乃录出新解，成斯二编。此所谓学问已成，而后著书者。樾自少时，即以著书二字横于心中，刻刻以模拟王氏为念，贪多骛博，考核渐疏。此所谓为著书而后读书者，其不相及宜矣。乾嘉诸儒治学，以精博之记诵，为缜密之研思，深造

① （清）俞樾：《读元人杂剧》，《春在堂诗编》卷二十一，续修四库全书本第1151册，第625页。

自得，精义日多，无意著书，而书自成。道咸以下，步趋乾嘉最切、而著书最多者，无逾于樾。所刊《春在堂全书》，多至四百数十卷，乃至楹联、牙牌数之类，亦均录入，无乃滥杂已甚乎。①

这三种特点同样表现在其戏曲活动中：一、虽然有一定的进步戏曲观念，但未有新的思想注入其中；二、戏曲研究方法也只是运用了传统的朴学考据方法，考证戏曲本事、术语、戏曲史等内容，没能在前人基础上有大的突破；三、戏曲研究各个方面均有涉及，但并未在某方面有突出贡献，未能出现如焦循《花部农谭》、《剧说》、《曲考》一类的一流研究著作，而在戏曲创作上，与王夫之、桂馥的杂剧相比，也略显逊色。这种戏曲研究、批评、创作方面的局限，虽与他投入的精力较少有关，但无疑也与其学术思想、治学方法及涉猎的范围有关系。

二　俞樾戏曲观

俞樾的戏曲思想主要有以下几点：

1. 首重戏曲的教化作用

戏曲虽小道，但能劝善惩恶、警戒人心，有益世教风化，反对戏曲宣淫导恶。俞樾在为余莲村《劝善杂剧》所作序中言：

> 今之杂剧，古之优也……而唐咸通以来，有范传康、上官唐卿、吕敬迁等弄假妇人为戏，见于段安节《乐府杂录》，则俳优而已，至于淫媟，亦势使然乎？夫床第之言不逾阈，而今人每喜于宾朋高会，衣冠盛集，演诸淫亵之戏，是犹伯有之赋"鹑之贲贲"也。
>
> 余子既深恶此习，毅然以放淫辞自任，而又思因势利导，即戏剧之中，寓劝善之意，爰搜辑近事被之新声，所著凡二十种，梓而行之，问序于余。余受而读之，曰：是可以代道人之铎矣。②

此序指明余冶《劝善杂剧》劝善惩恶之主旨。《玉狮堂传奇总序》曰：

---

① 张舜徽：《清人文集别录》，华中师范大学出版社 2004 年版，第 486 页。
② 蔡毅：《中国古典戏曲序跋汇编》，齐鲁书社 1987 年版，第 2264—2265 页。

"虽词曲小道，而于世道人心，皆有关系。可歌可泣，卓然可传。"① 认为虽为词曲小道，但有益于世道人心。《错姻缘》序曰：

> 蒲留仙《聊斋志异·姊妹易嫁》一节，相传实有其事，潜翁（陈烺）吏隐西湖，雅善度曲，乃取其事，谱成传奇，名曰《错姻缘》，余读而叹曰：此一事有可以警世者二：夫妇人女子，初无巨眼，欲其于贫贱中识英雄，良非易事。买臣之妻，既嫁之后，尚以不耐贫贱，下堂求去，况张氏女尚未于归乎？然以一念之差，成终身之误。凤诰鸾章，让之小妹，晨钟暮鼓，了此余生。清夜自思，能不凄然泪下？是可为妇人鉴者一。至于男子，当食贫居贱，与其妻牛衣对泣，孰不曰："苟富贵，无相忘。"乃一朝得志，便有"贵易交，富易妻"之意。秋风纨扇，无故弃捐，读"上山采蘼芜，下山逢故夫"之句，能勿为之酸鼻哉！若毛生者，偶萌此念，尚无此事，似亦无足深咎。然已黄榜勾消，青云蹭蹬。使非神明示梦，有不潦倒一生乎？是可为男子鉴者一。潜翁此作，不独词曲精工，用意亦复深厚。异日红氍毹上，小作排当，聚而观者，丈夫女子咸有所警醒。夫夫妇妇，家室和平，则于圣世睢麟雅化，或亦有小补也夫。②

此借《姊妹易嫁》之事阐述戏曲须有警戒人心之功效。

2. 强调戏曲较经典化人更易、更速

俞樾看重俗文艺较正统文化更易于教化的作用，如《余莲村劝善杂剧序》曰：

> 天下之物最易动人耳目者，最易入人之心。是故老师巨儒，坐皋比而讲学，不如里巷歌谣之感人深也；官府教令，张布于通衢，不如院本平话之移人速也。君子观于此，可以得化民成俗之道矣。《管子》曰："论卑易行。"此莲村余君所以有《劝善杂剧》之作也……
>
> 夫制雅颂之声以道之诚善矣，而魏文侯曰："吾听古乐则唯恐卧，听郑、卫之音，则不知倦。"是人情皆厌古乐而喜郑、卫也。今

---

① 蔡毅：《中国古典戏曲序跋汇编》，齐鲁书社1987年版，第2289页。
② 同上书，第2316—2317页。

以郑、卫之音节，而寓古乐之意，《记》所谓"其感人深，其移风易俗易"者，必于此乎在矣。余愿世之君子，有世道之责者，广为传播，使之通行于天下，谁谓周郎顾曲之场，非即生公说法之地乎？①

3. 重视戏曲艺术之美

《玉狮堂传奇总序》曰：

　　余尤喜其《蜀锦》、《海虬》二种，音节苍凉，情词宛转。视尤西堂《黑白卫》等四种，吴石渠《绿牡丹》等四种，可以颉颃矣。②

肯定《玉狮堂传奇》"音节苍凉，情词宛转"之艺术特色。《小蓬莱阁传奇序》曰：

　　余就此十种观之，虽传述旧事，而时出新意，关目节拍，皆极灵动，至其词，则不以涂泽为工，而以自然为美，颇得元人三昧，视李笠翁十种曲，才气不及而雅洁转似过之。③

赞赏《小蓬莱阁》传奇关目新奇、结构灵动、文辞自然、格调雅洁之艺术特点。

三　俞樾的文学观

《清史稿·儒林传三》评价俞樾的文学创作曰："古文不拘宗派，渊然有经籍之光。所作诗，温和典雅，近白居易。"④ 俞樾治经私淑王念孙、为诗则学香山白居易。其自述曰："余治经多用康成'读为'、'读曰'之例，以明假借。而诗则抒写性灵，于香山为近。"⑤ 因此，其诗文艺术风

---

① 蔡毅：《中国古典戏曲序跋汇编》，齐鲁书社 1987 年版，第 2264—2265 页。
② 同上书，第 2289 页。
③ 同上书，第 1147 页。
④ 赵尔巽等：《清史稿·儒林三》，中华书局 1976—1977 年版，第 13299 页。
⑤ （清）俞樾：《高阳台》，《春在堂词录》卷二，《春在堂全书》第九十七册，清光绪二十八年刻本，第 6a—6b 页。

格必然近于香山。关于诗学香山，作者在另一处也曾提到，即《湖楼笔谈》卷六："余于太傅诗百读不厌，在诂经精舍曾以'书白集后'命题，有肄业生陆雅南诗云：'苦心百炼总无痕'，得香山三昧矣。"① 受白居易的影响，俞樾文学观点主要表现在以下两个方面：一、"苦心百炼总无痕"，喜欢自然、清新、流动、婉转、浅丽、雅洁的艺术风格。反对俗艳、雕琢、铺陈。二、讲究规陈教化、曲终奏雅。

　　而这种文学主张也贯彻于自身的诗文创作与小说戏曲创作中。俞樾的文言小说《右台仙馆笔记》的风格与特色也是简洁、自然、清新的。关于《右台仙馆笔记》的撰述方法与体例见于《春在堂随笔》卷八，曰：

　　　　纪文达公尝言："《聊斋志异》一书，才子之笔，非著书者之笔也。"先君子亦云："蒲留仙，才人也。其所藻缋，未脱唐宋人小说窠臼。若纪文达《阅微草堂》五种，专为劝惩起见，叙事简，说理透，不屑屑于描头画角，非留仙所及。"余著《右台仙馆笔记》，以《阅微》为法，而不袭《聊斋》笔意，秉先君子之训也。然《聊斋》藻缋，不失为古艳。后之继《聊斋》而作者，则俗艳而已，甚或庸恶不堪入目，犹自诩为步武《聊斋》，何留仙之不幸也。②

由此可见其文言小说创作也踵武纪昀《阅微草堂笔记》"专为劝惩起见，叙事简，说理透"的特点，反对"藻绘"、"描头画角"。概而言之，即要求在作品内容上要有所劝惩，而在形式上要简练、雅洁、深刻、隽永。举一例可见其小说风格。《右台仙馆笔记》卷十第四百条曰：

　　　　河南有一逆旅，庭中植牡丹数十本，花开具五色，大如盘。有携眷属过此者，偶折一小朵，为其妻插鬓，俄有血从花蒂流出，沿妻面颊及于肩。大惊，知其有异，仍缀花于枝，用纸封裹之。及夜，忽见女子数十人联袂而至，交口诟詈，曰："伤吾妹矣！"携一小女示之，伤痕在颈，纸封俨然。其人知为花神，乃谨谢过，且曰："事由不知，非有意相犯，幸而获宥，当书其事于墙壁间，俾后来者知之，则

---

① （清）俞樾：《湖楼笔谈》卷六，续修四库全书本第1162册，第413页。
② （清）俞樾：《春在堂随笔》卷八，江苏古籍出版社2000年版，第113页。

永无攀折之患矣。"诸女颔之，相携俱去。其人后亦无他，惟其妻则血所沾濡之处，皆生疮疣，经时始愈。①

此条寥寥数百字即述一事之首末，且文字洁净典雅，洵为"雅洁"。同时又寓劝惩之意在其中，诫人勿攀折花木，须敬事花神，一草一木皆有灵。

此种文学主张贯彻于其戏曲创作中。《梓潼传》表彰梓潼文君兴修水利、造福于民，拒不事伪朝之王莽、公孙述。《骊山传》歌颂骊山女协同周武王安定西垂，两剧皆有安世济民之意。而在戏曲唱词与宾白中，也无恶诨，讲求自然典雅、清新优美的风格。如《梓潼传》第五出《春田劝耕》中的唱词便是一首首风景如画的田园诗，描绘的是男耕女织、万民安乐的太平盛世风光：

> 【西地锦】（仪从引文君上）万顷青畴绿野，千村禾黍桑麻。鸣驺郊外非游冶，把民风倾略些些。
> ……今当春日，仿古人省耕之意，轻车减从，随意巡行，出得城来，好风景也。
> 【前腔】辘轳场中滑达，桔橰声里喧哗。田家风景真堪画，满塍又听鸣蛙。
> 【雁来红】（扮农夫四人）弟扶耒，兄秉耙，叱犁牛，踏水车，不嫌滑泥沾踝。呀，我使君梓潼文君来也。（拜科）莫笑村夫野，也得承迎刺史车。（下）（文）休惊怕，村夫可嘉，事耕耘，无闲暇。
> 【前腔】（扮饁妇四人）黍和肉，酒共茶，小筥篮，略有些，盘儿白木盆儿瓦。呀，我使君梓潼文君来也。（拜科）莫笑村夫野，也得承迎刺使车。（下）（文）休惊怕，村姑可嘉，叫耕妇，都来嗏。
> 【前腔】（扮牧童四人上）一枝笛，随手挐，一群牛，走水涯。牛儿胜似高头马。呀，我使君梓潼文君来也。（拜科）莫笑村翁野，也得承迎刺使车。（文）父老来得甚好，且随我散步一回，休惊怕，村翁可嘉，且随行问闲话。（父老）谨遵命。

整支曲词清新优美，雅洁隽永，如天籁之音。写景抒情，无不流转灵动。

---

① （清）俞樾：《右台仙馆笔记》卷十，上海古籍出版社 1986 年版，第 251 页。

而其所创作的杂剧《老圆》中的唱词则疏爽峭遒，意蕴深刻。如：

> 【南桂枝香】（外唱）龙城飞将，今犹无恙。几人遭钟室诛夷，几辈向祁连高葬。且归来旧乡，且归来旧乡，脱却箭衣弓帐，睡到日高三丈，学耕桑，好安排新村舍，不胜似黄沙古战场。

这支曲词充满着浓厚的悲慨和愤懑，一定意义上也体现了俞樾自己无辜遭贬、不得已脱离官场的不平。且将古今的人物命运遭际笼罩笔下，具有普遍性和哲理性。因此，无论从思想内涵和艺术水准而言都是一部难得的佳作。

综上，俞樾的学术观、文学观和戏曲观具有某种同构性，在学术上俞樾为东南朴学大宗，膜拜郑玄的治经方法，并且私淑王念孙、王引之父子。而在文学上，则瓣香白居易，主张流丽轻浅的文学风格。俞樾的这种文学主张贯穿在他的诗文乃至戏曲小说创作中，形成隽永、含蓄而清新流丽的风格。而在文学内容上则严格遵守传统儒家的教化伦理，其小说和戏曲有着浓厚的说教意味，甚至出现了以经学为戏曲的倾向。而所有这一切又由他经学家和朴学家的身份所决定。

以经学为戏曲

——论俞樾的戏曲创作

俞樾著有杂剧《老圆》，传奇《梓潼传》、《骊山传》。

《老圆》一剧收入《曲园杂纂》，郑振铎曾据俞樾曾孙俞平伯所藏手稿本影印入《清人杂剧二集》。《骊山传》与《梓潼传》收入光绪二十五年（1899）刊本《春在堂全书》，名为《春在堂传奇》二种。《梓潼传》另有"虹隐题签"的单行本。

《老圆》全剧只一折，郑振铎《清人杂剧二集题记》曰："《老圆》写老僧点化老将、老妓事，多禅门语。然于故作了悟态里却也不免蕴蓄着些愤激。"① 关于《老圆》的创作意图，作者在《老圆序》中写道：

> 余不通音律，而颇喜读曲，有每闻清歌辄唤奈何之意。偶读清容居士《四弦秋》曲，因谱此以写未尽之意，且为更进一解焉。所惜于律未谐，聱牙不免，红氍毹上，未必便可排当，聊存诸《杂纂》，亦犹《船山先生全书》之后，附《龙舟会杂剧》而已。②

另在《春在堂全书录要》中也对《老圆》一卷进行了介绍：

> 余旧有老将老妓两曲，久失其稿，今合而一之，烈士暮年，秋娘老去，固同调也，附刻《曲园杂纂》之末，亦犹《王船山先生全书》

---

① 郑振铎：《清人杂剧二集题记》，《清人杂剧二集》卷首，长乐郑氏影印本1934年版，第14页。

② （清）俞樾：《老圆序》，《老圆》卷首，《春在堂全书》，清光绪二十八年刻本。

之后附《龙舟会》杂剧矣。①

由上可知，作者是受蒋士铨《四弦秋》启发而创作此剧。《四弦秋》以白居易《琵琶行》为本事，俞樾剧中的老妓花退红无疑即是《琵琶行》中"老大嫁作商人妇"的琵琶女，而李不侯则隐寓汉朝名将李广。作者对此二人的理解是"烈士暮年，秋娘老去，固同调也"。全剧寄寓着人生如梦、功名声色俱如过眼云烟的人生感慨。表露了作者在仕宦失意之后的超脱与无奈，亦有悲愤隐寓其中。且看老将李不侯与老妓花退红之声诉：

> （老将白）俺李不侯万里从戎，十年转战，壮怀投笔，何减班超，末路论功，翻输李蔡，归从塞外，伏处田间，昔年志气凌云，常作封侯之梦，此日头颅压雪，频遭醉尉之嗔，想起来，好不颓丧人也。②

老妓花退红曰：

> 奴家花退红，幼娴歌舞，名重平康，旧推北里之尤。曾冠东田之籍，只知香车宝马，排日清游。谁料秋月春花，逐年减色，昔日红楼翠馆，争停贵介之车，他年白发青裙，老作踏摇之妇，想起来，好不凄惶人也。

这里抒发的是英雄失意、美人迟暮的人生感叹。但在老僧眼里，这一切只是水中月、镜中花，世事如梦幻，一切都将归于平淡、冷寂。看他如何点化二人：

> （外白）汝二人何不达也。
> 【南桂枝香】（外唱）龙城飞将，今犹无恙。几人遭钟室诛夷，几辈向祁连高葬。且归来旧乡，且归来旧乡，脱却箭衣弓帐，睡到日

---

① （清）俞樾：《春在堂全书录要》，《春在堂全书》第一百五十九册，第13b页。
② （清）俞樾：《老圆》，《清人杂剧二集》本，据德清俞氏家藏钞本影印，第2—11页。以下曲辞均出自此书，不再标注。

高三丈。学耕桑，好安排绿树新村舍，不胜似黄沙古战场。

（净白）吾师之言是也。

【北油葫芦】（外唱）赵袂燕裙巧样妆，斗新声弹又唱，且试问朝云暮雨为谁忙。终不免才人末路归厮养，到不如旧衣裳粗绵纩。把蚊帱换去销金帐，闭帘栊再不惹莺狂燕狂，纵施红贴翠都改了家常样，这光阴冷淡味偏长。

（旦白）吾师之言是也。

【南醉扶归】（外唱）英雄儿女原无两，世间那有好收场。试看取乌兔双丸跳掷忙，到头来王侯蝼蚁皆黄壤。莫将旧事苦思量，都是张王李赵他人帐。

末了，二人在老僧的点化下彻底觉悟，参透兴亡盛衰，进退得失都不过是一场曼衍鱼龙的百戏，乱哄哄你方唱罢我登场：

（净、旦）承吾师指示，我辈傀儡顿消矣。（净）烦恼斩除成慧剑，（旦）铅华洗净即优昙。（分下）

【南尾声】（外唱）老僧枯坐蒲团上，看不完曼衍鱼龙百戏忙，直要到戏罢台空自散场。（下）

剧作充满着人生如梦、人生如戏的思想，表达了作者在对功名仕宦的追求失意之后，故作达观的人生态度，与作者自身的经历有关。值得注意的是此剧还带有作者自作的工尺谱，显示了他对戏曲音律的熟谙。

俞樾创作的两部传奇是《骊山传》和《梓潼传》，他创作这两部作品的动机和创作杂剧《老圆》有所不同，《老圆》中还有作者自身对人生的理解与体验，交织着人生进退得失的无奈与超脱、激愤等感情在内。而两部传奇作品的创作主旨则直接为学术服务，即有功经学，将经学戏曲化或戏曲经学化。《骊山传》考证骊山女、骊山老母与西王母同为西周文王时西方戎胥氏之女，也即为武王之"乱臣十人"中一人。《梓潼传》考证梓潼文君为汉朝文参。作者在《骊山传》与《梓潼传》开篇分别借"磬圃老人"之口表明全章大意。《骊山传》开篇曰：

【三台令】（磬圃老人上）衰年止学都荒，《论语》居然未忘，奇女此中藏，说破了惊倒邢皇。

这本戏叫做《骊山传》，听我表明大义：那周武王乱臣十人，有一妇人，或说是太姒，或说是邑姜，都讲不去。有人把妇人改作殷人，说是胶鬲，更属无稽。直到曲园先生才考得此妇人是戎胥轩妻姜氏，即后世所称为骊山老母者。《史记》载申侯之言曰："昔我先骊山之女，为戎胥轩妻，以亲故归周保西垂，西垂和睦。"是其有功于周可见。《汉书》载张寿王之言："骊山女亦为天子，在殷周间。是骊山女固一时人杰。周初寄以西方管钥，然后无西顾之忧，得以专力中原，厥功甚巨，列名十乱，固其宜也。"此论至奇亦至确。唐时有书生李筌，遇骊山老母，指授《阴符经》；宋时有郑所南，绘《骊山老母磨杵作针图》，皆以神仙目之，莫知其为周武王十乱之一。我故演出此戏，使妇竖皆知，雅俗共赏，有功经学。看官留意，勿徒作戏文看也。

【排歌】十乱成行，何来女郎。经生费尽商量。邑姜太姒总荒唐，改作殷人更不当。惟班马载得详，骊山奇迹始昭彰。因游戏谱此章，梨园子弟试排场。①

《骊山传》全剧共八出，作者考证骊山女之事迹及骊山老母由来及周武王乱臣十人之一"一妇人"即为此女。作者在第七出"下场诗"中说："西池一个西王母，西荒一个西王母，今朝并作一人看，总是骊山一老母。"《梓潼传》亦是如此。全剧开始：

【破阵子】（磬圆老人上）圣代修明祀典，文昌中祀加虔。千秋俎豆同关庙，一样神灵是汉贤，人间莫浪传。

这本戏叫作梓潼传，听我表明大意，我朝升文昌为中祀，极其隆重。文昌何神？说就是文昌六星。既是天星，何以相传二月初三是文昌生日？又何以称为梓潼帝君？近来曲园先生考得梓潼帝君是汉时梓潼文君，见高联《礼殿记》。此说甚确。按晋常璩《华阳国志》载："文参字子奇，梓潼人。孝平帝末为益州太守，造开水田，民咸利

---

① （清）俞樾：《骊山传》，《传奇二种》，《春在堂全书》第一百六十册，清光绪二十八年刻本。以下引文见于《骊山传》的不再单独标注。

之，不服王莽、公孙述。遣使由交趾贡献，世祖嘉之，拜镇远将军，封成义侯。南中咸为立祠。"《礼殿记》所称梓潼文君，即此人也。庙食千秋，洵可不愧当日，南中咸为立祠，即今日文昌宫之权舆。是以起于蜀中，后世误以为文昌星，天人不辨。至文昌化书所载，假托姓名，伪造事实，转使祀典不光。我故演此一戏，使人人知有梓潼文君。虽一时游戏之文，实千古不磨之论。

【倾杯序】望文昌远在天，历历斗魁边，安得有名姓存留。二月生辰，三巴乡县，化书诬罔真堪划。璬志分明自可援，翻新案，是真非是赝，请诸公来看文君传。①

《骊山传》与《梓潼传》传奇创作的主要目的是"有功经学"，为作者的经学主张服务，因此不可避免地造成戏曲案头化。剧本打破常规，不适合搬演，如全剧无净、丑角，无一处插科打诨。剧中无生、旦、净、末、丑等脚色行当名，而是直用其名，如骊山老母出场，写"扮骊山女"，以后出场简称"骊"。周文王出场，用"扮周文王上"，后简称"文"。梓潼文君出场，用"扮梓潼文君上"，后出场简称"文"。梓潼文君之子文忯上场，写"扮公子文忯上"，后用"忯"。

此外，剧本中大量的考证性文字层见迭出，除了上举两剧中的家门可视作两篇考证文章之外，其他的考证文字也散见于各出之中，显示了"以学问为戏曲，以议论为戏曲，以文字为戏曲"的倾向。如《梓潼传》第五出《春田劝耕》中梓潼文君陈述益州水道情况：

……我所属地郡县，地力未尽，民食颇艰，推原其故，总由水利不兴。稽参志乘，江汉皆经由我境，此外如汉中郡之旬阳有旬水，安阳有箬谷水，巴郡之江州有清水，阆中有渝水，胸忍有容母水，广汉郡之梓潼有潼水，涪县有涪水，绵竹有绵水，江原有郫水，绵虒有湔水，牂柯郡之鳖县有鳖水。夜郎有豚水，西随有麋水，越巂郡之遂久有绳水，台登有孙水，青蛉有青蛉水，我本郡益州之铜濑有迷水，俞元有桥水，收靡有涂水，弄栋有母血水，至于白水黑水，皆在境中，

---

① （清）俞樾：《梓潼传》，《传奇二种》，《春在堂全书》第一百六十册，清光绪二十八年刻本。以下引文见于《梓潼传》的不再单独标注。

邛地滇池，并推大泽，随地疏凿，皆可灌溉民田……

这样考察水利的考证文字明显不适合戏曲的演出，只能供案头阅读，又最后一出《遗祠闲话》中考证梓潼文君何以被称为"故府"也与此相似：

> （二人）文君既是益州太守，而非蜀郡太守，何以成都所刻《周公礼殿记》称文君为"故府"？（文）此却可疑，或文君曾以益州太守领益州刺史，蜀郡亦在所部中，故得称"故府"乎？往年诸葛丞相以建宁太守李恢领交州刺史，似即用此例……（文）我思文君事实，我等子孙尚不得其详，即如文君之名，本是参字，或误作齐字，传之后世，更难稽考，我拟访求好古博雅君子，为作《文君传》一篇，未知世有其人否？

又如在《骊山传》第四出中，各国使者贡献的风物土仪中，也一一考究其名称、演变与来历，整出戏都为考证性的文字，这样的文字也自可置入学术笔记中。略举片断如下：

> （渠使）列公莫轻视此犬，此名鼩犬，一名露犬，能食虎豹。（众）怪不得用铁练锁住。（渠使）一解铁练，即飞去矣。（众）真奇犬也。（奴牵下）（羽使）轮到我欺羽国了，孩子每将贡物来。（扮番奴笼一鸡上）（众）此一雄鸡，有何异处？（羽使）此不是鸡，名唤奇干善芳，烹而食之能益人记性，大小事件，历久不忘。（众）奇干善芳，我等亦曾闻其名，但以为善芳是鸟名，出于奇干国，不知奇干善芳四字为名，出于贵国。（羽使）奇干或作鹄鵗，善芳或作献芳，总是一物，至我国自名欺羽，因国中有翼望山，故得此名，外人误认奇干为国名，转使我国欺羽之名不着，敝国颇以为恨。（众）不劳介意，千载后有曲园先生自能辨白。（奴笼鸡下）（卜使）我卜卢国并无别物，只是一牛，列公休笑。（扮番奴牵一小牛上）（众）此小牛毛色光泽可爱。（卜使）此牛虽小，其力甚大，负重致远，十倍大牛。（众）敢问何名？（卜使）在本国即有二名，有呼作纠牛者，纟旁作九字，其音如求，有呼作纨牛者，纟旁作丸字，其音如桓，未知孰是？（奴牵牛下）（康使）各国所贡，皆是动物，敝国所贡，却是

植物。（扮番奴捧李一盘上）（众）此是李子。（康使）非李也，此名桲荙。（众）有何好处？（康使）食之能使人有子，敝国生齿甚繁，皆此桲荙之力。（众）闻中国有一种名唤茉莒，恐亦此类，药中佳品也。（奴捧李下）（众合）

【前腔】露犬并非骁，纨牛不是牦，鵽鵽奇干纷淆，茉莒更宜参考，方物志费传钞。并下。

之后讲其他使国的贡物如铁塔、十字架等皆一一考证其得名来历。显而易见，这种用整整一出戏来考证名物制度的文字对推动剧情的发展无足轻重，而只是用来展露作者的学术功力。作者也无心于表现复杂曲折、动人的故事情节，各出、各段及整本戏曲都是为其学术观点服务的，与其名之曰传奇、毋宁名之为学术文章更合实质。俞樾戏曲创作中"以戏曲为经学"尤为突出的是《梓潼传》第六出《学宫讲艺》，直接陈述基本经学问题，类似于当时课程提问：

（一生）敢问治《易》或主象数，或主义理，究宜何从？（文）孔子赞《易》，多说义理，安可舍理而言《易》？然云《易》者象也，则义理仍宜从象数推求。

【宜春令】不谈理，离了经，看开端元亨利贞。微言大义，要从象数来参证。羊触藩伏莽戎兴，鬼张弧夫征妇孕。把人间，万象包罗，《易》奇而正。

（一生）敢问《尚书》自经秦火，究存几何？（文）伏生先秦博士，所传可信，此外皆伪也。即如《秦誓》三篇，虽汉初已有。然恐是周考周说中别出之篇，非真《秦誓》。

【前腔】秦火后，失此经，仗流传济南伏生。高年口授，可知此外无余胜。王屋上流火莹莹，王舟中白鱼滚滚。虽汉初，授引非虚，终难全信。

（一生）敢问治《诗》宜何从？（文）《齐诗》最奇，《毛诗》最正。

【前腔】《鲁》与《韩》，久著名，两毛公后来最精。六情五际，《齐诗》别自开蹊径。午采芭阳谢阴兴，亥大明天门候听。让汉廷，翼奉诸公，侈谈灾应。

（一生）敢问《仪礼》、《周礼》、《礼记》是分三《礼》。究以何者为《礼》之本经？（文）《礼记》半出本朝诸公之手，但可为羽翼而已。《周礼》乃周衰有志之士所为，直欲斟酌古今，自成一代之制，故与诸书多不符合。

【前腔】惟《仪礼》，《礼》本经，在当时人人奉行。周官六典，参差不是周公定。幽厉后古制凋零，有英贤衡茅发愤。参古今，手定成书，留贻来圣。

（一生）敢问本朝说《春秋》崇尚《公羊》，果得圣人之意否？（文）圣人制作，度越寻常，《春秋》始元终麟，自有微义。断非寻常作史可比。然《公羊》家必说是圣人自定素王之制，恐亦未可轻言。传至后世，必有流弊。

【前腔】《左》、《公》、《穀》，同治经，独《公羊》辞高意闳。非常异义，小儒读此目为瞠。斥衰周未免凭凌，托新王居然钺衮。转不如，《左氏》浮夸，《穀梁》拘谨。

（一生）敢问战国诸子，何者为优？（文）古人著书，各有心得，虽申韩之残刻，《庄》、《列》之虚浮，要皆自抒所见，非后世人云亦云者比。然不过各成一子而已。若超出诸子之上，将来可升列为经者，其《孟子》乎？

【前腔】尼山孔，莫与京，峄山贤与之代兴。杨朱墨翟，敢将异喙来争胜？大本领经正民兴，扫强秦一言反本。任凭他，坚甲精兵，难当吾桭。

（一生）孔门弟子姓名，记载不一，故府文翁刻有《礼殿图》，果无误否？（文）《礼殿图》中有蘧伯玉，未免失考，伯玉友也，非弟子也。初刻有申枨、申棠，后来又存申党而去申枨，不合《论语》。鄙意尼山道大，正不必罗列多人，始为尊圣，若必欲一概搜罗，窃谓见于《庄子》书尚有瞿鹊子。

【前腔】考诸贤，姓与名，总流传殊难尽凭。申党申棠，如何枨也反招摈？若搜罗不择榛荆，有遗珠南华可证。试容他，瞿鹊升堂，不较似蘧贤为胜。

以上所论述的都是与经学有关的问题。前五曲论述《周易》、《尚书》、《诗经》、《礼》、《春秋》，第六论及诸子与儒学及经学，第七论及孔门弟子。在这些论述中，又鲜明地表达了俞樾自己的经学观点和经学立场。俞樾论《易经》主张以象数为主，论《尚书》以伏生今文《尚书》为信，《诗》则以毛《诗》为正，《礼》以《仪礼》为本，《春秋》主左氏，反对《公羊》，这些都是当时乾嘉汉学通行的学术主张。而这种问答的形式正与乾嘉学派为受业弟子讲经论史、讲论古学的情形相似，类似于课程答疑。由学生提出问题，老师解答，或是由老师提问，学生来解答。这种提问也称"策问"，如《竹汀先生日记钞》卷三中的《策问》，即是钱大昕主讲苏州紫阳书院时，为诸生讲授经史、小学等各种知识的课程讲义。如其论及经学曰：

> 《易》者，象也，《说卦》言八卦之象详矣，荀、九家、虞仲翔所补逸象尤多。王辅嗣以忘象言《易》，毋乃非古法欤？孟氏说卦气，费氏说分野，郑氏说爻辰，虞氏说旁通，其义例可得闻欤？《左传》占筮多奇中，以何术推之？京君明传，所言世应、纳甲，与今卜筮家合，其余飞伏、积算、五星、列宿之例，可推衍之欤？①

> 《诗》有六义，赋、比、兴居其三。毛公释《诗》，言兴而不言赋、比。朱子《集传》始具列之，乃有一章而兼二义三义者，何也？兴、比相似，其分别何在？宋儒之言兴、与传、笺有异同否？《雅》何以分大小？周、召何以称南？《卫诗》何以别为《邶》、《墉》、《齶》？有《雅》有《颂》，何以称系于风？又何以殿十五国之末？……②

> 《春秋》有古文、今文之异，汉熹平、魏太和所刻者，今欤古欤？汉儒说左氏者，莫精于服虔，自杜解行，而服氏遂废，其逸义犹有可考否？何平叔之《论语》，范武子之《穀梁》，皆称集解，与杜氏同，何、范具列先儒姓名，杜何以独异？郑康成引《公羊传》文，往往与何休本异，又何故也？③

> 《尚书》言九州岛，又言十有二州，其分析何名？《尔雅》、《职

---

①　（清）钱大昕：《策问》，《竹汀先生日记钞》卷三，陈文灯《嘉定钱大昕全集》第八册，江苏古籍出版社1997年版，第47页。

②　同上书，第48—49页。

③　同上书，第52页。

方》所述州名，与《禹贡》互异，其故何在？三条四列，若何区分？九山九川，若何枚数？三江、九江之聚讼，《（山番）冢》、《大别》之纷更。若水、昆仑，荒远难究；河、淮、汶、济，迁徙靡常。目验者或据后而疑前，耳食者又陋今而荣古，谅为儒者所折衷，其详着于篇。①

《礼》，所以安上全下也，《礼》之目曰三、曰五、曰六，其分别何在？《仪礼》十七篇，于五礼何属？其称《士礼》，又何取也？《礼》古经多于今《礼》若干篇，其篇名犹有可考欤？古今文字不同，其见于注者，能悉数欤？监本经文多脱误，不如唐石经之精审，能举其一二否？张氏《识误》一篇，果无遗憾否也？②

《乐》正四教，《诗》、《乐》分而为二，《诗》之次第，与《乐》之次第，果相应欤？昔人谓《诗》有入乐不入乐之分，然欤，否欤？古有诵诗，有赋诗，有歌诗，其分别何在？《狸首》、《新宫》，何以不见于《南陔》六篇？既无其声，何又列之于《什》？此皆儒者之所宜讲明者也。③

这与俞樾在《梓潼传》第六出《学宫讲艺》中谈论的问题大致相同。与此同时，在两剧的下场诗中也并非是总结故事情节，而是考证性的结论诗。如《骊山传》各出下场诗：

第一出：天将王业付岐阳，飞起熊罴渭水旁。鬻子著书老无事，今朝亦复一登场。

第二出：骊山老母世皆知，世系源流孰考之。《史记》、《汉书》明白甚，并非院本构虚词。

第四出：各国花名随意开，不嫌附会不嫌诙。可怜老去曲园叟，亦入戏场科白来。

第五出：翠水瑶池本渺茫，玉楼十二在何方？从今识得西王母，只是西方一女王。

---

① （清）钱大昕：《策问》，第53页。
② 同上书，第53—54页。
③ 同上书，第54页。

第六出：莽莽流沙欲度难，烟云随意写豪端。羌无故实君休笑，只作西游演义看。

第七出：西池一个西王母，西荒一个西王母。今朝并作一人看，总是骊山一老母。

第八出：平生耽著述，颇不袭陈因。搜出骊山女，补完周乱臣。经生传述误，史氏记来真。此论奇而确，迂儒莫怒嗔。

《梓潼传》各出下场诗：

第一出：天上文昌本是皇，有何生日不分明。今知有此文君在，不碍年年进寿觥。

第二出：五威使者到边疆，想见文君意激昂。只为戏场须点缀，再将花面扮哀章。

第三出：曾向华阳志里看，文君妻子被拘挛。登场略作斡旋计，只在文人此笔端。

第四出：既为梓潼作佳传，不妨略及梓潼人。粘豪藉此聊渲染，亦使人间耳目新。

第五出：稻田万顷可耕耘，想见当年用力勤。今日文昌祠宇满，须知即是此文君。

第六出：戏将六艺付闲评，锣鼓场中试共听。欲把文君稍点缀，遂教科白也谈经。

第七出：一卷文君传已完，收场热闹不寒酸。如何天上成神去，没有人从天上看。

第八出（全场）：文昌官殿人间满，毕竟无人识此人。天上文昌推本命，周时张仲托前身。蚕丛故里仍难没，蛇腹讹言大可嗔。试看常璩巴蜀志，我言征实岂翻新。

作者处处流露出自己经师的身份，故"遂教科白也谈经"，也最注重自己经学家的身份，并不以创作了戏曲而列为曲家为荣，而是以戏曲为经学服务为怀。作者对于自己考证了梓潼文君与骊山老母的来历非常自信，视作自己平生的得意之笔，不但在本剧中多处提到，如"试看常璩巴蜀志，我言征实岂翻新"、"此论奇而确，迂儒莫怒嗔"，且在其他著作中也以各种文体形式论述他的这一学术观点。如《宾萌集》六中有《文昌改称梓潼文君议》、《创建骊山老母祠议》两篇骈文。对于骊山老母的考证，更是得意非凡，将其视为生平学术的最大贡献之一。在《春在堂诗编》诗十七《八十自悼》中言："溯自青年至白头，曾于四部略研求。著书不仅两平议，观世曾怀三大忧。骊女姓名登十乱，孟皮俎豆到千秋。老来回想皆堪笑，付与悠悠逝水流。"①《春在堂诗编》卷二十一《咏十乱》又曰："武王曰：予有乱臣十人，十人何人，无明文也。马注杂举周公召公等九人，殆不足据。至十人中有妇人，孔子之言在当时必实有所指，马氏以为文母，后儒又改为邑姜，皆非也。又或改作殷人胶鬲，斯更谬矣。愚尝考之，此妇人乃骊山女也。"②《湖楼笔谈》曰："又按骊山女者，戎胥轩之妻，中谲之母也。"③ 其根据是《史记·秦本纪》，申侯言于孝王曰："昔我先骊山之女，为戎胥轩妻，生中谲，以亲故归周，保西垂，西垂以其故和睦。"④ 在自己的著作中多处提到这一学术问题，充分说明作者对这一学术观点的重视。

以上考证了俞樾的三部剧作《老圆》、《梓潼传》和《骊山传》。《老圆》表明了作者对功名利禄、进退得失、宠辱生死的达观，寄寓了内心的愤慨。而《梓潼传》和《骊山传》则是为了"有功经学"，为了阐述作者的经学主张和表达自己的学术观点，是"以经学为戏曲"，这是清代戏曲学术化的典型体现。

---

① （清）俞樾：《八十自悼》，《春在堂诗编》卷十七，续修四库全书本第 1551 册，第 566 页。

② （清）俞樾：《咏十乱》，《春在堂诗编》卷二十一，续修四库全书本第 1551 册，第 630 页。

③ （清）俞樾：《湖楼笔谈》卷七，续修四库全书本第 1162 册，据清光绪二十五年刻春在堂全书本影印，第 419 页。

④ （汉）司马迁：《秦本纪第五》，《史记》，中华书局 1959 年版，第 177 页。

俞樾《读元人杂剧二十首》考论

俞樾不但从事戏曲创作，而且在其诗文中也多处评论戏曲，由于其朴学大宗的身份，其戏曲理论也隐约闪烁了一位经学家、朴学宗师的视角。如其《春在堂诗编》卷二十一之《读元人杂剧二十首》即是以诗的形式来谈论元杂剧，其中涉及对元杂剧的各种评论，也反映了俞樾自己的戏曲思想，值得学界关注。

1. 考察戏曲人物姓名由来，并一一坐实

《读元人杂剧二十首》其三曰：

> 张千李万本非真，日日登场不厌频。只怪轻浮两年少，一胡一柳究何人？剧中凡官府祗侯人皆曰张千，如有二人，则曰张千、李万。皆寓名也。惟有两浮浪子弟，曰柳隆卿，曰胡子传，既见于《崔府君断冤家债主》剧，又见于《杨氏女杀狗劝夫》剧，又见于《东堂老劝破家子弟》剧，似非寓名，不知何以相传有此二人也。胡子传或作胡子转，盖由传刻之讹。①

此诗考证元杂剧中公人称张千、李万，而一胡一柳则为地痞无赖胡子传与柳隆卿。其四曰：

> 啸聚梁山卅六人，至今妇竖望如神，何来孔目李荣祖，大可遗闻补癸辛。宋江等三十六人详见《癸辛杂识》，乃元人李致远《风雨还牢末》杂剧有东平府都孔目李荣祖，亦梁山头目，《癸辛杂识》所无

---

① （清）俞樾：《读元人杂剧二十首》，《春在堂诗编》卷二十一，续修四库全书本第1551册，第624—625页。以下引文见于此书的不再另标注页码。

也。余意此即《杂识》中之李英，传闻异辞，少一“祖”字，而荣、英声近，遂误李荣为李英，今《水浒传》作李应，则又李英之误也。

此诗考证元杂剧《风雨还牢末》剧中李荣祖之名由来，为《癸辛杂识》中之李英，又为《水浒传》中之李应。其五曰：

狚靓狐猱各斗工，新奇颇足眩儿童，王蝉老祖桃花女，都入弹词演义中。鬼谷子姓王名蝉，见《马陵道》杂剧，乃悟弹词中有王蝉老祖，即此人也。《桃花女斗法嫁周公》剧尤为怪诞，不知所本。明人《西游记》演义以桃花女先生、鬼谷子先生并称，明时犹传有此语。

此诗考证元杂剧中王蝉老祖与桃花女二人由来。其六曰：

八洞神仙本渺茫，流传曹佾与韩湘。徐神翁已无人识，何处飞来张四郎。谷子敬《城南柳》剧八仙有徐神翁，无何仙姑。范子安《竹叶舟》剧有何仙姑无曹国舅。独岳伯川《铁拐李》剧有张四郎，无何仙姑，不知张四郎何人也？

此诗考证民间所传八仙的名称，并指出元杂剧所指的八仙名称不尽相同，互有出入。涉及的人物有徐神翁、何仙姑、曹国舅、韩湘子、张四郎等人。其七曰：

岂果蓬山有秘函，仙踪踳驳胜于凡，邯郸两度黄粱梦，一是卢生一吕严。邯郸吕翁尚在纯阳之前，此事人多知之。乃元马致远《黄粱梦》杂剧竟谓是钟离度纯阳事，梦境不同，又不言有枕，此非不知有卢生事，盖因卢生事而谓纯阳亦然，疑元时别有此一说也。

此诗考证元杂剧《黄粱梦》度脱事与《邯郸梦》情节相同之原因。其八曰：

秋胡妻死千年后，更有何人知姓名。今日始知罗氏女，闺中小字唤梅英。石君宝《秋胡戏妻》杂剧载其妻姓名曰罗梅英，不知何所本也。

此诗载作者疑惑《秋胡戏妻》中载秋胡妻之姓名为罗梅英，不知出处。不知元杂剧本是文学作品，不是历史考证，人物姓名完全可以杜撰，不必一定有出处。这是作者朴学家身份所导致的局限性。其九曰：

连环计定锦云堂，演义还输杂剧详。木耳村中寻艳迹，可能访取任红昌。"貂蝉连环计"，《三国演义》中事也，乃元人《锦云堂连环计》杂剧并载貂蝉为木耳村任昂之女，本名红昌，因选入汉宫掌貂蝉冠，故名貂蝉，此则并非演义所知也。

此诗写作者认为元杂剧载貂蝉本名及貂蝉得名之由来，而《三国演义》反而不知此事。说明作者能够细心考证元杂剧人物、姓名及情节，本事在同时代或之后的各种文学体裁中之继承与流变，并能对比其异同。其十曰：

流落文姬塞上笳，曾传有妹嫁羊家。谁知更有王郎妇，留得香名是桂花。蔡中郎女文姬人所知也。羊祜之母亦中郎之女，知者已罕。乃读元人《王粲登楼》杂剧，则中郎又有女名桂花，嫁王仲宣，亦盲词俗说也。

此诗考证蔡中郎之女，除蔡文姬之外，还有羊祜之母，为人所不知。但元人杂剧《王粲登楼》中写中郎又有一女名桂花，作者认为这是民间传说，不可信。这种态度较为可取，一方面从历史上考证，另一方面对应民间俗说，并能进行区别，不盲从，将历史记载与民间传说相区分。俞樾这种善于考证、一一落实的态度，不仅在读经史时事事考证，而且将这种方法运用于读小说戏曲之中，如有疑问就进行考证，寻找历史原始出处和文献记载，不轻易放过，如果未能找到出处，则付诸阙如或认为是民间俗说，这是朴学家的治学态度。

　　2. 纠谬戏曲剧本中情节、人物与历史不相符之处
　　这类诗体现了作者朴学考究的认真严肃态度，但将文学真实与历史真实混为一谈，则又失之于拘泥。如《读元人杂剧二十首》其二曰：

> 何处传来委巷言，尽堪袍笏演梨园。蔡邕竟是汉丞相，柳永居然宋状元。元人《王粲登楼》剧称蔡中郎为丞相，又关汉卿《谢天香》剧谓柳耆卿状元及第，真戏剧语也。

认为元杂剧中蔡邕为汉丞相，柳永状元及第，与历史不符。作者明显犯了将历史真实与艺术真实相混淆的错误，没有认识到文学艺术的虚构性本质。这是俞樾朴学大师的身份所限，也表明了俞樾艺术思想观方面的局限性。而在这一点上，俞樾之前的乾嘉学派大儒凌廷堪的认识就较为客观。凌廷堪《论曲绝句三十二首》其一曰："仲宣忽作中郎婿，裴度曾为白相翁。若使硁硁征史传，元人格律逐飞蓬。元人杂剧事实多与史传乖迕，明其为戏也。后人不知，妄生穿凿，陋矣。"① 就指出元人杂剧所描写的事实与历史上真实的事件多有不合，但这是戏剧本身虚构性的本质所定，不必妄生穿凿、胶柱鼓瑟。在这一点上，凌廷堪对戏曲艺术特征的认识无疑较俞樾高明。也因此，俞樾的《读元人杂剧二十首》与凌廷堪的《论曲绝句三十二首》体裁相类，都是论剧诗，内容相类，评论对象均为元杂剧，但俞樾的《读元人杂剧二十首》在戏曲理论史上的价值和影响却远不及凌廷堪的《论曲绝句三十二首》。

其十一曰：

> 琵琶女子姓名无，未可娟娟好好呼。元道相逢不相识，何曾知有李兴奴？香山《琵琶行》偶然寄托，元马致远作《青衫泪》杂剧，杜撰姓名曰"李兴奴"，谓是乐天长安旧相识，真痴人说梦矣。

认为马致远作《青衫泪》杂剧、杜撰琵琶女姓名为"李兴奴"是"痴人说梦"，与白居易的《琵琶行》及历史事实不符，表示对这种艺术虚构的不满。作者还是犯了将艺术真实等同于历史真实的错误，不懂得艺术虚构，反诬元杂剧作者马致远是"痴人说梦"，这与前一条说"戏剧体也"的口吻是完全一致的，不满并反对这种艺术虚构法。清代朴学大兴，因

---

① （清）凌廷堪：《校礼堂诗集》，续修四库全书本第1480册，上海古籍出版社2002年版，第23页。

此，学者为考据方法所限，往往追求穿凿求实。其十二曰：

> 买臣当日困涂泥，最苦家中妇勃溪。何意忽翻羞冢案，居然不愧乐羊妻。元人《风雪渔樵记》言买臣妻之求去乃故激励之以成其名，又阴资助之以成其行，故其后仍完聚如初。不知何意，忽翻此案也。

此诗认为《风雪渔樵记》为朱买臣妻作翻案文章，不符合历史真实。其十三曰：

> 素口蛮腰妆点工，当年曾伴乐天翁。不图演入《梅香》剧，白乐天为白敏中。小蛮樊素为香山姬侍，人所共知也。乃元人郑德辉《㑇梅香》杂剧以小蛮为裴晋公之女，嫁白敏中，樊素其婢也，不知何据？

考证小蛮和樊素为白居易姬侍，而郑德辉《㑇梅香》以小蛮嫁白居易之弟，与史实不合，这也是元人的虚构，本不必去一一坐实。其十四曰：

> 宋史唐书总不收，何来故事尽风流。御园妃子寻金弹，相府娇儿抛绣球。元人《陈琳抱妆盒》杂剧言宋真宗于三月十五日在御园向东南方打金弹，使宫妃往寻之，得者即有子。此不知出何书？又《梧桐叶》杂剧言唐宰相牛僧孺女金哥抛绣球打中武状元，然则弹词小说所言"彩楼招亲"亦有所本。

此诗考证元杂剧《陈琳抱妆盒》之相关本事。

3. 考证戏曲中风俗、制度、术语、口语及词语的由来

《读元人杂剧二十首》其十五曰：

> 踏青拾翠尽游行，行乐随时总有名。见说重三修禊日，当时也唤作清明。元李文蔚《燕青博鱼》杂剧云"清明三月三，重阳九月九"。又云"三月三清明令节，同乐院前王孙士女好不华盛"。疑当时流俗相传上巳清明并为一节也。

此诗考证三月三本为上巳节，但元杂剧中则称为清明节的原因，其十六曰：

> 仕宦原同傀儡棚，棚中关节逐时更。偶然留得排衙样，人马平安喏一声。元杂剧每包龙图出场必有张千先上排衙云："喏，本衙人马平安。"他官亦多如此，想必宋元时排衙旧式也。

这首考证元杂剧中排衙式样的由来。其十七曰：

> 卜儿孛老各登场，名目于今半未详。喜看俫儿最伶俐，怕逢邦老太强梁。元杂剧中老妇谓之卜儿，老夫谓之孛老儿，童谓之俫儿，盗贼谓之邦老。此等脚色与今绝异。

这首考证元杂剧中"卜儿"、"孛老"、"俫儿"、"邦老"之脚色名称。其十八曰：

> 寻常称谓颇离奇，数百年来尽改移。夫岂小郎偏大嫂，奴虽老仆亦孩儿。各剧中凡夫称其妻皆曰"大嫂"，至奴之于主必称"孩儿"，如《桃花女》剧彭祖年已六十九，然于其主周公仍称孩儿也。

考证元杂剧中"大嫂"、"孩儿"称呼之意义。其二十曰：

> 绝代才华洪昉思，《长生》一曲擅当时。谁知天淡云闲句，偷取元人【粉蝶儿】。洪昉思《长生殿》"小宴"剧中"天淡云闲"一曲脍炙人口，今读元人马仁甫《秋夜梧桐雨》杂剧有【粉蝶儿】曲与此正同，但字句有小异耳。乃知其袭元人之旧也。

考证《长生殿》中"天淡云闲"一曲，出自《秋夜梧桐雨》杂剧。

综上，俞樾的《读元人杂剧二十首》是以诗的形式对元杂剧进行评论，他对戏曲评论的关注点多集中在对戏曲人物、本事和典章制度的考证，而很少涉及戏曲美学的批评。这既是俞樾朴学大宗身份所限，也是清代戏曲评论重考据风气的整体反映。

刘师培戏曲观研究

刘师培（1884—1919），字申叔，号左庵，江苏仪征人。仪征刘氏为晚清著名经学世家，曾祖刘文淇、祖刘毓松、伯父寿曾、父贵曾以三代相续共注《春秋左氏传》而饮誉学林，刘师培也以家学第四代传人自居。刘师培在经学、史学、文字学、文学研究方面都成就突出，尤以经学为著，张舜徽《清代扬州学记》称其为"扬州学派中集大成的殿军"[①]。尹炎武《刘师培外传》亦高度评价了他的学术成就，其曰："师培晚出，席三世传经之业。门风之胜，与吴中三惠、九钱相望。而渊综广博，实拢有吴、皖两派之长。著述之盛，并世所罕见也。综其术业，说经则渊源家学，务征古说……其靓正群书，则演高邮成法，由声音以明文字之通假，按词例以定文句之衍夺……其为文章，则宗阮文达《文笔对》之说，考型六代，而断至初唐……生平手不释卷，而无书不览。内典《道藏》，旁及东西洋哲学，咸有造述。其为《学报》，好以古书证新义，如六朝人所谓格义之流，内典与六艺九流相配拟也。"[②] 刘师培不但在经学方面成就卓著，在戏曲研究方面亦别开生面。他凭借着深厚的《左氏》家学渊源、对中国传统经史典籍的熟稔，以及中西、古今贯通的学术眼光，在探索中国古典戏曲的起源和形成方面有着深刻的见解。他大力推尊曲体，不仅从叙事的角度将戏曲比附《春秋》，而且将戏曲比作《风》、《雅》、《颂》之中的《颂》体。同时刘师培还利用西学的理论，论证戏曲（戏剧）之体在各体文学中位置之尊，来证明曲体之尊。这些观点对王国维乃至以后学者的戏曲研究有着重要的启发和影响，为戏曲由小道技艺走上大雅之堂

---

① 张舜徽：《清代扬州学记》，广陵书社 2004 年版，第 197 页。

② 尹炎武：《刘师培外传》，《刘申叔先生遗书》卷首，《刘申叔先生遗书》第一册，宁武南氏校印本 1936 年版，第 1b—2a 页。

作出贡献。

一　戏曲的起源——戏曲与乐舞、祭祀

刘师培首先明确考订中国戏曲起源于古代乐舞，"历史考证原是刘师培的看家本领"①，刘师培属于清代古文经学派，服膺于章太炎的"六经皆史学"的观点。在此学术观点的影响下，刘师培发表了《古学出于史官论》、《典礼为一切政治学术之总称考》等文章加以阐释。他指出："试观成周之时，六艺为周公旧典，政治学术悉为六艺所该，而《周礼》实为六艺之通名。"② 同时他认为上古时代的礼只有祭礼一项，"祭礼一门，遂为三代之特典"③。刘师培的戏曲观和戏曲研究在一定程度上受他学术观的影响和支配。他提出中国戏曲起源于古代的乐舞，而古代乐舞又服务于祀神即祭礼。在《原戏》中他指出："戏为小道，然发源甚古。遐稽史籍，歌舞并言。"④

他从戏曲的社会地位、表演方式、表演内容、表演装扮与道具形式、戏曲表演的场合与戏曲的社会功能等方面分析了戏曲发源于古代乐舞的原因。

（一）戏曲的社会地位

刘师培高度推崇古代戏曲的地位，将戏曲与诗词的关系比作《诗经》中《雅》、《颂》与《风》的关系。"孔子删诗，列《周颂》、《鲁颂》、《商颂》于篇末。《颂》列于《诗》，犹戏曲列于诗词中也。《颂》即形容之容……是为《颂》也者，祭礼之乐章也。非惟用之乐歌，亦且用之乐舞。"⑤ 在《论文杂记》中重申此论点："特曲剧之用，声容相兼。声出

---

① 朱维铮：《刘师培辛亥前文选导言》，生活·读书·新知三联书店 1998 年版，第 11 页。

② 刘师培：《典礼为一切政治学术之总称考》，《左庵外集》卷十，《刘申叔先生遗书》第五十册，宁武南氏校印本 1936 年版，第 1 页。

③ 刘师培：《古学出于史官论》，《左庵外集》卷八，《刘申叔先生遗书》第四十八册，宁武南氏校印本 1936 年版，第 1 页。

④ 刘师培：《原戏》，《左庵外集》卷十三，《刘申叔先生遗书》第五十三册，宁武南氏校印本 1936 年版，第 1 页。

⑤ 同上。

《雅》，雅训为正，乃声音之不失其正者也。容出于《颂》，颂容互训，乃用佾舞以节八音者也。曲剧之兴，实兼二体。"① 刘师培这种观点在扬州学派的另一个代表人物阮元那里也曾提到过，阮元曰："惟三《颂》各章皆是舞容，故称为'颂'。若元以后戏曲，歌者舞者与乐器全动作也。《风》、《雅》则但若南宋人之歌词弹词而已，不必鼓舞以应铿锵之节也。"② 戏曲与诗词同源，是古今曲论家一以贯之的观点。其目的一在于改变戏曲卑微的社会地位；二在于揭示中国古代诗词曲一脉相承的文学演变规律。中国古典文学中占主导地位的是诗体文学、抒情文学，即使是作为叙事文学主要载体的小说和戏曲也带有先天的浓郁的抒情意味和诗性，其中戏曲尤其如此，个中原因在于戏曲的曲体是由诗词演化而来。因此，指明戏曲与诗词同源的关系对于认识中国戏曲的特点是非常必要的。但历代曲论家只是简单地认识到曲体和诗词同源，将曲附庸于诗词，而刘师培却认为戏曲和诗词具有相同的社会地位。他高度赞扬了曲剧是声容相兼，声即是《雅》，是正声，是曲，用来歌唱，而容则是《颂》，用来颂扬形容祖先的功德，即剧，用来叙事，两者结合在一起形成了曲剧。将戏曲这种一贯被视为小道技艺的文学艺术形式，推上了《雅》、《颂》的高度。

（二）戏曲的表演方式

刘师培认为乐舞是祭祀的一部分，是歌、乐、舞三位一体的表演方式，而今日戏曲也是如此，"古代惟飨用舞……盖以歌节舞，复以舞节音。犹之今日戏曲，以乐器与歌者舞者相应也"。③ 又说："是则戏曲者，导源于古代乐舞者也……然以歌节舞，以舞节音，则固与后世戏曲相近者也。"④ 在《舞法起于祀神考》中说："而古人之乐舞，已开演剧

---

① 刘师培：《论文杂记》，《刘申叔先生遗书》第二十册，宁武南氏校印本 1936 年版，第19 页。

② （清）阮元：《释颂》，《揅经室一集卷一》，《揅经室集》，中华书局 1993 年版，第 19页。

③ 刘师培：《原戏》，《左庵外集》卷十三，《刘申叔先生遗书》第五十三册，宁武南氏校印本 1936 年版，第 1 页。

④ 同上书，第 2 页。

之先。"① 这里他提出了戏曲的三个要素：乐、歌、舞，同时他指出戏曲表演的内容是模拟古人的战迹，发思古之幽情，"《仲尼燕居篇》云：'下而管象，示事也。'示事者，有容可象之谓也。此即古代戏曲之始"。② 在《舞法起于祀神考》中曰："此亦乐舞之形容古事者也，与后世演剧相同。"③ 即戏曲是为了象征形容或表演一件事情，或即演故事。清代另一著名经学家臧庸《拜经堂文集》卷一《释颂》亦曰：

> 案：鲁备四代之乐，季札观其舞必曰："美哉"、"大哉"、"德至矣哉"。杜元凯以为美其容是也。据《乐象》篇言大武曰："先鼓以警戒，三步以见方，再始以著往复，乱以饰归。"又《宾牟贾》篇言："总干山立"、"发扬蹈厉"、"武乱皆坐" 及 "六成等象"。知乐舞之容所以形古帝王文德武功，逐科衍出，犹令伶人演戏，口歌而手舞足蹈也。《诗序》维清注云："象用兵时刺伐之舞，《酌颂》等篇可类推。"然则《大夏》之舞，必象禹敷文德制形。《大濩》之舞，必象汤以宽治民而除邪之容，舞必有象于三颂可必也。④

这个观点与王国维"戏曲者，谓歌舞以演故事也"是完全一致的。

（三）戏曲表演内容

在《论古代人民以尚武立国》一文中，他认为古代民群尚武，个人、家族、社会、国家均以尚武为本。因此，乐舞与戏曲也多表演与战事有关的内容。"三代之时，学校之中，皆有武舞……盖干戈戚扬，古代用为军器。后世偃武修文，不忘战备，寓武备于文事之中。故乐舞之典，文武兼备。"⑤ 而乐舞最初是为了祭祀、祭祖，多表演祖宗的战迹，"近人仅知乐

---

① 刘师培：《舞法起于祀神考》，《左庵外集》卷十三，《刘申叔先生遗书》第五十三册，宁武南氏校印本 1936 年版，第 4 页。

② 刘师培：《原戏》，《左庵外集》卷十三，《刘申叔先生遗书》第五十三册，宁武南氏校印本 1936 年版，第 2 页。

③ 刘师培：《舞法起于祀神考》，《左庵外集》卷十三，《刘申叔先生遗书》第五十三册，宁武南氏校印本 1936 年版，第 4 页。

④ （清）臧庸：《释颂》，《拜经堂文集》卷一，续修四库全书本第 1491 册，第 508 页。

⑤ 刘师培：《论古代人民以尚武立国》，《左庵外集》卷十，《刘申叔先生遗书》第五十册，宁武南氏校印本 1936 年版，第 7 页。

舞之法，足备美术之观，而古代用舞法以降神，则无有知之者"。① 戏曲亦是如此，"此皆因诗而呈为舞容者也。《象武》陈武王伐纣之功，犹之后人戏曲，侈陈古人战迹耳"。又说："观《乐纪》之言大武也……非即戏曲持器操械之始乎。""又《乐记》载孔子告宾牟贾云：'夫舞者，象成者也。总干山立，武王之事也。发扬蹈厉，太公之志也。武乱皆坐，周、召之治也。'又考之《尚书大传》，则古制乐歌，皆假设宾主。而武王克殷，亦杂演夏廷故事。非即戏曲装扮人物之始乎？"②

刘师培关于戏曲起源的观点，认为戏曲并非是取乐滑稽的戏谑，而是为了祭祀之用，具有严肃的意味，这同西方戏剧人类学的观点相吻合，充分体现了戏剧的崇高性、庄严性。将戏同武、战争相联系，也与《说文解字》对"戏"字本义的解释一致："戏，从戈。三军之偏也，一曰兵也。"古代对"戏"字的解释主要有两种观点。一种是《说文》的格斗之说，认为戏曲起源于对战争的模仿；另有一种观点认为戏曲是戏谑，《尔雅·训诂》中谓："戏，谑也。"这应该是后起的或由"戏"字的本义引申出来的意义。但因后一种观点后来渐占上风，且成为中国戏曲的主导模式。也由于中国戏曲发展到后来过分重视艺术形式、重视表演，越来越忽视戏曲的内容，导致中国戏曲历来为正统文人士大夫所不屑，将其视为小道，成为滑稽戏谑供人娱乐的一种艺术，始终不能同西方戏剧一样具有崇高的地位。然而，如刘师培所分析，从戏曲最初的缘起来看，戏曲同祭祀、祭祖联系在一起，而祭祀又是古代社会最重要的大事，《左传·成公十三年》曰："国之大事，在祀与戎。"戏曲在形式上是一种祭祀活动，在表演内容上，又是表现古人和祖先的战迹，由此而见，戏曲乃至乐舞在当时的社会地位是至高无上的。然而由于戏曲后起的戏谑的含义，使戏曲厥品甚卑，不入主流。刘师培对戏曲的正本清源，恢复了戏曲的本来面貌，使戏曲同西方戏剧一样具有了同样崇高的地位，其功不可小视，可视作是中国戏曲人类学的开创者之一。

---

① 刘师培：《舞法起于祀神考》，《左庵外集》卷十三，《刘申叔先生遗书》第五十三册，宁武南氏校印本 1936 年版，第 5 页。

② 刘师培：《原戏》，《左庵外集》卷十三，《刘申叔先生遗书》第五十三册，宁武南氏校印本 1936 年版，第 2 页。

（四）戏曲的装扮与道具

刘师培谓："盖舞者殊形诡象，致睹者生恐怖之心，犹之后世伶官面施朱墨也。"① 这同样从戏曲起源的角度来分析后世戏曲面敷粉墨的扮相。在这里"致睹者生恐怖之心"同亚里士多德对悲剧的界定："（悲剧）借引起怜悯与恐惧来使这种情感得到陶冶"② 不谋而合。悲剧或戏曲使人生恐惧怜悯之心，使灵魂得到净化、情感得到陶冶，否则无法解释戏剧在妆容上为何如此夸饰、突出，与现实中的人物面貌又有如此大的差距。孙楷第先生在《傀儡戏考原》中曾从戏曲起源于傀儡戏的角度分析了戏曲妆容的突出和异于常人，但好像有以流释流之嫌，并未能从源头上解释清楚戏曲妆容特殊诡异的原因。③ 而刘师培的分析从戏曲的起源角度来探究，就使问题迎刃而解，因而更具有可信性。

（五）戏曲表演场合

关于乐舞和戏曲表演的场合，刘师培也有自己的解释："在国则有舞容，在乡则有傩礼。后世乡曲偏隅，每当岁暮，亦必赛会酬神，其遗制也。"④ 在《舞法起于祀神考》中说"是犹后世之演剧酬神也"。⑤ 刘师培认为，乐舞和戏曲的表演有宫廷和民间两种场合，而这两种场合又都与祭祀活动紧密相关。刘师培指出了戏曲与傩戏、迎神赛会之间的关系，而这一观点成为当今戏曲人类学关注的重要命题，也为探究戏曲的起源打开了一扇新的窗户，充分证明了他卓越的学术眼光。

（六）戏曲的社会功能

此外，刘师培还从乐舞与戏曲的现实功能分析了戏曲的重要作用，

---

① 刘师培：《原戏》，《左庵外集》卷十三，《刘申叔先生遗书》第五十三册，宁武南氏校印本 1936 年版，第 3 页。

② 亚里士多德著，罗念生译：《诗学》，中国戏剧出版社 1986 年，第 12 页。

③ 孙楷第：《近世戏曲的唱演形式出自傀儡戏影戏考》，《沧州集》，中华书局 1965 年版，第 294 页。

④ 刘师培：《原戏》，《左庵外集》卷十三，《刘申叔先生遗书》第五十三册，宁武南氏校印本 1936 年版，第 3 页。

⑤ 刘师培：《舞法起于祀神考》，《左庵外集》卷十三，《刘申叔先生遗书》第五十三册，宁武南氏校印本 1936 年版，第 4 页。

"盖乐舞之制，其利实蕃，大之可以振尚武之风，小之可以为养生之助"。① 充分肯定了戏曲的现实作用。

如前所说，刘师培不断强调古人以尚武立国，强调乐舞和戏曲旨在表现古代战迹，除了作为学术考证的结果，也有部分现实原因。联系到清末中国不断受外族侵略，则刘师培提倡尚武以改变积弱之状也有一定的社会意义，与他的激进的排满思想相呼应。在其经学研究中也是如此。"作为近代经学名家，刘师培的经学研究也具有新的特点……刘师培因反清而究心经学，并将经学引向与现实政治相结合。"② 同时刘师培身体一向羸弱，患有肺疾，由此也可以理解他为何看重尚武、看重乐舞与戏曲的养生健体之功效。关于戏曲的养生之助，在刘师培之前就有诸家提及，崔令钦《教坊记自序》曰："昔阴康氏之王也，元气肇分，灾疹未弭，水有襄陵之变，人多肿腿之疾，思所以通利关节，于是制舞。舜作歌以平八分，非怊心也。"③ 清颜元《存学编》卷一《学辨二》论礼乐的功能曰："夫礼乐，君子所以交天地万物者也，位育著落，端在于此。古人制舞而民肿消，造琴而阴风至，可深思也。"④ 又论乐曰："镕金琢石，窍竹纠丝，刮匏陶土，张革击木，文羽龠，武干戚，节声律，撰诗歌，选伶俏以作乐，调人气于歌韵舞仪，畅其积郁，舒其筋骨，和其血脉，化其乖暴，缓其急躁。"⑤ 这些学者的对乐和戏剧功效的论述有异曲同工之妙。

二　戏曲的形成——戏与曲剧

关于戏与曲剧的关系，以及戏曲的发展流变观点是刘师培戏曲研究的另一个独特贡献。

刘师培在《原戏》和《乐舞起于祀神考》中使用了"戏"或"戏

---

①　刘师培：《原戏》，《左庵外集》卷十三，《刘申叔先生遗书》第五十三册，宁武南氏校印本 1936 年版，第 3 页。

②　许道勋、徐洪兴：《中国经学史》，上海人民出版社 2006 年版，第 310—311 页。

③　（唐）崔令钦：《教坊记自序》，《中国古典戏曲论著集成》（一），中国戏剧出版社 1959 年版，第 20 页。

④　（清）颜元：《学辨二》，《存学编》卷一，《颜元集》，中华书局 1987 年版，第 54 页。

⑤　（清）颜元：《与何茂才千里书》，《习斋记余》卷四，《颜元集》，中华书局 1987 年版，第 457—458 页。

曲"这个概念来探讨戏曲的起源。这主要是从戏曲发生学的角度来研究戏曲的起源和形成等一系列相关问题，侧重于探讨"戏"字。而在《论文杂记》中则使用了"曲剧"这个概念来探讨戏曲的成熟与演变，从戏曲发展学的角度探讨戏曲的曲律即"曲"和戏曲的叙事即"剧"的形成。

（一）"曲"的形成

在《论文杂记》中刘师培考证了"曲"的形成，从词曲的角度或曲学、音律的角度考证曲的演变。他指出："吾观《诗》篇三百，按其音律，多与后世长短句相符……足证词曲之源，实为古诗之别派。"又说："至于六朝，乐章尽废，故词曲之体，亦始于六朝……此亦词为诗余之证。""盖古人诗多入乐，与词相同，而后世之词，则又诗之按律者也。能按律，即能入乐。""盖词皆入乐，故古人之词人，必先通音律。"[1]

刘师培论证了诗词曲一脉相承的发展关系。同起源于《诗三百》，且在最初都能合律入乐。

（二）"剧"的形成以及"曲"与"剧"的融合

刘师培从戏曲与小说的相互关系考证了戏曲的成熟和形成。因为成熟的中国戏曲不仅包括能够入乐歌唱的曲词，还有着完整而有一定长度的故事。在《论文杂记》中刘师培充分注意到了小说和戏曲极为密切的关系。他说：

> 小说家流，出于稗官……六朝以降，作者日增。盖中国人民，喜言神怪，而庄言谠论，又非妇孺所能通，故假谈谐鬼怪之词，出以鄙俚，而劝惩之意，隐寓其中，亦感发人民之一助也。然古代小说家言，体近于史，为《春秋》家之支流，与乐教固无涉也。唐代士人，始著传奇小说，用为科举之媒。
>
> 予按《诗》三百篇，如《六月》、《采芑》、《大明》、《笃公刘》、《江汉》诸作，皆为叙事之诗。而汉人乐府之诗，如《孔雀东南飞》数篇，咸杂叙闾里之事。叙事者，《春秋》家之支派也。乐府者，又

---

① 刘师培：《论文杂记》，《刘申叔先生遗书》第二十册，宁武南氏校印本 1936 年版，第 16 页。

乐教之支派也。是为《春秋》家与乐教合一之始。此即金、元曲剧之滥觞也。盖传奇小说之体，既兴于中唐，而中唐以还，由诗生词、由词生曲，而曲剧之体以兴。故传奇小说者，曲剧之近源也；叙事乐府者，曲剧之远源也。①

在这里，刘师培分析了曲剧的形成。这里所谓的曲剧即是指元杂剧，也即王国维所谓的"真戏曲"，具备了戏曲各种要素的完整的戏曲。因此，关于戏曲的成熟时期，刘师培也认为是到了金元时期的"曲剧"，而之前所谓的"戏"，只是戏曲的形成阶段，应该说这是符合戏曲实际发展情况的。刘师培认为中国的叙事起源于《春秋》，而曲体的源头则来自于乐教，等到叙事诗或叙事乐府出现，代表着叙事和音乐曲律结合在一起，这就形成了戏曲的滥觞。同时，他认为元杂剧即成熟戏曲的近源是唐传奇，而远源则是汉乐府中的叙事诗。说明刘师培能够充分认识到中国戏曲最主要的两个因素：一是叙事，二是曲律，即能入乐歌唱。他对传统戏曲性质的判断也是完全符合实际的。曲律构成"曲"，而叙事则构成"剧"，由此他为中国成熟的戏曲另立了一个名目，即"曲剧"。而用戏或戏曲来主要指戏曲早期形成阶段的稚嫩形式。通观元杂剧和明清传奇，不能不说他的这种概括是非常精辟的。元杂剧、明清传奇乃至之前的宋元南戏，它们的主体构成确实是以唱曲的方式叙述故事，再加以戏起源于乐舞的判断，则中国戏曲"以歌（套曲）、舞（乐舞）演故事"的结论不难得出。刘师培也充分注意到了中国戏曲中戏、曲、剧三者的融合关系。产生阶段，中国戏曲以戏（即乐舞）为主，到金元时期戏曲成熟之后，就转而以曲（曲律、套曲）和剧（演故事）为主。因此在论述中国戏曲形成和发展演变过程中刘师培分别采用了两个概念"戏"和"曲剧"来指代戏曲的不同发展阶段。后来洛地提出将中国戏曲分成戏弄、戏曲和戏剧三个不同部分②，曾永义认为中国戏曲分为"大戏"和"小戏"两种形式③，他们的观点可能即是受到刘师培关于"戏"和"曲剧"概念的启发。

①　刘师培：《论文杂记》，《刘申叔先生遗书》第二十册，宁武南氏校印本1936年版，第19页。

②　洛地：《戏文·戏弄·戏曲》，《洛地文集》戏剧卷卷一，艺术与人文科学出版社2001年版，第25—56页。

③　曾永义：《戏曲源流新论》，文化艺术出版社2001年版，第20页。

（三）曲牌联套的形成

刘师培也探讨了中国传统戏曲的重要形式——套曲的形成过程。他认为套曲的形成也与乐府诗有着密切关系。他说：

> 乐府之诗，或由一解至数解，即套曲之始也。乐府之句，或由三字至七字，即长短句之始也。①

在刘师培之前也有学者提出过这一观点，如刘熙载《词曲概》："南北成套之曲，远本古乐府，近本词之过变。远如《焦仲卿妻》诗，叙述备首尾，情事言状，无一不肖。梁《木兰辞》亦然。近如词之三叠、四叠，有【戚氏】、【莺啼序】之类，曲之套数，殆即本此意法而广之；所别者，不过次第其牌名以为记目耳。"后来王国维在《唐宋大曲考》中，考察唐宋大曲的曲体结构形式的形成与汉乐府"解"之间的联系，也有类似的观点。

（四）代言体的形成

此外，刘师培认为中国戏曲代言体叙述方式的形成也是导源于乐府诗：

> 且乐府之中，如《孔雀东南飞》诸篇，非惟叙众人之事，亦且叙众人之言，此又曲剧描摹口吻之权舆也。②

清人贺贻孙《诗筏》中也曾讲到过汉乐府中的代言体：

> 叙事长篇动人啼笑处，全在点缀生活，如一本杂剧，插科打诨，皆在净丑。《焦仲卿》篇，形容阿母之虐，阿兄之横，亲母之依违，太守之强暴，丞吏、主簿一班媒人张皇趋附，无不绝倒，所以入

---

① 刘师培：《论文杂记》，《刘申叔先生遗书》第二十册，宁武南氏校印本1936年版，第19页。

② 同上。

情……《孤儿行》写兄嫂有权，大兄无用，南北奔走，皆奉兄嫂严令，便自传神。至"大兄言办饭，大嫂言视马"，则大兄未尝无爱弟意，然终拗大嫂不过，孤儿之命可知矣。[①]

汉魏六朝乐府诗中已经出现了大量的代言体叙述方式，除刘师培所举的《孔雀东南飞》一例之外，其他如《陌上桑》古辞中使君与罗敷的对话、《东门行》本辞中妻子与丈夫的对话、陈琳《饮马长城窟行》守边士卒与家中妻子的书信对话等，均是采用较为成熟的代言体形式，这说明在乐府诗中的确已存在了后来戏曲的某些因子。

（五）戏曲与八股文的关系

刘师培分析了曲剧在当时的社会功能，认为曲剧是元人进身之媒，"元人以曲剧为进身之媒，犹之唐人以传奇小说为科举之媒也"。这是沿袭传统的"元人以剧取士"[②]的论调，之前王骥德《曲律》、李渔《笠翁曲话》和吴伟业等均论述过。这一观点本身并不新颖，但由此，刘师培进一步抨击了鄙视戏曲的封建文人。他将戏曲与八股文并列，认为八比即八股文或时文为戏曲的变体，它们在结构、刻画人物形象、代圣贤立言和社会功能上完全一致，都是元明清时代的科举进身之阶，认为"八比之文，皆俳优之文"，反对"视八比为至尊，而视戏曲为至卑"，认为"八比一体，当附入曲剧之后"。此段论述，堪为宏论：

> 明人袭宋元八比之体，用以取士，律以曲剧，虽有有韵无韵之分，然实曲剧之变体也。如破题小讲，犹曲剧之有引子也；提比、中比、后比，犹曲剧之有套数也；领题、出题、段落，犹曲剧之有宾白也；而描摹口角，以逼肖为能，尤与曲剧相符。乃习之既久，遂讹为代圣贤立言。然金元曲剧之中，其推为正旦者，曷尝非忠臣、孝子、贞夫、义妇耶？故曲剧者，又八比之先导也。古人既以传奇曲剧为进

---

① （明）贺贻孙著，（清）吴大受删订：《诗筏》一卷，丛书集成续编第157册，第362—363页。

② 刘师培：《论文杂记》，《刘申叔先生遗书》第二十册，宁武南氏校印本1936年版，第19页。

身之媒，则后世以八比为取士之用者，曷足异乎？故知八比之出于曲剧，即知八比之文，皆俳优之文矣。

乃近数百年之间，视八比为至尊，而视曲剧为至卑，谓非一代之功令使之然耶？昔王维奏《郁轮袍》以进身，颇为正直所鄙。明代以降，士人咸凭八比以进身，是趋天下之人而尽为王维也，噫！（注：八比一体，当附入曲剧之后。）①

（六）曲分南北

刘师培曾撰写过《南北学派不同论》一文，因此他指出曲剧分为南北，是他一贯强调学术、文学分南北观点的一个部分，其曰：

> 诗与乐分，然后诗中有乐府。乐府将沦，乃生词曲。曲分南北，自昔然矣。然南剧之调，多本于词，而北剧之调，鲜本于词，其何故哉？②

关于这一问题，他自己回答说：

> 隋唐以降，北方之乐，胡汉杂淆；惟南方之地，古乐稍存。唐宋之词，虽失古音，然源出乐府，鲜杂夷乐之音。宋元以降，南剧起于南方。南方为古乐仅存之地，以调之出于古乐府也，故其调亦多出于词。北剧起于北方。北方为胡乐盛行之地，故音杂胡乐，而其调鲜出于词。虽然，南剧之音，虽伤轻绮，糅杂吴音，然视北剧之吐音粗厉，声杂华夷者，岂不彼善于此乎？③

需要指出的是，曲分南北的观点也是他整个学术系统中严华夷之辨、反对"用夷变夏"④ 主张的一种体现，是他最初排满思想的体现。《甲辰年自述诗》曰："攘狄《春秋》申大义，区别内外三传同。我缵祖业治《左

---

① 刘师培：《论文杂记》，《刘申叔先生遗书》第二十册，宁武南氏校印本 1936 年版，第 19 页。

② 同上书，第 21 页。

③ 同上。

④ 同上书，第 22 页。

氏》，贾服遗书待折衷。"① 此诗发抒《春秋》中攘狄的大义，倡导民族革命，驱除鞑虏，恢复中华。他认为南剧好于北剧，因为南方音乐保存了古乐，而北方音乐已经胡化。联系到刘师培一贯以"保存国粹"为己任，他认为中国的音乐、衣服和宫室都以"三代之制为最佳"②，而中国现今的一切都已经胡夷杂处而改变，就不难理解他为何发此言论。但在当时排满复汉的革命思潮中，还是有一定积极意义的。

综上所述，可以看出，刘师培关于戏曲理论的构架已很完善，不但包括起源、发生，且包括戏曲套曲的形成，乃至宾白、脚色体制以及成熟的叙述和代言体的形成，戏曲所涵盖的各个要素都基本囊括无疑，既体现了他熟谙史实、善于考据、善于正本清源的看家本领，且体现了重视考察文体流变，重视探讨戏曲各要素的相互交融，体现了缜密的逻辑思维能力。同时他又善于运用比较南北学术包括南北文学的不同的方法来研究戏曲，考察了南北曲调的不同。虽然寥寥数语，但已经完整而明晰地建构了戏曲史的学术研究。可以说这种思路和考证方法对王国维《戏曲考原》及《宋元戏曲史》等著作的产生有着重要的启发。

刘师培研究戏曲还能借鉴西方的戏曲观点和戏曲发展的实际来加以说明，充分说明了他学术研究中西古今贯通、又以中国传统国粹为主的思路。刘师培研究古学也提倡以古释今、洋为中用、经世致用的思想。提倡考古以知今，"考古不能知今，则为无用之学"。③ 在《文章原始》一文中他参照西方的文学发展进化过程来说明中国古典文学的演变规律，将戏曲的产生纳入这一过程，具有了世界性的眼光：

降及唐代，韩柳嗣兴，始以单行易排偶，由深趋浅，由简入繁，由骈俪相偶之词，易为长短相生之体，与诗歌易为词曲者，其理相同。昔罗马文学之兴也，韵文完备，乃有散文，史诗既工，乃生戏曲。而中土文学之秩序，适与相符；乃事物进化之公理，亦文体必经

① 刘师培：《甲辰年自述诗》，《中国中古文学史讲义》附录，上海古籍出版社 2006 年版，第 150 页。

② 刘师培：《论中国并不保存国粹》，《左庵外集》卷十四，《刘申叔先生遗书》第五十四册，宁武南氏校印本 1936 年版，第 2 页。

③ 刘师培：《尔雅虫名今释》，《刘申叔先生遗书》第十一册，宁武南氏校印本 1936 年版，第 1 页。

之阶级也。①

不无巧合的是西方学者简·艾伦·赫丽生（Jane Ellen Harrison，1850—1928）在其1913年出版的 *Ancient Art and Ritual* 一书中指出戏剧起源于舞蹈，而艺术起源于宗教仪式的观点。她在此书中指出：

> 几乎在世界上所有的地方，都可以发现原始的仪式不是存在于祷告、赞颂和献祭中，而是存在于模拟性的舞蹈中。但是或许只有在希腊，在对酒神狄奥尼索斯的宗教信仰中，我们可以从事实上去追踪从舞蹈到戏剧、从仪式到艺术的过渡步伐，即使这种追踪是模糊的。因此，意识到戏剧从酒神颂中上升这个性质是至关重要的，并且以此可以标志出从舞蹈到戏剧、从仪式到艺术过渡的原因和具体环境。②

此观点与刘师培在《原戏》与《舞法起于祀神考》中提出的戏曲起源于古之乐舞、古之乐舞又起源于宗教祀神的观点几乎不谋而合，但论其发表时间却要稍晚于刘师培，进一步说明了刘师培学术眼光的中西结合和超前性。

需要指出的是，刘师培在戏曲方面精辟的见解并不是空发议论。如前所说，刘师培以擅长历史考据为特色，所有的观点都来源于对古代典籍的熟识，来源于他在经史方面深厚的积累，虽然着力不多，但所产生的效果却很明显。清代在曲论和戏曲研究方面取得突出成绩的多是一流的儒学大师，如毛奇龄、焦循、凌廷堪、李调元、刘师培，包括现代戏曲学的开创者王国维，虽然他们只是在学有余力的情况下从事戏曲研究，却在古代曲论的发展中书写了重要的篇章，成为研究古代戏曲的经典之作，这同样可以为当代的戏曲学人提供借鉴。

---

① 刘师培：《文章原始》，《左庵外集》卷六，《刘申叔先生遗书》第四十六册，宁武南氏校印本1936年版，第4页。

② Harrison, Jane Ellen, *Ancient Art and Ritual*, New York：H. Holt, 1913：169.

三 刘师培戏曲观受戏曲改良思潮的影响

刘师培研究戏曲除了受他学术思想的支配外，与他自身对戏曲的爱好和参与戏曲实践有关，同时也与当时兴起的戏曲改良思潮，以及刘师培加入同盟会从事排满革命活动而结识一大批提倡戏曲改良的进步人士有关。

前者据刘师培外甥在《刘氏五世小纪》中记载："申叔舅氏小时候也好看小说词曲，见到《儒林外史》，自然爱不释手了。""申舅把此事填了几折传奇，还有几段回目。记得有一回句子是'笑骂二进士跷须，讲潘三乡绅变脸。'皆是当时实事，颇为有趣。我小时候看见，不知道抄下来。申舅后来绝无此种笔墨。竟使失传，真是太可惜了。"① 据此条材料可知，刘师培小时候喜欢看戏曲书籍，也曾创作过戏曲。

刘师培还参与评论过古代戏曲。《国粹学报》第 16 期刊载的《光汉室丛谈》中，刘师培评论过吴伟业《秣陵春》传奇。② 1903 年 12 月 5日，《国粹学报》第 23 期刊载了刘师培在诗录栏目中发表的《题〈风洞山传奇〉》一诗。③

关于后者，则材料颇丰。据《刘师培年谱》卷一载：1903 年，时年20 岁的刘师培加入中国教育学会，在上海结识京剧名角汪笑侬，并观看了他演出的《桃花扇》。杨天石的《辛亥革命时期的陈去病》称：

> 编辑《警钟日报》期间，陈去病结识了京剧名演员汪笑侬。他当时正在上海演出新戏《瓜种兰因》。该剧根据《波兰衰亡史》改编，写土耳其入侵波兰，波兰战败求和，割地赔款。名为外国史事，实际上处处影射清朝政府。紧接着，汪笑侬演出了清初名剧《桃花扇》。陈去病和同在报社工作的刘师培一起去看了这出戏，大为欣赏。④

① 万仕国：《刘师培年谱》，广陵书社 2003 年版，第 15 页。
② 同上书，第 93 页。
③ 同上书，第 95 页。
④ 同上书，第 38 页。

　　由此可知，刘师培与陈去病、汪笑侬等激进的从事戏曲改良的戏曲界人士有来往，他从事戏曲研究应当受到过他们的影响。

　　同时可以发现，以上无论刘师培看过的戏如《桃花扇》，以及评论过的戏如吴伟业的《秣陵春》及《风洞山》传奇均与明王朝灭亡的一段史实有关，因此可以视作是刘师培排满光汉革命思想的一种表露。

　　刘师培与提倡戏曲改良的主将柳亚子和陈独秀也有过密的来往。创办中国第一个戏剧刊物《二十世纪大舞台》的柳亚子在《南社纪略》中回忆道：

> 　　南社的人物，除掉后来作为南社发起人的陈巢南、高天梅和我，次第加入社籍的黄晦闻、朱少屏、沈道非、张聘斋以外，还有刘申叔、何志剑、杨笃生、邓秋枚四人，笃生和秋枚后来始终没有加入社籍。①

　　虽然，后来柳亚子又说"刘申叔夫妇没有正式加入南社"，但刘师培与柳亚子及南社的密切关系是显而易见的。

　　刘师培与陈独秀也保持着终身的友谊，陈独秀对刘师培戏曲主张和观点的形成也有着潜移默化的作用。陈独秀《论戏曲》谓："戏园者，实普天下人之大学堂也；优伶者，实普天下人之大教师也。"② 充分肯定重视戏曲的社会作用。

　　戏曲一贯被视为小道，"厥品颇卑"，狄平子在《小说丛话》中却认为"小说与经、传有互相补救之功用"。③ 同时戏曲改良的提倡者又提出戏曲与诗同源说。刘师培在《原戏》中正式提出了戏曲同诗词的关系，如同《诗经》中《雅》、《颂》同《风》的关系，而且通过学术研究的方式声援了戏曲改良者的主张，正如胡星亮先生指出的"在这方面显得视域宽阔、见解深刻的，是当时受戏曲改良浪潮冲击而倡导戏曲研究的王国

---

① 万仕国：《刘师培年谱》，广陵书社 2003 年版，第 127 页。
② 三爱：《论戏曲》，阿英《晚清文学丛钞：小说戏曲研究卷》，中华书局 1960 年版，第 52 页。
③ 梁启超、狄平子等：《小说丛话》，阿英《晚清文学丛钞：小说戏曲研究卷》，中华书局 1960 年版，第 315 页。

维、吴梅、刘师培、姚华等著名学者"。① 虽然刘师培没有明确提出过
"戏曲改良"的口号，但他在《论文杂记》中却因不满中国音乐被胡化的
现实，而提出"音乐改良"② 的口号。

因此，从刘师培高度推崇戏曲的功能和社会作用，也可以看出他的戏
曲观受到戏曲改良思潮的影响。

四　刘师培戏曲观在中国戏曲理论史上的地位和贡献

刘师培戏曲观在中国戏曲理论史上的地位和贡献，主要表现在对王国
维乃至后来学人戏曲观的影响上。这可以从以下几个方面来讨论。

（一）戏曲起源

刘师培关于戏曲起源于古代乐舞这一观点直接影响了后来的学者。王
国维在《戏曲考原》与《宋元戏曲考》中所阐述的关于戏曲起源的观点
可能即是受其启发。虽然无直接证据表明王国维写作《戏曲考原》和
《宋元戏曲考》时借鉴或阅读了刘师培的文章，但刘的《原戏》一文原载
于《警钟日报》1904 年 10 月 30 日，后来又发表在 1907 年的《国粹学
报》第三十四期。《舞法起于祀神考》原载于《国粹学报》第二十九期，
1907 年 5 月 31 日。《论文杂记》刊于《国粹学报》第一至第十期，1905
年 2 月 23 日至 11 月 16 日。而王国维研究戏曲的时间是从 1907 年至 1913
年，其《戏曲考原》也发表于 1908 年的《国粹学报》，《宋元戏曲考》发
表于 1913 年的《东方杂志》。王国维是中国近现代第一个致力于戏曲研
究的人，有理由认为他在从事戏曲研究时会参阅前人或时人的有关文章或
著作。那么比他的《戏曲考原》早几年同发表在《国粹学报》的刘师培
的戏曲研究文章应该会进入他的阅读和参考视野，甚至《戏曲考原》文
章标题也与《原戏》有着相似之处。因此我们在今天高度肯定王国维在
中国戏曲史研究方面的开山之功的同时，不能忽略刘师培之前所做的

---

① 胡星亮：《二十世纪中国戏剧思潮》，江苏文艺出版社 1995 年版，第 29 页。
② 刘师培：《论文杂记》，《刘申叔先生遗书》第二十册，宁武南氏校印本 1936 年版，第
22 页。

工作。

关于戏曲的起源。刘师培认为中国戏曲起源于古代乐舞，而乐舞又主要是用来祭祀的，乐舞也即巫舞。同时王国维《宋元戏曲考》中认为"后世戏剧，当自巫、优二者出"、"巫觋之兴，虽在上皇之世，然俳优则远在其后"、"要之，巫与优之别：巫以乐神，而优以乐人；巫以歌舞为主，而优以调谑为主"。① 王国维的戏曲起源观点也与刘师培相同，只是又发展了俳优这一源头。但从最早的源头来说，则应是乐舞。其后这种观点基本为学界所认可。

（二）戏曲的本体和定义

王国维在《戏曲考原》中认为"戏曲者，谓以歌舞演故事也"。② 而刘师培在《原戏》一文中也指出了古代乐舞和后世戏曲歌、乐、舞三位一体的表演方式，同时他认为表演的内容是："此亦乐舞之形容古事者也，与后世演剧相同。"即演故事，因此从刘师培对戏曲的描述和界定也不难得出"戏曲者，谓以歌舞演故事也"。

如前所析，刘师培不断强调戏曲的本体是"侈陈古人战迹耳"，即戏曲的械斗性，这也是立足于戏曲的源头——上古乐舞或巫舞而得出的结论，也应当是可信的。至于关于戏曲本体观的"戏谑"观，也即王国维所提出的戏曲起源于古代俳优，这应该是后起的一种观点。乐舞在前，俳优在后；械斗在前，戏谑在后；娱神在前，娱人在后。王国维也是持这一观点，而后来的学界也基本同意此观点。"打斗说"和"戏谑说"两种观点都正确，但追溯戏曲的最初源头，则应是"打斗"。《说文解字》关于"戏"字本义的解释也是打斗。

（三）曲的构成要素

如上所析，刘师培在以上几篇文章中，几乎分析了戏曲的歌、乐、舞、代言体、脚色、扮演等几乎戏曲的全部因素。王国维在《宋元戏曲考》中则认为："杂剧之为物，合动作、言语、歌唱三者而成。"③ 后来任

---

① 王国维：《宋元戏曲史》，上海古籍出版社 2000 年版，第 4 页。
② 王国维：《戏曲考原》，《王国维戏曲论文集》，中国戏剧出版社 1984 年版，第 163 页。
③ 王国维：《宋元戏曲史》，上海古籍出版社 2000 年版，第 94 页。

二北在《唐戏弄》中对真正的戏剧，也即全能戏剧下了一个定义："何谓全能类？曰：指唐戏之不仅以歌舞为主，而兼由音乐、歌唱、舞蹈、表演、说白五种伎艺，自由发展，共同演出一故事，实为真正戏剧也。"①以上等人包括今人对戏曲要素的定义也未能脱出刘师培所说的范围。

其他包括戏曲的"戏"、"曲"、"剧"等的概念，即戏曲的表演戏耍、曲律、故事的融合、戏曲的演变、南北曲的不同等内容，刘师培的见解也是深刻而独到的。

刘师培和王国维的一个重要的共同之处还在于，他们都高度评价戏曲的地位，刘师培认为戏曲当与经史同观，戏曲等同于《诗经》中的《颂》；诗词则是《诗经》中的《风》；明清的八股文则是戏曲的变体，认为"八比一体，当附入曲剧之后"。王国维将元曲提高到与唐诗、宋词并驾齐驱的"一代之文学"的高度。这种观点的形成一方面受当时戏曲改良思潮的影响，对比西方戏剧在文学界地位崇高，而中国戏曲却"为时既近，托体稍卑"、"后世硕儒、皆鄙弃不复道"的现状有感而发，同时也与二人卓越超前的学术眼光有关。

综上所述，笔者认为刘师培的戏曲观具有开拓性、系统性、完整性和现实性。对于王国维等戏曲史学者的戏曲研究有着重要的启发和影响，在今天看来仍然具有重要的借鉴意义。因此，他在中国古典戏曲理论史上的地位和贡献有待于进一步的认识和肯定。

---

① 任半塘：《唐戏弄》，上海古籍出版社 1984 年版，第 224 页。

清代经学家与曲家、文人的群体交游

由于清代经学的繁盛和戏曲的雅化，使得清代经学家参与戏曲创作、研究和评论蔚然成风。① 受此风气影响，清代经学家与曲家的交游活动也较为频繁。在这些交游活动中，除了个人之间的交游之外，有一部分是属于集体性的行为，一般是在大型的学术、文化活动中所形成的经学家、文人与曲家交游圈，而后者对戏曲产生的影响更为深刻。这种集体的学术活动或文学活动，一般伴随着戏曲活动，因而促进了戏曲与经学和文学的交融。本文选取扬州设局删改剧曲、扬州盐商的戏曲活动，以及学人幕府的学术、戏曲活动为例来考察这种经学、文学、戏曲互融的活动，以及由此形成的经学家、文人与曲家的交游圈。

一 扬州设局删改剧曲所形成的
经学家、文人与曲家交游圈

《扬州画舫录》卷五载总校黄文旸《曲海目》及其序，序云："乾隆辛丑间，奉旨修改古今词曲，予受盐使者聘，得与修改之列，兼总校。苏州织造进呈词曲，因得尽阅古今杂剧传奇，阅一年事竣。"② 分校之一的凌廷堪也对此事有记载，《手抄诸经跋》曰："乾隆庚子冬，两淮巡盐御史长白伊公，奉旨删改古今杂剧传奇之违碍者。次年，属余襄其事，客扬州者岁余。"③《复章酌亭书》曰："比因删改辞曲，留滞广陵。所对者惟

---

① 关于此问题，笔者另有专文进行论述。
② （清）李斗：《扬州画舫录》卷五，中华书局1960年版，第111页。
③ （清）凌廷堪：《手抄诸经跋》，《校礼堂文集》卷三十，中华书局1998年版，第269页。

筝师笛工，所读者皆传奇杂剧。"① 扬州官修戏曲属于纂修《四库全书》的一部分，本意是要删改戏曲之中的违碍之处，如清高宗乾隆所言："因思演戏曲本内，亦未必无违碍之处。如明季国初之事，有关涉本朝字句，自当一体饬查。至南宋与金朝，关涉词曲，外间剧本，往往有扮演过当，以致失实者，流传久远。无识之途，或至转以剧本为真，殊有关系，亦当一体饬查。此等剧本，大约聚于苏扬等处。著传谕伊龄阿、全德，留心查察。有应删改及抽掣者，务为斟酌妥办。并将查出原本，及删改抽掣之篇，一并黏签，解京呈览。但须不动声色，不可稍涉张皇。全德向不通晓汉文，恐交伊专办，未能妥协。所有苏州一带应查禁者，并著伊龄阿帮同办理。"② 这样大规模的官方的学术活动，将千百本戏曲剧本集中在一起，剧本因之得到了整理的机会，也为研究者提供了有利的条件，所以在客观上反而促进了戏曲的研究。主持此次删改活动的扬州盐运使伊龄阿是著名的文人，因此，此次活动聘请的人员也多为饱学之士。长达一年的时间阅读剧本，为这些学者参与戏曲研究批评或创作打下了实践基础。许多由此走上了研究、批评或创作戏曲的道路。如乾嘉时期著名经学家凌廷堪就是因此次删改戏曲而走上了戏曲研究的道路。参与此次删改的还有凌廷堪的好友程枚，则是一名戏曲作家。据《弇榆山房笔谈》载："时斋最精音律，乾隆中恭撰东巡迎銮法曲，有《蓬莱会》、《法轮游》二种，别有《一斛珠》传奇，刊行于世。"③ 此外，还有清代中叶著名的剧作家金兆燕。金兆燕创作了《旗亭记》传奇，与乾嘉时期的许多文人学士都有来往。

扬州设局删改剧曲汇集了大量的经学家、文人与曲家，为他们提供了一个文化交游圈，也为经学家参与戏曲活动提供了机会，同时在一定程度上也促进了经学和戏曲的互动。

---

① （清）凌廷堪：《复章酌亭书辛丑》，《校礼堂文集》卷二十二，中华书局1998年版，第192页。

② 《清高宗实录》一千一百一十八，第六册，清乾隆四十五年十一月乙酉条，《大清历朝实录》第47帙，第17b—18a页。

③ （清）许乔林：《弇榆山房笔谈》，转引自邓长风《明清戏曲家考略三编》，上海古籍出版社1999年版，第130页。

二　扬州盐商的戏曲活动所形成的
经学家、文人与曲家交游圈

　　扬州作为两淮盐运的府治，集聚了大量盐商，扬州盐商由于财力雄厚，或出于个人的喜好，或受当时风气所染，延致大批文人学士从事学术活动。王昶《蒲褐山房诗话》"陈章"条曰："扬州盐商所萃，喜招名士以自重，而马氏秋玉珮兮小玲珑山馆，尤为席帽所归。"① 这些盐商除了一小部分附庸风雅，大多真心向学，他们自身大多即为根底深厚的文士，这种行为促进了学术的发达。梁启超《清代学术概论》曰："淮南盐商，既穷极奢欲，亦趋时尚，思自附于风雅，竞蓄书画图器，邀名士鉴定，洁亭舍、丰馆谷以待……固不能谓其于兹学之发达无助力。"② 同时大多数盐商都喜欢戏曲活动，有的甚至自己组织有家班，如江春家中有春台班和德音班。因此，他们的活动又为清代学术和戏曲的融合作出了贡献。

　　其中乾隆时期马氏的小玲珑山馆即是经学家、文人和曲家云集的胜地。马氏兄弟"贾而好儒"，为著名的"好学博古"之士，对清代中叶的学术繁荣作出了很大的贡献。《清史列传·文苑传》曰："马曰琯，字秋玉，安徽祁门人。原江苏江都籍，诸生，候选知州。性孝友，笃于学，与弟曰璐互相师友，俱以诗名，时称'扬州二马'，比之皇甫子濬伯仲。"③ 李斗《扬州画舫录》曰马氏兄弟："好学博古，考校文艺，评骘史传，旁逮金石文字。"④ 马氏兄弟建小玲珑山馆以招徕名士，当时著名的学士文人，如全祖望、杭世骏、厉鹗、符曾、陈撰、金农、陈章、姚世钰等都曾馆其家。马氏兄弟还建立了闻名遐尔的丛书楼，全祖望《鲒埼亭集外编》《丛书楼记》曰："其居之南有小玲珑山馆，园亭明瑟，而岿然高出者，丛书楼也。迸叠十万余卷。予南北往还，道出此间，苟有宿留，未尝不借其书，而嶰谷相见寒暄之外，必问近来得未见之书几何？其有闻而未得者

　　① （清）王昶：《蒲褐山房诗话新编》，齐鲁书社 1988 年版，第 28 页。
　　② 梁启超：《清代学术概论》，上海古籍出版社 1998 年版，第 66 页。
　　③ 王钟翰点校：《清史列传》卷七十一《文苑传二》，中华书局 1987 年版，第 5866—5867页。
　　④ （清）李斗：《扬州画舫录》卷四，中华书局 1960 年版，第 86 页。

几何？随予所答，辄记其目，或借钞或转购，穷年兀兀，不以为疲。"①
马氏的丛书楼曾向众多学者提供借书，卢见曾曾向马氏借书，厉鹗、全祖
望等学者也利用其中的藏书进行著述活动。《四库全书》开馆后，亦曾向
马氏丛书楼征书，马氏所献的书是南方藏书家最多的四家之一。同时马氏
兄弟还精于刻书，所刻图书质量精良，被称为"马版"。《扬州画舫录》
载："尝为朱竹垞刻《经义考》，费千金为蒋衡装潢所写《十三经》，又刻
许氏《说文》、《玉篇》、《广韵》、《字鉴》等书，谓之马版。"② 马氏兄弟
除了为乾嘉时期的学术繁荣作出了贡献，还为文学和戏曲繁荣作出了贡
献。马氏兄弟爱好诗文聚会，"归里以诗自娱，所与游皆当世名家。四方
之士过之，适馆授餐，终身无倦色"。③ 而这些诗文聚会常常伴随着听曲
活动，《扬州画舫录》载曰：

> 扬州诗文之会，以马氏小玲珑山馆、程氏筱园及郑氏休园为最
> 盛。至会其日，于园中各设一案，上置笔二、墨一、端砚一、水注
> 一、笺纸四、诗韵一、茶壶一、碗一、果盒茶食盒各一、诗成即发
> 刻，三日内尚可改易重刻，出日遍送城中矣。每会酒肴俱极珍美，一
> 日共诗成矣，请听曲，邀至一厅甚旧，有绿琉璃四，又选老乐工四人
> 至，均没齿秃发，约八九十岁矣，各奏一曲而退。倏忽间命启屏门，
> 门启则后二进皆楼，红灯千盏，男女乐各一部，俱十五六岁妙
> 年也。④

这段文字即是描写一次诗文聚会后的听曲活动。比马氏小玲珑山馆稍后的
江春的康山草堂也是文人、学士、曲家云集的所在。江春、江昉，号称
"二江先生"。江春（1720—1789），字颖长，号鹤亭，清乾隆时期出任两
淮盐务总商40年。江昉，字旭东，号橙里，砚农。《扬州画舫录》卷十
二"江春"条曰："坛坫无虚日，奇才之士，座中常满，亦一时之盛

---

① （清）全祖望：《丛书楼记》，《鲒埼亭集外编》卷十七，《鲒埼亭集》，四部丛刊初编
本，第4b页。
② （清）李斗：《扬州画舫录》卷四，中华书局1960年版，第88页。
③ 同上。
④ （清）李斗：《扬州画舫录》卷八，中华书局1960年版，第180—181页。

也。"① 戏曲名家蒋士铨和金兆燕常年馆于江春的康山草堂，蒋士铨的几种戏曲都是在康山草堂首次演出的，而蒋氏的《四弦秋》也是受到江春等人的鼓动之后创作的，其自序曰：

> 壬辰晚秋，鹤亭主人邀袁春圃观察、金棕亭教授及予宴于秋声之馆，竹石萧瑟。酒半，鹤亭偶举白傅《琵琶行》，谓向有《青衫记》院本，以香山素狎此妓，乃于江州送客时，仍归于司马，践成前约。命意敷词，庸劣可鄙。同人以予粗知声韵，相属别撰一剧，当付伶人演习，用洗前陋。予唯唯。明日，乃剪画诗中本义，分篇列目，更杂引《唐书》元和九年、十年时政，及《香山年谱·自序》，排组成章，每夕挑灯填词一出，五日而毕。②

江春还为《四弦秋》进行了正谱。红雪楼藏本《四弦秋》署名曰："鹤亭居士正拍，清容主人填词，梦楼居士题评。"

　　江春爱好戏曲，并且组织有家班，春台班和德音班在当时负有盛名。江春时常招集一些文人学士和曲家进行诗文酬唱、听曲观剧等活动。经常在江春座上出现的文人学士除了上面提到的蒋士铨和金兆燕外，还有赵翼和袁枚。赵翼《瓯北集》卷二十九《冬至前三日未堂司寇招同鹤亭方伯春农中翰奉陪金圃少宰夜宴即事二首》记载了一次夜宴，这次夜宴有观剧活动，其诗云："沉沉弦索到三更，灯倍鲜妍月倍明。敢叹鬓丝逢短至，久拼肉阵设长平。歌者郝金官色艺倾一时，有坑人之目，故云。美人变局非红粉，乐府新腔有素筝。是日演梆子腔。惹得老颠风景裂，归来恼煞一寒蝥。"③

　　此外，江春还举行其他文人聚会活动，如举行纪念苏轼生辰的雅集。乾隆三十一年（1766）十二月十九日，江春为纪念苏东坡七百岁生日，在康山草堂之寒香馆悬像赋诗，"一时文人学士，如钱司寇陈群、曹学士仁虎、蒋编修士铨、金寿门农、方南塘贞观、陈授衣章、陈玉儿撰、郑板桥燮、黄北垞裕、戴东原震、沈学士大成、江云溪立、吴杉亭烺、金棕亭

---

① （清）李斗：《扬州画舫录》卷十二，中华书局 1960 年版，第 274 页。
② 蔡毅：《中国古典戏曲序跋汇编》，齐鲁书社 1989 年版，第 990 页。
③ （清）赵翼：《瓯北集》卷二十九，上海古籍出版社 1997 年版，第 656 页。

兆燕，或结缟纻，或致馆餐"。① 其中戴震是著名经学家，金农、郑燮是著名书画家，蒋士铨与金兆燕是著名文士兼曲家，可见这种聚会汇集了不同身份的人。这种建立在丰厚经济基础上的学术、文化和戏曲活动为经学家和曲家的交游创造了平台，同时促进了学术、文学和戏曲的交流和繁荣。

三　清代学人幕府所形成的经学家、文人与曲家交游圈

清代的学人幕府很多，著名的有卢见曾幕府、朱筠幕府、毕沅幕府、阮元幕府、谢启昆幕府、曾燠幕府六大幕府。② 这些幕府的主人招揽了一大批饱学之士，如投在毕沅（1730—1797）幕下的著名经学家有洪亮吉、程晋芳、凌廷堪、武亿、孙星衍、邵晋涵、章学诚等。阮元（1764—1849）幕府中也聚集了一大批学者，如钱大昕、段玉裁、焦循、陈寿祺、朱朗斋、顾千里、何梦华等。幕府的活动除了正常的公务之外，还参与文化学术事业的建设。如毕沅幕府编纂了《续资治通鉴》、《史籍考》、《关中胜迹图志》、《山海经校注》、《中州金石志》等，而阮元幕府作出的学术贡献则更大，曾组织编纂《经籍纂诂》、《十三经注疏校勘记》、《皇清经解》等。由幕府主人倡导的这种学术活动不但使得大批学者有了投身之所，而且为清代的学术作出了重大的贡献。而在清代幕府的活动中，还包括戏曲创作和诗酒唱和等活动。据尚小明的《清代士人游幕表》统计，清代参加幕府的士人活动，主要分为三类：政事、兵事、文事。其中文事活动包括以下几类：（1）经史典籍的注释、校勘、疏解、编纂；（2）诗文集的编纂，戏曲、书画作品的创作；（3）地方志的纂修；（4）论学、讲学活动；（5）襄阅试卷。③ 戏曲创作赫然名列其中。

学人幕府还会在闲暇时期举行诗酒唱和，"诗酒唱和在游幕士人之间及他们与幕主之间是极普遍的，不论在处理政务之暇，还是在戎马倥偬之

---

① （清）阮元：《淮海英灵集》戊集卷四，清嘉庆三年小琅嬛仙馆刻本，续修四库全书本第 1682 册，第 282 页。

② 见尚小明《学人游幕与清代学术》，社会科学文献出版社 1999 年版。

③ 尚小明：《清代士人游幕表》，中华书局 2005 年版，第 17 页。

际都有，是调剂幕府生活的一种重要方式"。① 而在诗酒唱和之外，还有一类娱乐活动，其中就包括听曲或观剧。学术和公务之余的这种戏曲活动，也为这一大批学者接触戏曲提供了机会。有的幕府主人喜欢戏曲，他们会自己参与戏曲创作，其中两任扬州盐运使的卢见曾就是一个非常好的范例。

卢见曾（1690—1768），字抱孙，号雅雨山人，山东德州人。康熙六十年（1721）进士。雍正三年（1725），出为四川洪雅县知县。累官至两淮盐运使。告归，足智多才，勤于吏治，历官皆有殊绩。卢见曾好校刊古书，又补刊朱彝尊《经义考》，皆有功后学。作《中州集例》，系以小传，为《山左诗钞》。又爱才好士，喜好宴客，"官盐运时，四方名流咸集，极一时文酒之盛。金农、陈撰、厉鹗、惠栋、沈大成、陈章等前后数十人，皆为上客"。② 卢见曾与当时的许多经学家都有来往，他与戴震、王昶诸儒交往密切，与卢文弨有书信来往。卢见曾喜奖掖人才，其"汲引后进，孜孜如不及，其奖拔后皆有名于时"。③ 又多处建造书院，兴学造士，"在洪雅，建雅江书院；在六安，建庚飏书院；在永平，建敬胜书院；在长芦，建问津书院；扬州旧有安定书院，更因而廓其规制，严其教条。前后所成就者，不可枚数。于前汉古迹，缺者补，坏者修，罔不兴举"。④ 同时，卢见曾还曾刊刻《雅雨堂丛书》，其"于乾隆初业古学之复兴，实为一有力的倡导"。⑤

除了对清代学术的贡献，卢见曾对清代戏曲的贡献也很重大，著名戏曲家金兆燕和朱齐长期馆于其处。卢见曾还参与了金兆燕《旗亭记》的创作，同时朱齐的《玉尺楼传奇》也是在卢见曾府上完成。汪启椒《朱齐传》云：

> 辛未春，翠华南幸。庄滋圃大中丞抚全吴时，延谱迎銮新曲，脍炙人口，一时为之纸贵。卢雅雨运使再至两淮，馆于署斋，月余，成

---

① 尚小明：《清代士人游幕表》，中华书局 2005 年版，第 18 页。

② 王钟翰点校：《清史列传》，《文苑传》卷七十一，中华书局 1987 年版，第 5838 页。

③ （清）卢文弨：《故两淮都转盐运使雅雨卢公墓志铭》，闵尔昌《碑传集补》卷十七，铅印本 1923 年版，第 6b 页。

④ 同上书，第 6a—6b 页。

⑤ 陈祖武、朱彤窗：《乾嘉学派研究》，河北人民出版社 2005 年版，第 157 页。

《玉尺楼传奇》一部，授之梨园，扬州人争购之，于是有井水处，莫不知有朱公放矣。①

此外，著名经学家程廷祚（1691—1767）的《莲花岛》传奇亦是客卢见曾幕府期间构思酝酿而成。金兆燕《棕亭古文钞》有《程绵庄先生〈莲花岛〉传奇序》，曰："绵庄先生今之师伏也……度《莲花岛》之作，盖自为立传而与天下共白其欲表见于世者耳……戊寅冬，与先生同客两淮都转之幕……是时先生曾为余言《莲花岛》之大略，而行笥无稿本。越七年，乃以全部寄示余，余卒读而深叹之，使先生得志而行其所学，则《莲花岛》中之奇功伟业当炳于丹青，著之史册，乃不得已而仅托之子虚乌有，为氍毹顷刻之观以悦妇人孺子之目，岂不惜哉？"②

此外，毕沅③幕府中的戏曲活动也很频繁。毕沅爱好观剧，著名经学家王昶《秋帆中丞邀至开封置酒观剧有作》曰："清灞分襟乍判年，官斋把盏更欣然。人怀折柳时时别，诗听甘棠处处传。季札又来观乐地，义山终忆大罗天。终南仙馆犹如故，风月何人棹酒船。"④ 即是记载毕沅邀其观剧之事。毕沅在两湖总督任上时还蓄有家班，⑤ 据毕沅门客钱咏《履园丛话》卷六"秋帆尚书"载：

> 家蓄梨园一部，公余之暇，便令演唱。余少负戆直，一日同坐观剧，谓先生曰："公得毋奢乎？"先生笑曰："吾尝题文文山遗像，有云：'自有文章留正气，何曾声妓累忠忱。'所谓大德不逾闲，小德出入可也。"余始服其言。⑥

---

① （清）汪启淑：《朱齐传》，《续印人传》卷一，续修四库全书本第 1092 册，第 63 页。

② （清）金兆燕：《程绵庄先生莲花岛传奇序》，《棕亭古文钞》卷六，续修四库全书本第 1442 册，第 335—336 页。

③ 毕沅（1730—1797），字纕蘅，号秋帆，因从沈德潜学于灵岩山，自号灵岩山人。清乾隆二十五年（1760）进士，廷试第一，状元及第，授翰林院编修。清乾隆五十年（1785）累官至河南巡抚，第二年擢湖广总督。清嘉庆元年（1796）赏轻车都尉世袭。病逝后，赠太子太保，赐祭葬。

④ （清）王昶：《春融堂集》卷十九，续修四库全书本第 1437 册，第 546 上页。

⑤ 见刘水云《明清家乐研究》，上海古籍出版社 2005 年版，第 163 页。

⑥ （清）钱泳：《履园丛话》卷六，中华书局 1979 年版，第 150 页。

毕沅亦曾阅读曲家剧作。曲家钱惟乔曾将自己的曲作《乞食图》稿本寄给洪亮吉，洪亮吉时在毕沅幕府，此剧毕沅亦曾寓目，并由秀水王复携往临漳。洪亮吉与王复书札有云："竹初《乞食图》曲本，渠专人来取，老夫子（毕沅）云在尊处，祈写副本竟，即寄来，至嘱。"①

学人幕府所形成的经学家、文人与曲家的交游圈及举行的与戏曲有关的活动，诸如听曲、观剧或作剧、订谱等，不但推动了戏曲的发展，而且促进了戏曲与经学的融合。

---

① 见陆萼庭《清代戏曲家丛考》，学林出版社1995年版，第108页。

大传统与小传统的互渗

——关于清代经学与戏曲关系的思考

一

　　清代是我国最后一个封建王朝，也是学术文化全面繁荣的时代。清代经学是继先秦诸子学、两汉经学、魏晋玄学、隋唐佛学和宋明理学之后的又一个学术高峰。清代戏曲虽未能出现元杂剧与明传奇那样在戏曲史上具有里程碑意义的戏曲范式，但其自身的特色却绝不容忽视。清代传奇和杂剧的创作继承明代的文人化和雅化的特色，进一步产生案头化和学术化的倾向，思想内容则趋于伦理道德化，彻底回归于正统文学的雅正传统。清代曲学更是在各个领域全面发展，总结前人，为顺利过渡到现代戏曲学作出了必要的贡献。清代戏曲出现以上特点除了受到戏曲自身发展规律的影响之外，更重要的是受到了清代经学的影响。因为一个时代的意识形态与学术思潮必定会映射到这个时代的文学艺术中。清代学术尤其是清代经学超汉越宋，在清代意识形态领域占据了统治地位，清代的一切文学艺术毫无例外地受到经学这种强势意识形态的影响，戏曲亦是如此。

　　经学和戏曲之间的关系类似于人类学中所谓的大传统与小传统、精英文化与大众文化或雅文化与俗文化之间的关系。美国人类学家罗伯特·雷德菲尔德（Robert Redfield）在 1956 年出版的《乡民社会与文化：一位人类学家对文明之研究》（*Peasant Society and Culture：An Anthropological Approach to Civilization*）一书中提出了大传统与小传统的概念（Great tradition and little tradition），借以说明乡民社会中存在的两种不同文化传统，"文化中存在着小众、精英化的大传统和大众、世俗化的小传统。大传统薪火相传地承传于经院之中；小传统则自在自为地存在于非书写文化的村社生活之中。哲学家、神学家、文学家的传统被有意识地精致化而传承下来，而细民百姓的传统则在无意识中被视为自然而然，无须进一步精细化和提高"。① 之后，欧洲学者用精英文化与大众文化对雷氏的大传统与小传统进行了修正，认为二者"在传播上是非对称的，大传统通过学校等正规途径传播，是一个封闭的系统，不对大众开放，故大众被排除在这一系统之外，成为一种社会精英的文化。而小传统则被非正式地传播，向所有人开放，因此精英参与了小传统，大众没有参与大传统，从而推论出小传统由于上层精英的介入，被动地受到大传统的影响，而地方化的小传统对大传统的影响则微乎其微，是一种由上往下的单向文化流动。对雷氏大小传统的这一修正否定了以地域来定义二者，并从传播途径上阐明了小传统处于被动地位的原因"。② 随后，中国人类学者也将大小传统概念运用于中国文化研究。如台湾的李亦园即将大传统、小传统与中国的雅文化、俗文化相对应，以此来分析中国文化。他认为："这两个传统是互动互补的，大传统引导文化的方向，小传统却提供真实文化的素材，两者都是构成整个文明的重要部分。"③ 中国"大传统的上层士绅文化着重于形式的表达，习惯于优雅的言辞，趋向于哲理的思维，并且关照于社会秩序伦理关系上面；而小传统的民间文化则不善于形式的表达与哲理思维，大都以日常生活的所需为范畴而出发，因此是现实而功利、直接而朴质的"。④ 一般而言，大传统与政治意识形态密切相关，而小传统则相对远离政治意识形态。

　　与此同时，著名学者余英时也开始关注大传统与小传统之间的关系。他认为："一般地说，大传统和小传统之间一方面固然相互独立，另一方面也不断地相互交流。所以大传统中的伟大思想或优美诗歌往往起于民间，而大传统既形成之后也通过种种渠道再回到民间，并且在意义上发生种种始料不及的改变。"⑤ "大传统是从许多小传统中逐渐提炼出来的，后者是前者的源头活水。不但大传统（如礼乐）源自民间，而且最后又必

　　① Robert Redfield, *Peasant Society and Culture: An Anthropological Approach to Civilization*, Chicago: University of Chicago Press, 1956: 70.

　　② 郑萍：《村落视野中的大传统与小传统：田野札记》，《读书》2005 年第 7 期。

　　③ 李亦园：《人类的视野》，上海文艺出版社 1996 年版，第 144 页。

　　④ 同上书，第 145 页。

　　⑤ 余英时：《汉代循吏与文化传播》，《儒家伦理与商人精神》，广西师范大学出版社 2004 年版，第 42 页。

须回到民间，并在民间得到较长久的保存，至少这是孔子以来的共同见解。像'缘人情而制礼'、'礼失求诸野'之类的说法其实都蕴涵着大、小传统不相隔绝的意思。"① "所谓'上层文化'（Elite culture）和通俗文化（Popular culture）在中国传统中并不是截然分明的，其间界线很难划分。士大夫当然有他们的'上层文化'，但他们同时也是浸润在'通俗文化'之中。"②

余英时虽然强调中国大小传统之间的交流与融通，但显然更加重视大传统对小传统的统摄作用，即小传统受到大传统的影响是主要的。他认为，"由于古代中国的大、小传统是一种双行道的关系，因此大传统一方面固然超越了小传统，另一方面则又包括了小传统"。③ "不过由于中国的小传统受大传统的浸润更深更久，故更难分辨而已……汉代以后中国的大传统包括了儒、释、道三教，而民间种种小传统也是糅杂三教而成。后世的小说、戏曲、变文、善书、宝卷之类所谓'俗文学'中，以思想而论，大体还是不脱忠、孝、节、义、善恶报应那一套观念的笼罩。换句话说，小传统基本上是大传统的变相。"④

余英时关于大传统和小传统关系的论述，几乎全部适用于考察经学和戏曲之间的关系。可以认为，经学是代表社会意识形态的精英文化，而戏曲则是来自民间的大众文化，经学对戏曲的统摄是主要的，但经学与戏曲之间也存在着交流、融通。同时一定程度上，小传统会向大传统转化，戏曲也会向雅文化和精英文化转变，从而产生出新的大传统。因此，有必要深入探讨作为大传统的清代经学如何渗入小传统的戏曲，在哪些方面对戏曲发生影响，以及这种影响导致的结果等一系列问题，间或会虑及戏曲对经学的影响，即小传统对大传统的反作用，如某些经学家有意识地利用戏曲易于传播的特点，去表达自己的经学观点，并且强调戏曲在教化民众方

① 余英时：《汉代循吏与文化传播》，《儒家伦理与商人精神》，广西师范大学出版社 2004 年版，第 43 页。

② 余英时：《中国近世宗教伦理与商人精神》，《儒家伦理与商人精神》，广西师范大学出版社 2004 年版，第 324 页。

③ 余英时：《汉代循吏与文化传播》，《儒家伦理与商人精神》，广西师范大学出版社 2004 年版，第 46 页。

④ 余英时：《从史学看传统》，《史学与传统》，时报文化出版有限公司 1985 年版，第 16 页。

面比经学更为有效。

学术思想与文学乃至戏曲的关系，是古典文学、古典戏曲研究的一个重要领域。相关的著作有刘松来的《两汉经学与中国文学》、许总的《宋明理学与中国文学》、马积高的《清代学术思想的变迁与文学》、陈居渊的《清代朴学与中国文学》、刘再华的《近代经学与文学》、杨旭辉的《清代经学与文学：以常州文人群体为典范的研究》、季国平的《宋明理学与戏曲》等论著。清代经学与清代戏曲的相互渗透和影响，是一个值得研究探讨的课题，但迄今为止，学界还未给予足够的关注。

经学对戏曲的影响始终存在，戏曲自产生之日起，便与经学发生着千丝万缕的联系。而且随着戏曲的逐渐发展，受到经学的影响愈来愈显著，而经学与戏曲之间的交融亦愈来愈密切。但宋元明三朝经学与戏曲的关系与清代经学与戏曲的关系有所不同。这首先取决于经学自身发展的不同。许道勋先生和徐洪兴先生的《中国经学史》大致将中国的经学划分为汉学系统、宋学系统、清学系统和晚清系统。从汉朝到唐朝，经学的发展大致属于汉学的体系。到了宋代，经学则出现了新的变化，"宋代，经学的发展进入一个新时代。王安石撰《三经新义》，朱熹撰《四书集注》，在对经典的诠释中有意识地摆脱前代注疏的束缚，直寻经典的本义，最终形成一条与汉儒不同的学术理路。人们习惯于将东汉古文经学称为'汉学'，而将宋代经学称为'宋学'。宋学是道德学、伦理学，因而常常被称为'理学'，其中又有不同的派系之分。影响最大的有两派：一派以程颢、程颐、朱熹为代表，学术上主张格物以致知，其思想在明清时代一直占据意识形态的主流地位；另一派以南宋陆九渊和明代王阳明为代表，历史上称为陆王心学"。① 因此，宋元明三朝，经学的主要存在形态是宋明理学。而清代则是经学复盛的时代，清代的经学表现出汉学与宋学并存、古文经学与今文经学并存的局面。同时，清代经学又以考证为主，具有严谨质朴的特点，被称为朴学，清代朴学是清代学术和清代经学的代表。因此，宋元明三朝经学对戏曲的影响主要体现在宋明理学向戏曲之渗透，清代则表现在理学与朴学共同作用于戏曲，即经学思想和经学考据方法向清代戏曲之渗透。

总体而言，宋明理学与戏曲的关系基本是对立的。"理学和戏曲实际

---

① 刘再华：《近代经学与文学》，东方出版社 2004 年版，第6—7 页。

上代表了封建时代文化的两极——上层文化和下层文化，尽管二者相互渗透，理学影响到戏曲的创作，戏曲也进入上层统治者观赏的娱乐圈，但二者之间的对立更是严峻的、持久的。理学代表了正统的封建伦理道德，维护封建统治，戏曲则更多地表达人民的爱憎，嘲弄各种社会丑恶；理学禁锢人性，抑制人情，戏曲却摹写人性，宣泄人情；理学树立偶像，崇拜圣贤，戏曲却打碎偶像，欺侮圣贤。这种上层文化与下层文化的严重对立，在宋代及宋代以后的中国文化史和中国戏曲史上大量地表现出来。"①

清代经学与戏曲的关系则有所不同。清代儒学的复盛和经学的兴盛乃至朴学的大兴促进了戏曲和经学的进一步融合，真正体现出来大传统与小传统、精英文化与大众文化、雅文化与俗文化的交融和互渗。这种融合主要表现在三个方面：其一，表现在清代戏曲受清代儒学的影响，在思想和内容上有很鲜明的正统化和雅正色彩；其二，随着清代朴学的兴起和考据学的大兴，戏曲也成为考据家探究的新领域，清代戏曲的研究也以考据为特色，例如对戏曲本事的考证成了清代戏曲研究的一个重要领域；其三，由于戏曲雅正和正统化色彩的加深，戏曲吸引了更多的经学家和考据学家来参与，代表了戏曲与经学最亲密的接触。

由于清代经学的兴盛和儒学的复兴使得清代戏曲相对宋元明三朝的戏曲表现出了一些自己的特点和变化。具体表现在清代戏曲创作思想经过了一个"由情返理，以礼正情"的发展过程。戏曲内容和品位追求雅正和醇厚。戏曲风格趋于雅化和案头化。戏曲作品的创作动机由"悦人心目"转向"聊以自娱"为主。受到清代实学思潮的影响，清代戏曲创作有着强烈的征实化倾向，不仅是题材的征实，而且是创作方法的征实。与此相对，由于清代考据学的大兴，使得清代的戏曲出现了学术化的倾向，将考据法纳入戏曲创作中，体现了经学与戏曲的完美结合。以上特点均使得清代的戏曲作品向诗词文赋等雅文学的传统靠拢，并最终纳入雅文学的轨道，而逐渐失去了戏曲的本体特征，这也是清代剧作家和剧论家推尊曲体的方法和途径。但清代戏曲作品文体特征的丧失，一方面实现了推尊曲体的目的，另一方面也使清代的戏曲丧失了场上的半壁江山，回归文人学士的案头，导致了清代中叶的"雅部衰落，花部兴起"。

---

① 　季国平：《宋明理学与戏曲》，中国戏剧出版社 2003 年版，第 36 页。

二

探讨清代经学与清代戏曲的关系，离不开对清代经学家的戏曲思想和戏曲活动的探讨。因为，一般而言，某一时代的经学主体也是文学主体，尤其是诗词文赋，① "中国文学史与中国经学史，就其活动主体（人）而言，相当一部分是重合的；而文学史上占主流地位的儒家文学思想，整体上也可以视为儒家经学思想在文学领域的延伸"。② 但经学主体与戏曲主体长期以来却是各自为政。中国古代 "德成而上，艺成而下" （《礼记·乐记》）的思想制约着传统士大夫的思想， "文章一小技，于道未为尊"③ 代表了中国大多数士人的观点，正统文学在士人心目中地位尚且如此，遑论属于俗文学的戏曲。中国传统文化一向强调雅俗之分，戏曲由于其通俗性与娱乐性，处于社会意识形态的最底层。正统儒者对戏曲向来不屑一顾，戏曲也能较大限度地摆脱经学的控制。因此在清代之前，经学主体与戏曲主体基本不相重合。清代之前的经学家一般不屑于参与戏曲创作、评论和研究。但到清代，这种情况发生了变化。如龚鹏程《中国文人阶层史论》中所说，清代的文人是传统文人的集合体，不再是传统意义上的纯粹的文人，而是 "文人型学者及学者型文人"④。因此，清代的学者或文人能够更多地参与各种文艺活动，其中包括戏曲活动。同时，由于学术的高度繁荣，清代社会为一 "学者社会"⑤，导致清代戏曲的创作研究者大多为学人身份，戏曲主体与经学主体发生重合，其中一些在经学史上声名赫赫的经学家参与了戏曲创作和研究评论，如王夫之、毛奇龄、傅山、桂馥、孔广林、焦循、凌廷堪、俞樾、刘师培、梁启超、王国维等加入戏曲创作和研究群体中来，普通的学者型曲家更是不胜枚举。这在中

---

① 但也有一些理学家反对文学，认为 "作文害道"。《二程遗书》卷十八， "问：'作文害道否？'曰：'害也……古之学者，惟务养情性，其他则不学。今为文者，专务章句，悦人耳目。既务悦人，非俳优而何？'" （宋）程颐、程颢：《二程遗书》，上海古籍出版社 2000 年版，第290—291 页。

② 刘再华：《近代经学与文学》，东方出版社 2004 年版，第 1 页。

③ （唐）杜甫著，（清）仇兆鳌注：《贻华阳柳少府》，《杜诗详注》卷十五，中华书局1979 年版，第 1315 页。

④ 龚鹏程：《中国文人阶层史论》，兰州大学出版社 2004 年版，第 187 页。

⑤ 梁启超：《清代学术概论》，上海古籍出版社 1998 年版，第 62 页。

国古典戏曲史上是一种特殊而重要的现象，值得探讨。

　　而其最核心的原因还在于清代学术和经学的繁荣。由于清代学术的繁荣和清代经学的兴盛，使得清代学人数量大增。"家家许、郑，人人贾、马"，① 清代成为一"学者社会"②。出于对经学的尊崇和对学者身份的渴望，清代的文人也逐渐向经学靠拢，成为学者型的文人。清代的文人大都具有深厚的学术修养，许多著名文人都是当时一流的经学家或学者，典型者如傅山、归庄、吴伟业、尤侗、朱彝尊、潘耒、方苞、刘献廷、卢见曾、厉鹗、杭世骏、赵翼、程晋芳、章学诚、谢启昆、许鸿磐、赵怀玉、陆继辂、张澍、周济、李慈铭等。而即使是纯粹文人身份的如裘琏、蒋士铨、袁枚、石韫玉等人，其经学造诣也非常深厚。③

　　同时，清代的经学家（尤其是汉学家）又不再如同宋明理学家对文学或艺术采取排斥或轻视的态度，认为"作文害道"④，而是热心于各种文学活动或文艺活动，他们大多追求对自己文学才华和文化身份的认同，既渴望以经师的身份传世，又渴望在文学上名世。一些以经学著名的学者，在文学方面也取得了卓越的成就。如张惠言既是常州学派的代表人，又是常州词派的开创者。常州学派的其他成员如孙星衍、洪亮吉、李兆洛、恽敬、陆继辂等人均是当时的骈文高手。扬州学派的学者也是如此，汪中的《哀盐船文》被称为"惊心动魄、一字千金"⑤，是清代骈文的顶峰。阮元是乾嘉时期汉学的宗师，同时又是"文笔说"的倡导者，而凌廷堪的骈文和焦循的词都成就不俗。清代其他经学家也大多有文集传世。在这个意义上，清代的学者又成为文人型的学者。这种情形正如龚鹏程先生所说："新形态毕竟造就了新的文人型学者及学者型文人。"⑥ "文人这个阶层从明末至清中叶这二百年间逐渐发展的趋向，是朝向文人与学人合

---

①　梁启超：《清代学术概论》，上海古籍出版社1998年版，第74页。

②　同上书，第62页。

③　参见张舜徽《清人笔记条辨》和《清人文集别录》对诸人的评价。

④　如《二程遗书》卷十八，"问：'作文害道否？'曰：'害也……古之学者，惟务养情性，其他则不学。今为文者，专务章句，悦人耳目。既务悦人，非俳优而何？'"（宋）程颐、程颢：《二程遗书》，上海古籍出版社2000年版，第290—291页。

⑤　（清）杭世骏：《哀盐船文序》，《道古堂全集》外文，续修四库全书本第1427册，第238页。

⑥　龚鹏程：《中国文人阶层史论》，兰州大学出版社2004年版，第187页。

一这个路子在走的。"①

与此同时，清代的经学家和文人又经常会参与一些文化艺术活动，因为在明清时代诗酒风流已经成为文人的象征，"晚明以降，文人，既是文学人，也是文化人。不仅大都进过学、读过四书、考过科举、能作括帖，具有儒家经典的基本知识。也能谈玄清话，说禅论鬼；并且博物志怪，游艺多方；习棋书画，可供肆意；诗酒风流，时赋多情"。② 因此，清代的学人和文人又大都是文艺人。而长期以来文人阶层自身的发展也契合了这种趋势，"历史上，文人阶层逐渐扩大的经过，是文人先类化了社会上各种伎艺人，把'文人'的涵义扩大为'文艺人士'。同时，透过科举制艺经义，将文事与经学结合起来，以致讲经学的学人和讲《四书》的理学家日益与文人界限模糊。再经过明清时期这么学者文人化、文人学者化一番，阶层间的类化现象便愈发明显"。③

多重身份的糅合和观念的变化以及明清以来各种文化活动的兴盛，使得清代的学人或清代经学家参与各种文艺活动包括戏曲活动成为当时趋势所在。清代尤其是江南地带，文人结社风气特盛、文人雅集活动频繁，在诗词歌赋的酬唱和金石书画的鉴赏中也伴随着谈禅说道、抚琴习棋，其中也包括各种戏曲活动，如听曲、观剧、创作剧本、题咏剧本等。清代许多官僚幕府中集中了大批优秀的学者和文人，他们也会在闲暇时刻举行一些文化活动，在这些文化活动中，常常伴随着各种戏曲活动。

此外，必须说明的是，清代经学家参与戏曲活动也是出于展现才华、获得声誉以及社会交游的需要。这与他们参与文学活动的动机是完全一致的，"到清初为止，士人、官员都是'非职业化'的，对他们来说，诗文写作是展现自己的文化修养、获得士人群体认同以及获得声誉的最佳手段之一。而这一传统至少在 1949 年以前一直有巨大的影响。所以，我们看到汉学家们也经常参加甚至组织各种文人雅集，谈论学术、唱和诗歌、品鉴文章、欣赏金石字画，等等。在这些场合，学人与文人最容易发生观点冲撞，而促使双方阐述各自对学术、文学的看法，并不断修正、完善其观点。这一传统，刺激了经学家对文学的自觉关注，并保证了各自的文学思

---

① 龚鹏程：《中国文人阶层史论》，兰州大学出版社 2004 年版，第 186—187 页。
② 同上书，第 27 页。
③ 同上书，第 187 页。

想在学人和文人相互之间的有效传播与回应。显然，研究清代文学思想，是不可能缺少经学家这一极的"。① 经学家参与戏曲活动，也对清代的戏曲发展产生了重要的影响，因为他们学养的深厚和社会地位的崇高，使得他们无论在什么领域稍一驻足，便成为该领域不可忽视的力量。同时，由于清代经学家是清代经学的主体，他们的戏曲活动往往也与经学活动不可截然分开，他们的戏曲思想不可避免地受到他们经学思想的影响，而他们与清代戏曲之间的关系也在一定意义上代表了清代经学与戏曲的关系。

清代经学家的戏曲活动大致包括以下几个方面：清代经学家的戏曲创作和戏曲研究，由于他们学识渊博，文采出众，使得他们的戏曲创作别有特色，出手不凡，而他们的戏曲研究更成为清代戏曲研究的重要力量。清代经学家的戏曲观看活动，包括经学家与伶人和艺人的交往，经学家为艺人和伶人题写诗词。同时在这种观剧活动中，经学家写作了大量的观剧诗词。此外，清代经学家与曲家的交游也是一个重要因素，在与曲家的交往中，对曲家作品的题跋和题咏成为清代文人圈和学人圈的盛事。这与清代文人唱和风气兴盛有关，对剧本的题咏唱和如同对节令、诗词歌赋、金石书画的题咏唱和，成为文人雅集的一项重要内容。这些题跋和题词乃至观剧诗词涉及的内容很多，有对本事的叙述，有对作家文采风流的欣赏，有对当时创作情由的叙述，有对戏曲思想和人物的评介，也有观剧后对人生和自我的体验与感悟等。总之，都是对戏曲理论宝库的填充与贡献。

清代经学家的剧作也可成为学人之曲，而学人之曲在清代占有重要的比重。学人之曲具有鲜明特点。概而言之：一、风格取向上具有诗化和雅化的特点；二、意向取向上具有主体化和个性化的特点；三、思想价值取向上具有伦理化和世教化的特点；四、剧本体制上具有复古化和格律化的特点。这些特点在一定程度上也基本代表有清一代曲家戏曲作品的风格特色。如前所言，清代文人多数都是"文人型的学者"和"学者型的文人"，学力和才气兼胜，使得清人戏曲尤其是经学家的作品既含蓄典雅，又温柔敦厚。正如罗忼烈所言："余尝遍览元剧之见存者，十九不克终卷，亦惟质木无文故尔。盖艺文之道，理无二致，戏曲于古诚不登大雅之堂，要非博学宏辞之士亦不能工，明剧多出辞人之手，故大体而言，文字

---

① 刘奕：《清代中叶经学家文学思想研究》，复旦大学中文系博士学位论文，2007 年，第 11 页。

又远过于元。有清一代，作者皆文学名家，愈益研练渊雅，若吴梅村、王船山、尤西堂、洪昉思、孔东塘、厉樊榭、蒋心余诸子，无虑十数，出其歌诗之余绪而撰剧，大体而言，又远胜于明。"①

同时，清代经学的兴盛和发达也使得清代曲学极为突出。正如吴梅所言：

> 虽然词家之盛，固不如前代，而协律订谱，实远出朱明之上……明人作词，实无佳谱，《太和正音》，正衬未明；宁庵《南谱》，搜集未遍。清则《南词定律》出，板式可遵矣；庄邸《大成谱》出，订谱亦有依据矣。合东南之隽才，备庙堂之雅乐，于是幽险逼仄，夷为康庄。此较明人为优者一也。曲韵之作，始于挺斋《中原》一书，所分阴阳，仅及平韵，上去二声，未遑分配，操觚选声，辄多龃龉。清则履青《辑要》，已及去声，周氏《中州》，又分两上，凡宫商高下之宜，有随调选字之妙，染翰填辞，无劳调舌。此较明人为优者一也。论律之书，明代仅有王、魏，魏则注重度声，王则粗陈条例，其言虽工，未能备也。清则西河《乐录》，已启山林；东塾《通考》，详述本末，凌氏之《燕乐考原》，戴氏之《长庚律话》，凡所论撰，皆足名家。不仅笠翁《偶集》，可示法程，里堂《剧说》，足资多识也。此较明代为优者又一也。况乎记载目录，如黄文旸《曲海》，无名氏《汇考》，已轶《录鬼》、《曲品》之前；订定歌谱，如叶怀庭之《纳书楹》，冯云章之《吟香堂》，又驾临川、吴江而上。总核名实，可迈前贤；惟作者无多，未免见绌。才难之叹，岂独词林。此又尚论者所宜平恕也。②

吴梅此论，极论清代曲学之发达。而清代曲学之发达更与清代经学家或学者的参与密不可分。同时由于清代学者的身份，使得他们对戏曲的研究评论不再如同明代一样，专注于对戏曲创作思想、文学手法或本色当行等问题的研究讨论，而是转向具体的考证，包括音律的考证、曲谱的编

---

① 罗忼烈：《清人杂剧论略序》，曾影靖《清人杂剧论略》卷首，台湾学生书局1995年版，第1页。

② 吴梅：《顾曲麈谈、中国戏曲概论》，上海古籍出版社2000年版，第177—178页。

纂、戏曲目录的考证、戏曲本事的考证、戏曲版本的辨析、剧本的校勘注释、戏曲作家剧目的考证等。同时，清代曲话体、剧话体、学术笔记和学术札记体的兴起，更是带动了对戏曲有关资料的搜集整理和对戏曲体制、脚色、术语的考证。说明中国古典戏曲学发展到清代已经由明代的戏曲理论批评为主转向戏曲文献考证为主。

为何清代戏曲考证发达？这里面有一个大的学术背景，即清代考证学的兴起，进而言之，是儒学由"尊德性"转向"道问学"、由"约"返"博"、对知识的探索凌驾于对义理的思辨，是"儒家智识主义"兴起的表现。余英时曰："清代考证学，从思想史的观点说，尚有更深一层的涵义，即儒学由'尊德性'的层次转入'道问学'的层次。这一转变，我们可以称它作'儒家智识主义'（Confucian intellectualism）的兴起。"①一般认为，宋明理学属于儒学中"尊德性"的范畴，而清代的考证学则是属于儒学中"道问学"的范畴，当然双方是不可截然区分的。考证是为了归于义理，而义理的论证又建立在考证的基础之上。但以谁为主，则代表了双方不同的立场。明人继承了宋学讲求义理的传统，这是属于哲学思辨和伦理学的范畴，清人继承汉人对儒家典籍的研究，属于历史学的范畴。因此明人擅长理论的思辨，而清人擅长具体学问的考证，所以清人进入了对儒家经典的全面研究整理阶段。受到学术界这种"道问学"和"儒家智识主义"思潮兴起的影响，清代未能继续明代如火如荼的戏曲理论论争，而是逐渐转向戏曲研究，进而推动了清代戏曲学的大兴和集大成。

清代考证学的大兴，使得戏曲也成为清代经学家考证的对象，清人使用校勘、注释等方法来整理戏曲文献，这是用乾嘉学派考据学的方法研究戏曲。因此，在清代的戏曲研究队伍中，经学家占据了重要的领地，居功甚伟。梁启超《中国近三百年学术史》曰："以经生研究戏曲者，首推焦里堂，著有《剧话》六卷，虽属未经组织之笔记，然所收资料极丰富，可助治此学者之趣味，吾乡梁章甫廷枏著《曲话》五卷，不论音律，专论曲文，文学上有价值之书也。而陈兰甫亦有《唐宋歌辞新谱》，则取唐宋词曲原谱已佚而调名与今本相符、字句亦合者，注以曲谱之意，拍而歌

---

① 余英时：《论戴震与章学诚：清代中期学术思想史研究》，生活·读书·新知三联书店2005年版，第20页。

之……最近则王静安国维治曲学，最有条贯，著有《戏曲考原》、《曲录》、《宋元戏曲史》等书。曲学将来能成为专门之学，静安当为不祧祖矣。"① 清代以经生治曲学者，实不止焦循、梁廷枏、陈澧三人，而是包括了众多著名的清代学者。他们几乎在曲学的各个领域都有所发明而且基本能代表此领域的最高水准。

如同清代戏曲学以考证为特色，清代经学家的戏曲研究也以考证为主，主要集中在以下几个方面：一、古乐学研究；二、曲韵、曲唱研究和曲谱编纂；三、戏曲校注、收藏、刊刻、版本考证与目录编纂；四、戏曲本事、戏曲史研究和戏曲曲辞的考证评论。概而言之，集中在戏曲文献学、戏曲音韵学、戏曲乐律学、戏曲史和戏曲本事等与考证学密切相关的领域。由此，也可见清代经学家戏曲研究受清代考证学思潮影响之深刻。而且参与清代戏曲研究的也大多属于朴学家，而非理学家，如毛奇龄、凌廷堪、焦循、俞樾、王国维、刘师培等人都是清代的朴学大家。

三

考察清代经学与戏曲的关系，还有不可缺少的一极，即是考察清代经学家的戏曲思想。

所谓戏曲思想，本文借用罗宗强对"文学思想"的定义来界定。罗宗强认为文学思想应该包括"文学批评、文学理论主张与文学创作的倾向"②。那么戏曲思想自然应该指戏曲批评、戏曲理论主张与戏曲创作的倾向。清代经学家的戏曲思想大多集中在对戏曲地位和功能的认识上，包括戏曲与经学和正统文学之间的关系、戏曲与社会的关系及与世道人心的关系。考察经学家的戏曲思想，能帮助我们了解戏曲在经学视野中的地位与生存处境，了解正统儒学与俗文学之间的关系。由于经学家身份地位崇高，如刘奕所言："从现实影响来说，乾嘉汉学家在清代声望高华，是人人景仰的对象。他们的文论随其议论、著述散布士林，其影响是实实在

① 梁启超：《中国近三百年学术史》，上海三联书店 2006 年版，第 317—318 页。
② 罗宗强：《隋唐五代文学思想史》引论，《隋唐五代文学思想史》，中华书局 2003 年版，第 1 页。

在，毋庸置疑的。"① 与此相类，经学家的戏曲观点也具有代表性，能代表当时社会对于戏曲的普遍看法。由于经学家所处的经学派别不同，经学观点不同，使他们对戏曲的态度也不尽相同，而即使同一派别或同一个体，在对待戏曲的态度上有时也前后矛盾。此外，由于戏曲艺术的特殊性和复杂性，一方面戏曲剧本是一种文学文本，具有和诗词文赋等传统文体相等同的特质，同时戏曲艺术又存在于舞台，因此，在对待戏曲文本和戏曲演出上，清代经学家的态度是不尽相同的，有时甚至是完全相反的。同时，戏曲在清代还有雅俗的分野，对待流行于文人学士圈内的高度文人化的戏曲和流行于民间的粗鄙低俗的戏曲，清代经学家所持的态度也是完全相反的。此外，即使是对于业已雅化和文人化的戏曲，清代经学家也会根据内容的取向采取不同的评价标准。经学家对戏曲的态度也不尽相同，宋明理学家对戏曲基本采取排斥态度，宋元明三朝，经学家参与戏曲创作和研究的寥寥无几。而清代朴学家则大多能肯定并接纳戏曲，从而参与戏曲活动。清代经学家参与戏曲的创作和研究成为中国戏曲史上一个独特的现象，促进清代戏曲学的发达。

清代经学家的戏曲思想也可以如同经学思潮的分期分为清初、清中叶和清末三个时期，而且不同时期的经学思潮也决定了此阶段经学家的戏曲思想和戏曲态度。清初王学已是强弩之末，程朱理学占据统治地位。清初理学家对待戏曲的态度基本是以反对或轻视为主。只有少数理学家提倡利用戏曲易于传播的特点来感发人心、移风易俗。而在对于戏曲本体的认识上，一些推崇王学的学者主张戏曲以本色当行为主，以表现真性情为主，这是晚明戏曲观的遗留，如黄宗羲和毛奇龄的戏曲观就具有浓厚的王学色彩。

而在清中叶的汉、宋之争中，汉学渐渐居于高位，而汉学家是以经学本位主义为其立场的，这种经学本位主义立场决定了他们对于其他文学艺术和戏曲的态度。他们无论对诗文甚至戏曲的兴趣有多浓厚，也不能与经学在他们心目中的地位相比并。他们对戏曲的态度基本可分为两种，一是将戏曲视为经学的附庸，认为戏曲有功经学；二是将戏曲视为小道，与经学不能并列。因此，也不会把戏曲看作是一门正经的学问。

清末经学家的戏曲态度和清初、清中叶经学家的戏曲态度相比具有非

---

① 刘奕：《清代中叶经学家文学思想研究》，复旦大学博士学位论文，2007年，第12页。

常显著的不同。戏曲在清初和清中叶经学家眼中要么属于禁毁的对象，要么只是小道伎艺，即使在最开明的经学家那里也只是能够羽翼名教、有功经学而已。但在清末，资产阶级维新派和革命派都要求利用戏曲改良进行社会变革，他们高倡戏曲启发民智和启迪人心的作用，努力提高戏曲的社会地位。受到这种社会思潮的影响，其时学者的思想也与清初和清中叶的经学家的戏曲思想截然不同。如刘师培就在其《原戏》中高度强调戏曲的地位，清末民初的王国维更是有感于我国戏曲长期以来地位低下，愤而发起研究戏曲，撰写了《宋元戏曲史》等一系列戏曲学方面的巨著，成为中国旧曲学的集大成者和新曲学的开山者。

　　以上分别从清代经学对戏曲的影响、清代经学语境下戏曲的特点和新变、清代经学家的戏曲活动和戏曲思想等几个方面来考察了清代经学与戏曲的关系。同时引入人类学"大传统"与"小传统"的理论来判断经学和戏曲之间的互渗和交融。其实这种思考不但对于考察清代经学和戏曲关系是有效和必要的，而且对于考察历代的戏曲与经学，乃至小说与经学，或者雅文化与俗文化、正统文学与通俗文学、庙堂文学与民间文学的关系都是有意义的。因为在一定意义上，中国文化和中国文学的一个基本趋向就是由通俗到醇雅、由口头到案头、由民间到宫廷，由艺人到文人再到学人，不断雅化、案头化、格律化、经典化、学术化的一个发展过程。反观诗三百、楚辞、汉乐府、唐声诗、曲子词、元杂剧、明清传奇无不如此。今日，原本属于明代通俗文艺的昆曲已经成为空谷幽兰，原本属于乾隆时期花部乱弹的京剧已经成为堂堂国粹，更是对这一规律的补充说明。

论清代戏曲的"宗经"倾向

"宗经"是中国文学中的固有传统。清代由于学术的高度繁荣和经学的复盛，使得清代戏曲创作与批评相对宋、元、明三代而言，具有鲜明的宗经倾向。

"经"字最早见于周代的铜器铭文，字形作"巠"，其本义为纵线。到战国晚期，"经"字才作为儒家典籍之解释。"经学"一词最早见于《汉书》。《汉书·邹阳传》曰："（邹）阳曰：'邹鲁守经学，齐楚多辩知，韩魏时有奇节，吾将历问之。'"① 《汉书·兒宽传》曰："兒宽，千乘人也。治《尚书》，事欧阳生，从郡国选诣博士，受业孔安国……见上，语经学。上说之，从问《尚书》一篇，擢为中大夫，迁左内史。"② 经学的正式形成是在西汉。汉武帝"罢黜百家，表彰六经"，设立"五经博士"，《诗》、《书》、《礼》、《易》、《春秋》等儒家典籍被确立为经，儒家思想也因此成为中国封建王朝的统治思想，儒学转变为经学。汉人将五经比附五种伦常道德，加以神圣化，确定了经典的高不可攀的地位。班固《白虎通·五经》："经所以有五何？经，常也。有五常之道，故曰《五经》。《乐》，仁；《书》，义；《礼》，礼；《易》，智；《诗》，信也。"③ 从此经与经学在中国文人心目中就有了至高无上的地位。④ "经也者，恒

---

① （汉）班固：《贾邹枚路传第二十一》，《汉书》卷五十一，中华书局1962年版，第2353页。

② （汉）班固：《公孙弘卜式兒宽传第二十八》，《汉书》卷五十八，中华书局1962年版，第2629页。

③ （汉）班固：《白虎通义》卷下，影印文渊阁四库全书本第850册，第60页。

④ 皮锡瑞曰："孔子之教何在？即在所作《六经》之内。故孔子为万世师表，《六经》即万世教科书。"见皮锡瑞《经学历史》，中华书局2004年版，第6页。周予同曰："必以经为孔子作，始可以言经学；必知孔子作经以教万世之旨，始可以言经学。"见《周予同经学史论著选集》，上海人民出版社1983年版，第656页。

久之至道，不刊之鸿教也。"① "六经如日月，万世固长悬。"② "六艺江河万古流，吾徒钻仰死方休。"③ 六经成为载道和明道的工具，柳宗元《答韦中立论师道书》曰："本之《书》以求其质，本之《诗》以求其恒，本之《礼》以求其宜，本之《春秋》以求其断，本之《易》以求其动，此吾所以取道之原也。"④

　　长期以来，经与经学在社会中占有重要位置。而经与经学地位的崇高，也决定了中国文学鲜明的"宗经"传统。正如刘再华先生所说："随着文学宗经意识的确立，儒家经典成为文论家们依经立义、从事文论建构的依据。经书中所蕴含的价值观念成为文学创作必须遵循的指导思想，经书文本成为文学创作的最高典范。"⑤ 中国文人将文学的源头追溯到六经当中，视六经为"性灵熔匠，文章奥府。渊哉铄乎，群言之祖"。⑥ 一切文体都起源于六经，"是今人之所谓文者，皆探源于《六经》诸子者也"。⑦ 并将一切文学创作手法和表现手法也追溯到六经之中，"夫《易》惟谈天，人神致用。故《系》称旨远辞文，言中事隐；韦编三绝，固哲人之骊渊也。《书》实记言，而训诂茫昧，通乎《尔雅》，则文意晓然。故子夏叹《书》：'昭昭若日月之明，离离如星辰之行。'言昭灼也。《诗》主言志，诂训同《书》，摛风裁兴，藻辞谲喻，温柔在诵，故最附深衷矣。《礼》以立体，据事制范，章条纤曲，执而后显，采掇片言，莫非宝也。《春秋》辨理，一字见义，五石六鹢，以详略成文；雉门两观，以先后显旨：其婉章志晦，谅以邃矣"。⑧

　　中国文学中的这种宗经传统，同样体现在清代戏曲理论当中。因为清

---

① （梁）刘勰著，范文澜注：《文心雕龙注》，人民文学出版社1958年版，第21页。

② （宋）陆游：《六经示儿子》，《剑南诗稿》卷三十八，上海古籍出版社1985年版，第2459页。

③ （宋）陆游：《六艺示子聿》，《剑南诗稿》卷五十四，上海古籍出版社1985年版，第3183页。

④ （唐）柳宗元：《答韦中立论师道书》，《河东先生集》卷三十四，《柳河东集》，上海人民出版社1974年版，第543页。

⑤ 刘再华：《近代经学与文学》，东方出版社2004年版，第13页。

⑥ （梁）刘勰著，范文澜注：《文心雕龙注》，人民文学出版社1958年版，第23页。

⑦ 刘师培：《论文杂记》，《刘申叔先生遗书》第二十册，宁武南氏校印本1936年版，第5a页。

⑧ （梁）刘勰著，范文澜注：《文心雕龙注》，人民文学出版社1958年版，第21—22页。

代为儒学复兴和经学复盛的时代，同时戏曲也经过宋、元、明三朝的发展达到了一个全新的阶段，经学和戏曲在清代关系殊为密切。清代的剧作家和剧论家从根本上而言，是经学语境下的传统文人。他们的戏曲思想也深受经学的影响。清代曲论中的宗经传统主要表现在以下几个方面：

1. 将戏曲比附六经

如清儒刘献廷《广阳杂记》卷二曰：

> 余观世之小人，未有不好唱歌看戏者，此性天中之《诗》与《乐》也。未有不看小说听说书者，此性天中之《书》与《春秋》也，未有不信占卜祀鬼神者，此性天中之《易》与《礼》也。圣人六经之教，原本人情。而后之儒者，乃不能因其势而利导之，百计禁止遏抑，务以成周之刍狗，茅塞人心，是何异雍川使之不流，无怪其决裂溃败也。①

此是将戏曲的娱乐功能比附于六经中的《诗》与《乐》，将戏曲小说的叙事因素比作《书》与《春秋》。朱亦东为王懋昭《三星圆》传奇所作序曰：

> 大地一梨园也，曰生、曰旦、曰净、曰丑、曰外、曰末，场上之人，即场下之人也。贫富贵贱，倏升倏沉，眼前景也。离合悲欢，欲歌欲泣，心头事也。忠孝廉节，为圣为贤，意中人也。尝以此推作者之用心，温柔敦厚，《诗》之正而范也。疏通知远，《书》之典而则也。广博易良，《乐》之和而节也。恭俭庄敬，《礼》之简而文也。洁净精微，《易》之奇而法也。属词比事，《春秋》之劝善而惩恶也。我故曰：传奇非小技，以文言道俗情，约六经之旨而成者也。②

认为戏曲能够体现六经的宗旨。孔尚任《桃花扇传奇·小引》曰：

> 传奇虽小道，凡诗赋、词曲、四六、小说家，无体不备，至于摹

---

① （清）刘献廷：《广阳杂记》卷二，中华书局 1959 年版，第 106—107 页。
② 蔡毅：《中国古典戏曲序跋汇编》，齐鲁书社 1989 年版，第 2062 页。

写须眉，点染景物，乃兼画苑矣。其旨趣实本于《三百篇》，而义则
《春秋》，用笔行文，又《左》、《国》、太史公也。于是警世易俗，
赞圣道而辅王化，最切且近。①

这是认为戏曲兼备众体。而其中戏曲的温柔敦厚能体现诗教的特点，而戏
曲的褒贬劝惩能体现《春秋》的精神。同时戏曲叙事的婉转多姿又深得
《左传》、《国语》、《史记》的精髓。查昌牲《惺斋五种曲·总跋》曰：

窃谓物极必反，遇穷必通，填词虽小技，其华藻也似乎《诗》，
其变化也似乎《易》，其典重也似乎《书》，其谨恪也似乎《礼》，
其予夺进退也似乎《春秋》，有元一代文人，皆从此而造物。②

其说戏曲的辞藻华丽似乎《诗经》的正而范，戏曲的变幻奇谲似乎《易
经》的变通，而戏曲的典丽和缓则似乎《尚书》，戏曲谨慎恪守则得
《礼》的真谛，戏曲的进退有度则似乎《春秋》。钱梅溪《题〈曲目新
编〉后》曰：

呜呼！图刑画地之法废而传奇作，以戏示人，演为词曲，此泰平
之有象也。乡举里选之法废而科举兴，以文取士，设为范程，此治世
之良规也。然则时艺者，实《典》、《谟》、《训》、《诰》之遗风。而
词曲者，亦《国风》、《雅》、《颂》之余韵也。③

以上诸家都是从不同角度将戏曲与六经相比附，借以提高戏曲的地位。狄
平子《小说丛话》曰：

小说与经、传有互相补救之功用。故凡东西之圣人，东西之才
子，怀悲悯，抱冤愤，于是著为经、传，发为诗骚。或托之寓言，或
寄之词曲，其用心不同，其能移易人心、改良社会则一也。然经、传

---

① 蔡毅：《中国古典戏曲序跋汇编》，第 1601 页。
② 同上书，第 1744 页。
③ 同上书，第 178 页。

等书，能令人起敬心，人人非乐就之也。有师友之督率、父兄之诱
掖，不能不循之。其入人也逆，国人之能得其益者十仅二三。至于听
歌观剧，则无论老稚男女，人人乐就之。倘因此而利导之，使人喜、
使人悲、使人歌、使人哭，其中心也深，其刺脑也疾。举凡社会上下
一切人等，无不乐于遵循而甘受其利者也。其入人也顺，国人之得其
益者十有八九。故一国之中，不可不生圣人，亦不可不生才子。①

认为戏曲与《经》、《传》有相互补救之功能，戏曲比《经》、《传》更具
有感发人心的力量，将戏曲的作用提高到了《经》、《传》之上，则是对
传统以戏曲比附六经观点的超越。

2. 曲为《诗》、《骚》之流

清人认为戏曲起源于《诗经》、《离骚》，将戏曲纳入《诗经》和
《离骚》的发展脉络。这种方法早在明人那里就已经有运用，如爱莲道人
《鸳鸯绦记·叙》曰：

词曲，非小道也。溯所由来，《庚歌》、《五子》，寔为鼻祖，渐
变而之《三百》、之《骚》、之《辨》、之《河西》、之《十九首》、
之郊祀铙歌诸曲，又变而唐之近体、竹枝、杨枝、清平诸词。夫凡
此，犹诗也，而业已曰曲，曰词矣，于是又变而宋之填词，元之剧
曲。至于今而操觚之士，举汉魏以降，胜国以往诸歌，诗、词、曲之
可以被诸弦索者，而总谓之曰"乐府"。盖诚有见于上下数千年间，
同一人物，同一性情，同一音声，而其变也，调变而体不变，体变而
意未始变也。而世有訾词曲为风雅罪人，闻曼声而掩耳，望俳场而却
步者，吁可悲已。②

陈与郊《古杂剧·序》曰：

后《三百篇》而有楚之骚也，后骚而有汉之五言也，后五言而

有唐之律也，后律而有宋之词也，后词而有元之曲也。代擅其至也，六代相降也，至曲而降斯极矣。①

于若瀛《阳春奏·序》曰：

> 自伏羲画卦而文字肇兴，宇宙景色翕然焕矣。六经森布，炳如日月，此圣人立言垂训之大法也。降至《三百篇》，率皆采闾巷歌谣而播之声诗，宜尼父所谓可兴、可观，良有旨矣。《离骚》则楚之变也，五言则汉之变也，律则唐之变也，至宋词、元曲，又其变也。②

邹彦吉《词林逸响·序》曰：

> 故《雅》降为《风》，《风》降为《骚》，《骚》变而汉魏有诗，诗变为李唐工律。词盛于宋，艺林之雅韵堪夸；曲肇于元，手腕之巧思欲绝。至我明，而名公逸士嗽芳撷润之余，杂剧传奇种种，青出古人之蓝，而称创获。③

只是到清人这里，用得更为普遍。因为清代曲家或曲论家有更强的戏曲尊体意识。所以他们广泛地论证戏曲来源于《诗经》、《离骚》，借此以振作戏曲愈益低下的社会地位。钱谦益《眉山秀·题词》曰：

> 自《三百篇》亡，而后《骚》赋继之。然以之入乐，则节奏未谐。于是《白苎》《子夜》，始为滥觞。然乐府不入俗，而后以唐绝句为乐府。绝句少宛转，而后有词。词不快北耳，因有北曲。北曲不谐南耳，又有南曲，递沿递变。④

---

① 蔡毅：《中国古典戏曲序跋汇编》，第423页。
② 同上书，第427页。
③ 同上书，第442页。
④ 同上书，第1470页。

易道人《洛神庙·序》曰：

> 原夫风雅一变而《离骚》，再变而赋，三变而乐府、古诗，四变而近体，五变而诗余，六变而传奇。①

张坚《怀沙记·自叙》曰：

> 《三百篇》后有《离骚》，《骚》一变为词，再变为曲。《骚》固《风》、《雅》之变体，而词曲之始基也。②

李黼平《曲话·序》曰：

> 《扶犁》、《击壤》后有《三百篇》，自是而《骚》，而汉、魏、六朝乐府，而唐绝，而宋词、元曲，为体屡迁，而其感人心移风俗一尔……而南北曲者，复以妙伶登场，服古冠巾，与其声音笑貌而毕绘之，则其感人尤易入也。③

钱梅溪《题〈曲目新编〉后》曰：

> 余尝闻之随园先生云：“自虞、夏、商、周以来，即有诗、文。诗当始于《三百》，一变而为《骚》、赋，再变而为五、七言古，三变而为五、七言律。诗之余变为词，词之余又变为曲。”④

邹式金《杂剧三集》自作“小引”曰：

> 《诗》亡而后有《骚》，《骚》亡而后有乐府，乐府亡而后有词，词亡而后有曲，其体虽变，其音则一也。⑤

---

① 蔡毅：《中国古典戏曲序跋汇编》，第1672页。
② 同上书，第1706页。
③ 同上书，第170页。
④ 同上书，第178页。
⑤ 同上书，第464页。

清人这种比类方法与清人推崇词体的方法如出一辙，如杨旭辉《清代经学与文学》所言：

> 张惠言推尊词体的逻辑思维方式，完全是经学家常用的归纳和类比。他先把词和《诗经》、《离骚》等量齐观，相提并论。这就是张惠言在《词选·序》中所谓的"极命风谣里巷男女哀乐，以道贤人君子幽约怨诽不能自言之情，低徊要眇以喻其致，盖《诗》之比兴，变风之义；骚人之歌，则近之矣"。如此一辨，可使天下持传统观念的士大夫对词不再以小道鄙视之了，那么大家也就可以公然坦然地来倚声填词了。①

清人推尊词体的愿望借这种比类的方法得以实现，而"曲为词余"，因此，对曲体的推尊也不妨如法炮制，以对《诗经》和《骚》经的比附来说明戏曲渊源有自、身份正统。

清代的戏曲理论大多本原于经学，这是戏曲宗经传统的典型体现。正如刘奕所言：

> 张惠言词学，除了受其《易》学研究的影响之外，最大的特色在于尊词体，赋予了词"意内言外"、比兴寄托的诗学品格。故有学者早已明确指出"张惠言词学理论的基础是传统的儒家诗教"。如果我们移步诗学本位的立场，则张惠言所做的是重新划定了诗国的疆域，将"诗"的身份特征明确赋予了早已案头化、诗化了的词，并借此"驯化"词体、"规范"词的创作。如果我们再转换到经学本位的立场上，则经学家张惠言不过是以六艺赅摄文学，其文论、赋论、词论都是本原于经学，以求经学之用贯穿本末。②

---

① 杨旭辉：《清代经学与文学：以常州文人群体为典范的研究》，凤凰出版社 2006 年版，第 249 页。

② 刘奕：《清代中期经学家文学思想研究》，复旦大学中文系博士学位论文，2007 年，第 203—204 页。

刘奕这里虽然是谈清代词论，其实用来反观清代曲论，也是完全适用的。清代的曲论也是受到了诗本位和经学本位的影响，处处以戏曲比附六经、比附诗歌。这在一定程度上提高了戏曲的地位，证明戏曲存在的必要性和合理化。但也带来了一定的弊端，使得戏曲逐渐雅化和案头化，失去了自己的本体性特征，削弱了戏曲的生命力。

清代戏曲创作思想之新变

—— 由情返理，以礼正情

清人的戏曲观相对明人，有了很大的改变。清人的戏曲创作思想一改明人尤其是晚明以重"情"为旨，而向儒家的伦理道德即"理"回归，并进而适应清代乾嘉时期"以礼复理"学术思潮的兴起，向"礼"归拢。当然这里所指的"情"既指男女之情，也指人之"真情"；"理"既指伦理道德也指事理，而"礼"既指"礼学"也指"礼教"。因此，清代戏曲创作的思想主旨可以说大致经过了一个由情返理、以礼正情的过程。

一 明代尤其晚明以"情"为最高崇尚的戏曲观

明代尤其晚明曲家的戏曲观以"情"为最高崇尚，这是受王阳明（1472—1529）心学思潮的影响。注重向内探索，表现人性、人情是当时学术、文学乃至戏曲创作的最高宗旨。李贽（1527—1602）《读律肤说》曰："盖声色之来，发于情性，由乎自然，是可以牵合矫强而致乎？故自然发于情性，则自然止乎礼义，非情性之外复有礼义可止也。惟矫强乃失之，故以自然之为美耳，又非于情性之外复有所谓自然而然也。"① 汤显祖（1550—1616）认为："世总为情，情生诗歌，而行于神。天下之声音笑貌大小生死，不出乎是。"② 钟惺（1574—1624）曰："作诗者一情独往，万象俱开。"③ 张琦（1586—?）《情痴寤言》曰：

① （明）李贽：《读律肤说》，《焚书》卷三，中华书局1974年版，第369页。
② （明）汤显祖：《耳伯麻姑游诗序》，（明）何伟然《皇明十六名家小品》，四库全书存目丛书第378册，第393页。
③ （明）谭友夏：《汪子戊巳诗序》，《新刻谭友夏合集》卷九，续修四库全书本第1385册，明崇祯六年张泽刻本，第416页。

　　夫人，情种也；人而无情，不至于人矣，曷望其至人乎？情之为物也，役耳目，易神理，忘晦明，废饥寒，穷九州，越八荒，穿金石，动天地，率百物，生可以生，死可以死，死可以生，生可以死，死又可以不死，生又可以忘生，远远近近，悠悠漾漾，杳弗知其所之。而处此者之无聊也，借诗书以闲摄之，笔墨馨泻之，歌咏条畅之，按拍纤迟之，律吕镇定之，俾飘飘者返其居，郁沉者达其志，渐而浓郁者几于淡，岂非宅神育性之术欤？①

这种以情为尚的风气，在戏曲批评中表现得尤为集中。陈继儒《牡丹亭·题辞》曰：“张新建相国尝语汤临川云：‘以君之辩才，握麈而登皋比，何渠出濂、洛、关、闽下？而逗漏于碧箫红牙队间，将无为青青子衿所笑？’临川曰：‘某与吾师终日共讲学，而人不解也。师讲性，某讲情。’张无以应。”②何璧校本《西厢记·序》曰：“情有四种，而多情则为才子佳人，情之刚处则为侠，情之玄处则为仙，情之空处则为佛。”③钱酉山《西厢记改本·自序》：“古之才人，触乎心，动乎情，发而为文章。”④谭友夏《批点〈想当然〉序》：“忠孝侠烈之事，散见于经史，而情丽独归之曲。”⑤郑鹏举《西厢·序》曰：“古今来名人才士，往往寓意其间者，非以日月星辰，山川草木为天地之妙文妙景，而为情之最真者耶？”⑥情痴子《明珠记·序》曰：“宇宙一大奇观也，一大情史也。”⑦其中以明代著名戏曲家汤显祖在《牡丹亭》中的“题词”为代表宣言：

　　天下女子有情，宁有如杜丽娘者乎？梦其人即病，病即弥连，至手画形容，传于世而后死。死三年矣，复能溟莫中求得其所梦者而

　　① （明）张琦：《衡曲麈谈》，《中国古典戏曲论著集成》（四），中国戏剧出版社1959年版，第273页。

　　② 蔡毅：《中国古典戏曲序跋汇编》，齐鲁书社1989年版，第1226页。

　　③ 同上书，第641页。

　　④ 同上书，第704页。

　　⑤ 同上书，第1191页。

　　⑥ 同上书，第706页。

　　⑦ 同上书，第1193页。

生。如丽娘者，乃可谓之有情人耳。情不知所起，一往而深，生者可以死，死可以生。生而不可与死，死而不可复生者，皆非情之至也……嗟夫！人世之事，非人世所可尽，自非通人，恒以理相格耳。第云理之所必无，安知情之所必有邪。①

作者在此鲜明指出以"情"为主，而对"理"不满，认为"情"高于"理"，"第云理之所必无，安知情之所必有邪"。"情"与"理"之相对，反映了晚明心学思潮与宋明理学之间的对立与斗争。吴炳是晚明戏曲家中又一高扬"情"字的代表。在其剧作《情邮记》中，作者如是说：

盖尝论之，色以目邮，声以耳邮，臭以鼻邮，言以口邮，手以书邮，足以走邮，人身皆邮也，而无一不本于情。有情，则伊人万里，可凭梦寐以符招，往哲千秋，亦借诗书而檄致。非然者，有心不灵，有胆不苦，有肠不转，即一身之耳目手足，不为之用，况禽鱼飞走之族乎？信矣，夫情之不可已也，此情邮之说也。②

当然，晚明人所言"情"也并非纯指儿女之情。明人马权奇在《二胥记·题词》中说："天下忠孝节义之事，何一非情之所为？故天下之大忠孝人，必天下之大有情人。"③将忠孝节义的内涵纳入"情"字的范畴，较汤显祖所讲的"情"有所扩大。另一晚明重要戏曲家孟称舜也在其剧作序言中多处公开为"情"正名，赋予"情"以忠孝节义的内涵，但仍认为男女之情为"情"中之最真者。在《贞文记·题词》中曰：

男女相感，俱出于情。情似非正也。而予谓天下之贞女，必天下之情女者何？不以贫富移，不以妍媸夺，从一以终，之死不二，非天下之至种情者，而能之乎？然则世有见才而悦，慕色而亡者，其安足言情哉？必如玉娘者而后可以言情……盖表扬幽贞，风励末俗，寔众

----

① 蔡毅：《中国古典戏曲序跋汇编》，齐鲁书社1989年版，第1222页。
② 同上书，第1414页。
③ 同上书，第1351页。

情之所同，而非余一人能为之也。此性之所为，无不善也。①

在《节义鸳鸯冢娇红记·题词》中，孟称舜又曰：

> 天下义夫节妇，所为至死而不悔者，岂以是为理所当然而为之邪？笃于其性，发于其情，无意于世之称之，并有不知非笑者而然焉。自昔忠臣孝子，世不恒有，而义夫节妇时有之，即义夫犹不多见，而所称节妇则十室之邑必有之。何者？性情所种，莫深于男女。而女子之情，则更无藉诗书理义之文以讽谕之，而不自知其所至，故所至者若此也。②

孟称舜将"情"加以节义的内涵，为"情"正名，当是对"情"与"理"之折中与调和，也开辟了由明人清戏曲观由"情"返"理"之先河。正如叶长海先生言："孟称舜的不同之处，在于把'性情'之'诚'归之于'正'，由此而趋向'道'，因而在理论上常常带一点迂腐之气。"③ 陈鸿绶《节义鸳鸯冢娇红记·序》对"情"与"理"之对立作了揭示，说明何以明人重"情"而不重"理"之缘故：

> 今天子广励教化，诛凡衣冠而鸟兽行者。或曰："是某某者，皆道学之士，所共推为贤者也。且其人亦既读书知义理矣，何至行同于狗彘若此？"余曰：呜呼，若人非不知理义之患也，惟知有理义而貌之以欺世。而其真情至性与人异，故自坠于非人之类而不知也。盖性情者，理义之根柢也。苟夫性情无以相柢，则其于君臣、父子、兄弟、朋友、夫妇之间，殆亦泛泛乎若萍梗之相值于江湖中尔。④

陈洪绶认为，性情为理义之根底，无性情则不能有真正的理义，他讽刺不知性情之假道学，只因为知有理义而行禽兽之行。正是将真情至性视为人

---

①　蔡毅：《中国古典戏曲序跋汇编》，齐鲁书社 1989 年版，第 1353 页。
②　同上书，第 1354 页。
③　叶长海：《中国戏剧学史稿》，中国戏剧出版社 2005 年版，第 279 页。
④　蔡毅：《中国古典戏曲序跋汇编》，齐鲁书社 1989 年版，第 1357 页。

之根本，理义为后天派生。不言而喻，他仍是将"情"置于"理"之上，这也符合整个晚明文学学术思潮，代表了明代戏曲以"情"为主的思想宗旨。明代戏曲高度张扬人情人性，无论是汤显祖的《牡丹亭》，还是孟称舜的《人面桃花》、《娇红记》，以及吴炳的《西园记》和《画中人》，都是为情而生、为情而死的至情之作。

二　清初戏曲观：由"情"向"理"的过渡

清初戏曲观与晚明戏曲观相比，产生了新的变化：虽仍然宣扬"情"之重要，但进一步融入"理"的成分，"情"更多强调忠孝廉节之广义的伦理道德，而非狭义的儿女之情，是由"情"向"理"的过渡时期。

清初戏曲中反映儿女之情的作品无论从数量与质量上都未能占上风，大量涌现的是表彰忠臣孝子、反映家国兴亡的作品。即使《桃花扇》也是"借男女之离合，写家国之兴亡"，儿女之情只是家国兴亡之引子，"情"只是"理"的辅助。如吴伟业《秣陵春》中男女主人公徐适与黄展娘的悲欢离合、儿女之情也深深笼罩在留恋前朝、怀有沉重亡国之痛的氛围下。洪昇的《长生殿》是少有的纯写帝妃爱情的清初作品，但其主旨也并非单写二人爱情，而是犹寓惩谏之意在焉，为男女之情的作品增加了历史厚重感与人生哲理及悲剧意识，内涵丰富而蕴藉，完全不同于明代后期纯为写"情"而作的男女相思之作。

而即使是那些名为抒写真情的，实则这种真情基本等同于理和节义。如嵇永仁《续离骚》自引云：

> 填词者，文之余也。歌哭笑骂者，情所钟也。文生于情，始为真文，情生于文，始为真情。《离骚》乃千古绘情之书，故其文一唱三叹，往复流连，缠绵而不可解。所以，"饮酒读《离骚》，便成名士"。缘情之所钟，正在我辈。忠孝节义，非情深者，莫能解耳……仆辈遭此陆沉，天昏日惨，性命既轻，真情于是乎发，真文于是乎生。虽填词不可抗《骚》，而续其牢骚之遗意，未始非楚些别调云。①

---

① 蔡毅：《中国古典戏曲序跋汇编》，齐鲁书社 1989 年版，第 945 页。

作者虽主张作文要为真情而发，但此"情"已与儿女之情无多大关系，而是"忠孝节义"、歌哭笑骂、抑郁不可排解之牢骚，名为"情"实为"理"。

三　清中叶及后期：由情返理，以礼正情

经过康雍盛世，到了乾隆时期，清帝国基本达到了国力强盛、经济富庶、文化繁荣、学术昌明之境。乾隆之前的统治者，都力倡宋学。乾隆前期，仍推崇宋学，后期虽转而提倡朴学，但宋学作为官学，表面上仍具有尊崇的地位。而宋学的核心是对封建伦理道德的鼎力维护，对三纲五常、忠孝节义的大力鼓吹。在这种学术思潮的影响下，以"情"为主的戏曲观也被以"理"为主所逐渐取代。

著名曲家夏纶所创作的《惺斋五种曲》即《无瑕璧》、《杏花村》、《瑞筠图》、《广寒梯》、《南阳乐》直接标以忠孝节义的题目，充分说明乾隆时期儒学的强大和深入人心以及对戏曲文艺观的影响，作者在《花萼吟·自跋》中宣称：

> 拙作五种，初以忠孝节义分为四，而补恨附之。今续以《花萼吟》，则君臣、父子、夫妇、昆弟、朋友分为五，而补恨仍附之。剞劂既竣，适金陵张漱石先生示余《芝龛记》，是剧不知昨岁何人刻，洋洋六十出，气魄大而结构严，括尽明末三朝旧案。其尤佳者，自始至终，无一绮语。卷分忠孝节义，与余不谋而合。篇首冠此三则，悉理学名贤伟论，有裨风化，阅之狂喜，亟补入鄙集，以见太平盛世，崇雅黜郑，宇内具有同志云。①

作者认为自己作剧的目的即是阐扬忠孝节义悌的思想，而戏剧的艺术性是不为作者所重视的，他甚至公开反对作品中描写"绮语"。此外董榕的《芝龛记》对忠臣良将的表彰也是这一重伦理观念戏曲观的体现。《芝龛记》描写明末秦良玉与沈云英挽救明亡的事迹，最能体现忠义的观念。

_____

① 　蔡毅：《中国古典戏曲序跋汇编》，齐鲁书社 1989 年版，第 1756 页。

黄叔琳《芝龛记·序》言：

> 昔贤谓："文章一小技。"则词曲乐府，又莫不以为文章末艺也。余谓学者立言，不拘一格。苟文辞有关世教人心，则播诸管弦，陈诸声容，其感发惩创，视籝铎象魏，入人较深，而鼓舞愈速。则是警动沉迷，不异羽翼经传。而开聋启聩，与正谊明道者，固殊途而同归。①

这是对《芝龛记》戏剧主旨的概括，其实不外乎倡扬忠孝节义的老调，如词曲有关"世教人心"、"感发惩创"，有"羽翼经传"、"正谊明道"之效，并无甚新意。另一位清人石光熙为《芝龛记》所作的"序"值得注意：

> 曲昉于元，盛于明，而归墟于本朝。玉茗、稗畦而外，率皆短出杂剧。隶事较详者，惟《桃花扇》一种。然仅擅胜乎俳优，而无当于激励也。《芝龛记》一书，规依正史，博采遗闻，以秦、沈忠孝为纲，而当时之朝政系焉。②

此序为了倡扬《芝龛记》的"忠孝"，将其与《桃花扇》作比较，认为前者胜过后者，原因在于《桃花扇》"仅擅胜乎俳优，而无关于激励"。众所周知，《桃花扇》在清初剧坛享誉甚高，以描写南明王朝兴亡的历史悲剧而感发人心，李香君与侯方域的爱情纠葛只是穿插在这一大背景之中的插曲。但即便如此，石光熙仍认为是"无当于激励"，也因此，对其评价不如《芝龛记》高。这虽然是就其思想性而言的，但清人的戏曲价值观由此可见一斑。

　　但也有一部分清代曲家虽则强调忠孝节义之伦理，但不完全否定儿女之情，认为儿女之情为五伦之一，同于忠臣孝子之情。吕履恒《洛神庙·自序》曰：

---

① 蔡毅：《中国古典戏曲序跋汇编》，齐鲁书社 1989 年版，第 1715 页。
② 同上书，第 1718 页。

　　　曲也者，委曲以达其所感之情。情莫切于五伦，夫妇其一也。乐
府之传失矣。宋词元曲，或庶几焉。孰谓贞臣孝子之情，有异于思妇
劳人者乎？昔人云：使人闻之，增伉俪之重。知此可与读吾曲，亦不
必读吾曲矣。①

钱维乔《鹦鹉媒·自序》言：

　　　情之大，在忠义孝烈，可以格天帝，泣鬼神，回风雨，薄日月；
而小之，在闺房燕昵离合欣戚之间，用不同，而其专于情，一也。②

这一观点，与孟称舜在《节义鸳鸯冢娇红记》中的主"情"观较为一致，
为晚明戏曲观在清中叶的遗留。

　　与此同时，由于乾嘉时期礼学的复兴，对礼的提倡也反映在清代戏曲
观中，即所谓的"发乎情，止乎礼义"，和以礼来规正情。乾隆初期，宋
明理学虽犹处于官学的地位，但学术思潮已悄悄发生转向，汉学逐渐崛起
乃至达于大盛，宋学的地位被严重撼动。以汉学为标帜的乾嘉学派另外提
出了自己的学术思路，对儒家经典的探讨诠释和考证成为重要使命，而其
中对先秦典章制度即"礼"制的研究被提到了一个新的高度。代表人物
如凌廷堪提出的"以礼复理"思想可代表汉学对宋学、"礼"学对"理"
学的纠正与重建。虽然清代后期学界出现了汉学式微与宋学中兴及汉宋调
和的新趋向，但对"礼"的重视与发扬则是一以贯之的。从凌廷堪
（1755—1809）的"以礼复理"说，焦循（1763—1820）的"而所以治天
下则以礼，不以理也"、"理足以启争，而礼足以止争也"，经过曾国藩
（1811—1872）的"归之以礼"、黄式三（1789—1862）的"以礼代理"
到黄以周（1828—1899）的"以礼为旨"，我们都可以看到在清代中后期
清儒对"礼"的高度尊崇。凌廷堪在《复礼上》中曰：

　　　夫人之所受于天者，性也。性之所固有者，善也。所以复其善

---

① 蔡毅：《中国古典戏曲序跋汇编》，齐鲁书社 1989 年版，第 1671 页。
② 同上书，第 1954 页。

者，学也。所以贯其学者，礼也。是故圣人之道，一礼而已矣。①

在《复礼下》中又言：

　　圣人之道，至平且易也。《论语》记孔子之言备矣，但恒言礼，未尝一言及理也……圣人不求诸理而求诸礼，盖求诸理必至于师心，求诸礼始可以复性也。②

焦循《理说》曰：

　　君长之设，所以平天下之争也。故先王立政之要，因人情以制礼，故曰：能以礼让为国平，何有天下知有礼而耻于无礼，故射有礼，军有礼，讼有礼，所以消人心之忿，而化万物之戾。渐之既久，摩之既深，君子以礼自安，小人以礼自胜。欲不治得乎，后世不言礼而言理，九流之原，名家出于礼官，法家出于理官。齐之以刑，则民无耻；齐之以礼，则民且格。礼与刑相去远矣。惟先王恐刑罚之不中，务于罪辟之中，求其轻重，析及毫芒，无有差谬，故谓之理，其官即谓之理官。而所以治天下则以礼，不以理也。礼论辞让，理辨是非。知有礼者，虽仇隙之地，不难以揖让处之。若曰：虽伸于理，不可屈于礼也。知有理者，虽父兄之前，不难以口舌争之。若曰：虽失于礼，而有以伸于理也。今之讼者，彼告之，此诉之，各持一理，浇浇不已。为之解者，若论其是非，彼此必皆不服；说以名分，劝以孙顺，置酒相揖，往往和解。可知理足以启争，而礼足以止争也。③

曾国藩言："先王之道，所谓修己治人，经纬万汇者，何归乎？亦曰礼而已矣。"④ 黄式三言："礼者理也，古之所谓穷理者，即治礼之学也，尽性

① （清）凌廷堪：《复礼上》，《校礼堂文集》卷四，中华书局1998年版，第27页。
② （清）凌廷堪：《复礼下》，《校礼堂文集》卷四，中华书局1998年版，第31—32页。
③ （清）焦循：《理说》，《雕菰集》卷十，续修四库全书本第1489册，第205—206页。
④ （清）曾国藩：《圣哲画像记》，《曾文正公诗文集》文集卷三，《曾国藩诗文集》，上海古籍出版社2005年版，第291页。

在此，定命在此。"① 并撰《复礼说》、《崇礼说》、《约礼说》加以说明。黄式三之子黄以周进一步撰《礼书通故》发扬"礼"。他曾说："古人论学，详言礼而略言理，礼即天理之秩然者也。""考礼之学，即穷理之学。"② 俞樾《礼理说》曰：

> 礼出于理乎？理出于礼乎？曰：礼虽先王未之有，可以义起也。是礼固出于理也。然而圣人治天下则以礼，而不以理。以礼不以理，无弊之道也。且如君臣无狱，父子无狱，若是者何也？礼所不得争也。礼所不得争，故以无狱绝之也。使不以礼而以理，则固有是非曲直在矣。君臣父子而论是非曲直，大乱之道也。是故圣人治天下以礼，不得已而以理，何也？天下之人而皆从吾礼，则固善矣。不幸而有不合乎礼，且大悖乎礼者，不得不以理晓之，此古治狱之官所以名之曰理也。礼者，治之于未讼之先；理者，治之于既讼之后也。然而遇君臣父子之狱，则仍不言理而言礼。舍礼而言理，是使天下多讼也。且礼者，天下无一人不可以遵行，而理则能明之者鲜矣。孔子曰："麻冕，礼也，今也纯俭，吾从众。"此在圣人则可耳，使胥天下之人而使之斟酌乎理以定从违，则必有得而有失矣。幸而从纯之俭可也，不幸而从拜下之泰将奈何，固不如一概绳之以礼为无弊也。夫天理之说，已见于《乐记》，非宋儒创为之，然圣人治天下以礼不以理，理也者，不得已而用之于治狱。舍礼言理，是治狱也，治天下非治狱也。以治狱者治天下，而人伦之变滋矣。今夫妇人从一而终，周公著其文于《易》，理固如此也。及其制礼也，则有同母异父昆弟之服，是又许之再嫁矣。然后知圣人之于人，绳之以礼，不绳之以理也，故中材以下皆可勉而及也。后之君子以理绳人，则天下无全人矣。③

清代后期"理"与"礼"之间的争论和融合，也是伴随着汉学与宋学之间的争论与会通。因此，正如陈祖武说："有清一代学术，由清初顾

---

① （清）黄家岱：《礼记笺正叙》，《兴艺轩杂著》卷下。
② （清）黄以周：《曾子论礼说》，《儆季杂著文钞》一。
③ （清）俞樾：《礼理说》，《宾萌集》卷二，续修四库全书本第 1150 册，第 22—23 页。

炎武倡‘经学即理学’开启先路，至晚清曾国藩、陈澧和黄式三、以周父子会通汉宋，兴复礼学，提出‘礼学即理学’而得一总结。以经学济理学之穷的学术潮流，历时三百年，亦随世运变迁而向会通汉宋以求新的方向演进。"①

而清人的戏曲观也相应接受这种学术趋向的影响，由清代前中期的高呼"理"转为以"礼"为正，将"情"的作用约束在"发乎情而止乎礼义"的范围之内。高倡戏曲对礼乐、礼数、礼制、礼教的作用。蒋士铨《香祖楼·自序》曰：

> 或谓藏园主人曰："子题《憨烈记》云：'安肯轻提南董笔，替人儿女写相思'，今乃成《转情关》一编，岂非破绮语之戒，涉欲海之波，践情尘之迹耶？"主人听然而笑曰："否，否！风雅首于《二南》，其闺房式好之词，巾帼怀人之什，长言而嗟叹之何为者？盖得乎性情之正者也。惟然故冠于三百之篇。"……或曰："敢问《香祖楼》，情何以正？"主人曰："曾氏得《螽斯》之正者也，李氏得《小星》之正者也，仲子得《关雎》之正者也。发乎情，止乎礼义，圣人弗以为非焉，岂儿女相思之谓焉！"或曰："敢问儿女相思则何若？"主人曰："才色所触，情欲相维，不待父母媒妁之言，意耦神觏，自行其志，是淫奔之萌蘖也，君子恶焉。"或曰："然则兹编仍南董之笔欤？"主人曰："知言哉。"于是以情关正，其疆界使言情者弗敢私越焉。②

蒋论曲虽倡"安肯轻提南董笔，替人儿女写相思"，但并非一味反对"闺房式好"之词，因《关雎》列于《三百篇》之首，圣人不废。问题的关键在于要得"性情之正"，即"发乎情，止乎礼义"，符合封建纲常。则虽写夫妇儿女之情，犹是南董正史之笔。男女之间遵"父母之命，媒妁之言"，而非私自遘合淫奔，则为得"性情之正"，即将男女之情限制在封建伦理纲常范围之内。又如李调元《雨村曲话·自序》曰："夫曲之为

---

① 陈祖武、朱彤窗：《乾嘉学派研究》，河北人民出版社2005年版，第629—630页。
② 蔡毅：《中国古典戏曲序跋汇编》，齐鲁书社1989年版，第1790页。

道也，达乎情而止乎礼义者也。"① 陈钟麟《〈红楼梦〉传奇·凡例》曰：
"《诗》三百篇，皆可被诸弦管，发乎情，止乎义理而已。一变而为乐府，
再变而为词曲，皆不失风人之旨。《红楼梦》曲本，时以佛法提醒世人，
一归惩劝之意云。"②

　　最后，归之戏曲为正情之作，"防情之作"，"以情教也"。如冯肇曾
为黄韵珊之《居官鉴》所作跋言："晚自悔少作，忏其绮语，毁板不存。
然要皆防情之作，不失乎礼义之正。"③ 郭俨《〈青灯泪〉传奇·叙》曰：
"夫仁人义士，堂堂正正，托于男女，毋乃邪乎？曰以情教也，情莫深于
男女，自《诗》变而《骚》，又变而乐府，又变而词曲。诗缘情而作词，
词曲可无情乎？故托于男女者尤多。"④

　　清人既肯定词曲中言"情"之作，但以"情"为教，一归于风化，
也即达于情之正之意。展示了由明到清戏曲观中"情"的逐渐消退，
"理"的树立与"礼"的高扬的变化过程。

---

① 蔡毅：《中国古典戏曲序跋汇编》，齐鲁书社 1989 年版，第 166 页。
② 同上书，第 2089 页。
③ 同上书，第 2191 页。
④ 同上书，第 2333 页。

论清代戏曲的自娱化倾向

清代经学的复盛和儒学的复兴，使清代戏曲在思想内容上以表现儒家伦理道德和政治教化为主，在风格上则继承了明代戏曲文人化和雅化的特点，更加向案头化方向发展，而案头化的倾向又与戏曲作家创作戏曲作品的动机有关。

中国传统的戏曲作品就创作动机而言可分为娱人与自娱两种。以娱人为主的戏曲与以自娱为主的戏曲所表现出的特点大相径庭。娱人的戏曲一般有以下特点：用于场上搬演，文辞较通俗，以喜剧和正剧为主，曲家身份多为艺人或专业曲家，曲作内容以叙事为主，剧作篇幅较长，以传奇为主。自娱的戏曲则与之相反，表现出案头化、雅化、学术化的风格特色，剧作以悲剧或正剧为主，剧作家身份多为文人学士，曲作以抒发个人情志为主，剧情简短，以杂剧为主。详见下表所列：

表1　　　　　　　　　　娱人戏曲和自娱戏曲的特点

	娱人	自娱
受众	他人	作者自己或少数知音
实现方式	场上搬演	案头阅读或少数文人圈子内演出
审美品味	通俗化	案头化、雅化、学术化
剧情	喜剧、正剧为主	悲剧、正剧为主
作家身份	伶工、艺人、专业曲家为主	文人、学士
戏曲内容	叙事为主	抒情为主
戏曲形式	传奇为主	杂剧为主

一般而言，早期的戏曲娱人的特色较明，因为戏曲的产生，一开始就伴随着表演性与娱乐性；中国最早的成熟的戏曲——南戏即是以娱人为

主。因为下层艺人和书会才人要组织戏班进行表演，谋求生活之资。戏曲最初以营利为目的，导致了戏曲的娱人为主的特点及戏曲的通俗性。而元杂剧除了娱人之外，出现了自娱化的倾向，这是由于元杂剧作者身份地位的改变，即除了书会才人外，更多是身处下层郁郁不得志的文人，杂剧成为他们抒发愤懑、表达情志的文学形式。① 明代的传奇杂剧多为文人剧，但明代文人风流自赏，流连诗酒，戏曲创作多倾向于奏之红氍毹上，并非专供一己之阅读，因此，能够做到场上与案头兼顾、娱人和自娱平分秋色。这与明代文人和士人的心态有关，也与明代心学思潮的兴起有关。

到了清代情况有所变化。清代前期，犹有一小部分曲家的戏曲以娱人为主，如苏州派的戏曲和李渔的戏曲，这由他们职业曲家身份决定，必须要顾及到戏曲的娱乐性和表演性。娱人的戏曲作品是为了博人欢笑，这些作品有时也宣扬封建伦理道德，如李渔的作品就是典型的道学与风流相结合。但道学更多是一种涂抹于戏曲作品之上的保护色，而实则仍是为了宣扬文人风流的趣味以"悦人心目"。其他如文人士大夫所创作的祝寿剧、仪式剧和宫廷戏等都是娱人为主的戏曲。

而清代大多数曲家尤其是清中叶以后曲家的剧作则具有鲜明的自娱特色。由于清代的剧作家大多是饱学之士，因此，其创作戏曲作品的动机不再是希望被搬上场演出，而是作为一种与诗词文赋等传统文体一致的文学进行创作。这种心态也导致他们创作戏曲不是为了娱乐大众或娱乐他人，而是为了表达自我情志。因此，这些作品不再讲述复杂的故事，而是抒发一己之情。以自娱为主的作品具体细分为以下几种。

1. 抒发情志

如清中叶经学家孔广林所作《璇玑锦》，其"自序"曰："新正卧病，忆及图卷（《璇玑图》，苏蕙回文诗事），兴之所至，撰《璇玑锦》杂剧四折，以遣帘外天涯之恨。"② 徐燨《镜光缘·自序》云："兹之所谓《镜光缘》者，乃余达衷情，伸悲怨之曲也，事实情真，不加粉饰，两人情义都宣泄于镂声绘句之间，留于天下后世。"③

---

① 详见俞为民《论生旦为主的戏曲脚色体制的形成》，《艺术百家》2008 年第 4 期。

② （清）孔广林：《璇玑锦自识》，郑振铎《清人杂剧二集》，长乐郑氏影印本 1934 年版，第 1 页。

③ 蔡毅：《中国古典戏曲序跋汇编》，齐鲁书社 1989 年版，第 1836 页。

2. 抒写愤懑

如嵇永仁《续离骚·自引》曰："仆辈遭此陆沉，天昏日惨，性命既轻，真情于是乎发，真文于是乎生。虽填词不可抗《骚》，而续其牢骚之遗意，未始非楚些别调云。"① 吴伟业《北词广正谱·序》曰："盖士之不遇者，郁积其无聊不平之概于胸中，无所发抒，因借古人之歌呼笑骂，以陶写我之抑郁牢骚，而我之性情，爰借古人之性情，而盘旋于纸上，宛转于当场。"② 郑振铎跋《通天台》杂剧曰："或谓炯即作者自况，故炯之痛哭即为作者之痛哭。盖伟业身经亡国之痛，无所泄其幽愤，不得已乃借古人之酒杯，浇自己之块垒，其心苦矣。"③

3. 消遣时日

如李慈铭《桃花圣解庵乐府·自序》曰："因读稍倦，则分题作乐府杂剧，亦延存晷之景。素不识曲，依谱填之，按之宫商，亦往往有合。所作多得于茶余烛尽时。"④ 戴全德《辋川乐事》、《新调思春》"自序"曰："余莅浔阳者三载，视榷之暇，日坐爱山楼以笔墨自娱。诗词而外，旁及传奇、杂曲。花晨月夕，授雏伶歌之，聊以适性而已。"⑤ 黄治《〈蝶归楼〉传奇·自序》曰："然则余之实有其事，而非诡且诞者，以寄其无聊之思于无可奈何之日，古人顾不我谅与。"⑥

清代戏曲的自娱化倾向在一定程度上又导致了戏曲的案头化。因为聊以自娱的作品必定不追求被搬到场上，而是倾向于阅读的功能，即倾向于案头化。正如杜桂萍所言："清初的戏曲创作存在着娱人与自娱的分野，这规定了戏曲演出舞台化与案头化的走向，而杂剧的基本走向则是案头化。"⑦ 又如陈芳所言："盖清初杂剧的作家本非为演剧而撰作，乃为一己之著作而撰剧，故其写作之余，不复措意于此，亦不足为奇矣。"⑧ 以上虽是对清初的杂剧而言，但这种特点基本能代表有清一代传奇杂剧总的创

① 蔡毅：《中国古典戏曲序跋汇编》，齐鲁书社 1989 年版，第 945 页。
② 同上书，第 79 页。
③ 同上书，第 929 页。
④ 同上书，第 1150 页。
⑤ 同上书，第 1103 页。
⑥ 同上书，第 2238 页。
⑦ 杜桂萍：《清初杂剧研究》，人民文学出版社 2005 年版，第 65 页。
⑧ 陈芳：《清初杂剧研究》，台湾学海出版社 1991 年版，第 241 页。

作倾向。因此，清代戏曲的案头化倾向与自娱性互为因果，自娱性的特点使得清代戏曲文本不再倾向于场上搬演，不再面向观众，而是趋向案头化，供自我欣赏。

论清代戏曲的案头化倾向

龚鹏程在《文化符号学：中国社会的肌理与文化法则》中认为中国文化经过了一个转化，即由先秦时期的礼乐本位转化为先秦之后的诗本位，因此，文字在中国文化中占据着重要地位。中国文化在先秦时期是诗、乐、礼三位一体的，孔子《论语·泰伯》曰："兴于诗，立于礼，成于乐。"又曰："不学诗，无以言。"《论语·季氏》曰："不学礼，无以立。"先秦儒家文化的核心即是礼乐制度。但秦汉之后，礼乐衰微，乐退化得更为彻底。《汉书·艺文志》言："周衰俱坏，乐尤微眇，以音律为节。"① 因此，到了秦汉时期，作为六经之一的《乐》便消失了，《乐》经不复存在，汉武帝设立的只有"五经博士"，礼和乐的职能分化到诗中去了。因此，中国文化是文字型的文化，一切艺术形式最终都要转化为文字型的艺术。在音乐文化和文字文化的对立中，音乐的成分最终都被文字取代。《诗经》最初是民间采集的歌谣，是用来吟唱的，但后来走上了诗乐分途的道路，音乐在文学中存在的价值及影响沦丧殆尽。甚至有的学者开始怀疑《诗经》合乐的情形，如程大昌、顾炎武认为《诗经》只有《二南》、《雅》、《颂》是乐诗，其他都是徒诗，不可歌，也不入乐。乐府诗本来是配乐演唱的，最后转变为只有歌辞而音乐不复存在的新乐府；词最初是流行于秦楼楚馆用来演唱的歌辞，是以辞合乐的，但最后音乐的成分也完全消失，转变为"诗余"，"一次新兴的音乐艺术活动，如火如荼地展开，却仍被文字艺术消融转化，落得如此结局"。② 而戏曲在宋元时期本是流行于勾栏瓦舍的曲艺，音乐是戏曲最重要的载体，但随着文人

---

① （汉）班固：《艺文志第十》，《汉书》卷三十，中华书局 1962 年版，第 1711—1712 页。
② 龚鹏程：《文化符号学：中国社会的肌理与文化法则》，上海人民出版社 2009 年版，第 61 页。

的参与，最后转变为诗剧，以戏曲文本为核心，生存的空间主要存在于文人的案头，"逐渐地，戏曲成了一种诗，所体现的不再是戏剧性的情节与冲突，而是诗的美感。如果中国戏剧有特质可言，这种诗化过程及结果，恐怕很值得注意"。① 因此，戏曲的案头化是中国文化固有的趋势。龚鹏程先生的这个理论能帮助我们很好地解释清代传奇杂剧的案头化倾向的根本原因。但除了这些内在的文化根源，与戏曲自身的发展演变及清代的经学复盛的学术思潮也有一定的关系。

戏曲虽然起源于民间，但经过宋、元、明三朝漫长的发展，越来越多的上层文人染指于戏曲创作，使得戏曲趋于雅化与案头化。其次在于清人有意为之，目的在于提高戏曲的文学品味与社会地位。同时，也与清代朴学大兴有关，清人重考据，重饾饤学问，大量学者及文人参与戏曲创作，也使得戏曲越来越变成案头文本，而不适合场上搬演。

戏曲案头化倾向在明代即有端倪。但一般而言，明人犹能较公正客观地看待戏曲案头与场上的辩证关系。徐复祚《曲论》曰："传奇之体，要在使田畯红女闻之而趯然喜，悚然惧；若徒逞其博洽，使闻者不解为何语，何异对驴而弹琴乎？"② 明人犹重视戏曲的演出，并没有有意识地将戏曲剧本当作案头作品来创作。清代戏曲在明代戏曲追求辞藻骈俪的基础上向整饬雅洁方向发展，不仅要求华丽，而且要求有书卷气。

清代戏曲案头化体现在以下几个方面。

1. 不问工否

一部分曲家公开宣扬作曲只是抒一己之怀，不问音律工否，不为搬演而作，而只是藏之箧中，与一二同好相观瞻。如尤侗《读离骚·自序》云：

> 然古调自爱，雅不欲使潦倒乐工斟酌，吾辈只藏箧中，与二三知己，浮白歌呼，可消块垒。亦惟作者各有深意，在秦筝赵瑟之外。③

---

① 龚鹏程：《文化符号学：中国社会的肌理与文化法则》，上海人民出版社 2009 年版，第 65 页。

② （明）徐复祚：《曲论》，《中国古典戏曲论著集成》（四），中国戏剧出版社 1959 年版，第 237 页。

③ 蔡毅：《中国古典戏曲序跋汇编》，齐鲁书社 1989 年版，第 934 页。

此序表明作者有意识地创作案头剧，显示了学士大夫清高自赏不愿与俗伶乐工、普通艺人同侪比肩的心理。将戏曲与诗文作用一致化，以自娱为主，以消胸中块垒，非为台上搬演，这是典型文士大夫之风气。又如裘琏创作《明翠湖亭四韵事》亦是如此动机，在其"弁言"中言：

> 江淹云："放浪之余，颇著文章自娱。"予亦用此自娱耳，遑问工否哉？若传奇本意，见于小序，宫商高下，不敢从时，所藉世之周郎顾予误也。①

徐燨在其《镜光缘·凡例》中言：

> 此本原系案头剧，非登场剧也。只视其事之磨折，情之悲楚，乃余高歌当哭之旨也。②

或虽有少数文人学士的作品被搬演到场上，但也只是在文人士大夫圈子内流传，属于阳春白雪的范畴，不供普通民众欣赏，更非为营利而作。清代一部分曲家创作戏曲不重音律，不问能否歌唱、音调是否和谐，不屑付于优伶演唱。如陈森《梅花梦·事说》：

> 余素不解音律，亦不好闻歌吹声，率尔为之，未半月而就。脱稿后，亦不再阅，游戏为文，随所欲言，不必深为研究，于歌喉之未叶，节目之不合，更不加意，如真美人名士，亦非优人之所能摹拟也。③

又如汤世潆《东厢记·自序》曰：

> 若夫曲词宾白，偶然摹仿，是否合于宫商，所不计也，工拙云

---

① 蔡毅：《中国古典戏曲序跋汇编》，齐鲁书社 1989 年版，第 950 页。
② 同上书，第 1836 页。
③ 同上书，第 2284 页。

乎哉？①

此又代表少数清代剧作家的观点，不解音律，不喜歌吹，不讲是否当行，不欲搬演，亦轻视艺人之搬演，只为案头阅读而作。

2. 词贵雅驯

一些清人认为戏曲为文章，贵雅驯，应为抒一己之性情而发，不满艺人将戏曲作为博人一笑之艺。如潇仪散人《四名家传奇摘出·序》言：

> 夫文章之道，援经据史，盖借古人之行事，以抒一己之性情。况绘形设象，搜腔检拍，而仅以束喉细语，打诨花唇，博纨绔当场之一笑，不亦陋哉！②

孙岱曾在《蟾宫操·序》中则认为，戏曲为"古歌风体"，地位崇高，因此戏曲剧本要文辞雅赡，非仅供艺人搬演。他说：

> 传曰："言之不文，行而不远。"词曲为古歌风体，尤贵雅驯。今登场演剧，非不粲然可观，及索其墨本，则捐之反走。盖照谱填写，与歌工之上尺乙四何异？徒费笔墨耳。③

但并非所有的清代曲家主张案头化，也有一些戏曲理论家能客观地看待问题，主张案头与场上兼顾。如朱禄建《〈缀白裘〉七集·序》曰：

> 原夫今人之词曲有二：有案头，有场上。案头多务曲，博矜绮丽；而于节奏之高下，不尽叶也；斗笋之缓急，未必调也；脚色之劳逸，弗之顾也。若场上则异是：雅俗兼收，浓淡相配；音韵谐畅，非深于剧者不能也。④

---

① 蔡毅：《中国古典戏曲序跋汇编》，齐鲁书社 1989 年版，第 2222 页。
② 同上书，第 964 页。
③ 同上书，第 1452 页。
④ 同上书，第 473 页。

他注意到了案头之曲的弊端，即不便于场上搬演，而场上之曲则不同于案头之曲，"非深于剧者不能也"。又听涛居士在《〈红楼梦〉散套·序》中说：

> 夫曲之一道，使村儒为之，则堕《白兔》、《杀狗》等恶道，猥鄙俚亵，即斤斤无一字乖调，亦非词人口吻。使文士为之，则宗《香囊》、《玉玦》诸剧，但矜饾饤，安腔捡韵，略而勿论，又化为钩輈格磔之声矣。今此制选辞造语，悉从清远道人"四梦"打勘出来，益复谐音协律，窈眇铿锵，故得案头俊俏，场上当行，兼而有之。①

听涛居士认为，纯粹的本色质朴与一味的饾饤辞藻都非好剧，只有场上、案头兼而有之的戏曲才是好作品。但毋庸讳言，由于清代曲家身份大多为文人学士，而且清代曲家有意提高戏曲文学品味，以达到与诗文同尊的目的，因此，主张场上、案头兼擅的曲家在清代只占较小比例，而案头化才是清代戏曲的主流形态。

清人戏曲案头化倾向在后期发展愈烈。清前期犹然重视排演，如《长生殿》、《桃花扇》除了是供文人学士案头阅读的文学佳作，也被演之场上。蒋士铨的戏曲作品也曾在扬州盐商江春的戏班中演出。而到后期，则搬演的作品很少有清人自己创作的剧本，大多只是搬演旧有的剧本或题材。随着花部兴起，雅部衰落，花部地方戏大量搬演。而文人学士又鄙屑花部品位低下，无意于染指其作品的创作，"知名文士无染笔于此者（花部），概为无名氏之作，似俳优之稍善于文字者之作不少。故其曲俚鄙几不足以文学论之。但关目佳者，排场工者，亦不少"。② 因此，属于雅部的杂剧、传奇在场上的空间更为狭小，其案头化的倾向更不可遏制。到晚清时，已为纯粹之案头剧、文人剧。即使是晚清创作戏曲成就较高的黄韵珊作曲亦是如此。吴梅在《帝女花》"跋"中言：

> 韵珊《倚晴楼七种》，可以颉颃藏园。而排场则不甚研讨，故热

---

① 蔡毅：《中国古典戏曲序跋汇编》，齐鲁书社 1989 年版，第 1057 页。
② ［日］青木正儿著，王古鲁译：《中国近世戏曲史》，作家出版社 1958 年版，第 477 页。

闹剧不多，所谓案头之曲，非氍毹伎俩也。①

又跋其《桃溪雪》曰：

> 韵珊此曲，即歌咏吴氏也。其词精警拔俗，与《帝女花》传奇，皆扶植伦纪之作。盖自藏园标"下笔关风化"之帜，而作者皆慎重下笔，无青衿佻达事。此亦清代曲家之胜处也。韵珊于《收骨》、《吊烈》诸折，刻意摹写，洵为有功世道之文。惟净、丑角目，止有《绅哄》一折，似嫌冷淡。此由文人作词，止喜生、旦一面，而不知净、丑衬托愈险，则其词弥工也。余故谓逊清一代，乾隆以前有戏而无曲（《桃花扇》、《长生殿》不在此例），嘉道以还有曲而无戏。此中消息，可就韵珊诸作味之也。②

吴梅此跋，洵为的论，道出清代戏曲的发展规律，即，清中叶以前，场上剧犹盛行，戏曲犹重搬演，代表者如阮大铖诸作、苏州派诸作及李渔诸作。而清中叶以后，则为纯粹之文人剧、案头剧。戏曲已经完全失去了场上搬演的半壁江山，而只退回到文人学士的书斋案头。所谓"曲高和寡"，清人戏曲品格愈高，其占据的领域就愈窄，这是清代戏曲高于元明戏曲之处，亦是清代戏曲不及元明戏曲之处。

---

① 蔡毅：《中国古典戏曲序跋汇编》，齐鲁书社 1989 年版，第 2154 页。
② 同上书，第 2178 页。

"曲以存史"

——论清代戏曲的征实化倾向

清代经学对清代戏曲的另一个重要影响在于使得清代戏曲形成了鲜明的征实化倾向。所谓征实化，即指戏曲创作取材的真实性和创作方法的考据化。清代戏曲的征实化倾向主要是受到清代经世致用实学思潮和考据学风大盛的影响。

由明入清，学术思潮也由虚转实。清初学者由于不满明人空谈心性，以致亡国，因而提倡经世致用。学术界的这种实学思潮使得戏曲创作也要求有益世道人心，有关时弊。正如有的学者所言："与经世致用的学术思潮相一致，清初的文学艺术——散文诗词和戏曲，也一反明中叶以来文坛上的形式主义和摹拟复古倾向，形成健实创新的现实文艺理论和风格。"① 同时，在实学思潮影响下逐渐盛行的朴学思潮又使得清代戏曲在题材的选择上具有征实化倾向，而在创作方法上具有考据化的倾向。清代曲家在创作时广泛搜罗相关资料，正是清代考据学方法的集中体现。

一 虚与实的辩证——清人"传奇"观的本质

清代戏曲的征实化倾向首先反映在清人对"传奇"本质特征的认识和戏曲"虚"、"实"关系的认识上。在对传奇本质的理解上，清人与明人不尽相同。明人倪倬为许恒《二奇缘传奇》所作"小引"云："传奇，纪异之书也，无奇不传，无传不奇。"② 明人茅暎在《题〈牡丹亭〉记》

---

① 王俊义：《清代学术思想的发展与演变》，《清代学术探研录》，中国社会科学出版社2002年版，第37—38页。

② 蔡毅：《中国古典戏曲序跋汇编》，齐鲁书社1989年版，第1383页。

中曰："第曰传奇者，事不奇幻不传，辞不奇艳不传。其间情之所在，自有而无，不魈奇愕眙者亦不传。"① 明人的传奇观是最本初的，所谓的奇就是奇怪、奇幻、奇艳的意思。清人对"传奇"的认识则比较复杂。一部分清人的传奇观与明人接近。如李渔曰："古人呼剧本为'传奇'者，因其事甚奇特，未经人见而传之，是以得名。可见非奇不传。新，即奇之别名也。"② 孔尚任《桃花扇·小识》曰："传奇者，传其事之奇焉者也，事不奇不传。"③

但另一部分清人则对传奇的"奇"字作出不同的解释。夏纶《惺斋五种曲·自序》曰："近有客谓予曰：'传奇，传奇也。文工而事弗奇，不传；事奇而文弗工，亦不传。叟是集忠、孝、节、义五种，庸行耳，何奇之有？事既弗奇矣，文虽工，乌乎传！'余曰：'不然，子以反常背道为奇，欲其奇之传也，难矣！天下惟事本极庸，而众人避焉，一人趋焉，是为庸中之奇；庸中之奇，斯其奇可传，而其传可久。'"④ 这篇序以主客问答的方式呈现了两种对立的传奇观。客所言的传奇观即是传统的戏曲观，所谓事不奇不传。而主所阐述的传奇观，则是清人经过伦理道德加工过的传奇观。这种观点认为传奇的"奇"字是平常生活中的奇，庸中之奇，而非离奇古怪之奇，而且要表达忠孝节义的内容，能有益世道人心，将传奇的社会教化功能置于艺术审美效果之上。又如陈学震的《双旌记·自序》曰："盖传奇者，传其事之奇者也，事不奇不传。将军之忠，夫人之节，奇而正者也，奇而法者也。"⑤ 所谓"奇而正"、"奇而法"正是儒家诗教语境下的"奇"。吴家柟《芝龛记·跋》曰："凡著书以传奇者，必其所著之书有裨于世，而后其书传，其人传，并其可传之奇，与之俱传。若仅借人之事，渲染结撰，逞其词华，谱为香奁艳曲，是徒悦人一时之目耳。彼自谓传奇，而于风世励俗之道无有焉，乌乎传。"⑥ 观点与之相同。两相比较，则明人较重视戏曲的虚构性，而清人重考据，尊重史

① 蔡毅：《中国古典戏曲序跋汇编》，齐鲁书社1989年版，第1224页。
② （清）李渔：《闲情偶寄》，《中国古典戏曲论著集成》（七），中国戏剧出版社1959年版，第15页。
③ 蔡毅：《中国古典戏曲序跋汇编》，齐鲁书社1989年版，第1602页。
④ 同上书，第1740页。
⑤ 同上书，第2346页。
⑥ 同上书，第1722页。

实，重视戏曲的征实性。明人能更辩证地看待文学的艺术真实与生活真实的关系，清人则拘泥于求实与风化。

清人的这种传奇观和戏曲观追溯其根源则受到传统儒家思想的影响。《论语·述而》曰："子不语怪、力、乱、神。"① 因此，作为"群言之祖"② 的儒家五经在总体风格都是倾向于现实主义的。而后起的文学都奉五经为最高典范，无不以"宗经"为创作旨归。《文心雕龙·宗经》篇言："故文能宗经，体有六义：一则情深而不诡，二则风清而不杂，三则事信而不诞，四则义直而不回，五则体约而不芜，六则文丽而不淫。"③ 其中的"事信而不诞"正是指文章取材的信而有征。儒家思想中的这种现实主义的思潮一直影响并主导着中国文学的发展走向。清初顾炎武《日知录》卷十九曰："文之不可绝于天地间者，曰：明道也，纪政事也，察民隐也，乐道人之善也。若此者，有益于天下，有益于将来，多一篇，多一篇之益矣。若夫怪力乱神之事，无稽之言，剿袭之说，谀佞之文，若此者，有损于己，无益于人。多一篇，多一篇之损矣。"④ 反对文章写"怪力乱神"之事，主张写文章要有益于天下。清代大多数文人曲家都持有这种观点，如尤侗《第七才子书·序》曰："凡吾所谓才者，必其本乎性，发乎情，止乎礼义，而非一往纵横，靡靡怪怪之为也。"⑤ 即反对靡靡怪怪之文。李文瀚《〈凤飞楼〉传奇·自序》云："予既谱《紫荆花》、《胭脂舄》、《银汉槎》传奇数种，内弟周子发甫笑曰：'妄尔赘尔，虚以幻尔。夫文不征诸实行，不可谓至。'"⑥ 即反对虚幻怪诞之文。

以上所分析的明清两代关于传奇本质特征的认识，涉及"虚"、"实"问题的辨析。虚与实是中国古代戏曲理论中的一对重要范畴，而在这个问题上，明清两代有所不同，也导致了明代戏曲的重奇幻和清代戏曲的征实化。叶长海教授大致总结了元明清三代曲家关于戏曲虚实论的观点：

① （宋）朱熹：《四书章句集注》，中华书局1983年版，第98页。
② （梁）刘勰著，范文澜注：《文心雕龙注》，人民文学出版社1958年版，第23页。
③ 同上。
④ （清）顾炎武著，（清）黄汝成集释：《日知录集释》，岳麓书社1994年版，第674页。
⑤ 吴毓华：《中国古代戏曲序跋集》，中国戏剧出版社1990年版，第353页。
⑥ 蔡毅：《中国古典戏曲序跋汇编》，齐鲁书社1989年版，第2134页。

　　胡应麟提出"其事欲谬悠而亡根"、"其名欲颠倒而亡实"、强调戏曲创作"亡根"、"无实"的虚构（《庄岳委谈》）。徐复祚批评了戏曲创作与史实进行排比的古代索隐派，提出"传奇皆是寓言……正不必求其人与事以实之"（《三家村老委谈》）。其出发点与胡应麟似。吕天成也曾提出"有意驾虚，不必与实事合"（《曲品》）。而谢肇淛则主张"虚实相半"，提出"凡为小说及杂剧戏文，须是虚实相半，方为游戏三昧之笔"（《五杂俎》）。王骥德也主张虚实结合，他赞成"于古人事多损益缘饰为之"或"略施丹垩"的作法（《曲律》）。汤显祖着重从写意出发，主张作者主观情思重于客观事理（《牡丹亭记题词》）。至清代，李渔特别写了《审虚实》一节专文，肯定了"传奇无实，大半寓言"这一总原则（《词曲部》）。李调元阐明了虚虚实实，虚者实之，实者虚之的意义（《剧话·序》）。孔尚任主张史实"确考实地"而人情"稍有点染"（《桃花扇·凡例》）。洪昇则主张"断章取义"，以"寓意"为本（《长生殿·自序》）。凌廷堪从理论上肯定了戏曲的虚构关目的合理性（《论曲绝句》），焦循则从处理手法上提出了既须注意审于史实，又须不为史实所限的主张（《剧说》）。[①]

　　由上可见，明代的曲家对戏曲虚实问题的辨析较为合理，而清代曲家除了以上所举的李渔、李调元、孔尚任、洪昇、凌廷堪、焦循诸家之外，在虚实问题上大多是倾向于"实"的一面。但是即使以上诸家，其实也不能完全客观地看待戏曲的虚构性。孔尚任创作《桃花扇》本是作为"信史"来作，求实的愿望远远大于求虚。而李调元、焦循、凌廷堪都是清代著名学者，他们的观点还是属于传统儒家的观点，在求实的基础上才能顾及到一定范围的虚构性。李调元的《雨村剧话》和焦循的《剧说》、《花部农谭》本来就是为了考证戏曲的本事而作，隐约间已有将戏曲当作历史真实来对待的意味。清代著名学者许鸿磐也是如此，在其《女云台北曲·弁言》中曰："其间有与《明史本传》相出入者，如召见平台，实在崇祯三年，夔门之役，玛瑙山之捷均在其后，今撮叙战功，不能不少为易置，其刻诸将一疏在天启时，亦汇见叙功之后，乃行文镕铸结构之法，非故乱

<hr>

① 叶长海：《中国古代戏剧学史稿》，中国戏剧出版社 2005 年版，第 12 页。

正史也。"① 其实调整叙事次序，在小说和戏曲本为常事，毋庸说明，但作者如此解释，反而透露出了将戏曲当作正史演绎的态度。

相对而言，经学家凌廷堪关于戏曲的虚实论表达得最为客观，且最为人所称道。其《论曲绝句》十二云："仲宣忽作中郎婿，裴度曾为白相翁。若使硁硁征史传，元人格律逐飞蓬。"自注曰："元人杂剧事实多与史传乖违，明其为戏也。后人不知，妄生穿凿，陋矣。"② 但正如刘奕所言，凌廷堪对文学虚构性的认识，也只是限定在戏曲这种通俗文体内，而并未将戏曲与辞赋打通：

> 不过凌廷堪并没有将辞赋与戏曲打通看待，钱锺书先生非常惋惜地说："顾炎武树义，限于辞赋，识已逊刘炫、刘知几；且或犹严别文体之尊卑雅郑，故其时戏曲大盛，小说勃兴，而皆不屑稍垂盼睐，借以齿牙。凌廷堪既能演顾氏之论赋，复如补王骥德之论曲，却不悟灯即是火，乳非异酥，未尝连类通家。"以凌廷堪之激进，也还持守着文体界限，而不能有一通识性的观点，足见传统文学分体，各为疆域思想的势力强大，依旧牢笼时代，无人能脱其影响。③

由此可见在清代考据学大盛的时代，求实与征实对清人影响之大。当时大多数学者对戏曲的研究都斤斤于考据、求证和索隐。因此，清代戏曲本事的考证成为清代戏曲研究的一个重要领域，清代经学家或曲家多数混淆戏曲的艺术真实与历史真实，将戏曲中描写的人和事一一坐实，如"诂经精舍学生张鉴，他读明传奇《绿牡丹》，就完全当作历史来读"④：

> 此吾乡温氏启衅于复社之原。近日读而知其故者鲜矣。书中以管色为乌有、亡是之辞，其实柳五、柳车、尚公、范思诃，据《复社

---

① （清）许鸿磐：《女云台北曲弁言》，《女云台》卷首，《六观楼北曲六种》，清道光二十六年刻本，第1页。

② （清）凌廷堪：《论曲绝句》，《校礼堂诗集》卷二，续修四库全书本第1480册，第23页。

③ 刘奕：《清代中叶经学家文学思想研究》，复旦大学中文系博士学位论文，2007年，第121页。

④ 同上书，第121页注1。

纪略》，各有指斥。其于越人疑亦王元趾、陈章侯一流。而吴兴沈重
者以在朝则影黎媿庵、倪三兰，在野则影张天如、杨子常、周介生
辈。大致如《风筝误》、《燕子笺》，亦明季文字风气所趋，而语语讥
切社长，极嬉笑怒骂之致。①

而这种倾向在当时非常普遍。因此，如果是站在文学本位和戏曲本位，而
不是站在经学本位的立场上来看，清人关于戏曲虚实关系的认识，相对于
元明人是大大退步了，这不能不说是清代经学兴盛和考据学的发达对清代
戏曲造成的负面影响。

二　题材取向的征实化——清代历史剧、
时事剧、"自述体"剧的兴盛

清代戏曲的征实化倾向其次表现在清代剧作家的题材取向上。相对元
明两代，清代的曲家更倾向于选择历史剧、时事剧和自述体剧作为创作题
材。而这三种题材都较为讲求内容征实性。

（一）历史剧和时事剧

明末清初舆图换稿、风云突变，清末动荡不安、战乱频仍，这些历史
背景为清代的戏曲家提供了丰富的素材，歌颂其中纷涌而出的忠烈之人和
忠烈之事成为剧作家的兴趣所在。清代的历史剧和时事剧所取题材多为真
人真事，如查昌牲《悭斋五种曲·总跋》言："而且人其人，事其事，莫
不名载国史，显有依据，绝非乌有子虚之比。"② 这些剧作按照时代又大
致可分为以下几类。

1. 反映明末社会动乱和明清易代之际所涌现的忠烈之事。董榕《芝
龛记》记明末秦良玉、沈云英二女平定祸乱，安邦靖边之事。《芝龛记·
凡例》云："所有事迹，皆本《明史》及诸名家文集、志传，旁采说部，

---

① （清）张鉴：《书绿牡丹传奇后》，《冬青馆甲集》卷六文三，续修四库全书本第1492
册，第71页。
② 蔡毅：《中国古典戏曲序跋汇编》，齐鲁书社1989年版，第1744页。

一一根据，并无杜撰。"①《凤飞楼》写明末梁珊如随其父梁大业作幕陕西岐地，适逢李自成起义，珊如为李自成部下所掳，抗拒不从，撞壁而死，事均据实。《凤飞楼考据》附有《岐山县志·人物》、《志末》、《人物》、《官帅》、《祠祀》、《明史·流贼李自成传》、《志末》等多条史料。瞿颉《鹤归来》写瞿式耜、瞿寿明祖孙二人的忠烈事迹。作者在其自序中写其一意求实以与史传相符合的创作过程和动机：

> 如以为优孟衣冠，恐多亵越，则古来忠臣孝子，何尝不粉墨登场耶？余乃为之更正姓名，其中情事，悉按《明史》及《粤行纪事》所载，以归核实。庶使观者知祖孙二人，扶纲植常，为不朽盛事，初非稗官小说子虚乌有之比。而圣朝赐谥褒忠，过于式闾封墓，于世道人心，亦未始不大有裨益也。②

《悬岙猿》写民族英雄张煌言英勇杀敌，兵败后仍蛰居海岛坚持斗争，后被叛徒出卖，不幸被俘，解至杭州，在凤凰山下从容就义之事。邱园的《蜀鹃啼》写吴伟业之兄吴志衍入蜀时，适逢明亡，一家三十六口罹难殉节之事，有吴伟业《观蜀鹃啼剧诗并序》记其事。

在反映明清易代之际题材的剧作中，作者着意渲染家国兴亡之感，正如曾永义《清代杂剧概论》所言："以历史故事为素材的：这一类在清初表现着很强烈的民族意识，寄寓着无限的麦秀黍离之悲。"③ 即使对剧中所穿插的男女之情的描述，也不同于明人以描述风流韵事为旨，而是以展示兴亡盛衰的历史过程为主，以儿女悲欢离合点缀其间，突出浓重的历史悲剧氛围。且大多以男女的始合终离而告终，而非如元明两代的剧作，摆脱不了才子佳人一见钟情、经过种种波折最后大团圆为结的俗套。如《桃花扇》中侯方域和李香君感于国破家亡的现实，最终双双入道。《沧桑艳》中，吴三桂与陈圆圆经过种种波折，陈最终也入道。《影梅庵》写明末四大公子之一冒辟疆与秦淮八艳之一董小宛的事迹，虽属才子佳人的

---

① 蔡毅：《中国古典戏曲序跋汇编》，齐鲁书社1989年版，第1712页。
② 同上书，第2077页。
③ 曾永义：《清代杂剧概论》，《中国古典戏剧论集》，联经出版事业公司1975年版，第120页。

范畴，但浓烈的悲悼"彩云易散琉璃脆"的意识、感叹美的东西易于逝去的怅惘之感始终弥漫其间，迥异于博人一笑的轻滑之作，显示了清人戏剧创作的严肃态度和悲剧意识。

2. 反映清中叶和清末的忠孝节义之事。黄燮清之《桃溪雪》写清朝康熙年间吴绛雪事迹，吴梅之跋记其事之始末：

> 此曲记吴绛雪事。绛雪名宗爱，永康人。父士骐，以明经任仙居、嘉善、嵊三县校官，绛雪幼随侍。承其家学，善书画音律，尤工于诗，著有《六宜楼稿》。归同邑诸生徐明英、未几而寡。康熙十三年，耿精忠判于闽。其伪总兵徐尚朝等，寇陷浙东。及攻取金华，过永康、艳绛雪名，欲致之。永康故无城可守，众虑蹂躏，邑父老与其父族谋，以绛雪舒难，绛雪夷然就道，至三十里坑，以渴饮绐贼，即坠崖死。①

后附有海宁许楣撰《徐烈妇传》，② 此剧歌颂吴绛雪为救一邑、舍身就难的贞烈之事。徐鹗《梨花雪》记金陵烈女黄婉梨逢太平天国攻陷金陵城，被二乱兵劫持，遂以智杀二人，自缢而死。后附有《烈女黄婉梨诗并序》③ 及《天岳山馆文钞》第十九卷"书江南黄烈女事"④。徐鹗《白头新》记山阳程生夫妇坚守前盟，白头相逢的贞义之事。《钦定礼部则例》详记其事曰：

> 旌表条载，乾隆四十二年，江都高晋县题：江宁淮安府山阳县监生程允元，两岁时与直隶平谷县人刘登庸之女结婚。后程允元回南，登庸身故，眷口流寄天津，女至茕独无依。彼此音问不通五十余年，各坚守前盟，矢志不回。后程允元在漕船教书，随船北上。行抵……闻里人传说，有贞女刘氏隐迹尼庵，细访始知即系原聘妻室刘氏。当经该县闻此异事，随传刘氏至署，再三劝谕，令当堂与程允元合卺，

---

① 蔡毅：《中国古典戏曲序跋汇编》，齐鲁书社 1989 年版，第 2178 页。
② 同上书，第 2188 页。
③ 同上书，第 2430 页。
④ 同上书，第 2433 页。

随帮南下，回淮经部覆准。奉旨旌表给银，共建一坊，并给与"义贞之门"字样。①

除此记载，另有李元度的《书程允元及妻刘贞女事》②、黄天河钧宰《金壶浪墨》"白首完婚"③ 等记其事。汪宗沂《后缇萦》一剧记泰州蔡孝女事。刘贵曾《后缇萦》叙曰："孝女以蓬门弱质，痛椿庭奇冤，一疏陈情，九重鉴隐。青衣伏道之际，哀拟叫阍，玉辂巡方之年，仁施解纲。厥后，赛祠营奠，勒石旌闾，孝行聿彰，恩纶迭锡。凡兹概略，悉载斯篇。"④

3. 反映其他历史时期的剧作。此类剧作所写也多为忠烈之事。蒋士铨《冬青树》写南宋灭亡史事，歌颂了文天祥忠贞不屈的民族气节，表彰了谢枋得、唐珏等忠义之士。《一片石》、《第二碑》、《采樵图》三剧写明时朱宸濠叛乱，娄妃劝诫不成，投江殉节之事。此外，还有一类既可以视为文人剧也可以视为历史剧的剧作。这些剧作大多是被前代文人津津乐道的题材，如王昭君、崔莺莺、天宝遗事等。在创作此类历史剧时，清人大多是因不满前人所作，因而斟酌历史真实与历史合理，搜集相关资料，进行考证，给予了新的诠释，得出自认为最接近历史面貌的答案。如蒋士铨创作《四弦秋》的动机，是因不满马致远《青衫泪》将白居易和琵琶女之间写为男女情事，另为创作。如《四弦秋·自序》曰：

> 壬辰晚秋，鹤亭主人邀袁春圃观察、金棕亭教授及予宴于秋声之馆，竹石萧瑟。酒半，鹤亭偶举白傅《琵琶行》，谓向有《青衫记》院本，以香山素狎此妓，乃于江州送客时，仍归于司马，践成前约。命意敷词，庸劣可鄙。同人以予粗知声韵，相属别撰一剧，当付伶人演习，用洗前陋。予唯唯。明日，乃剪画诗中本义，分篇列目，更杂引《唐书》元和九年、十年时政，及《香山年谱·自序》，排组成章，每夕挑灯填词一出，五日而毕。⑤

---

① 蔡毅：《中国古典戏曲序跋汇编》，齐鲁书社 1989 年版，第 2436 页。
② 同上书，第 2437 页。
③ 同上。
④ 同上书，第 2374 页。
⑤ 同上书，第 990 页。

可见清人对待戏曲不是从艺术感染力出发，而是从是否符合历史真实出发。因此，清人认为马致远的《青衫泪》"命意敷词，庸劣可鄙"，而要求重新围绕此题材创作戏曲剧本，"用洗前陋"。而蒋的创作过程，征引当时时政、征引白居易本诗，乃至白居易年谱。这种严格遵守历史真实的创作方法才是清代人所喜欢的戏曲创作模式。但要论艺术感染力及戏剧性，这样创作出来的戏曲要远逊于经过艺术加工、艺术虚构创作出来的戏曲。

在清代的历史剧和时事剧创作中，清人有意将学术研究的方法纳入戏曲创作之中。清代曲家在创作时，首先从正史、野史、方志、传记、民间传说中搜集尽可能多的材料，进行比较分析，然后才动笔创作。这种方式无疑是清代朴学大兴时的考据方法。如《影梅庵》作者彭剑南在其"自跋"中言："以《影梅庵忆语》、张公亮《本传》为经，旁取吴梅村《题董白小像诗》、范质公《壬午救荒记》、韩慕庐潜孝先生《冒征君墓志》为之证佐。"[1] 显示了严谨的征史求实意识。《桃花扇》的作者孔尚任也在创作时做了大量的考证和相关史实的比勘分析。《〈桃花扇〉传奇·凡例》言："朝政得失，文人聚散，皆确考时地，全无假借。至于儿女钟情，宾客解嘲，虽稍有点染，亦非乌有子虚之比。"[2] 先表明自己创作此剧的严谨态度，同时又列有《考据》详细考证《桃花扇》中相关的历史事件与历史人物。孔尚任为孔圣后裔，颇有经学造诣，因此深厚的儒学修养与严谨的考证精神贯穿剧作始终。《〈桃花扇〉传奇·本末》载其创作过程：

> 族兄方训公，崇祯末为南部曹；予舅翁秦光仪先生，其婚娅也。避乱依之，羁留三载，得宏光遗事甚悉；旋里后数数为予言之。证以诸家稗记，无弗同者，盖实录也。独香姬面血溅扇，杨龙友以画笔点之，此则龙友小史言于方训公者。虽不见诸别籍，其事则新奇可传，《桃花扇》一剧感此而作也。南朝兴亡，遂系之《桃花扇》底……予未仕时，每拟作此传奇，恐闻见未广，有乖信史；瘏歌之余，仅画其

---

① 蔡毅：《中国古典戏曲序跋汇编》，齐鲁书社 1989 年版，第 2199 页。

② 同上书，第 1605 页。

轮廓，实未饰其藻采也。①

作者叙述所写事皆历历有据，据"实录"写之，并且态度严谨，不轻笔为文，恐"闻见未广，有乖信史"。丁靖传《沧桑艳》也是如此。《沧桑艳》传吴三桂、陈圆圆之事，皆事事有考据。后附《明史流贼传》"陈圆圆事辑"、《资治通鉴纲目三编》、陆士云《圆圆传》、纽玉樵《圆圆传》、丁靖传《圆圆传辑补》、明内臣王永章《甲申日记》、水居士《愤言》、《新义录》引《天香阁随笔》等多则材料，并附异说数条，可见作者搜罗资料之备。这一系列的考证与资料的搜集，几同于陈圆圆与吴三桂事迹的研究，学术考证与戏曲创作已融为一体。

（二）自述体剧

自述体剧是清人的独创，剧作家将自己的真实经历、真实事迹甚至真实姓名写进剧作当中。自述体剧所用题材多用实事，郑振铎在《陶然亭·跋》中言："清人杂剧每喜用实事为题材，作者自述之作尤习见不奇。徐燨之《写心杂剧》，即全部以自身之琐事为题材者。此剧亦写实事。"② 徐燨《镜光缘》也是自述体。《镜光缘·自序》云："兹之所谓《镜光缘》者，乃余达衷情，伸悲怨之曲也，事实情真，不加粉饰，两人情义都宣泄于镂声绘句之间，留于天下后世。"③ 其"凡例"言："传奇十六出，比诸小传一篇，纪其始末，故字字事实情真，不加装饰。"④ 作者公开宣称所写之剧"事实情真"。廖燕的《醉画图》、《镜花亭》、《诉琵琶》、《续诉琵琶》杂剧四种，均以自己的真实姓名廖燕出场，将清代戏曲的征实化倾向发展到了极致。

三　"曲以存史"——清人"曲史"意识的兴起

由于清代历史剧和时事剧取材的征实化倾向，使得清代的这一类戏曲

---

① 蔡毅：《中国古典戏曲序跋汇编》，齐鲁书社 1989 年版，第 1602 页。
② 同上书，第 1178 页。
③ 同上书，第 1835 页。
④ 同上书，第 1836 页。

具有了咏史的功能。卢冀野《明清戏曲史》曰："前贤百种，其中故实，说皆虞初，而后代传奇，乃可媲美于正史，如《桃花扇》，如《冬青树》，未可以爨弄小之者。"① 指出了孔尚任之《桃花扇》与蒋士铨之《冬青树》可以媲美于正史。

中国的史传文学传统源远流长，最早如《春秋》，即开辟了史传文学的传统。所谓"古者，左史记言者，右史记事者，言《经》则《尚书》，事《经》则《春秋》"。② 《左传》乃为传《春秋》而作，正式创立了史传的体例。司马迁的《史记》则创立了纪传体的体例，以后中国的正史都依据《史记》为通则。史传要求远则信而有征，"贵信史也"，近则"析理居正"、"腾褒裁贬"③，即要寓褒贬，别善恶，"不虚美、不隐恶"④，有益风化，关乎伦理。其中劝惩比征实更为重要。如朱自清所说："古代史官记事，有两种目的：一是征实，一是劝惩。""三传特别注重《春秋》的劝惩作用，征实与否，倒在其次。"⑤

受到史传文学发达的影响，中国的诗歌也具有咏史的传统，早在晚唐，杜诗就被誉为"诗史"，孟棨《本事诗·高逸第三》曰："杜逢禄山之难，流离陇蜀，毕陈于诗，推见至隐，殆无遗事，故当时号为'诗史'。"⑥ 所谓诗史，也正是从诗歌的历史属性和政治属性两方面言之。⑦ 历史属性即是"或谓诗史者，有年月、地理、本末之类，故名诗史。盖唐人尝目杜甫为诗史，本出孟棨《本事》，而《新书》亦云"。⑧ 因为杜甫的诗以纪事的准确和真实而著称，不但有助于了解当时的历史而且能了解其本人的经历。政治属性即指诗歌所蕴含的政治教化功能，所谓"文章合为时而著，歌诗合为事而作"、能够"救济人病，裨补时缺"⑨。这两个性质共同构成了诗歌的咏史性。之后，在词的创作中也出现了"以史

---

① 卢前：《明清戏曲史》，《卢前曲学四种》，中华书局 2006 年版，第 6 页。

② （梁）刘勰著，范文澜注：《文心雕龙注》，人民文学出版社 1958 年版，第 283 页。

③ 同上书，第 287 页。

④ （南朝宋）裴骃：《史记集解序》，（汉）司马迁《史记》，中华书局 1959 年版，第 1 页。

⑤ 朱自清：《春秋三传第六》，《经典常谈》，中华书局 2009 年版，第 43 页。

⑥ （唐）孟棨：《本事诗》，丁福保辑《历代诗话续编》，中华书局 1983 年版，第 15 页。

⑦ 周瑶：《略论宋代"诗史"说的阐释学本质》，《殷都学刊》2009 年第 1 期。

⑧ （宋）姚宽：《西溪丛语》卷上，中华书局 1993 年版，第 61 页。

⑨ （唐）白居易：《与元九书》，《白居易集笺校》，上海古籍出版社 1988 年版，第 2792 页。

为词"的倾向，这也是一种新的开拓，因为中国古代各体文学有较为严格的题材取向的界限。一般而言，诗文反映重大题材，而词曲则为小道，用于歌楼酒宴之间侑酒佐欢，一般不会掺入重大题材。清人沈起龙的《论词随笔》写道：

> 作词须择题，题有不宜于词者，如陈腐也、庄重也，事繁而词不能叙也、意奥而词不能达也。几见论学问、述功德而可施诸词乎？几见如少陵之赋《北征》，昌黎之咏石鼓而可以词行之乎？①

认为少陵之《北征》是以史为诗、昌黎之咏石鼓是以学为诗，这两种倾向都不适合于词。虽是论词，但也完全适用于曲体。因为曲体在传统文人眼中，地位更为卑下。但以史为词的现象其实在南宋末期已有出现。宋遗民王沂孙、唐珏、周密等所创作的《乐府补题》，分别以龙涎香、白莲、莼、蝉、蟹等五物为题，即被后来的学者认为寄寓了故国之思，是以词写史。清代前期阳羡词派代表陈维崧更以横肆之才将各种题材引入词的创作中，使得词风进一步扩大，形成了"以诗为词"的特点。常州词派的周济则发展了"词史"的观念，提出"诗有史，词亦有史，庶几自树一帜矣"。②而在戏曲创作方面，清人又自觉地形成了"曲史"的意识。如孙郁在《天宝曲史·凡例》中云："是集俱遵正史，稍参外传，编次成帙，并不敢窃附臆见，期存曲史正意云尔。"③完全不是以文学的手法来创作，而是把它当作历史来撰写。"期存曲史"正是作者最真实的心态。《天宝曲史》以天宝史实为背景，直写明皇秽事。松涛《天宝曲史·序》亦曰："天宝至今千年矣，其帝妃秘戏，宫寺微言，雪崖皆以三寸不律，一一拈出。然则有《曲史》可以补正史之未备矣。"④沈珩"题词"评曰："雪崖《天宝曲史》一书，在少陵当日，犹有所讳，而不敢尽者，雪崖直谱其事，以为人主色荒昵恶者戒。前此未有《曲史》，则读诗史者，亦未尽

---

① （清）沈祥龙：《论词随笔》，唐圭璋《词话丛编》，中华书局 1986 年版，第 4050 页。

② （清）周济：《介存斋论词杂著》，唐圭璋《词话丛编》，中华书局 1986 年版，第 1630 页。

③ 蔡毅：《中国古典戏曲序跋汇编》，齐鲁书社 1989 年版，第 1987 页。

④ 同上书，第 1989 页。

错综而得其解也。有诗史，《曲史》其可少乎？"① 孔尚任创作《桃花扇》时，广泛收集材料，恐"闻见未广，有乖信史"，即明确将戏曲等同于"信史"去作。此外，清代的某些剧作家在创作时有意追慕古代的史官，如陈学震《双旌记·自序》曰："将军之忠、夫人之节，奇而正者也，奇而法者也。董狐笔之是也，太史书之宜也。而宜借词曲以章之，科白以表之可乎哉？"② 作者认为此事需要良史来记载，而自己创作此曲，大概能继承古人经达良史的传统。还有的戏曲则是"补史之阙"，将戏曲等同于史料笔记或正史，如许鸿磐《西辽记》。《〈西辽记〉北曲·序》曰：

> 余读《辽史·天祚纪》而重有感也。辽自太祖开基，传九世，至天祚为金人所执。《续纲目广义》即注曰："辽亡。"然辽实未尝亡也。西辽耶律大石，乃太祖八代之孙。奔走西域，臣服诸国。迨天祚被执，即于起儿漫称帝，以续辽统，寡妇孤儿，维持不坠，八九十年间未尝少屈于人，视北汉刘氏，实为过之。《辽史》略记其事，于天祚纪之末，而又与耶律淳雅里视同一例，并肆讥评，使一线遗绪湮没不章，亦可悲矣，乃依《元人百种》之体，为北曲四折以歌咏其事，题曰《西辽记》，亦放翁《南唐书》之意云尔。（耶律淳雅里皆自立于天祚之世，大石则非也。）③

作者明确表明创作此剧的动机是因不满辽史记载的不确，故创作此剧以补辽史之阙。这里以曲存史的意义更明显，题材也更重大。而清代的曲论家也在戏曲评论时以咏史来自警。如金德瑛（1701—1762）　《观剧绝句·序》曰：

> 稗官院本，虚实杂陈，美恶观感，易于通俗，君子犹有取焉。其间亵昵荒唐，所当刊落。今每篇举一人一事，比兴讽喻，犹咏史之变

---

① 蔡毅：《中国古典戏曲序跋汇编》，齐鲁书社 1989 年版，第 1992 页。
② 同上书，第 2346 页。
③ （清）许鸿磐：《西辽记序》，《西辽记》卷首，《六观楼北曲六种》，清道光二十六年刻本。

体也。借端节取，实实虚虚，期于言归典据，或曰谲谏之风，或曰小说之流，平心必察，朋友勿以是弃余可矣。当时际冬春公余漏永，地主假梨园以娱宾，衰年赖丝竹为陶写，触景生情，波澜点缀，与二三知己为旅邸消寒之一道耳。①

明言作者咏曲是企望"言归典据"，以符合古代史传"谲谏之风"的优良传统。

曲以存史的功能不仅表现在清代历史剧和时事剧中，在清代的自述体剧中，也表现了一定的存史意识，只不过，前者表现的是社会史、政治史，而后者表现的是个人的历史或个人的心史，属于自传体。因为在前人评论杜甫的诗史功能时，不但指其中蕴藏的时代性和社会性，而且关注杜诗中所包含的强烈的自传性：

诸史列传，首尾一律。惟左氏传《春秋》则不然，千变万状，有一人而称目至数次异者，族氏、名字、爵邑、号谥，皆密布其中而寓诸褒贬，此史家祖也。观少陵诗，疑隐寓此旨。若云"杜陵有布衣"，"杜曲幸有桑麻田"，"杜子将北征"，"臣甫愤所切"，"甫也南北人"，"有客有客字子美"盖自见里居名字也。"不作河西尉"，"白头拾遗徒步归"，"备员窃补衮"，"凡才污省郎"，补官迁陟，历历可考。至叙他人亦然，如云"粲粲元道州"，又云"结也实国干"，凡例森然，诚《春秋》之法也。②

杜甫将自己的生平、字号、里居、家世、官职升迁等如实写进诗中，因此，时人认为合《春秋》之法，是诗史。可见，前人将具有自传体性质的诗歌也称为诗史。如此，则清代的自述体剧作也具有曲史的意味，是杜

---

① （清）金德瑛：《观剧绝句三十首序》，（清）叶德辉《桧门观剧绝句三卷》，丛书集成续编第 148 册，第 164 页。

② （宋）黄彻：《巩溪诗话》，丁福保《历代诗话续编》，中华书局 1983 年版，第 346—347 页。

甫诗中"杜子将北征"、"臣甫愤所切"①、"有客有客字子美"② 等自传体诗的远响,也是曲以存史的注脚。清人曲以存史的意识,扩大了戏曲的取材范围,拓展了戏曲的社会功能,起到了推尊曲体的作用。

---

① (唐)杜甫著,(清)仇兆鳌注:《北征》.《杜诗详注》卷五,中华书局1979年版,第395页。

② (唐)杜甫著,(清)仇兆鳌注:《乾元中寓居同谷县作歌七首》,《杜诗详注》卷八,中华书局1979年版,第693页。

论清代戏曲创作的三种模式

——曲人之曲、才人之曲与学人之曲

清代戏曲①的创作模式，概而言之可分为三种，即曲人之曲、才人之曲与学人之曲。三者的界定依据主要表现在对于戏曲创作主体的划分上，进而根据戏曲作品所呈现的审美品格和表现特征。本文将从以下几个方面进行论述。

一 "曲人之曲"与"才人之曲"概念的提出

清人半聋居士在为胡元微《壶庵五种曲》所作序中对"曲人之曲"与"才人之曲"进行了明晰界定：

> 《琵琶》，曲人之曲也；《西厢》，才人之曲也；《浣纱》、《红拂》，曲人之曲也，笠翁十种，曲人之曲也，《九种曲》、《长生殿》，才人之曲也。仆谓精律吕者，词未必工；工于词者，词工而调或相犯。然则君之此曲，亦才人之曲也，壶庵以为知言。②

由此可见清人对于才人之曲的界定是自然天成，不刻意雕琢，而对曲人之曲的界定则是带有工匠气，为制曲而制曲，类似于明代李卓吾对"化工"与"画工"的界定，才人之曲为"化工"之作，而曲人之曲为"画工"之作。且曲人之曲多为俳优之体，等同于艺人之曲，品格低下，少高洁之

---

① 本文所讨论的戏曲，仅指传奇与杂剧，花部不在此范围。

② 半聋居士撰：《壶庵五种曲》序，蔡毅编著《中国古典戏曲序跋汇编》，齐鲁书社 1989 年版，第 1137 页。

气。清代曲人之曲的代表作家是李渔。曲人之曲的特点是较重视场上搬演，追求本色当行与雅俗共赏，重视戏曲的戏剧性和曲折性。

才人之曲也可称文人之曲，这是清代戏曲创作模式的主体。代表作家很多，典型者为处于清代剧坛双子星座的洪昇、孔尚任和乾隆时期最著名的剧作家蒋士铨，辅翼周围的有一大批文人曲家，如吴伟业、张韬、尤侗等人。清人对于曲人之曲与才人之曲是具有高下轩轾之分的，清人一般扬才人之曲而抑曲人之曲，李渔的剧作更是作为与才人之曲相对立的反面典型被贬低。这种论述比比皆是，如李调元《雨村曲话》卷下曰：

> 铅山编修蒋心余士铨曲，为近时第一。以腹有诗书，故随手拈来，无不蕴藉，不似笠翁辈一味优伶俳语也。①

吴孝绪为张云骧《芙蓉碣》所作跋曰：

> 余谓文字至于传奇，其品虽卑，而为之则甚难。法律波澜，音韵文藻，不可偏废。就国朝言之，兼之者惟孔东塘、洪昉思、蒋心余三家。李笠翁音调宾白，并皆佳妙。而文近俳优，非贵品也。②

海阳逸客为许善长《瘗云岩》所作跋曰：

> 作者爱读孔季重郎中《桃花扇》，而鄙弃《笠翁十种》。故其为文以细意熨贴为主。③

同时，清人认为才人之曲或文人之曲被击节叹赏的原因在于剧作家自身才学满腹，诗书词赋各体皆工，因而造曲时才如斗倾，易为佳制。而曲人之曲或艺人之曲境界不阔，才气不足，词采不丰茂，格调不高洁，因而造诣不高。清人的这种观点亦在多处体现，如寓园居士在吴梅村《秣陵春》

---

① （清）李调元撰：《雨村曲话》卷下，中国戏曲研究院编《中国古典戏曲论著集成》（八），中国戏剧出版社 1960 年版，第 27 页。

② （清）吴孝绪撰：《芙蓉碣》跋，蔡毅编著《中国古典戏曲序跋汇编》，第 2387 页。

③ （清）海阳逸客撰：《瘗云岩》跋，蔡毅编著《中国古典戏曲序跋汇编》，第 2465 页。

序中言：

> 宋之工词者，辄不工诗；元四大家及君美、则成之徒，俱不见他
> 著述。灌隐五古，直逼汉、魏；歌行近体，上下初盛；叙记之文，不
> 愧唐宋大家；而寄兴词曲，复推宗匠，又一奇也。①

罗聘《论文一则》——题《香祖楼》曰：

> 昔人以填词为俳优之文，不复经意。作者独以古文法律行之，博
> 兔用全力，君子于其言，无所苟而已矣，不信然乎！②

才人之曲或文人之曲也可称为"文人剧"，今人郑振铎对清代的文人
剧多有阐述，其跋石韫玉所作《花间九奏》曰：

> 《花间九奏》杂剧九种……胥为纯粹之文人剧。其所抒写，亦益
> 近于传记，而少所出入。盖杂剧至此，已悉为案头之清供，而不复见
> 之红氍毹上矣。③

其跋清人张韬所作《续四声猿》曰：

> 续青藤之《四声》，隽艳奔放，无让徐、沈。而意境之高妙似尤
> 出其上。青藤、君庸诸作，间有尘下之音，杂以嘲戏。韬作则精洁严
> 谨，无愧为纯正之文人剧。清剧作家，似当以韬与吴伟业为之
> 先河。④

又其《清人杂剧初集序》曰：

---

① （清）寓园居士撰：《秣陵春》序，蔡毅编著《中国古典戏曲序跋汇编》，第 1438 页。
② （清）罗聘撰：《论文一则》，蔡毅编著《中国古典戏曲序跋汇编》，第 1793 页。
③ 郑振铎撰：《花间九奏》跋，蔡毅编著《中国古典戏曲序跋汇编》，第 1042 页。
④ 郑振铎撰：《续四声猿》跋，蔡毅编著《中国古典戏曲序跋汇编》，第 960 页。

尝观清代三百年间之剧本，无不力求超脱凡蹊，屏绝俚鄙，故失之雅，失之弱，容或有之。若失之鄙野，则可免讥矣。①

郑振铎认为文人剧之特点为：意境高妙，语词无尘下之音，精洁严谨。超脱凡俗、屏绝俚鄙，失之典雅、失之文弱。大多为案头剧，而不适合演之场上。既客观分析了清代文人剧即文人之曲或才人之曲的特点，又在字里行间流露出对其欣赏的态度。

二　"学人之曲"概念的提出

才人之曲或文人之曲是清代戏曲创作模式的主流，但清代更加值得注意的是学者参与戏曲创作或戏曲呈现学术化倾向，即学人之曲的出现。

学人填词作曲在明代已有，明人爱莲道人《鸳鸯绦记·叙》曰："国朝名儒之词曲行世者，曰用修、曰纬真、曰义仍诸家。"② 用修、纬真、义仍分别是杨慎、屠隆和汤显祖的字。近人吴梅曰："学人填词，究与才人不同也。禹金弃举子业，肆力诗文，撰述甚富，有《鹿裘》六十五卷。好聚书，尝与焦弱侯，冯开之暨虞山赵玄度，订约搜访，期三年一会于金陵，各出所得异书逸典，互相雠写。事虽未就，其志尚可以千古矣。"③ 禹金是梅鼎祚的字。以上四人被认为是明代以学者身份创作戏曲的曲家。但明代以学人身份参与戏曲创作的人数远远不能与清代相比，清代大量学者尤其是大儒参与戏曲创作，构成创作主体的学人化。清初，大儒王夫之创作《龙舟会》杂剧，开清儒创作戏曲之先河。虽作品数量不多，但对清代剧坛之影响却非常巨大，是清代戏曲史上值得大书特书的一笔。正如傅惜华《清代杂剧全目》所述："以儒硕工曲，慷慨激昂，笔酣意足，实属仅见。盖其人气节学问，照耀当世，仅此一剧，足光艺林，不必以多为贵也。"④ 与此同时，又有大儒徐石麒、傅山、毛奇龄也创作多个剧本。之后，著名学者叶奕苞、张雍敬、程廷祚也参与过戏曲创作。乾隆时期与

---

① 郑振铎编：《清人杂剧初集》序，长乐郑氏影印本 1931 年版。
② 蔡毅：《中国古典戏曲序跋汇编》，第 1380 页。
③ 同上书，第 1279 页。
④ 傅惜华：《清代杂剧全目》，人民文学出版社 1981 年版，第 52 页。

嘉庆道光以后，清儒参与戏曲创作现象更为普遍。如乾隆时期的著名经学家桂馥、孔广林、许鸿磐、庄逵吉，嘉庆之后的著名学者梁廷枏、管庭芬、李慈铭和清代朴学大师俞樾均有戏曲作品传世。除此之外，清代戏曲相对于前代的戏曲还表现出了鲜明的学术化倾向。清代学者所创作的戏曲，以及学术化倾向的戏曲，与传统的曲人之曲、才人之曲有一定的区别，本文称这种戏曲为"学人之曲"。

对学人之曲一词的指称，本文是参考了传统诗文词中的相关概念。清人早已有"学者之文"①、"学人之诗"②的概念。因此，本文也移用来称清代这种学人创作的戏曲或具有学术化倾向的戏曲。对同一文体进行内部特征划分是中国古代固有的传统，如杨雄《法言·吾子》就有"诗人之赋丽以则，辞人之赋丽以淫"的区分。此外，清人关于文的划分有学者之文、文人之文③；关于诗的划分有志士之诗、学人之诗、诗人之诗④；关于词的划分有诗人之词、词人之词、文人之词、英雄之词⑤等，这种划分有的是依据作品的文体特征或呈现的风貌，有的是依据创作主体的身份，有的是二者兼顾，本文对清代曲人之曲、才人之曲、学人之曲的划分即是兼及二者。

学人之曲出现的重要原因在于清代尤其清中叶学术的高度繁荣，以乾嘉朴学为代表形成中国学术史上的一个高峰。学术的繁荣对戏曲产生了一定的影响，戏曲的学术色彩自不待言。同时由于清代学术繁荣，学者人数增多，学者型曲家的比例也相应增多。此外，戏曲在清代典雅化、案头化倾向加强，这使得戏曲的文学意味和社会地位有所增加，一些学者甚至大儒不再鄙视戏曲，而肯操翰于戏曲的创作、批评或观看戏曲演出、阅读戏曲剧本，广泛参与戏曲活动。因此，学者创作戏曲或戏曲呈现学术化成为清代戏曲的一个较独特而普遍的现象。

① （清）王鸣盛：《问字堂集序》，孙星衍《岱南阁集》，中华书局1996年版，第3页。

② （清）杭世骏：《学福斋诗集序》，沈大成《学福斋集》卷首，续修四库全书本第1428册，第253页。

③ （清）王鸣盛：《问字堂集序》，第3页。

④ （清）张际亮：《答潘彦辅书》，《思伯子堂诗文集》，上海古籍出版社2007年版，第1348—1349页。

⑤ （清）王士祺：《倚声初集序》，邹祇谟、王士禛辑《倚声初集》卷首，第164页。

三 学人之曲的表现特征

学人之曲的表现特征可分为以下几个方面：

1. 戏曲经学化与经学戏曲化

所谓戏曲经学化是指戏曲表达经学观点或考证经学问题；而经学戏曲化是指戏曲写经学人物和经学故事。俞樾的《梓潼传》和《骊山传》是将戏曲经学化的典型。俞樾是清代朴学大师，为清末硕儒，他创作的这两部戏曲纯以学术考据为旨，即"有功经学"。《骊山传》与《梓潼传》分别考证历史上所流传的"骊山老母"和"梓潼文君"为何人。其《骊山传》家门曰："我故演出此戏，使妇竖皆知，雅俗共赏，有功经学。看官留意，勿徒作戏文看也。"① 《梓潼传》家门曰："我故演此一戏，使人人知有梓潼文君，虽一时游戏之文，实千古不磨之论。"② 这种用戏曲来考证经学问题的方式最大程度地实现了戏曲与经学的高度结合，是清代学人之曲的典范。

经学戏曲化以石韫玉《花间九奏》之一的《伏生授经》为代表。《伏生授经》演绎了西汉伏生向晁错传授今文《尚书》的故事。这种题材在整个中国戏曲史上都是比较罕见的。清人将戏曲考据化、经学化，使戏曲这种"小道技艺"能有功经学，使观众将戏曲"勿徒作戏文看也"，化俗为雅，极大地提高了戏曲的社会地位，是清人戏曲"尊体观"的一个方面。同时，戏曲由于易于流传、形象易感的特点，也极大地方便了经学家学术观点快速、广泛地传播。经学与戏曲互动的局面，这是清代戏曲的一个独特现象。

2. 以考证为戏曲

以考证为戏曲，即是在戏曲创作中纳入考证法，能够表现具体的学术问题。如许鸿磐《六观楼北曲六种》之《西辽记》。在《西辽记》的创作中，由于作者精通辽国史实，并且精通辽国语言文字，因此，在剧作中采用了一些辽国的方言，为了使读者明了这些语词的意思，作者紧随其后，对这些语词进行了注释。用训诂、考证的方法来解释戏曲曲辞的音

---

① 蔡毅：《中国古典戏曲序跋汇编》，第 2280 页。
② 同上书，第 2281 页。

韵、字义与字形。如《西辽记》第一折【混江龙】曲后作者自注曰："天祚六子，四为金兵所掳。○斡朵，宫帐也。○捺钵，行营也。"【天下乐】曲后注曰："金花毡帽，辽臣僚公服也。"【么篇】后注曰："耐捏咿呢，辽语元旦也。以糯米饭和羊髓丸赐各帐，辽元旦旧制。"第二折【红绣鞋】曲后自注："呼鹿，赐群臣菊花酒，辽重阳旧制也。"【迎仙客】曲后注曰："饶乐，川名。辽旧射猎之地。"【石榴花】曲后自注："可敦，漠北皇后之称。"【么篇】曲后自注："辽制，重阳兔肝为臡，鹿古作酱。○撒刺，酒杯也。"第四折【耶律歌】【梁州第七带货郎儿煞尾】尾注曰："霞濑，乡名。○天祚著貂裘至余赌谷为金人所执。○延禧，天祚名。"①此类注释在《西辽记》中不胜枚举，也隐约透漏出作者史家、朴学家的身份。

3. "以学问为戏曲"

学人之曲的另一特点是"以学问为戏曲"，即作者将自己的满腹才学直接融入戏曲曲辞创作中，使剧作带有浓厚的学问气、书卷气，作者的学者形象也因此展露无遗。以学问为诗词古人早已有之。《文心雕龙·才略》曰："颇引书以助文"②，《文心雕龙·事类》曰："捃撷经史，华实布濩，因书立功"。③宋黄庭坚曰："诗词高胜要从学问中来。"④宋诗的特点便是"以文字为诗，以才学为诗，以议论为诗"。⑤清人沈祥龙《论词随笔》曰："词不能堆垛书卷，以夸典博，然须有书卷之气味。胸无书卷，襟怀必不高妙，意趣必不古雅，其词非俗即腐，非粗即纤。"⑥古人对诗词的态度是基本肯定其书卷气、学问气。作为诗词之流变的曲亦当如此。因此清代戏曲也呈现了"以学问为戏曲"的倾向。具体而言，即是"以文字为曲，以才学为曲，以议论为曲"。这一看法，早已有之。如王永宽言："如同宋代人'以文字为诗，以才学为诗，以议论为诗'一样，

---

① 以上所引均见许鸿磐《西辽记》，《六观楼北曲六种》，清道光二十六年刻本。
② （梁）刘勰著，范文澜注：《文心雕龙注》卷十，人民文学出版社1958年版，第700页。
③ （梁）刘勰著，范文澜注：《文心雕龙注》卷八，第615页。
④ （宋）黄庭坚：《山谷别集》，影印文渊阁四库全书本第1113册，第592页。
⑤ （宋）严羽著，郭绍虞校释：《沧浪诗话校释》，人民文学出版社1961年版，第26页。
⑥ （清）沈祥龙：《论词随笔》，唐圭璋《词话丛编》，中华书局1986年版，第4058页。

清人是以文字为剧，以才学为剧，以议论为剧的。"① 左鹏军在其《近代传奇杂剧研究》一书中也指出了清代戏曲"以学问为戏曲，以考证入戏曲"② 的特点。清代戏曲中用典、炼字、锤句的现象较元明两代有加重倾向，清代曲家一方面严肃为曲，另一方面自身又多诗书满腹、学问淹博，因此戏曲作品表现出浓厚的书卷气便非偶然。如在清初名儒徐石麒的剧作中融学问入戏曲的现象便俯拾皆是，举《坦庵大转轮杂剧》第一折"混江龙"曲为例：

> 【混江龙】（生）我身躯不大，却《三坟》、《五典》尽通达。论韬略孙吴让坐，比《风》、《骚》屈宋排衙。道是沧海常遗珠，有泪谁似俺蓝田早种玉无瑕。俺也曾论京房《易》奇而法，俺也曾访韩婴《诗》正而葩，俺也曾问胶东《春秋》谨严，俺也曾砭贾逵《左氏》浮夸。俺也曾白虎观间征博雅，俺也曾草玄亭独呈才华。俺也曾设绛帐讥评百氏，俺也曾燃青藜订证诸家，为什么货王家讨不得君王价，赤紧的由人弃掷莽自嗟呀！

这一支【混江龙】曲写司马貌才学满腹却不得重用，因而抒发其牢骚抑郁之情，但作者徐石麒学贯天人的儒者风貌也似乎闪烁其中，是典型的学人之笔、学人之曲。又以下作者用《诗经》"颂体"信手赋诗，才气横溢：

> （生叹介）我正在此纳闷，又撞着娘子来聒噪一番，好生不快，不免将胸中不平之事写作一诗，聊舒愤恨。（写介）谓天至神，福善祸淫。尔胡不鉴，长此佞人。谓天至高，明德是昭。尔胡不鉴，君子嗷嗷。罪惟窃钩，窃国者侯。视彼成败，天实为雠。尧舜殄嗣，瞍鲧明谟。职是之故，天实为愆。嗟尔苍天，昏德多秽，我为天卿，当易之位。③

① 王永宽：《清代戏曲简论》，王季思等《中国古典戏曲论集》，中国展望出版社 1986 年版，第 232 页。

② 左鹏军：《近代传奇杂剧研究》，广东高等教育出版社 2001 年版，第 164 页。

③ （清）徐石麒：《大转轮》，郑振铎《清人杂剧二集》，据北平图书馆藏顺治刊《坦庵六种》影印。

将学问、才华融入戏曲的曲辞中，使作品意蕴丰厚、品味隽永、耐人诵读，无轻浮佻佻之气，这是清代学人之曲的鲜明品格。

"以学问为戏曲"还表现在戏曲作家喜欢隐括诗词尤其传统经典入曲词。典型的即是隐括《离骚》入曲。隐括《离骚》入曲，明代已有之，非清人首创，但清人风气愈烈，此起彼伏。如郑瑜的《汨罗江》，不但隐括《离骚》经入曲，且为《离骚》注音，表现学问，如"仡倚闾阖，音贺"等。尤侗《读离骚·自序》云："近见西神郑瑜著《汨罗江》一剧殊佳，但隐括《骚》经入曲，未免聱牙之病，余子寥寥自郐无讥矣。"[①] 指出郑瑜《汨罗江》隐括《离骚》入曲的事实。乾隆时期张坚《怀沙记》又以《离骚》、《楚辞》为本事作曲。其《怀沙记·凡例》曰："此种代屈抒怀，势不得不点缀《骚》词以入曲调……喜小儿辈私抄读本，凡曲中引用《骚》词、悉依原经，详加注释。"[②] 梁廷枏激赏之曰："金陵张漱石《怀沙记》，依《史记·屈原列传》而作，文词光怪。全部《楚辞》，隐括言下，《著骚》、《大指》、《天问》、《山鬼》、《沉渊》、《魂游》等折，皆穿贯本书而成，洵曲海中巨观也。惟尤西堂《读离骚》不然，不屑模文范义，通其意而肆言之，陆离斑驳，不可名状……与《怀沙》立意不同，然固异曲同工也。"[③] 青木正儿亦指出了张坚《怀沙记》隐括经典的创作手法，其曰："《怀沙记》以楚屈原之生涯，一本《史记本传》及唐沈亚之之外传，更合《楚辞》各篇，用《战国策》为背景而结撰者。"[④] 其他如车江英《四名家传奇摘出》中之《秋声》系隐括欧阳修之《秋声赋》而来，梁廷枏《园香梦》第三折中杂的一段说白，系隐括《诗经》入曲：

> ［杂向牌请介］李姑娘，李姐姐，李奶奶，想你桃之夭夭，谓他人妇，终日求我庶士，要去载笑载言，后来见此良人，不曾既生既育，知你云胡不乐，信誓旦旦，想着曰归曰归，无奈人之云亡，彼死

---

① 蔡毅：《中国古典戏曲序跋汇编》，第 933 页。

② 同上书，第 1707 页。

③ （清）梁廷枏：《曲话》，《中国古典戏曲论著集成》（八），中国戏剧出版社 1959 年版，第 266 页。

④ ［日］青木正儿：《中国近世戏曲史》，王古鲁译，中华书局 1954 年版，第 403 页。

离离，未得其雨其雨，莫笑庶姜孽孽，洵有情兮；原来君子阳阳，伊可怀也。你今日为鬼为蜮，遇人艰难矣，两下里不拆不副，之死矢靡他。他怕你终窭且贫，每食不饱，因求我缁衣之好，凯风自南，等你胡然而天也，你道其旧如之何？今夕何夕，管叫你燕燕于飞，舍旃舍旃，切不可直直其指。①

此段说白虽隐括成句入曲，但一气呵成，不露堆砌，洵为妙文。

4. 以音律学入戏曲

清代由于朴学的发达，使得音韵学和曲律学的研究蔚为大观。而音韵和曲律之学又与戏曲音乐有着密切关联，清儒毛奇龄的《竟山乐录》、李塨的《学乐录》、江永的《律吕新义》、凌廷堪的《燕乐考原》、陈澧的《声律通考》等都是与戏曲音律有关的学术著作，诚如陈居渊所言："乾嘉之际，是古学全面复兴的时期，经典考证是学术的主流，学者对古籍的整理校勘遍及各个领域，与经典有着密切联系的古乐备受学者的注目……由于古乐与戏曲有着密切的渊源关系，古乐的研究必然会涉及戏曲，自然也会影响到戏曲的研究。"② 清儒除了对戏曲音律进行研究，另有一部分因精通曲律之学而染指于戏曲创作，如《寒香亭》作者李凯、《后缇萦》作者汪宗沂均是清代著名的音律学家，其中尤以清代中叶经学家孔广林为著。孔广林为孔广森之兄，出身于经学世家，又是孔门圣裔，其经学根底和音律学造诣均十分深厚。此外，孔广林十分喜好戏曲创作，著有《女专诸》、《璇玑图》、《松年长生引》杂剧三种和《斗鸡忏》传奇一种。深厚的音律学造诣，使孔广林戏曲作品严遵曲律，非其他学人之曲可比，如郑振铎序所言："广林深精曲学，尤精元剧，故此数剧皆遵元人格律，不敢或违焉。"③ 孔广林在其戏曲中，对曲牌用法详加说明，并对一折之内使用的集曲有具体解释，此种解释在其手稿本中比比皆是，如《女专诸》第四节《节宴》全折所用曲调依次为：

【仙吕宫引子·奉时春】→【高平调过曲·八仙会蓬海】→【杯

---

① （清）梁廷枏：《园香梦》，清道光四年刊本，第31a—31b页。
② 陈居渊：《焦循阮元评传》，南京大学出版社2006年版，第348页。
③ 郑振铎：《清人杂剧二集》，长乐郑氏影印本1934年版。

底庆长生】【正宫·倾杯序换头】→【八仙会蓬海换头】→【羽衣
第二叠】【黄钟宫·画眉序】→【千秋舞霓裳】【中吕宫·千秋岁】

作者对【八仙会蓬海换头】和【羽衣第二选】【黄钟宫·画眉序】的用
法进行了说明，"【八仙会蓬海】，此套见《长生殿》《舞盘》折。徐云皆
新合曲名，撰谱者宜采入。【羽衣第二叠】第十犯花压栏，《长生殿》沿
旧谱压作药，误，兹依《正始》说改。"① 这种详解说明了作者对曲学的
熟谙，能指出《长生殿》的错误，并依《九宫正始》改正。此外，在其
《斗鸡忏》传奇中，孔广林对每折使用的曲谱都加以详细注解和说明，并
附于曲本之后，总名曰"注谱"。自来曲家撰曲，未有计较毫厘如此之深
者。如其第三折《训子》"注谱"曰：

　　【绕池游】《正始》云或作【绕地游】，误。【掉角儿】此《正
始》收《王十朋》"想当年"格，原曲第十句叶注云："可不叶。"
兹依其说，又《玩灯时》传奇格减第八句，又"丹青妙手"套格五
至九并为七字二句，上句上四下三，下句上三下四，上句不叶。又
"岁将终"套格，第八句四字与第九对，又"绣襦"格减第十二句。
《正始》云掉今作皂，谬。
　　【情未断煞】，此《正始》收《蔡伯喈》格，注云：明传奇《崔
君瑞》【仄煞】云："一醉能消愁万缕。"又收《张子房》传奇格，
首句六字，两截对仗，末句上三下四，句法亦平煞。②

由此可知作者对曲律的精通，因此其作曲必定为本色当行之作，而不会出
现讹宫舛调的现象。

四　"学人之曲"的优长与弊端

　　学人之曲的出现进一步推动了清代戏曲的典雅化、案头化、考据化与
学术化，一定程度上改变了戏曲"雕虫小技，壮夫不为"的局面，极大

---

① （清）孔广林：《女专诸》，郑振铎《清人杂剧二集》，长乐郑氏影印本 1934 年版。
② （清）孔广林：《斗鸡忏》，幼髯手写稿本。

地提高了戏曲的社会地位和审美品格，使戏曲"尊体"观在清代得到了一定的实现。

学人之曲也对清代戏曲的发展造成了不利，其一，学人之曲容易流为考证之作而有铺张枝蔓之嫌，如董榕所创作的《芝龛记》即是如此，《芝龛记》共六十出，是除了清代宫廷大戏之外最长的传奇，这与其情节冗长铺排有关。诚如杨恩寿《词余丛话》卷二评《芝龛记》所言：

> 惟分为六十出，每出正文外旁及数事甚至十余事者，隶引太繁，止可于宾白中带叙，篇幅过长，正义不免稍略，喧宾夺主，眉目不清。考据家不可言诗，更不可度曲。①

这也是乾嘉考据学方法对戏曲创作造成的不利影响。

弊端其二，除了上文所言少数专门精通于曲律之学的学者，学人之曲的剧作家大多不通音律或不能歌，不喜唱曲，只是为文而作曲，因此，学人之曲也大多不计音律、宫调的工拙与否，只注重文词的阅读性，也因此只能读之案上，不能演之场上。吴梅《清人杂剧二集·序》曰：

> 且清代词人多不能歌，如桂馥、梁廷柟、许鸿磐、裘琏等时有舛律，盖以作文之法作曲，未有不误者也。何也？全剧结构可用文法，至滑稽调笑、神采飞动之处，非熟于人情世态者不能，此岂易之哉？西谛所录，固多上乘，而桂梁等作亦复列入，此非显古人之拙也，欲人知短剧之难，虽学术才华如桂、梁、许、裘诸子且犹有错整也。然则短剧一体虽与翰院试帖同为清代创作而尚不能无憾。②

桂馥、梁廷柟、许鸿磐、裘琏为清代著名学者，所创作剧本为典型的学人之曲，他们以作文之法作曲，因而不能本色当行，而时有舛律，其作品亦复不能列入上乘之作，这是学人之曲固有的弊端。

---

① （清）杨恩寿：《词余丛话》，《中国古典戏曲论著集成》（九），中国戏剧出版社1959年，第247页。

② 吴梅：《郑西谛〈清剧二集〉序》，郑振铎编《清人杂剧二集》卷首，长乐郑氏影印本1934年版，第3—4页。

清代观剧诗考论

——兼及金德瑛《观剧绝句》

观剧诗是一类特殊的诗词，依据其范畴不同，可分二义。狭义之观剧诗是指观看戏剧表演之后用诗词曲题写之观后感。广义之观剧诗则既包括观看戏剧表演所题之诗词，亦包括对戏曲艺人之赞美，乃至对剧本之题咏等。明清人所言之"观剧诗"，大多采用第二义，本文所讨论之观剧诗亦取其广义。

一　清前观剧诗之演变

观剧诗词伴随着戏曲的产生而产生，较早的如南宋张炎所题写的《满江红·赠韫玉，传奇惟吴中子弟为第一》：

> 傅粉何郎，比玉树、琼枝谩夸。看□□、东涂西抹，笑语浮华。蝴蝶一生花里活，似花还似恐非花。最可人，娇艳正芳年，如破瓜。离别□，生叹嗟。欢情事，起喧哗。听歌喉清润，片玉无瑕。洗尽人间笙笛耳，赏音多向五侯家。好思量，都在步莲中，裙翠遮。①

此词是在观看戏曲艺人表演之后，对其演技风神之赞叹和描摹，未涉及对戏曲剧情之刻画。元人之观剧诗，或为题赠戏曲艺人之诗词曲，如关汉卿《南吕·一枝花赠朱帘秀》、冯子振《鹧鸪天·赠朱帘秀》等，或是对戏曲剧本之题咏，如潘纯题于暖红室本《西厢记》卷首之《题〈西厢记〉》，观看戏剧表演所写之诗词尚不多见。到了明代，观剧诗数量大增，

---

① （宋）张炎撰，吴则虞校辑：《山中白云词》卷五，中华书局1983年版，第90页。

题写内容也逐渐丰富。其中不乏佳构，如祝允明《观〈苏卿持节〉剧》曰：

> 观苏便欲拜，见李还生嘻。遇霍乃胆张，睹卫遽轩眉。萧萧十年节，淹淹五言诗。皓皓阴山雪，能疗首阳饥。飞雁旧孤愤，羝羊触余悲。勿云戏剧微，激义足吾师。①

此诗有对剧中人物的评价、作者观剧时情感的共鸣，同时明确提及戏剧的社会功能和教化意义，"勿云戏剧微，激义足吾师"。王世贞《见有演〈关侯斩貂蝉〉传奇者，感而有述》则是咏关羽斩貂蝉的故事。关羽斩貂蝉之本事不见于《三国演义》，此剧在今传明代戏曲中亦早已亡佚，此诗因此具有了珍贵的戏曲史料价值。汪道昆的《席上观〈吴越春秋〉有作》（四首）则有感于吴王纵虎归山，沉迷女色，误杀忠臣伍子胥，以致身败国亡之历史事实，而抒发自我之感慨，充满着浓烈的咏史意味。如其一曰：

> 吴王摧劲敌，谈笑释穷囚。殊色恣所欢，巧言竞相投。长驱薄海岱，执耳盟诸侯。敌国尽西来，姑苏麋鹿游。岂无良股肱，宿昔撄镯镂。已矣国无人，谁其殉主忧。②

二　清代观剧诗之发展与兴盛

清人的观剧活动更为普遍，观剧诗的数量也远远超过了明代。如清初享有盛名的钱谦益（1582—1664）、吴伟业（1609—1672）、龚鼎孳（1615—1673）、朱彝尊（1629—1709）等都爱好观剧。钱谦益《冬夜观剧歌为徐二尔从作》曰：

> 金铺著霜月上楣，高堂绮席陈吴羹。撞钟伐鼓催严更，促尊合坐飞兕觥。兰膏明烛凝银灯，缸花夜笑春风生。氍毹蹴水光盈盈，绣屏

---

① （明）祝允明：《枝山文集》卷三，清同治甲戌十三年（1874）元和祝氏刻本。
② （明）汪道昆：《太函集》卷一百七，续修四库全书本第1348册，第302页。

屈膝围小伶。十三不足十一零，金花绣领簇队行。行列参差机体轻，宛如魁垒登平城。《涉江》、《采菱》发新声，红牙檀板纵复横。丝肉交奋梁尘惊，歌喉徐引一线清。江城素月流雏莺，歌阑曲罢呈妙戏，伥童当筵广场沸，安西师子金涂毗，掷身倒投不触地，寻撞上索巧相背，须臾技尽腰鼓退，西凉假面复何在？险竿儿女心犹悸，满堂观者争愕眙。人生百年一戏筳，郭郎鲍老多憔悴。今夕何夕良宴会，主人携酒坐客位。秉烛欢娱笑惜费，舞衣却卷光缭绂。歌场尚圆声摇曳，眼花耳热各放意，客歌未晞主既醉。①

此诗描写一次家庭演出活动，演出场景极其纷繁华丽，演出时间在冬夜。而《仲夏观剧，欢燕浃月，戏题长句呈同席许宫允诸公》则是记载仲夏夜观剧的情景，其诗曰：

浃月邀欢趁会期，老夫氍毹也追随。可怜舞艳歌娇日，正是莺啼燕语时。中酒再霑年少病，讨花重发早春痴。闲身好事浑无赖，看取霜毛一番迟。②

吴伟业《过朱君宣百草堂观剧》一诗，借题咏戏剧歌颂主人的盛情及自己与主人的深厚情谊：

肯将游侠误躬耕，爱客村居不入城。亭占绿畴朝置酒，船移红烛夜鸣筝。金齑斫鲙霜螯美，玉粒呼鹰雪爪轻主人好猎。却话少年逢社饮，季然心诺是平生。③

朱彝尊《观剧四首》曰：

四照亭开桂树丛，夜凉风细蜡灯红。人间亦有霓裳曲，绝倒吴趋

①（清）钱谦益：《初学集》卷九，《牧斋初学集》，上海古籍出版社 2009 年版，第 291—292 页。

②（清）钱谦益：《牧斋初学集》，第 308 页。

③（清）吴伟业：《吴梅村全集》，上海古籍出版社 1990 年版，第 181—182 页。

老乐工。

　　三径秋花裛露新，重携酒伴过城堙。只应夜夜西江月，留照筵前旧舞人。

　　烛下清歌杨叛儿，手中团扇谢芳姿。胜他幅幅缠头锦，赚得张郎拜月词谓孝廉大受也。

　　历历羊灯树杪楼，恣修箫谱散觥筹。龙钟莫怪尊前客，弟子梨园也白头。[①]

这四首诗主要是对演出场景之描述和对伶人伎艺之赞美。

　　其他如阎尔梅《临邛至青城山看戏》、冒襄《观剧》、宋琬《满江红·铁崖、顾庵、西樵、雪洲小集寓中，看演〈邯郸梦〉传奇，殆为余五人写照也》、余怀《李笠翁招饮，出家姬演新剧，即席分赋》、尤侗《春夜过卿谋，观演〈牡丹亭〉》、梁清标《冬夜观伎演〈牡丹亭〉》、陈维崧《崇川署中观小史演剧》、王士祯《观演〈琼花梦〉传奇，柬龙石楼公允》、徐纨《摸鱼儿·寒夜观剧，演韩蕲王夫人故事》、吴雯《观柳明庵演〈金雀〉杂剧，戏赠二首》、孔尚任《有事维扬，诸开府大僚招宴观剧》等诗词，均是记载观剧活动的，其作者都是清初负有盛名的文人学士，可见当时观剧风气之盛。

　　清代中期的戏曲演出活动和文人学士的观剧活动虽不及前期兴盛，但仍然未呈衰微之势。尤其在乾隆一朝，文治武功的鼎盛，以及乾隆本人对戏曲的迷恋，带动了乾隆朝戏曲演出的兴盛和文人学士观剧的热情，由他们所题写之观剧诗可见一斑。如王昶《观剧六绝》：

　　琼筵花露泛红螺，六曲灯檠照绮罗。晴雪一檐香雾里，云鬟十队舞蛮靴。

　　秦淮旧梦已如尘，扇底桃花倍怆神。仿佛鹦笼初见日，香钿珠衱不胜春。《桃花扇》

　　秋风一夕别云屏，款语匆匆掩泪听。回首河东萧寺远，碧云红叶满长亭。《西厢》

　　长生殿里可怜宵，曾烛沉檀礼鹊桥。一树梨花人不见，青骡蜀栈

---

①　（清）朱彝尊：《曝书亭集》卷二十，四部丛刊初编本，第11b—12a 页。

雨萧萧。《长生殿》

　　花影层层下玉除，归来灯火旅窗虚。夜深微醉谁相忆，划袜香阶
女校书。《红梨花》

　　听遍新声出绛纱，故乡归梦落云沙。应知今夜筠栏月，独对江梅
数点花。①

《观剧六首》首尾两首描写观剧时的情景，中间四首叙述所观《桃花扇》、
《西厢记》、《长生殿》、《红梨花》四剧。

　　赵怀玉（1747—1823）《安澜园观剧》曰：

　　清夜沉沉绛蜡高，主人小部奏檀槽。春寒那任罗衣薄，还与樱桃
蜀锦袍。"樱桃锦"名见《蜀锦谱》。

　　惊鸿瞥见曳华裾，一串歌喉瑟瑟如。酒半忽伤凉世态，更无人续
绝交书。是日演《任西华书》。

　　杏花微雨绿杨烟，三日淹留总惘然。如此园亭如此景，几人消受
到平泉。

　　枯肠自笑久抛杯，酤酒王郎歌莫哀。留得新翻春乐府，木犀香里
待重来。王进士学淳著《再生缘》传奇未竟。②

前二首写所演剧目为《蜀锦谱》和《任西华书》。第三首写观剧的感受和
对此良辰美景、赏心乐事的感慨，第四首鼓励友人创作《再生缘》传奇。
　　乾隆朝著名学者赵翼尤其笃好戏曲，所写观剧诗内容丰富。《坑死人
歌为郝郎作》一诗为当时著名伶人郝天秀而作，《康山席上遇歌者，王炳
文、沈同标二十年前京师梨园最擅名者也，今皆老矣，感赋》为伶人王
炳文、沈同标而作。他爱好阅读曲本，并为曲本题词，有《题吟苓所谱
文姬归汉传奇八首》和《题鹤归来戏本》等。赵翼尤喜观看戏曲演出，
《瓯北集》中有多首诗是与观剧有关，如《松枰招饮樗园，适有歌伶欲来
奏技，遂张灯演剧，夜分乃罢》、《村剧有"邓尚书吃酒"，戒家人有乞诗
文者，不许通报，惟酒食相招则赴之。余近年亦颇有此兴，书以一笑》、

---

① （清）王昶：《春融堂集》卷六，续修四库全书本第 1437 册，第 401 页。
② （清）赵怀玉：《亦有生斋集》诗卷一，古今体诗，续修四库全书本第 1469 册，第 272 页。

《里俗戏剧余多有不知，问之僮仆，转有熟悉者，书以一笑》。著名的《扬州观剧四首》曰：

> 又入扬州梦一场，红灯绿酒奏霓裳。经年不听游仙曲，重为云英一断肠。
>
> 回数欢场岁几更，梨园今昔也关情。秋娘老去容颜减，犹仗声名压后生。
>
> 故事何须出史编，无稽小说易喧阗。武松打虎昆仑犬，直与关张一样传。
>
> 今古茫茫貉一丘，恩仇事已隔千秋。不知于我干何事，听到伤心也泪流。①

观剧之事时时萦绕作者心怀，在观剧时，作者能充分投入，"听到伤心也泪流"，这说明他观剧是单纯出于个人的喜好，而不是为了交游应酬。因此，他的观剧诗内容不同于一般为应酬所作的观剧诗。此外，作者因长期接触戏曲，有时还会考证戏曲的故事来源和人物。如《戏本所演八仙，不知起于何时，按王氏〈续文献通考〉及胡氏〈笔丛〉俱有辨论，则前明已有之，盖演自元时也，沙溪旅馆有绘图成轴而题诗于上者，词不雅驯，因改书数语于后》考证八仙的由来，而《陔余丛考》"明人演剧多搬时事"一条则考证明人演剧取材的喜好。

其他如沈德潜《凌氏如松堂文燕观剧》、蒋士铨《康山草堂观剧》、唐英《观剧》、黄景仁《〈金缕曲〉观剧，时演〈林冲夜奔〉》、焦循（1763—1820）《观村剧》二首等诗词亦均是记载他们的观剧活动的。

嘉庆、道光以降，随着国力的走弱及统治阶级对待戏曲的态度有所变化，家乐家班数量锐减，呈衰弱之势②，而家乐的兴衰起伏与清代文人学士观剧活动的兴衰大有关系，因此，清代后期文人学士的观剧活动远不及

---

① （清）赵翼：《瓯北集》卷三十七，上海古籍出版社 1997 年版，第 875 页。

② "在行政命令的强行干预下，家乐的发展受到遏止。加上受乾、嘉以来国家和民间财力的递衰，戏剧创作的停滞，昆腔地位的下降等诸方面因素的影响，家乐的发展呈下降的趋势。"刘水云：《明清家乐研究》，上海古籍出版社 2005 年版，第 132 页。

清代前期和清代中期兴盛，清代后期文人学士所题写的观剧诗也渐呈衰减消歇之势。

清代文人学士观剧诗就内容而分大概有以下几类：

1. 对观剧场面之描述

清代文人学者观剧有一部分是出于交游应酬之需要，在这种场合下所题写之观剧诗，很少涉及戏曲演出内容，只是抒写观剧当时的情景。如叙述剧场或酒宴舞筵的陈列、作者同主人的交往、歌颂主人的丰功伟绩和文采风流、感谢主人盛情设宴招待等。如毛奇龄（1623—1716）《陪益都夫子长椿寺观剧奉和原韵》曰："春色融融起化城，楝花风发坐来清。当轩一奏开元曲，满院如闻上苑莺。"其二曰："香台深处敞朱筵，梵呪时传兜率天。花外莫惊歌吹发，谢公旧墅近东山。"① 又如翁方纲（1733—1818）《将发廉州府观剧作二首正月十八日》曰："蛮箫村笛海边春，冷淡辕门见却新。已怪客肠如木石，谁知更有幪中人。熊介庐以有服不出饮。""按行西郡自初冬，今夕伸眉一笑逢。不为樽前有弦管，春风渐已见桃秾。此地正月半桃已作花。"② 只是将观剧作为一个客观发生的事件进行叙述，作者无意于关注戏曲本身。

2. 对艺人技艺之赞美

清人观剧诗中也有对戏曲艺人高超表演技艺的赞美。如毛奇龄《扬州看查孝廉所携女伎》七首高度称赞查氏女伎绝世的演技和风神。其二曰："新翻乐府最风流，簇拍新歌拂舞鸠。当日紫云来锦度，今朝杜牧醉扬州。"以查氏女伎喻杜牧在扬州所遇之名伎紫云，以自己陶醉于查氏女伎的表演喻"十年一觉扬州梦，赢得青楼薄幸名"（《咏怀》）之杜牧，可见查氏女伎表演之精湛。其六赞旦色柔些："青髭细齿绛罗单，作伎千般任汝看，独有柔些频顾影，猜人不欲近阑干。旦色名柔些。"其七赞小旦色迟些："是处琼花开满枝，琼台歌舞正相宜，就中别有夭桃嫩，开向东风迟复迟。小旦色名迟些。"③

3. 对戏曲艺术之赞美

除了赞美艺人之高超表演技艺，另有一些观剧诗直接涉及戏曲艺术本

---

① （清）毛奇龄：《西河集》卷一百四十五，景印文渊阁四库全书本第 1321 册，第 509 页。

② （清）翁方纲：《复初斋集外诗》卷三，民国六年吴兴刘氏嘉业堂刊本，第 2a—2b 页。

③ （清）毛奇龄：《西河集》卷一百三十八，第 451—452 页。

身之曲美，这类观剧诗具有更高的艺术价值。如黄宗羲《听唱〈牡丹亭〉》：

> 掩窗浅按《牡丹亭》，不比红牙闹贱伶。
> 莺隔花间还历历，蕉抽雪低自惺惺。
> 远山时隔三更雨，冷骨难销一线灵。
> 却为情深每入破，等闲难与俗人听。

此诗写作者听唱《牡丹亭》时的体会，高度赞颂《牡丹亭》清雅脱俗的艺术风格，用远山、冷骨、莺隔花间、蕉抽雪底等意象来描写《牡丹亭》之清冷、幽远、明艳之风格；最后两句高度赞美《牡丹亭》以"情"为旨的创作思想。

4. 叙述观剧之动机

观剧有时是出于娱乐，有时则是消忧。如清初著名理学家陆世仪（1611—1672）《看剧痛亡儿，时项传作〈迎天榜〉传奇，中有陈静诚亡子复归事》曰："为解闷怀看傀儡，却因傀儡更伤情，八年亡子仍归里，死者何缘得复生？"① 作者本因丧子而抑郁伤怀，想借观剧来排遣愁闷。而剧中所演却是亡子复归之事，刺痛了作者的心神，所谓借酒消愁愁更愁。

5. 就戏曲演出的内容表达自己的见解

这类观剧诗主要针对戏曲演出内容而发议论。如清代中期著名学者张澍（1781—1847）《观剧演萧何追韩信事有作》曰："从此潜逃事力耕，淮阳应曜可齐名。如何又逐酂侯去，焉得不为吕后倾。钟室徒留百季恨，将坛空使一军惊。未从蒯彻无须悔，献革辜佗北郭生。"② 即是针对《萧何追韩信》一剧中韩信的生平和遭际发表自己的观点。

6. 描写作者观剧之心理感受和人生感悟

在观看戏曲演出时，多有戏如人生、人生如戏的感叹和思索。如郝懿行（1757—1825）《胡竹岩郎中邀同户曹诸子小集思豫堂观剧，是日甚寒，戊寅仲春九日也》："初春天气多晴暄，此日朝隐扶桑暾，登楼披裘

---

① （清）陆世仪：《桴亭先生诗文集》诗集卷八，续修四库全书本第1398册，第638页。
② （清）张澍：《养素堂诗集》卷十一，续修四库全书本第1506册，第238页。

裘欲薄，临轩把酒酒不温。主人雅意为敬客，命具沸汤重开樽。妙选歌童出四喜，观者如堵门如市。嬉笑怒骂都逼真，衣冠雍容非貌似。始信千载以上人，懔懔至今尚未死。人生故者方为陈，何妨陈者犹为新，世态反复难可问，生气奄奄如陈人。灞上棘门同儿戏，安知戏场非真身。真与非真两不朽，诸君莫停杯中酒。"① 此诗最后八句抒发作者的人生感慨和哲理思索：戏里是幻，戏外是真。亦幻亦真，亦真亦幻。为幻为真，俱归太虚。古今理同，且饮杯酒。借以表达作者对人生的彻悟和萧然物外的情怀。

整体而言，清代文人学士所创作的观剧诗词艺术成就相对于明人并无显著提高，在所涉及的内容和题材上相对前人也无明显突破。这一方面是因为观剧诗词大多属于即兴创作，来不及仔细推敲。另一方面，也与传统的戏曲观念有关，戏曲长期以来被视为"小道伎艺"，观剧又并非严肃庄重的题材，最多属于"游于艺"的范畴，因此对此类题材的创作自然不肯十分用心，其创作成就也自不能与其他传统题材相比并。

三　金德瑛《观剧绝句》及诸家和诗和题词

在清代观剧诗中，最为特殊和重要，并且创作成就相对较高的是乾隆时期著名文人金德瑛的《观剧绝句》及其和诗和题词。

金德瑛（1701—1762），字汝白，一字慕斋、桧门。清休宁瓯山人，寄籍浙江仁和（今杭州）。乾隆元年（1736）状元，授翰林院修撰。连充福建、江苏、江西考官，提督江西、山东、顺天学政。并由侍读学士、内阁学士迁至都察院左都御史。

乾隆庚辰（1760）八月，金德瑛将自己的"观剧绝句"三十首赠与门生杨潮观，后此稿落入书贾之手，嘉庆庚午二月（1810）为金德瑛第十二孙金孝柏（号小山）购归并重加装潢，金孝柏遍征当时社会名流为之题咏。同治年间，此书传至金德瑛元孙金鼎燮（号小岱）、金鸿保（号兰生）之手，又征诸同人进行题咏。光绪年间，传至金德瑛七世孙金蓉

---

① （清）郝懿行：《晒书堂集》诗钞卷上，续修四库全书本第 1481 册，第 645 页。

镜（号甸丞、阆伯、涤泉）①之手，遍征题咏，得诸家和诗、题词。到了清末，著名学者叶德辉又有题和，并将所有的题和作品整理成集，于光绪三十四年（1908）刊刻成《观剧绝句》三卷。

《观剧绝句》卷上为金德瑛为《观剧绝句》所作的序及观剧绝句三十首，后附诸人题识、题跋、题诗、观记等，卷中为王先谦、朱益濬、皮锡瑞、易顺鼎诸家和诗，卷下为叶德辉之和诗。《桧门观剧绝句》三卷前有叶德辉之序，记录刊刻此书之大略及缘由：

> 金桧门先生观剧绝句旧为蝴蝶装，其裔孙阆伯太守蓉镜宝藏之，间出以征题咏，长沙王葵园祭酒，善化皮鹿门孝廉，莲花厅朱纯卿观察皆有题句，又各依次和之，余久废声律，见猎心喜，和至三叠，始以活字版印行，最后得龙阳易实甫观察和作，嬉笑谐谑，藉以发抒其抑郁不平之气。于时葵园久乞祠禄，主持坛席逾二十年，文宴从容，所谓丝竹陶情，东山遣兴已耳。纯卿门业鼎盛，兄弟皆以文学任仕宦，为海内所企慕，又兼莱衣板兴，家庭之至乐。鹿门方离忧患，终日手一编，谈郑学，其于人世之荣辱哀乐若无所触于心，目诸贤所值之境不同，要其忧时感世以身世无聊之语发于诗歌，无不各肖其人之声容笑貌……夫光绪三十有四年，戊申岁夏午端阳。②

诸家的和诗如下：

和	桧门先生观剧绝句三十首	王先谦
和	桧门先生观剧绝句三十首	朱益濬
和	桧门先生观剧绝句三十首	皮锡瑞
再和	桧门先生观剧绝句三十首	皮锡瑞
三和	桧门先生观剧绝句三十首	皮锡瑞
和	金桧门先生观剧绝句三十首	易顺鼎
和	桧门先生观剧绝句三十首	叶德辉

---

① 金德瑛后人名号及代系均据金兆蕃所修《金氏如心堂家谱》，如心堂刻本1934年版，浙江图书馆藏。

② 叶德辉：《桧门观剧绝句》卷一，丛书集成续编第148册，第163页。

再和　桧门先生观剧诗三十首　　　叶德辉

三和　桧门先生观剧绝句三十首　　　叶德辉

诸人的题诗、题跋、题识或观记如下①：

金德瑛孙金孝柏题识（1810 年）

陈鸿寿题跋（1812 年）

王苏题七言长律一首

王苏题识

赵魏题识

金德瑛曾孙金衍宗题七言长律一首

金德瑛曾孙金衍宗题识（1811 年）

赵翼观（1813 年）

朱休度题识（1810 年）

胡重题识（1810 年）

白谦卿题识（1856 年）

朱昌颐题识（1833 年）

沈维锈题识（1833 年）

林则徐题识（1833 年）

张迎熙题七绝二首（1812 年）

汤贻汾题七绝四首

庞际云题七律一首（1864 年）

孙葆元题识（1859 年）

麟桂题七绝一首（1851 年）

查文经题七绝二首

金德瑛族裔孙金安澜题五律一首

鲍源深题识（1866 年）

薛书堂题识（1864 年）

王大经题识（1864 年）

李焕文题跋（1857 年）

---

① 诸人的题诗、题跋、题识或观记依照叶德辉《桧门观剧绝句》的次序胪列。

　　　吴郁生题七律一首

　　　章钰观（1905 年）

　　　邓邦述观（1903 年）

　　　端方题识

　　　刘心源题识

　　　金德瑛族裔孙金兆燊题识（1900 年）

　　　王先谦题七绝八首（1869 年）

　　　皮锡瑞题七绝八首

　　　朱益濬题七律一首（1905 年）

　　　叶德辉题七绝八首（1905 年）

由上可知，金德瑛观剧诗原作作于乾隆二十五年（1760）之前，1908 年
叶德辉最终辑录定稿，围绕《观剧绝句》三十首的唱和前后经过了一百
四十余年，和诗者有五位，和诗共二百七十首，加上原作三十首，共三百
首，题诗、题跋、题识和题写观记的有三十三家，可谓清代中后期诗坛和
剧坛上的一件盛事。

　　金德瑛的观剧绝句虽是对剧本的题咏，却并非游戏之笔，而是寓有
"咏史"之意义，金德瑛《观剧绝句》上卷附题跋曰：

　　　稗官院本，虚实杂陈，美恶观感，易于通俗，君子犹有取焉。其
　　间亵昵荒唐，所当刊落。今每篇举一人一事，比兴讽喻，犹咏史之变
　　体也。借端节取，实实虚虚，期于言归典据，或曰谲谏之风，或曰小
　　说之流，平心必察，朋友勿以是弃余可矣。当时际冬春，公余漏永，
　　地主假梨园以娱宾，衰年赖丝竹为陶写，触景生情，波澜点缀，与二
　　三知己为旅邸消寒之一道耳。乾隆己卯二月花朝日，桧门金德瑛题于
　　小清凉山房①。

由此，可窥见金德瑛创作三十首观剧绝句时内心之幽微。金德瑛反对小说
院本描写荒诞鬼怪和男女风情之内容。他所题咏的是能够移风易俗、兴观

---

　　① （清）金德瑛：《观剧绝句三十首序》，叶德辉《桧门观剧绝句》卷一，丛书集成续编第
148 册，第 164 页。

群怨的作品。他将自己的观剧诗同咏史诗相比附，认为是咏史之变体。他作这组诗的目的是有所谲谏，言归典据，而不希望他人仅仅将其当作游戏文章，当作小说家之流。而诸家的题跋和题诗，也多次提及了其教化的意义，如沈维𫓶题识曰："咏史之作，义关劝惩，非学有本原，长于讽喻，未易称也，今读总宪公观剧诗三十首，即偶尔流连抒写，而知人论世之学、温柔敦厚之旨，靡不自在流出，此咏史之绪余而风雅之正轨也。"[1]孙葆元题识曰："桧门先生观剧诗三十首，词飞珠玉，字挟风霜，借傀儡之登场，寓无穷之劝惩，虽偶尔游戏而知人论世之识，自流露于墨楮间，则东山之闲情，实南史之直笔也，垂之千古，洵足正人心而维风化。"[2]其他诸人的题诗也说明其义关劝惩的咏史之旨，如麟桂题诗曰："史笔文章观剧诗，兴衰事业固如斯。"[3] 金安澜曰：　"寓言通讽喻，褒贬例春秋。"[4]

　　从金德瑛所题咏的剧作也可看出他作这组观剧诗的主旨所在，正是"正人心而维风化"，并有"咏史之遗风"，他所观的三十个剧作（其中一些为折子戏）为：《加官》、《八仙》、《虞姬》、《苏子卿》、《明妃》、《李太白》、《马嵬驿》、《南内》、《白罗衫》、《周仓》、《寻亲记》、《范蠡》、《党太尉赏雪》、《听琴》、《玉簪记》、《岳忠武》、《扫松》、《写本》、《赵文华》、《严嵩》、《狮吼记》、《别头巾》、《演官》、《周遇吉》、《费宫人刺虎》、《柳敬亭》、《目莲母》、《钟馗》、《邯郸梦》、《达摩》。大致可分为三类，第一类是歌颂忠孝节烈或描写忠奸斗争的剧作，如《虞姬》、《苏子卿》、《周仓》、《寻亲记》、《岳忠武》、《写本》、《周遇吉》、《费宫人刺虎》、《白罗衫》、《赵文华》、《严嵩》等。第二类是题写历史人物或文士佳人的剧作，重在发思古之幽情，寄寓对历史和人世的感慨，如《明妃》、《李太白》、《马嵬驿》、《南内》、《范蠡》、《党太尉赏雪》、《听琴》、《玉簪记》、《扫松》、《狮吼记》、《别头巾》、《演官》、《柳敬亭》等。第三类是神佛剧和仪式剧，如《加官》、《八仙》、《目莲母》、《钟馗》、《邯郸梦》、《达摩》等，其中神佛剧多有表达人生思索的意味，如

① 叶德辉：《桧门观剧绝句》卷一，第 167 页。
② 同上书，第 168 页。
③ 同上。
④ 同上。

《钟馗》感慨科举的误人，《邯郸梦》感慨荣华富贵的虚幻无常，《达摩》
则是叙述了佛法东传的历史。

同时，金德瑛虽是咏剧，但温柔敦厚、文辞雅驯，不见佻达戏谑之
意。故无论从笔致、题旨而言都深得风人之旨，洵为"咏史之绪余而风
雅之正轨"。如其题《虞姬》剧曰：

> 廿八骑残尚几时，滔滔江水岂还期。谷城他日游魂到，不作苍龙
> 梦薄姬。①

题《苏子卿》剧曰：

> 望乡对友郁忠情，通国怜于雪窖生。却有终宵怀不乱，黄罗负托
> 白虹情。末用褚渊事。②

都是深切表达对历史人物或钦敬、或赞扬、或同情的感情，庶几不失
"知人论世"之识。

这种雅正、教化的思想正契合了乾隆时期剧坛上以"理"为主，或
"发乎情而止乎礼义"、以礼正情的创作风气，这在一定意义上影响了其
门生杨潮观（1710—1788）和蒋士铨（1725—1784）剧作的思想价值取
向。乾隆庚辰八月（1760），金德瑛将这组观剧诗赠与杨潮观，而乾隆戊
子（1768），杨潮观任四川邛州知州时，就卓文君妆楼旧址筑吟风阁，所
作戏曲遂以此为名。《吟风阁杂剧》共有三十二个短剧，多取材于古人古
事，具有咏史的倾向，并多以歌颂忠孝节义的儒家伦理道德为主，充满了
教化和羽翼名教的气息。而与杨潮观同被誉为乾隆中期剧坛双子座的另一
位杰出剧作家蒋士铨也是金德瑛的得意门生，与金德瑛关系至为密切，曾
为金德瑛诗集《诗存》作"后叙"。蒋士铨的戏曲作品也是以历史题材和
歌颂伦理道德、忠孝节义为其特点的。如《冬青树》写南宋灭亡史事，
歌颂了文天祥忠贞不屈的民族气节，表彰了谢枋得、唐珏等忠义之士。
《一片石》、《第二碑》、《采樵图》等三剧写明时朱宸濠叛乱，娄妃劝诫

---

① 叶德辉：《桧门观剧绝句》卷一，第164页。
② 同上。

不成，投江殉节之事。而《四弦秋》则是不满马致远《青衫泪》将白居易和琵琶女之间写为男女情事，因而"别撰一剧，当付伶人演习，用洗前陋"。① 即使在描写男女悲欢离合之情的剧作中，蒋士铨也反对单纯描写男女私情，而要表现"性情之正"，即将男女之情限制在封建伦理纲常范围之内，其《香祖楼》和《空谷香》即是如此。

因此，作为杨潮观与蒋士铨的座师，金德瑛对杨潮观与蒋士铨的影响是不可否认的。金德瑛的《观剧绝句》正好与蒋士铨的剧作及杨潮观的《吟风阁杂剧》互为对照，阐释了乾隆一代或有清一代戏曲创作的主旨或价值取向，即是完全契合儒家的伦理道德、契合程朱理学笼罩诗坛和剧坛的现实，也体现了清代戏曲创作和评论受儒学复兴和经学复盛的影响。

正因为金德瑛的观剧绝句契合了正统的伦理道德，具有雅正的特点，因此才会引起众多著名学人和文人的题和、题跋、题诗或观看。著者如赵翼、钱梅溪、林则徐、汤贻汾、麟桂、端方、刘心源、朱益濬、王先谦、皮锡瑞、叶德辉等。王先谦、皮锡瑞、叶德辉为《桧门观剧诗》题诗各八首，王先谦和诗三十首，后面二家分别和诗九十首。题诗的内容大多集中在对金德瑛观剧诗的评价，以及对戏曲功能的认知。此外，则表达追慕金德瑛所处的雍乾盛世及当时演剧之盛况。王先谦曰："雍容樽俎说乾隆，审律应知与政通。梦想开元全盛日，欲将法曲问伶工。"② 皮锡瑞曰："意杂庄谐三十篇，金樽檀板韵悠然，开元法曲何人见，梦想雍乾极盛年。"③ 叶德辉曰："巍科二次举鸿词，先领宫花第一枝。此是升平歌舞世，雍乾诗似盛唐诗。"④ 以上三家都无一例外地提到了雍乾盛世，并将之与演剧、音乐相联系。金德瑛所处的乾隆年间，正是晚清人心目中的太平盛世，可与开元盛世相媲美，而在开元盛世与雍乾盛世，音乐包括戏剧演出也是极为繁盛的，声音之道与政相通。无怪俞樾读到金德瑛的《观剧绝句》之后，亦心驰神往，提笔写下了《题金桧门先生观剧诗后》："前辈风流今已矣，承平乐事故依然。寻常一样梨园戏，想见雍乾全盛

---

① 蔡毅：《中国古典戏曲序跋汇编》，齐鲁书社1989年版，第990页。
② 叶德辉：《桧门观剧绝句》卷一，第170页。
③ 同上。
④ 同上书，第171页。

年。"① 而清末社稷动荡，剧坛上则是各种地方戏兴起，昆曲衰落，"大雅久不作"（李白《古风》其一），无论政治和戏曲艺术都不复能与金德瑛所处的时代相比。面对着江河日下的局面，他们有着浓厚的怀古伤今的意识，几乎每一家的题诗中都流露出这种盛世不再、盛世之音也不复的怅惘之感，这也是促使众多的一流学者和文人纷纷唱和的原因。

同时，虽然诸人所作的观剧诗在传统文人看来都是游戏之笔，但他们却有着严肃的创作态度，体现了深刻严肃的思想。王先谦和《苏子卿》诗云："前有苏卿后赫经，至今精气照丹青。艰难国步嗟谁补，留与皇华作典型。"② 皮锡瑞一和云："北海看羊岁月多，上林射雁竟如何。大名留殿麒麟阁，犹胜云台缺伏波。"③ 二和云："奉使张苏史并夸，同持汉节听胡笳。于今但说移中监，不及当年博望槎。"④ 叶德辉一和诗云："雪窖冰天十九年，河梁回首泪怆然。于今使节通穷海，辛苦何人学啮毡。"⑤ 共同表达了对苏武持节牧羊、义不受辱的揄扬。

此外，三位学者的和诗还体现了以学问为诗的特点，即将考据纳入诗词的创作中。在金德瑛的原诗中，很少有注解，但在皮锡瑞的三和诗与叶德辉的和诗中却频频作注。他们所考据的内容集中在以下几个方面：

1. 考证学术史或文学史上某一具体问题

常常一首诗即是对一个问题的考证，这是清人最擅长的领域。如皮锡瑞三和《虞姬》诗中考证五言诗最早起于虞姬，而不是苏武和李陵。其诗曰："《唐山》、《安世》颂昭清，陆贾《春秋》载和声。一极庄严一哀激，五言先已有长城。"其注曰："'汉兵已略地，四面楚歌声。大王意气尽，贱妾何聊生。'四语见《楚汉春秋》，乃五言诗之最古者，更在苏李之前。《史记》但云歌数阕，美人和之，和词不载。"⑥

2. 考证戏曲本事

对戏曲本事的考证是清人戏曲研究的一个最重要的特色，如焦循

---

① （清）俞樾：《题金桧门先生观剧诗后》，《春在堂诗编》卷二十二，续修四库全书本第1551册，第645页。

② 叶德辉：《桧门观剧绝句》卷二，第172页。

③ 同上书，第174页。

④ 同上书，第176页。

⑤ 叶德辉：《桧门观剧绝句》卷三，第182页。

⑥ 叶德辉：《桧门观剧绝句》卷二，第177页。

《剧说》和《花部农谭》多半是考证戏曲本事之作，俞樾的戏曲研究也以本事考证为特色。而在清代学人的观剧诗中亦是如此，如皮锡瑞三和《达摩》诗曰：“台城饿死叹荷荷，破贼终凭陆法和。更有闻风达摩至，栖栖暗渡信多罗。”注曰：“梁武好佛致乱，赖有奉佛人陆法和能破侯景，差足解嘲。《传灯录》：达摩，南天竺国香至王第三子也，从波若多罗，法明心要。多罗曰：吾灭后，汝当往震旦，设大法乘，直接上根。贻偈有‘路行跨水复逢羊，独有栖栖暗渡江’句。梁武帝迎至金陵。”① 此是考证《达摩》剧的本事与“达摩渡江”的由来。

　　3. 对戏曲本事之辩诬

　　由于熟谙各种历史典故，因此他们会对戏曲作品与本事不合之处进行辩诬。如王先谦和《邯郸梦》诗曰：“阅尽荣枯一枕中，邺侯著记有仙风。开元故事分明在，谁把回仙替吕翁。”② 此诗认为，汤显祖《邯郸梦》本事出自邺侯（李泌）所作《枕中记》，其主人公应为吕翁，汤显祖显然有误。其实这类移花接木的创作手法，本是戏曲和小说等纯艺术类作品的常用手法，不足为奇，但学人的身份，使得他还是对此发表了自己的议论。与王先谦旨趣相同，皮锡瑞也指出《邯郸梦》本事出自《枕中记》。皮锡瑞一和《邯郸梦》诗曰：“邺侯谈论好神仙，将相功名一梦圆。记出枕中亲说法，开河未已又间边。”注曰：“本邺侯《枕中记》。”③ 而叶德辉二和《邯郸梦》则曰：“枕上曾无片刻宁，觉来仍自叹零丁。吕仙一梦卢生再，底怪痴人唤不醒。”注曰：“元马致远《邯郸道醒悟黄粱梦》杂剧为汉钟离度吕洞宾事，与李泌《枕中记》所载开元十九年邯郸道吕翁授卢生枕事无异。按吕翁亦非洞宾，洞宾生贞元十四年，举咸通进士，上距开元甚远。元曲想因此附会又颠倒，以为钟离度洞宾，殊与本事不合。明汤若士所著《四梦》传奇中有《邯郸梦》则由《枕中记》托出，但亦以吕翁为洞宾，则又未考也。”④ 叶德辉考证马致远剧与汤显祖《邯郸梦》故事都来自于《枕中记》，但却与原故事中人物不合。

---

① 叶德辉：《桧门观剧绝句》卷二，第 179 页。
② 同上书，第 173 页。
③ 同上书，第 176 页。
④ 叶德辉：《桧门观剧绝句》卷三，第 186—187 页。

4. 考证戏曲同类题材或相似题材

这类观剧诗数量众多。如金德瑛题《寻亲记》原诗曰："关陷多年父子违，天教旅馆夜相依。伤心想到冯仪部，蹋遍芒芒黯自归。"注曰："冯名成修，南海人，幼时父他出，于乾隆己未成进士后解官，屡寻亲不获。"① 由《寻亲记》故事引出另一则乾隆时期的"寻亲"故事。而皮锡瑞三和《寻亲记》诗曰："寻亲万里踏千山，走遍天涯未是艰。更有建昌王孝子，汝州春店一开颜。"注曰："《王孝子寻亲》剧见《元史·孝义传》，王觉经，建昌人，五岁遭乱失母，稍长，誓天愿求母所在，乃渡江涉淮，行乞而往，至汝州梁县春店，得其母以归。剧今不传，此当是关羽之子饭店逢父事，所异者，一寻母，一寻父也。《雨村曲话》：'《寻亲记》词虽稍俚，然读之可以风世。亦《六十种曲》中之《寻亲记》也。'"② 此又考证出元代一则"寻亲"故事。

5. 考证戏曲关目或戏曲文辞

如皮锡瑞三和《扫松》诗曰："墓门黄叶点青苔，烟锁松楸郁不开。解道新人不如故，茕茕白兔可曾来。"注曰："汉窦元状貌绝异，天子使出其妻，娶以公主。妻作《古怨歌》曰：'茕茕白兔，东走西顾。衣不如新，人不如故。'中郎庐墓尽孝，白兔驯扰，而传奇事迹颇似窦元，故借用《怨歌》白兔之语。"③ 此是考证《琵琶记》、《扫松》一出中"中郎庐墓尽孝，有白兔驯扰"这一戏剧关目的由来。这种方法深得清人考据之长，但也不免稍有穿凿。由此亦可见清代学人观剧诗和题诗中的考证风气之盛。这在一定程度上受到清代学术繁盛和朴学大兴的影响，体现了清代学术向戏曲之渗透。

四　结语

观剧诗是以诗、词、曲的形式题写观剧当时或观剧之后感触的诗作，观剧诗的产生几乎与戏曲的产生同步。观剧诗经过宋元明三代的发展，到了清代，臻于大盛。尤为特殊的是，受清代学术繁荣和清代戏曲自身发展

---

① 叶德辉：《桧门观剧绝句》卷一，第164页。
② 叶德辉：《桧门观剧绝句》卷二，第178页。
③ 同上。

的影响，许多学者包括众多大儒热衷于观剧，并撰写了数量丰富的观剧诗。清代文人学者观剧诗词涉及的内容很多，有对观剧情景和演剧场面的描述，有对戏曲艺人演出技艺的赞美，有对观剧动机的叙述，有对戏曲思想和人物的评介，也有观剧后对人生和自我的体验与感悟等。总之，都是对清代戏曲理论宝库的填充。

　　清代观剧诗中最为重要和特殊的是金德瑛的《观剧绝句》和诸家的和诗和题词。通过对《观剧绝句》原诗、和诗、题跋的分析，可以看到清代学人和文人围绕同一个剧作进行隔代唱和的风气。这种风气促进了清代学人参与戏曲活动，促进了清代戏曲理论的发展。同时可以看出清代学人和文人的观剧诗词和题词大多能契合儒家的伦理教化思想，这与清初以来儒学的复兴和学术界的复古思潮有关。此外，清代学人的观剧诗也反映了清代学人自身的学术特色，在观剧诗词中经常会出现考据之词，体现了清代学人以学问为诗的倾向。而以上诸种新变为戏曲创作和观剧诗的创作都指出了"向上一路"，是清人戏曲尊体意识的集中表现。

关于清代"雅部衰落，花部兴起"的讨论

——兼谈各体文学的尊卑之辨和雅俗之辨

戏曲的尊体与辨体并非孤立的现象，在中国各体文学中都有存在。对此，刘奕有很明晰的论证：

> 早在 1933 年，钱锺书先生就曾在《中国文学小史序论》中发为卓论："文学随国风民俗而殊，须各还其本来面目，削足适履，以求统定于一尊，斯无谓矣。"在他看来，中国文学的特色，首重辨体："吾国文学，体制繁多，界律精严，分茅设蕝，各自为政。《书》云'词尚体要'，得体与失体之辨，甚深微妙，间不容发，有待默悟。"与辨体相伴的是定品，"抑吾国文学，横则严分体制，纵则细别品类。体制定其得失，品类辨其尊卑，二事各不相蒙"。所以文之品尊于诗，诗之品尊于词；在文中，诸经文体最尊，注疏之体次之，晚明小品之体最卑；诗则古体尊于今体。古人于此多有论述，清人也不例外，论文中将有详述。不特如此，同一文体，也因为题目的不同，而分辨品之高低。钱先生就此举例："同一传也，老子、韩非，为正史，其品尊，毛颖、虬髯客则为小说，其品卑。同一'无题'诗也，伤时感事，意内言外，香草美人，骚客之寓言，之子夭桃，风人之托兴，则尊之为诗史，以为有风骚之遗意；苟缘情绮靡，结念芳华，意尽言中，羌无寄托，则虽《金荃》丽制，玉溪复生，众且以庾词侧体鄙之，法秀泥犁之词，端为若人矣。此《疑雨集》所以不见齿于历来谈艺者，吴乔《围炉诗话》所以取韩偓诗比附于时事，而'爱西昆好'者所以纷纷刺取史实，为作'郑笺'也。究其品类之尊卑，均系于题目之大小……"钱氏弱冠之年，抉发此义，令人仰止。体制守疆域，品类设尊卑，"诗文词曲，壁垒森然，不相呼应……相传

谈艺之书，言文则意尽于文，说诗则，意尽于诗，划然打为数概，未尝能沟通综合，犹如西方所谓'文学'"。就缺乏理论的深刻系统而言，这固然是中国文学思想的弱点，但对研究者来说，中国文学思想本来面目如此，却也不容讳言饰言，有心无意的扭曲比附则更不可取，实事求是，出其本相，才是研究的第一要义。揭出这一特点，则清人尊体、破体的种种议论，其意义才可了然。比如张惠言的词论，以诗学统摄词学，就词而言，却是实实在在的失体之论，常州词学作为传统词学的最后一期发展，成为古典诗学的结穴之论，其历史意义也因此愈发显明。①

同时戏曲的尊体与辨体又与戏曲的雅俗之辨密切相关。一般而言，雅的文学，其地位必尊；俗的文学，其地位必低。各体文学纷纷回归雅化，一定程度上也是其寻找尊体的需要。如朱自清《论雅俗共赏》言："不能完全雅化的作品在雅化的传统里不能有地位，至少不能有正经的地位。雅化程度的深浅，决定这种地位的高低或有没有，一方面也决定'雅俗共赏'的范围的小和大——雅化越深，'共赏'的人越少，越浅也就越多。"②

雅俗之辨也是中国文化和中国文学的固有传统。《文心雕龙·定势》曰："雅俗异势。"《文心雕龙·通变》曰："斟酌乎质文之间，而隐括乎雅俗之际。"但中国各体文学之间的雅俗之辨和尊卑之辨并非一成不变，而是大多经历一个由俗到雅、由民间到文人、由口头到案头、由卑到尊的发展过程。

文体的雅俗之辨又有三个层面的划分。首先是各体文学之间的雅俗之辨，中国传统观念中的雅文学与俗文学之间泾渭分明，诗、词、文、赋属于雅文学的范畴，而戏曲、小说则属于俗文学的范畴，所谓"诗庄、词媚、曲俗"就是指这三种文体之间的雅俗风貌的不同。

其次，为同体之间并列的不同风格的文学作品之间的雅俗之辨。即由于创作者个人的社会身份、地位和文学修养，导致其创作风貌的雅俗不同。如北宋同时词人，苏东坡的词，以诗为词，为词的发展指出"向上

---

① 刘奕：《清代中叶经学家文学思想研究》，复旦大学中文系博士学位论文，2007年，第9—10页。

② 朱自清：《论雅俗共赏》，广西师范大学出版社2004年版，第5页。

一路"，而柳永的词则风格倾向市井，"凡有井水处，皆能歌柳词"。相对苏词，柳词则有通俗的一面。

再次，为同一文体不同发展阶段的雅俗之辨。一般在民间兴起阶段较为通俗，随着发展兴盛逐渐雅化。

如《诗经》最初是演唱于桑间濮上的一种民歌，而后经过整理删订，成为高度雅化的文学经典。其后，汉乐府、诗、词、曲等一切音乐文学的发展轨迹无不如此，都是由最初起源于民间到获得文人学者的青睐，进行雅化和经典化，再供之案头。

如《诗经》就第一层面而言，无疑是雅文学。就第二层面而言，《颂》是宫廷文学，《大雅》和《小雅》是士大夫文学，《国风》是各国民谣，三者之间存在着雅俗之别。而在十五《国风》之内，又有雅俗之分，《周南》、《召南》是王畿之地的民歌，而《郑风》、《卫风》则被视为靡靡之音，其中的雅俗之辨也不言而喻。

词在晚唐五代和北宋时期，主要是在歌楼舞筵间由歌女传唱的歌辞。北宋经过苏东坡的第一次"以诗为词"，指出"向上一路"，词的面貌焕然一新。南宋后期词逐步失去歌唱的意义，词体逐渐变为案头文学，而非音乐文学，也因而失去了词体最初存在的意义，词在歌楼舞宴中侑酒佐欢的功能由新兴的音乐文学——曲体来取代。而词体内部的雅俗对立也是很明显的，如刘过的粗豪就与姜夔、张炎等人的清空骚雅形成鲜明的对比。

曲体的雅化、案头化与词体的雅化、案头化存在着惊人的相似。关于词体的雅化和案头化，研究成果卓著而丰富。我们几乎可以套用或直接借用这些成果描述曲体的雅化、案头化过程。刘扬忠教授言：

> 近二十多年来，词学研究者和宋词发展史的撰著者在描述从"靖康之变"到南宋前期的词史时，都认同和论证了这样一个基本事实：随着两宋之交的社会巨变，词坛从根本上转变了词风和词的创作观念，文人士大夫普遍地以诗为词，把原先被视为"小道"、"余事"的词改变为和诗一样可以用来抒情言志，可以写大题材、发大感慨的重要工具。[1]

---

①　刘扬忠：《陆辛词风异同》，《陆游与越中山水》，人民出版社 2006 年版，第 271 页。

我们只需要更换以上论断中的时间指称或时代背景等描述，就可以全部用于描绘曲体的变化过程。即清朝前期，随着明清易代的巨变，曲坛从根本上转变了曲风和曲的创作观念，文人士大夫普遍地以诗为曲，把原来被视为"小道"、"余事"的曲改变为和诗一样可以用来抒情言志，可以写大题材、发大感慨的重要工具。

作为音乐文学，同时又作为一脉相承的两种文学体裁，曲体的发展和演变与词体有着相似的过程，经过明代和清代前期曲体的案头化和雅化，使得曲体（传奇和杂剧）在清中叶之后开始衰落，地方戏大兴，占据了戏曲场上的主导地位。雅部的传奇杂剧则回归案头，所剩的就是后人对它的整理总结和经典化。但戏曲虽已雅化，却未来得及被进一步经典化，因为"五四"的传统切断了戏曲同《诗三百》、乐府、声诗、词一样被经典化的过程。

戏曲的雅俗之辨，也与人类学的大传统（Great tradition）和小传统（Little tradition）的关系相对应。如余英时所言，大传统和小传统，即精英文化和大众文化，或雅文学与俗文学之间的关系不是一成不变的，而是经过了一定的转化。大传统里面包含着小传统，小传统向大传统靠拢，并转化为大传统，余英时说："一般地说，大传统和小传统之间一方面固然相互独立，另一方面也不断地相互交流。所以大传统中的伟大思想或优美诗歌往往起于民间，而大传统既形成之后也通过种种渠道再回到民间，并且在意义上发生种种始料不及的改变。"① "大传统是从许多小传统中逐渐提炼出来的，后者是前者的源头活水。不但大传统（礼乐）源自民间，而且最后又必须回到民间，并在民间得到较长久的保存，至少这是孔子以来的共同见解。像'缘人情而制礼'、'礼失求诸野'之类的说法其实都蕴涵着大、小传统不相隔绝的意思。"② 因此，例如《诗经》、《楚辞》最初都是起于民间的，是由小传统发展而来的。这种大传统和小传统之间关系的转化，完全适合于中国雅俗文学之间的对立和转化情形。

此外，关于"雅部衰落，花部兴起"这一表述不尽准确，所谓"雅部衰落"只是从演出的角度而言，而在文人学士的案头则雅部（传奇、

---

① 余英时：《汉代循吏与文化传播》，《儒家伦理与商人精神》，广西师范大学出版社2004年版，第42页。

② 同上书，第43页。

杂剧）的创作不但没有衰落，反而继续获得他们的青睐。清末乃至民国时期创作的传奇杂剧的数量依然很可观，其中不乏大家之作，也不乏艺术水准和思想水准很高的作品。中国古典戏曲包括戏曲文学与戏曲演出两端，忽略任何一端都是不够全面的。

如前所述，中国一切音乐文学基本要经过一个由俗到雅和由盛而衰的过程。因此，"雅部衰落，花部兴起"，对戏曲（传奇、杂剧）而言是必经之路。新的文体总是会取代旧的文体，而新的文体实由旧的文体包孕而生。因此，清代传奇、杂剧也未能摆脱这一轨迹，在民间或场上的地位由花部取而代之，而生存的空间转向文人学士的案头。而当日的花部后来也逐渐雅化，现在，京剧已是国粹，俨然成为阳春白雪，也早已被纳入中国文化"大传统"的范畴。

后 记

这本《中国古代戏曲论稿》是笔者自步入戏曲研究殿堂以来陆续完成的一些论文和研究成果的合集，这些成果大多是与受业恩师赵建新先生合作完成，或者是在先生的启发和引导下由笔者撰写而成，撰写时间的前后跨度达八年之久。其中，关于宋元伎艺和元杂剧关系的四篇论文是笔者在硕士阶段，从事宋元伎艺与中国古典戏曲关系研究的一些心得和成果。其他的二十几篇论文则是后期专攻清代学术与戏曲乃至清代学者与戏曲这两个研究课题时的一些研究心得。其学术兴趣的转移、行文风格的转变乃至学术规范的疏严变化等均是清晰可辨的。论文虽然有诸多粗浅和鄙陋之处，但都汇集了恩师赵建新先生的殷切关怀和精心指导，也凝聚了笔者的辛勤努力和其他师友的关心和支持。家有敝帚，享之千金。在建新师的鼓励和支持下，笔者将这些论文编撰成集加以出版，一在于馈谢建新师十余年的教诲之恩，二在于渴望得到学界和方家的指正和批评。知我罪我，其惟同道！书稿得以顺利出版还要特别感谢中国社会科学出版社的相关编辑人员，尤其是责任编辑吴丽平老师，他们认真负责的工作态度和不辞辛苦的热心付出，大大减少了书稿在校对和形式方面的错误，使得本书能以一个较为完善的面貌呈现给读者。

张晓兰

2014 年 2 月于兰州交通大学